GW00503446

OX
7/15

W

2/19

To renew this book, phone 0845 1202811 or visit
our website at www.libcat.oxfordshire.gov.uk
(for both options you will need your library PIN
number available from your library),
or contact any Oxfordshire library

OXFORDSHIRE
COUNTY COUNCIL

L017-64 (01/13)

Friedrich Christian Delius:
Werkausgabe in Einzelbänden

Friedrich Christian Delius

Mein Jahr als Mörder

Roman

Rowohlt Taschenbuch Verlag

Neuausgabe Februar 2013

Veröffentlicht im Rowohlt Taschenbuch Verlag,

Reinbek bei Hamburg, Januar 2006

Copyright © 2004 by Rowohlt · Berlin Verlag GmbH, Berlin

Umschlaggestaltung any.way Walter Hellmann

Satz Adobe Garamond Pro OTF (InDesign) bei

CPI – Clausen und Bosse, Leck

Druck und Bindung Druckerei C. H. Beck, Nördlingen

Printed in Germany

ISBN 978 3 499 25995 1

Das wirklich Irrationale und tatsächlich Unerklärbare
ist nicht das Böse, im Gegenteil: es ist das Gute.

Imre Kertész

Eine freie Stimme der freien Welt

Es war an einem Nikolausabend, in der Dämmerstunde, als ich den Auftrag erhielt, ein Mörder zu werden. Von einer Minute auf die andere war ich, wenn auch flatternden Leichtsinns, einverstanden. Eine feste männliche Stimme aus der Luft, aus dem unendlichen Äther, stiftete mich an, kein Teufel, kein Gott, sondern ein Nachrichtensprecher, der seine Meldungen ablas und, wie auf einer zweiten Tonspur, mir die Aufforderung ins Ohr blies, den Mörder R. zu ermorden. Eine Stimme aus dem RIAS, dem Rundfunk im amerikanischen Sektor, noch dazu am Tag des heiligen Nikolaus – ich verstehe jeden, der mich oder den, der ich damals war, für verrückt hält, wenn ich heute den längst verjährten Mordanschlag gestehe.

Mein Geheimnis kennt niemand, die Polizei hat von den verborgenen kriminellen Trieben so wenig bemerkt wie meine besten Freunde, und da ich als stiller und friedlicher Mensch gelte, ist mein Schweigen beim Thema Mord und Gewalt nie verdächtig gewesen. Jetzt darf ich sprechen, das Geständnis ist fällig. Allmählich wächst die Lust, die Geisterbahn der Erinnerung anzuwerfen und in die kleine Wohnung im Souterrain hinabzusteigen, wo ein Student das Radio anstellt, den Kachelofen mit Eierkohlen füttert, Wasser für Pulverkaffee kochen lässt und dem Duft der Pfeffernüsse aus dem Adventspäckchen der Mutter nicht widerstehen kann.

Weil mir niemand so schnell den Mörder glauben wird, muss ich etwas ausholen, auch Ofen und Gebäck gehören in die Indizienkette des Erzählens. Solange ich nicht ausschließen kann, dass die Pfeffernüsse meine Mordlust stimuliert haben, darf ich sie im schriftlichen Geständnis nicht übergehen. Mein Verhör muss ich mit mir selbst führen. Das ist das Pech, wenn man nicht erwischt worden ist. Wie in jedem besseren Krimi können die Motive, Umstände und Peinlichkeiten der Tat erst nach und nach enthüllt werden.

Es kamen die Nachrichten, gewöhnliche Sätze im gewöhnlichen Nachrichtendeutsch, ich hörte nicht richtig zu, in mir die verschleppte Müdigkeit des grauen, nassen Dezembers. Das Zimmer war noch kühl, ein Kachelofen braucht seine Zeit, ich ließ mich wärmen von der Stimme des Sprechers, von dem vertrauten Bass, der sich im Stundentakt zur freien Stimme der freien Welt erhob. Die Pfeffernüsse waren hart und schmeckten nach einer ärmlichen Süße, ich wartete auf die Wetteraussichten und dann auf Mozart oder Beethoven zum Abschalten.

Wie alle Sender in Berlin war auch der amerikanische RIAS nicht frei von Propaganda, aber er hatte die besten Sprecher mit suggestiven, tief schwingenden Stimmen, männlich, schützend und entschieden wie die Schutzmacht selbst. Ich hörte mehr auf die markante Modulation des Basses als auf die Neuigkeiten, bis die routiniert dahingesprochene Meldung kam: *Das Schwurgericht am Berliner Landgericht hat den früheren Richter am Volksgerichtshof, Hans-Joachim Rehse, vom Vorwurf des Mordes in sieben Fällen freigesprochen.*

Die Nachricht hatte nichts Sensationelles, nichts Unerwartetes, auch damals nicht. Jedes andere Urteil wäre eine Überraschung gewesen. Juristen werden von Juristen nicht verurteilt, Nazijuristen, auch wenn sie über zweihundert Todesurteile produziert haben, sowieso nicht. Ein Klischee wurde bestätigt, und doch lauerte hinter dieser Nachricht eine andere, eine geflüsterte Neuigkeit. Wie in einem dritten Ohr, im Labyrinth des Innenohrs, wo die Widersprüche hängen bleiben, hörte ich in den Silben aus dem Äther die Schwingungen einer geheimen Botschaft, die deutliche Aufforderung: Einer wird ein Zeichen setzen und diesen Mörder umbringen, und das wirst du sein.

Nein, ich hatte nichts getrunken, stand nicht unter Drogen, war nicht aus dem Bett einer Freundin getaumelt. Völlig nüchtern war ich, nur etwas müde, als der Satz mich traf: Einer wird ein Zeichen setzen und diesen Mörder umbringen, und das wirst du sein!

Der Sprecher kündigte das Wetter für das Wochenende an, während meine Phantasie vorwärts schoss: Ich mit Pistole, ein Knall, ein Mann kippt um, so einfach ist das, die logische Fortsetzung der Nachrichten. Es hätte mich nicht gewundert, aus dem Radio die Eilmeldung zu hören: Wie wir soeben erfahren, hat ein Berliner Student den Entschluss gefasst, den Richter R. umzubringen.

Du spinnst! Ausgerechnet du! Vergiss es! So versuchte ich die Phantasie zu stoppen. Es war nicht einmal komisch, es war nur lächerlich, blöde, keinen halben Gedanken wert. Schluss!

Denn ich hatte ja nicht einmal den Mut, einen Pflasterstein in die Hand zu nehmen, geschweige denn zu werfen. Ich als Täter, als Mörder, diese Vorstellung war mehr als tollkühn, sie war unmöglich, irre, bekloppt. Aber gerade wegen ihrer Absurdität, vermute ich heute, schlug sie Funken und entzündete die empfindliche Einbildungskraft, die sofort die passenden Bilder lieferte:

Ich lehnte am Hauseingang irgendwo in der Witzlebenstraße vor dem Kammergericht, ich hatte die Hauptrolle und wartete auf den Justizmörder. Nicht lange, dann trat er, ein unauffälliger älterer Herr, aus dem Portal, wenige Stufen hinab und lief zu seinem Auto, wo ich ihn, nach kurzem Zielblick über Kimme und Korn, mit drei Schüssen niederstreckte und ruhigen Schritts Richtung Lietzensee entschwand, von allen Passanten erkannt und doch nicht aufgehalten in meinem selbstbewussten, stolzen Gang: junger Mann, ca. 20 bis 25 Jahre, ca. 180 cm, schlank, blond, bekleidet mit dunkelblauer Windjacke und blauen Jeans – bis die Sirenen vom Kaiserdamm her meine feierliche Festnahme verkündeten und die Filmrolle riss.

Ein simpler Kurzfilm: ein Schuft, ein Kerl, ein Schuss. Ein B-Movie, das war klar, aber ich spürte sofort die stimulierende Wirkung: das Glück, für einige Minuten ein Held zu sein, der Rächer der Gerechten.

Es war zu spät, ich hatte keine Wahl. Denn das alles geschah, das kommt erschwerend hinzu, im Jahr neunzehnhundertachtundsechzig.

Der Mörder des Vaters des Freundes

Die Erinnerung setzt Stunden später wieder ein, als ich neben Catherine lag, die sich befriedigt zur Seite gedreht und ihren Schlaf gefunden hatte. Nein, keine Französin, sondern eine ziemlich gute Fotografin, aus Marktredwitz nach Berlin geflohen, die ihren Vornamen Katharina der Mode der Zeit entsprechend französisch veredelt hatte und auf den lang gezogenen, ins eigene Echo mündenden i-Laut am Ende den größten Wert legte. Mit ihr ging ich auf die Straße und ins Bett, eine Liebe, die, wenn ich mich nicht täusche, ohne das Wort Liebe auskam. Wir führten die üblichen politischen und ästhetischen Debatten, aber von meiner Karriere als Mörder sollte sie nie ein Wort erfahren.

Ich beneidete Catherine um ihren Schlaf, und mit dem Neid erwachten die Stimmen und Halluzinationen des frühen Abends. Wie in den Phasen vor umzitterten Entscheidungen, Prüfungen und Abenteuern legte sich das Gehirn nicht einfach schlafen. Im Auf und Ab wechselnder Gefühle quälte ich mich mit monologischen Ausflügen. Da spielt dir jemand einen Streich, sagte ich mir, das ist eine Falle. Wer wird sich heute noch über alte Nazis aufregen? Das kannst du den allzeit bereiten Pfadfindern der Empörung überlassen. Die werden mit müden, heiseren Stimmen gegen das Urteil protestieren, sollen sie, das ist in Ordnung, auch wenn es sinnlos ist. Sie werden ihre Ausrufungszeichen in die Luft malen, wie immer beleidigt und hilflos, die letzten Aufrechten, und dann nach Hause gehen, bis zum nächsten Fall, sie werden nicht lange warten müssen, bis irgendwo wieder ein Nazimörder freigesprochen wird.

Catherine atmete gleichmäßig, ich berührte vorsichtig ihre Schulter, roch den begehrten Körper und versuchte mich zu beruhigen: Schlaf ein, schlaf ein, es gibt Besseres zu tun, als die Feinde von vorgestern zu verprügeln oder umzubringen, irgendeinen von hunderttausend frei herumlaufenden Verbrechern. Sollen die alten Hakenkreuzmänner sich weiter in ihre Ämter chauffieren lassen, sollen die Rentner ihre Spazierrunden drehen und sonntags die Messer vor dampfenden Schweinebraten wetzen, was geht es mich an!

Da lässt sich nichts ändern, sagte ich mir, die kann man nicht alle einsperren. Es sind zu viele, sie sitzen überall, in Verwaltungen und Gerichten, in Konzernen und Universitäten, das ist kein Geheimnis. Eine banale Wahrheit, eine alltägliche Obszönität, ein lästiger Gemeinplatz, vergiss das. Nichts für dich, halt dich da raus. Sie haben teil an der Macht oder zehren von ihrer früheren Macht, sie dämmern in Chefsesseln, Polstergarnituren, Altersheimbetten dem Tod entgegen oder machen gute Geschäfte wie Hermann Josef Abs und wie Catherines Vater als Fachhändler für Haushaltswaren, der ein fleißiger Nazi-Bürgermeister gewesen ist irgendwo in der Oberpfalz. Sei ihm dankbar für seine schöne, kluge Tochter und vergiss ihn, vergiss diese Leute!

Du strengst dich an zu vergessen, doch das Gegenteil geschieht. Diesen simplen Mechanismus kannte ich in jener Nacht noch nicht. Ich lenkte mich ab, suchte Schlaf, vergaß, sank weg – prompt schoss mir das entscheidende Bild in den Kopf: mein Freund Axel am Tisch der Mensa, neben uns die Zeitung, aufgeschlagen die Seite mit einer Überschrift zum beginnenden Prozess gegen diesen Richter, der am Volksgerichtshof mindestens 230 Todesurteile gefällt hatte. Sogleich stellte sich der Ton zu diesem Bild ein, der bittere, verächtliche Satz, den Axel hatte fallen lassen und der mich erst jetzt, im Bett, wie eine böse Erleuchtung traf: Der hat das Urteil für meinen Vater fabriziert, der und der Freisler.

Die dunkle Geschichte von Axels Vater, den die Nazis umgebracht hatten, weil er gegen die Nazis kämpfte, war schon durch meine kindliche Seele gegeistert. Der Vater, das wusste ich inzwischen, hatte mit Robert Havemann und anderen eine Widerstandsgruppe gebildet und war dafür 1944, noch vor dem 20. Juli, hingerichtet worden.

Nun erst, tief in der Nikolausnacht, begriff ich: Der war es, der Georg Groscurth hatte köpfen lassen! Den Vater meines besten Freundes! Hand in Hand mit Roland Freisler! Und kommt ohne Strafe davon!

Jetzt erst lehnte sich das Kind in mir auf, könnte ich heute behaupten – und alles Weitere den Psychologen überlassen. Hellwach mit aufgerissenen Augen in der Dunkelheit ahnte ich, warum der Richter mich nicht losließ. Warum der mir wie ein Teufel auf dem Buckel saß. Warum das Flüstern mich verfolgte und zur Tat drängte.

Nun hörte ich nicht mehr die Stimme des Nachrichtensprechers, sondern meine eigne: Einer wird diesen Mörder ermorden, und das werd ich sein.

Kein besonders abwegiger Gedanke am Ende des Jahres, in dem Martin Luther King und Robert Kennedy ermordet wurden und beinah auch Rudi Dutschke, im Jahr der großen Massaker in Vietnam und Mexiko, im Jahr des Aufstands in Paris und des Widerstands in Prag gegen die russischen Panzer. Jeden Monat neue Verletzungen des Gerechtigkeitssinns, jeden Monat Wut und Erregung. Jedes dieser Dramen bestätigte den Wunsch nach Veränderung, Rebellion, Freiheit. Die Macht ist korrupt, ob in Moskau oder Washington oder Bonn oder Paris, die Repression richtet sich gnadenlos gegen jeden, der die schlichten Grundrechte verlangt. So einfach das Weltbild, so kompliziert war die Frage: Man muss sich wehren, aber wie?

Ich wurde ruhiger und versuchte mir einzureden, dass eine solche Tat, wenn ich sie beginge, nichts weiter als eine gute Tat sei, ein kleiner Beitrag zur Aufklärung, zur Demokratie, zur Gerechtigkeit. Ähnlich wie die Tat der Beate Klarsfeld, die den Bundeskanzler geohrfeigt hatte, direkt vor der versammelten CDU-Mannschaft, vier Wochen zuvor.

Auch das habe ich noch einmal überprüft: Am 7. November 1968 gab es die berühmte Ohrfeige, und ich erzähle von der

Nacht des 6. auf den 7. Dezember. Selbst auf die Gefahr hin, als Nachahmungstäter zu gelten, ich will nicht der Feigheit vor den Fakten bezichtigt werden.

Also die Klarsfeld, so das Märchen aus uralten Zeiten, mit einem Presseausweis zum Parteitag, der Kanzler gibt Autogramme, sie geht von hinten heran, nicht von vorn, damit er nicht ausweichen kann, und schlägt, als Kiesinger sich umdreht, kräftig zu und ruft: Nazi, Nazi! Am Nachmittag ein Schnellverfahren wegen Körperverletzung und vorsätzlicher Beleidigung, weil man ein ehemaliges Mitglied der NSDAP und einen für Zensur und Auslands-Propaganda zuständigen Mann im Auswärtigen Amt nicht Nazi nennen darf. Ein Jahr Gefängnis ohne Bewährung – und was ist der Effekt? Beifall aus aller Welt, eine Heldin, über die man spricht, eine Frau, die man nicht vergessen wird, ein überall fotografierter, interviewter, geliebter und gehasster Star.

Ich hörte leises Schnarchen neben mir, legte behutsam eine Hand auf Catherines Hüfte und kämpfte gegen die aufsteigende Lust, die Schlafende zärtlich zu wecken, noch einmal zu verführen und endlich den ganzen Quatsch zu vergessen. Sie war im Tiefschlaf, sie hätte mir jede Annäherung übel genommen. Da erschreckte mich die Frage, was Catherine zu meiner fixen Idee sagen würde. Die Antwort wäre eindeutig gewesen. Ich beschloss, sie nie zu fragen, nie einzuweihen.

In jenen Jahren traute ich den Intuitionen der Frauen noch nicht und dachte wie Soldaten und Westernhelden: Ein Mann trifft seine schwierigen Entscheidungen allein, die Frau wirft ihr Herz ins Spiel und macht alles nur kompliziert. Was mich wirklich beunruhigte, war die Frage: Wie viele Jahre Gefängnis werden genügen, um unsere Liebe zu zerstören? Zwei, fünf, acht? Oder ein halbes?

Wenn ich schon die halbe Nacht zum Grübeln verdammt war, wollte ich lieber über konkrete Dinge spekulieren, zum Beispiel über das passende Mordwerkzeug. An Pistolen, Gift, Knüppel, Messer dachte ich, aber meine Phantasie war dürftig wie die eines Laien, eines Anfängers, ich hatte keine kriminelle Erfahrung, nicht mal ein Faible für Kriminalromane. Ich spielte viele Möglichkeiten durch, stellte mir den Täter in verschiedenen Posen vor, ich und die Pistole, ich und die Giftflasche, ich und der Knüppel, ich und das Messer. Nichts sah überzeugend aus, alles wirkte unbeholfen wie in Stummfilmen oder Karikaturen, und ich vertagte die Fragen der praktischen Ausführung. All die schönen Mordpläne verebbten, ich passte meinen Atemtakt dem der Freundin an und muss dann bald in die sanften Wellen des Schlafs gesunken sein.

Axel verdanke ich übrigens die Gewohnheit, den Namen R. abzukürzen. Wer meinem Vater den Kopf abschlagen lässt, hatte er gesagt, dem schlage ich wenigstens ein paar Buchstaben von seinem Ehrennamen ab, auch wenn es lächerlich ist. Axel studierte Psychologie, also leuchtete mir das Argument ein.

Die Weisheit der Mülltonnen

Die Zeitungen, die Catherine und ich beim Frühstück am Samstagmorgen lasen, kommentierten das Urteil in ungewohnter Schärfe. Was die Presse am meisten in Wallung brachte, war die Begründung des Schwurgerichts. Über Kaffeetassen und Marmeladenbrötchen lasen wir uns die Zitate aus dem *Tagesspiegel*, der *Frankfurter Rundschau* und der *B. Z.* vor. Der Vorsitzende hatte argumentiert, die Urteile des Volksgerichtshofs seien *aus damaliger Sicht nicht zu beanstanden*, der Richter R. habe bei der Mitwirkung an den Todesurteilen das Recht nicht gebeugt. Die Urteile seien aus heutiger Sicht unmenschlich, aber jeder Staat habe gerade in Krisenzeiten und Kriegen das Recht zur Abwendung von Gefahren, wozu auch *Feindbegünstigung* und *Wehrkraftzersetzung* gehörten, deswegen *kann man einem Richter heute keine Vorwürfe machen*. Sogar die Springer-Presse zog mit: *Ein schwarzer Tag für die deutsche Justiz* und zitierte die erste Urteilskritik: *Ein Freispruch für Freisler*.

Catherines Abscheu und die Kommentare der Zeitungen beruhigten mich. Ich war nicht allein mit meinem Entsetzen. Der Freispruch war so skandalös, der Widerspruch so laut, die Empörung der Journalisten so deutlich, dass ich mich nicht in den Vordergrund drängen musste. Beglückt von der allgemeinen Entrüstung, fuhr ich in meine Wohnung zurück, durfte die wilden Pläne der Nacht vergessen und meiner Arbeit nachgehen. Es war genug zu tun, zuerst ein Referat über den *Contrat social* von Rousseau.

Nachdem ich einige Absätze getippt hatte, gierte ich nach neuer Kritik und Schelte des Urteils und stellte gegen Mittag das Radio an – und wurde sogleich für diesen Leichtsinn bestraft: Da war sie wieder, die Stimme, die mir keine Ruhe ließ. Was tust du mit solch einer Stimme im Kopf? Weghören, ablenken, konzentrieren. Aber wenn das nicht hilft? Ich wurde unruhig. Warum hatte die Stimme aus dem RIAS eine solche Macht über mich? Warum sollte ich mich dieser Macht unterwerfen, warum konnte ich den eingebildeten Befehl nicht abschütteln? Ausgerechnet dieser Sender, warum hatte gerade der amerikanische Sender die Autorität, mich zu einer so wahnwitzigen Tat zu drängen?

Ich war anfällig für Stimmen, für suggestive Stimmen. In Catherine hatte ich mich wegen ihrer Stimme verliebt. Dichter, die mit lahmer Stimme holprig vorlasen, konnten keine guten Dichter sein, da war ich sicher. In den Hörsälen wollte ich keinen Professor ernst nehmen, so intelligent er parlieren mochte, wenn er sein Wissen krächzend ausbreitete. Stimmen sind es, die den Ausschlag geben.

Vielleicht könnten andere Sprecher als Gegenmittel wirken? Also ließ ich sie während der Mittagszeit alle in mein Zimmer, einen nach dem andern, zwischen zwölf und halb zwei, die Herren der Modulation im Bass oder Bariton auf der UKW-Skala, die festen Stimmen der beiden Westberliner Sender, die werbenden Stimmen der Ostberliner Stationen, die englischen, amerikanischen und französischen Sprecher. Sie lasen ihre Texte ab, Vokabular und Tonfall verrieten sofort, von welcher Seite der Mauer wir zur einzig wahren Weltsicht bekehrt werden sollten, und am Ende setzte sich doch wieder der Mann vom RIAS durch, leise, mit peinlicher Deutlichkeit: Einer wird R. umbringen, kein anderer als du!

R. sabotierte mein Referat, die Stimme störte, sie attackierte mich. Was also tun? Am frühen Nachmittag fiel mir nichts Besseres ein, als ins Auto zu steigen und durch die Stadt zu fahren, ohne Ziel, nur mit der Absicht, die Stimme aus dem Kopf zu scheuchen.

Niemand möchte gern verrückt sein, schon gar nicht einer, der dem Traum der Vernunft anhängt. In Berlin streunten genug Halbirre herum, in jeder Eckkneipe konnte man Leute treffen, die von ihren Stimmen im Kopf berichteten, die einen stolz, die nächsten im Beschwerdeton. Manche fühlten sich von Geheimdiensten ferngesteuert, andere sahen sich als Werkzeug der Kommunisten oder als Opfer der im Untergrund lauernden Nazis. Man spürte schnell, wer sich nur wichtig machte oder Ausreden fürs Saufen brauchte, der Wahn mit den Stimmen konnte ja sehr nützlich sein: Man machte sich interessant. Zu diesem Verein wollte ich auf keinen Fall gehören.

Hinter dem Lenkrad wurde ich ruhiger. Die Einkaufsstraßen mit den Leuchtzeichen des Weihnachtshandels meidend, steuerte ich das Auto in die verödeten Trümmerecken am Tiergarten. Hier war die Richtung egal, man konnte sich nicht verirren: Überall war Osten, irgendwann kam die Mauer, da ging es nur zurück oder an der unbemalten Betonwand entlang. So landete ich hinter der Philharmonie, stieg beim Hotel Esplanade aus und inspizierte an einem Kiosk die neusten Maueransichtskarten und den Freiheitsglockenkitsch. Auf das Podest mit dem Blick auf das Brachfeld des Potsdamer Platzes verzichtete ich, überall lag der Ruf in der Luft: Du entgehst ihm nicht, deinem R., hier nicht! R. hat geholfen, den Krieg zu verlängern! Hat die Leute gehenkt, die den Krieg und die Bomben aufhalten wollten! Du hast keine Wahl!

An jeder Straßenecke das Gleiche, die Stimme im Kopf wurde lauter und frecher, sie lenkte den Blick, sie behandelte mich wie einen Idioten: Die Nazis sind an allem schuld, an den Ruinen, an den verwahrlosten Fassaden, an jeder Hässlichkeit! Irgendwann brüllte ich zurück: Das musst du mir nicht tausendmal sagen! Ich weiß genug! Da ließ die Stimme nach, als wolle sie mich schonen. Ich war besänftigt, ließ mich treiben im dritten Gang auf den breiteren Straßen durch Schöneberg, Neukölln und Kreuzberg und freute mich, kein Autoradio zu haben.

Es begann zu dämmern, ich hielt in der Naunynstraße, wo

mein Freund Hannes wohnte, und dachte ihn zu fragen, was ich mit meiner inneren Stimme anfangen sollte. Von R. würde ich nichts sagen, vom Mordauftrag noch weniger, vielleicht kannte er ähnliche Wahnideen. Der Dichter Hannes war zur See gefahren und glaubte möglicherweise an den Klabautermann, jedenfalls war er empfindsam und phantasietüchtig genug, um mich nicht gleich für verrückt zu erklären. Ich stieg die Treppen im Hinterhaus in das dritte Stockwerk hinauf, drehte an der Klingel, wartete, klopfte laut. Wie immer, wenn ich Hannes suchte, war er nicht zu Hause.

Unten, im schwach beleuchteten Hinterhof Bretterstapel, Schutthaufen, Fahrräder, verbeulte, mit brauner Asche bestäubte Mülltonnen und das vertraute Schild: *Spielen verboten! Eltern haften für ihre Kinder!* Ich lachte auf, vielleicht über den Witz des Haftens oder als wollte ich mir das Spielen nicht verbieten lassen – und wurde mitten in diesem Kreuzberger Rattenloch von der Erkenntnis überrascht: Du kannst nicht anders, es hat keinen Sinn, sich zu wehren, du musst den Auftrag annehmen. Das war kein ernster oder feierlicher Vorsatz, eher ein spielerischer Einfall. Was für eine tröstliche Ironie! Seit Samuel Beckett wusste man, dass die Weisheit aus den Mülltonnen kommt.

Zum ersten Mal in diesen vierundzwanzig Stunden fühlte ich mich völlig entspannt und erhoben, als sei in dem finsteren Hinterhof eine buddhistische Weisheit an mir erprobt worden: Sag ja, sag einfach ja zu allem, was deine innere Stimme sagt. Und zur Not schiebst du alle Schuld auf den Rundfunk im amerikanischen Sektor. Oder auf Beckett!

Während ich, von dieser Klarheit ergriffen, nach Hause fuhr und an einer Ampel in eine Metzgerei starrte, sah ich, so primitiv arbeitet das Hirn, die Fleischerhaken im Gefängnis

Plötzensee und sah den Richter R. in der verdächtigen Gemütlichkeit eines Wohnzimmers auf dem Sofa vor einer Champagnerflasche. Sah die nach vorn gefallenen Köpfe der Gehenkten und sah R. mit einer Frau und drei, vier Herren vor den Sektkelchen. Hörte Freislers Stimme, wie ich sie aus alten Filmen kannte, und hörte den Korken knallen, sah den Champagner schäumen und perlen, Pommery, versteht sich, sah die Gläser von faltigen Händen gehalten, hörte ein Räuspern und den Trinkspruch: Auf deinen Freispruch, auf die Freiheit!

Wie lernt man eine erregte Phantasie zu bremsen, die nicht gebremst sein will? Die nicht gehindert werden will an der einfachen Übung, die Bilder zusammenzufügen, die zusammengehören? Was ist das für einer, der Herr Kammergerichtsrat a. D.? Was findest du in den Büchern über die Nazijustiz?

So kam es, dass ich Catherine zum ersten Mal wegen R. belog und verärgerte. Ich müsse am Referat arbeiten, ich hätte keine Zeit fürs Kino. *Die Artisten in der Zirkuskuppel* können warten. Oder war es *Die Reifeprüfung* mit Dustin Hoffman? Nicht alles serviert die Erinnerung.

Kopf abgehackt

Es wird Zeit, die Geschichte mit Axel zu erzählen. Da steigen wir weit zurück, tief in die fünfziger Jahre, in die vierziger sogar, da müssen wir raus aus Berlin, schalten um ins hessische Mittelgebirge, suchen zwischen Bad Hersfeld und Fulda den Ort Wehrda, fahren auf Landstraßen von Norden über Rhina oder von Süden über Rothenkirchen, von Osten über Unterstoppel, von Westen über Wetzlos oder Langenschwarz heran und steuern in die Mitte der Talmulde, auf die Kirche mit dem dicken Zwiebelturm zu, Fachwerkhäuser, Scheunen, zwei Schlösser, dahinter ansteigend Wiesen und Felder vor bewaldeten Bergkuppen, die das Dorf umschließen.

Dies abgelegene Nest spielt als Ort der Handlung der Geschichten, die ich zu enthüllen habe, eine entscheidende Rolle. Hier keimte das Motiv meiner Tat.

Wir blenden uns ein in das Gespräch zwischen dem Stadtkind Axel, das einst in Wehrda lebte, und dem Dorfkind, das ich war. Sie sind zwölf oder dreizehn Jahre alt, in heftiger Freundschaft verbunden. Axel ist wie immer in den Sommerferien mit seinem Bruder Rolf aus Berlin gekommen, zur Tante auf den Bauernhof. Stadtkind und Dorfkind laufen an einem Sonntagnachmittag auf den Feldwegen über dem Dorf entlang, wie sie es oft tun, wenn sie keine Lust mehr auf die Spiele mit den Brüdern oder anderen Jungens haben. Die Sonne steht hoch, die Kornfelder im leichten Wind, die Ernte hat noch nicht begonnen, und irgendwann beschwert sich das Dorfkind über seinen Vater, der jeden Tag außer sonntags unerbittlich Lateinvokabeln abfragt, bis das Stadtkind sagt: Sei froh, dass du einen hast. Das Dorfkind erschrickt, denn es weiß längst, dass der Vater des Freundes im Krieg gestorben ist, aber irgendwie anders als die anderen Väter. Spatzen fliegen vom Weg auf, die Wellen der Ähren und Halme fließen mit dem Wind davon, das Rot der Mohnblumen ist nicht blutrot, es leuchtet viel schöner als Blut, und nach einer langen Pause kommt das Stadtkind auf seinen Vater zu sprechen: den Arzt, der gegen die Nazis war, die den Krieg anfingen und viele Millionen Leute sterben ließen. Das Dorfkind hat andere Freunde, die statt Vätern nur Foto-Väter haben, die hinter den

Wörtern ‹gefallen› oder ‹vermisst› oder ‹im Krieg geblieben› verschwunden und auf den Kommoden zu besichtigen sind. Früher, so viel weiß das Dorfkind, hat es den Krieg gegeben und einen Führer, geheimnisvoll umschrieben als «der Hitler» oder «Adolf», Namen, die immer nur kurz und hastig, heimlich oder trotzig ausgestoßen werden. Irgendwie hängt auch das Wort Nazis damit zusammen, dunkle Gestalten, über die nur hinter vorgehaltener Hand gesprochen wird. Aber von solch einem Vater hat es noch nie gehört. Und weil er gegen den Krieg war, sagt das Stadtkind, haben sie ihn umgebracht, diese Verbrecher. Das Dorfkind wird in einer Sekunde von zwei Gefühlen getroffen: dem Schreck, dass die Deutschen einen Deutschen, einen Arzt, einfach getötet haben, und dem Schreck über die scharfe Verurteilung der Nazis als Verbrecher. Das ist neu, verletzend deutlich, das geht irgendwie zu weit. Auch sein Vater spricht gegen den Krieg. Das Schlimmste und Traurigste, was es gibt, sagt der, seid nur froh, dass wir Frieden haben, und das Dorfkind zitiert das für den Freund, und er ist dafür nicht umgebracht worden, er war sogar in Gefangenschaft bei den Franzosen. Schnell kommt die Antwort: Aber mein Vater hat das im Krieg schon gesagt und deiner erst danach.

Lerchen hoch in der Luft, die Wärme der Sonne wird lästig, das Dorfkind spürt die Röte im Gesicht. Es hatte mit der Gefangenschaft des Vaters ein bisschen angeben wollen, drei Jahre immerhin, nun fühlt es sich geschlagen, beschämt.

Wieder eine lange Pause, dann die Frage: Und, haben sie ihn erschossen? Pause. Nein. Pause. Aufgehängt? Pause. Nein. Pause. Was denn sonst? Pause. Es war im Gefängnis. Nun sag schon. Sie haben ihm den Kopf abgehackt, mit so einer Maschine, mit einem Beil.

Zum Glück ist der Waldrand erreicht, Schatten, behauene

Baumstämme zum Sitzen. Das Dorfkind sagt nichts, das Stadtkind sagt nichts. Häuser, Scheunen und Ställe liegen still in der Talmitte, am Sonntag sind keine Traktoren unterwegs, keine Gespanne. Schweine und Kühe haben ihr Futter und geben Ruhe, in der Nachmittagszeit schweigen sogar die Hunde, Hähne, Glocken. Der einzige Lärm: die Lerchen über dem Weizenfeld. Kopf abgehackt, die beiden Wörter schallen ohrenbetäubend lautlos durchs Tal, wehen als Echo zurück und fressen sich ins Gehirn. Kopf abgehackt, das macht man bei den Hühnern, die werden mit der Hand an den Flügeln gepackt, auf den Hackklotz gelegt, wo sie zappeln, und dann hebt die Bäuerin die Axt, das ist Frauenarbeit, und hackt den Kopf ab, das Blut spritzt, der Kopf fällt zu Boden, das Huhn zuckt und zappelt weiter. Einmal hat das Dorfkind gesehen, wie das kopflose Huhn in die Luft stieg, mit hektischen Flügelschlägen über den halben Hof flog und plötzlich, wie angeschossen, abstürzte. Kopf ab, Blut auslaufen lassen, die Federn rupfen, waschen, salzen und ab in den Topf, das ist die Bestimmung der Hühner. Schon bei Kaninchen wird nicht mehr der Kopf abgehackt, Schweine kriegen den Bolzenschuss in die Stirn, Rinder karrt der Viehhändler ins Schlachthaus, keinem Tier sonst wird der Kopf abgehackt, warum hackt man Menschen den Kopf ab? Das Dorfkind ist allein mit den Wörtern Kopf abgehackt, darüber kann es nicht mit dem Freund reden, der hat schon zu viel gesagt, es bleibt allein mit den beiden Wörtern: Kopf abgehackt.

Die Freunde kennen sich, seit sie laufen, seit sie sprechen können, sie sind nebeneinander, fast unter einem Dach, groß geworden. Axel und Rolf wurden im zweitletzten Kriegssommer aus Berlin zu ihrer Oma aufs Dorf geschickt, die sich im Pfarrhaus eingemietet hatte, die Mutter von Anneliese

Groscurth. Direkt daneben das Bauernhaus der Tante, der Schwester Georg Groscurths. Nach der Hinrichtung ihres Mannes fand auch Frau Groscurth hier Zuflucht, eine Familie in zwei Nachbarhäusern, nur durch eine Gartenpforte getrennt. In Wehrda fielen keine Bomben, in Wehrda gab es zu essen, dann kamen die Amerikaner, und es gab immer noch zu essen. Die Freunde, Hand in Hand der erinnerungslosen frühsten Kindheit entwachsen, blieben unzertrennlich, auch als Axel zwei Jahre nach dem Krieg zum Berliner Stadtkind wurde.

Beim Abendbrot versucht das Dorfkind den Vater zu fragen: Was haben sie mit Axels Vater gemacht, haben sie ihm den Kopf abgehackt? Aber es bringt nur den ersten Teil heraus. Es traut sich nicht, das Wort Kopf laut zu sagen, weil es wegen des K gestottert hätte, diesmal, von Angstbildern besessen, noch mehr als sonst. Ja, es war schlimm damals, ist die Antwort des Vaters, ich glaube, er wurde erschossen, aber er war ja ein Kommunist. Das Aber, denkt das Kind, was ist das für ein Aber? Kommunist, ein Wort zum Gruseln, trotzdem wagt das Kind noch eine Frage: Was ist das eigentlich? Nun kommt die Antwort schon fester, weniger irritiert: So einer wie die in der Ostzone, wo es keine Freiheit gibt und wo sie den Glauben verbieten wollen. Neue Fragen springen los, das Kind traut sich nicht weiterzufragen, weil alles immer komplizierter und bedrohlicher wird.

Irgendetwas stimmt nicht. Wenn Herr Groscurth für die Ostzone war, warum ist Frau Groscurth, warum sind ihre Söhne dann hier? Und das mit der Freiheit – wenn es eine Frau gibt, die frei wirkt, gutmütig, großzügig, reiselustig, dann die Mutter von Axel und Rolf.

Erst am nächsten Morgen fragt das Dorfkind das Stadtkind: War dein Vater Kommunist?, und will eigentlich noch fragen: Warum haben sie Kommunisten den Kopf abgehackt?

Auch diese Frage bleibt im Hals stecken. Die Antwort kommt schnell: Wer sagt das? Meine Eltern. Das Stadtkind schaut das Dorfkind lange an, strafender Blick auf den Verräter. Deine Eltern kannten ihn nicht, er war nur dafür, dass der Krieg aufhört und keine Menschen totgeschossen werden. Und, fragt das Dorfkind, er war nicht für die Ostzone? Die gab es doch noch gar nicht, du Gimpel! Und fängt an zu lachen, das Stadtkind, ein gnadenloses, meckerndes, städtisches Lachen, wie es das Dorfkind noch nie gehört hat, das sich schämt, flieht und zurückzieht ins Haus.

Auch das Dorfkind weiß, dass die Grenze zwischen Ost und West erst seit dem Krieg das Land teilt, aber es fühlt sich in solchen Gesprächen ungeschickt, unterlegen, dumm. Es kann die Flammen der beiden Wörter Kopf abgehackt nicht austreten, ersticken, löschen. Noch schlimmer die stille Wut, vor dem Freund versagt, ja den Freund verraten zu haben. Es ist fast so untröstlich wie einst, bei der ersten Katastrophe der Kindheit, als es stundenlang schluchzte und heulte, weil ihm der Freund entrissen wurde. Axel und Rolf sollten nach Berlin zurück, der Krieg war seit zwei Jahren vorbei, Rolf musste in die Schule, warum konnte Axel nicht in Wehrda bleiben? Die Flut der Tränen war das einzige Mittel gegen den drohenden Verlust, bis Frau Groscurth kam und ihm ein Buch schenkte zum Trost, ein richtiges Kinderbuch, nicht nur ein Bilderbuch, ein richtiges, zum Lesen, für später, *Nils Holgersson*.

Das Dorfkind sucht das alte Buch, findet es nicht und meidet bis zum Abend den geliebten Freund. Am nächsten Morgen vertragen sie sich wieder. Das Stadtkind nimmt den Gimpel zurück. Das Dorfkind wagt viele Jahre nicht, das Schweigen über den abgehackten Kopf und die Rätsel des Kommunismus zu brechen.

Hier, hätte ich dem psychologischen Gutachter des Gerichts gesagt, haben Sie mein Urerlebnis. Hier können Sie mit der Analyse meiner Person ansetzen. Ziehen Sie, bitte schön, aus den Tränen des Vierjährigen und den Phantasien des Dorfkinds Ihre Schlüsse.

Das Gestammel der Empörung

Die Kritik am Urteil des Schwurgerichts war während des Wochenendes angeschwollen, die Montagszeitungen räumten mehr als eine Spalte dafür frei, alle Parteien, alle möglichen Verbände zeigten Entrüstung, im Ausland regten sich Proteste, selbst die Springer-Zeitungen schimpften: *Verhöhnung des Rechtsstaats*. Ich war in bester Gesellschaft, auch Springer kann mal die Wahrheit sagen, und fühlte mich von allen Seiten bestätigt, was für ein seltenes Glück.

Ein Hoch auf Roland Freisler, so brachte es der *Spiegel* auf den Punkt. Ich habe sie noch gefunden im Karton mit dem alten Material, die Zeilen, die ich damals angestrichen hatte: *Unter Hitler konnte man hängen, erschlagen, vergasen, erschießen, abspritzen – und dafür wird man natürlich heute bestraft. Doch richten – richten konnte man unter Hitler ohne Folgen nach Hitler. Man war dem Gesetz ‹unterworfen›, und das ist kein strafwürdiger Zustand, sondern voll ehrbarer Tragik. Das Richten ist eine prächtige Sache. Wer wird denn schon mit dem bestimmten Vorsatz ans Richten gehen, das Recht zu beugen – und sich das auch noch später nachweisen lassen. Doch es soll sich noch einmal jemand auf die ‹richterliche Unabhängigkeit› berufen nach diesem Freispruch und sich dann beschweren, wenn gelacht wird.*

In der Mitte des Artikels war ein Rechteck ausgeschnitten: das Foto von R. Mein Gedächtnis behauptet, ich hätte es mit einer Stecknadel an die Wand gepikt. Im Halbprofil ein rundes Gesicht, ein älterer Mann im dunklen Anzug, das Haar nach hinten gekämmt, ein Beamtenmännlein von abstoßender Harmlosigkeit. Jemand, den man sofort vergessen könnte, mit dem man sich keine Minute befassen möchte. Wenn er nicht eine einzige Auffälligkeit hätte, den Hundeblick, die unterwürfig nach oben gerichteten Augen.

Das ausgeschnittene Foto ist verschollen, ich hab es erst im Pressearchiv wiederentdeckt, Gedächtnis und Geständnis brauchen solche Indizien. Ein paar Wochen, Monate muss das Foto ein Fixpunkt an der Wand neben dem Schreibtisch gewesen sein, eine Zielscheibe.

Monday, Monday, so good to be, erst drei Tage nach dem Urteil, am Montagabend, hatte ich Axel am Telefon.

– Eine maßlose Sauerei, ich bin entsetzt, wirklich entsetzt, sagte ich.

An den Wortlaut kann ich mich nicht erinnern, aber an die Scham, für mein Mitgefühl keine passende Sprache zu finden, nur das Gestammel der Empörung. Es sollte weder wie ein Beileidstelegramm noch wie eine politische Erklärung klingen. Der Freispruch für den Mörder seines Vaters war eine intime und eine extrem öffentliche Sache, wie ließ sich das in einem Satz unterbringen, bei einem hellhörigen Freund, am Telefon? Um nicht weiter nach Wörtern stochern zu müssen, fragte ich schnell, wie er das Urteil aufgenommen habe.

– Ach, dazu fällt mir nichts mehr ein. Es ist immer dasselbe, seit zwanzig Jahren.

– Wenigstens wurde ein Prozess geführt. Es gibt Schlagzeilen.

– Hör auf! Die sind nächste Woche vergessen!

– Und was sagt deine Mutter?

– Die hat nichts andres erwartet.

– Ich finde, man muss was tun.

– Du bist gut! Meine Mutter tut seit zwanzig Jahren was gegen diese Bande, und was ist passiert? Nichts, nichts. Sie hat alle Gerichte der Stadt gegen sich, den Bundesgerichtshof auch, und darüber regt sich keiner auf. Du kannst ja protestieren, wenn du willst, und dann gucken wir mal, was dabei rauskommt.

Axels Bitterkeit verletzte mich nicht, ich kannte seinen Ton und die unwirschen Bemerkungen, mit denen er mir Flausen aus dem Kopf scheuchte. Er nannte mich Idealist, ich ihn Pessimist, ein altes Spiel. Auch dem Freund verriet ich nichts von meiner fixen Idee. Er sollte nicht wissen, dass ich bei den albernen Silben «was tun» längst viel weiter als an ein Protestbriefchen dachte.

– Wart ihr irgendwie, fragte ich, beteiligt an dem Prozess?

– Das wollten wir, als Nebenkläger, aber das Gericht hat das abgewimmelt.

– Obwohl der das Todesurteil für euren Vater fabriziert hat?

– Abgewimmelt, ich sag es doch.

– Und Havemann, hat der es versucht?

– Nicht, dass ich wüsste, der hat auch andere Sorgen jetzt.

– Die wollten euch nicht als Nebenkläger, das ist doch ein Skandal! Noch ein Skandal!

– Ich kann das Wort Skandal nicht mehr hören, mein Lieber. Es ist ganz normal, es hat Methode. Außerdem, für Groscurth interessiert sich sowieso kein Mensch. In der DDR feiern sie die paar Kommunisten, die im Widerstand waren, in Westdeutschland die paar Offiziere, die viel zu spät den Putsch versucht haben. Damit haben sie beide das Alibi, das sie brauchen, und Leute wie mein Vater, die so viel getan und riskiert haben, vielleicht mehr als viele dieser Kameraden, fallen durch den Rost, weg damit. Nur Havemann hat die Gruppe hochgehalten. Und weil er der einzige Überlebende ist, haben die im Westen immer gedacht: Ein Kommunist, der prahlt und lügt sowieso. Deshalb kennt niemand im Westen die E. U. Und jetzt, weißt du, was sie jetzt mit ihm machen …

– E. U., was heißt E. U.?

– Europäische Union, so nannte sich die Gruppe. Die waren ihrer Zeit voraus, viel zu weit voraus, das war ihr Pech. Also, Havemann, weißt du, was sie jetzt machen, wo er gegen Ulbricht ist? Jetzt streichen sie ihn ganz aus dem Widerstand.

– Aber die können doch nicht die Geschichte verdrehn!

– Die auch! Vor kurzem ist ein Artikel über die Europäische Union erschienen, in einer DDR-Zeitschrift. Und da kommt Havemann nicht mehr vor, dafür stellen sie jetzt meinen Vater groß raus. Der hätte ihnen das um die Ohren gehauen!

– Kann ich den Artikel mal lesen?, fragte ich.

– Musst mal wieder meine Mutter besuchen, die hat das Zeug.

Da klang ein Vorwurf mit, seit einem Jahr oder länger hatte ich Anneliese Groscurth nicht mehr gesehen.

(Wenn ich unsere früheren Dialoge zu rekonstruieren versuche und in das Geständnis einbaue, vernehme ich den schwerfälligen Ton, das hölzerne Denken. Aber es war so, wir haben damals nicht eleganter, witziger, intelligenter geredet, und deshalb muss, wer wissen will, wie ich zum Mörder wurde, mit diesen spröden Dialogen vorliebnehmen. Alles zu schönen würde nichts nützen. Mich klüger und geschickter zu malen wäre Lüge. Nur in der Enge dieser Sprache, leicht pathetisch, in jeder Silbe politisch eifernd, konnten die Pläne keimen und blühen.)

Der Engel aus London

Die besten Einfälle muss man für sich behalten, die fatalen erst recht. Trotzdem diskutierte ich jeden Tag darüber – ohne dass meine Gesprächspartner es merkten, zum Beispiel mit dem Engel aus London.

Er war der Freund meines Freundes Bruno und ein bisschen auch mein Freund, einer der liebenswürdigsten Menschen mit einem der hässlichsten Vornamen, Hugo. Seit wir uns, zwei Jahre zuvor, in London mit ihm verbrüdert hatten, nannten wir ihn Angel of London, obwohl er Amerikaner war. Ein Buchhändler von der tüchtigsten Sorte der Hippies, Their Majesties' Bookseller. Mit seinem Laden in East Hampstead belieferte er nicht die Queen, er diente den wahren Königen Großbritanniens als Hoflieferant, den Beatles und den Rolling Stones. Als wir ihn kennenlernten, im Spätherbst 1966, verkehrten bei ihm Paul McCartney und Mick Jagger, Brian Jones, John Lennon und die andern. Sie holten oder bestellten hier die Zeitschriften aus dem Underground der USA, Anleitungen zur Meditation aus Indien, Mao-Bibeln, Buddhas Lehren, Broschüren über vegetarische Kost, Gedichte und was sie sonst an geistigem Futter brauchten. Vielleicht war der sanfte Hugo der einzige Mensch, der mit den beiden rivalisierenden Gruppen befreundet blieb.

Am 10. Dezember um 19.46 Uhr, so steht es im Taschenkalender, war der Engel aus London am Bahnhof Zoo angekommen. Sein erster Besuch in Deutschland, er wollte die Mauer sehen, die Proteste und uns, er hatte sogar verkündet, vielleicht hier leben zu wollen.

Nicht nur vor Catherine habe ich damit angegeben, dass der Freund von Mick Jagger und John Lennon, von Keith und Paul auch der Freund von Bruno und mir war. Sie schwärmte, nicht sehr originell, für Lennon. Hugo aber protzte nicht damit und wollte nicht mit Fragen nach dem Befinden der Stars belästigt werden, seine Botschaft lautete: Kein Mensch ist mehr wert als ein anderer.

Als ich ihm an diesem Abend in Brunos Wohngemeinschaft Catherine vorstellte, sagte er sofort:

– Wow! what a marvellous woman!

Seine Gewohnheit, unbekannte Menschen fröhlich mit einem Kompliment zu begrüßen, funktionierte in Berlin besonders gut, wo Höflichkeit und Charme fast als Unsitte galten. Catherine war begeistert, Hugo strahlte. Sein kleines, immer lächelndes Gesicht zierte eine schlichte Nickelbrille mit runden Gläsern, und das halblange, halbblonde Haar mit Mittelscheitel hätte ein Maler von Altarbildern nicht besser um den Kopf fügen können. Er trug ein indisches Hemd ohne Kragen, dicht am Hals zugeknöpft, und zog eine Art Poncho über. Wir stiegen zu viert in meinen alten Fiat 500, ich steuerte eine Kneipe in Charlottenburg an, wo wir Brunos Freundin treffen wollten. Hugo fragte, warum es zwischen den Häusern so viele Lücken gäbe, wir antworteten mit Wörtern wie *war*, *bombs, British and American airplanes*, und von hinten sagte Bruno:

– Well done.

– But that was twenty-three years ago?

– The Germans like destruction, sagte Bruno.

Im *Schotten* war es zu voll, auf einen Tisch nicht zu hoffen. Alle drängten hierher, seit ein paar Häuptlinge der Bewegung an dieser Ecke Charlottenburgs ihr Bier tranken. Außerdem profitierte der Ort von dem Gerücht, der Baader hätte sich hier öfter geprügelt, bevor er in Frankfurt Kaufhäuser in Brand setzte. Deshalb hockten an den Tischen viele Journalisten, die Storys, und linke Touristen, die Anschluss an die wilde Welt der Revolution suchten. Die studentischen Stammgäste standen gedrängt vor der Theke, an Türen und Wänden und bei milderem Wetter draußen, Biergläser in der Hand. Als wir Brunos Freundin Ute gefunden hatten, zogen wir in eine andere Kneipe.

In meinem Geständnis muss nur eine Episode dieses Abends erwähnt werden, die Bullshit-Diskussion.

Der Engel aus London trank keinen Alkohol, bestellte Tee, und als die Kellnerin mit dem Teebeutel im Glas kam, Wasser. Bruno wollte ihm einen Gefallen tun und fragte irgendwann, wie er sich fühle im Naziland. Er fühle sich nicht im Naziland, sagte er, die Leute hier, jung, lässig, mit langen Haaren, sind gewiss keine Nazis. Außerdem seien nur Nazis für den Vietnamkrieg, ihr seid dagegen, alles klar. Hugo war einer der leidenschaftlichsten Gegner dieses Krieges und der Gefechte, die sein Land in der Dritten Welt anzettelte. Man hätte ihn für den Erfinder der Parole *Make love not war* halten können. Wir klagten, wie schwer das sei, gerade in Berlin, wo man bei jedem Mucks mit der Keule des Antiamerikanismus geschlagen werde. Wenn euch jemand so kommt, lachte Hugo, dann schreit: Wir sind die Proamerikaner! Wir demonstrieren für unsern Freund Hugo aus San Diego und die Millionen Amerikaner, die so denken wie er!

Aber wenn er sich vorstelle, dreißig Jahre zurück, hier, hundert Prozent bullshit, vielleicht genau dies Lokal voll SA oder SS. Bullshit, das imponierte mir, wie er das Wort Nazis vermied und einfach bullshit sagte. Ute klärte ihn auf, dass bei den letzten freien Wahlen in Berlin die Bullshit-Partei nur die Hälfte der Stimmen erhalten hatte.

Eine gute Gelegenheit, dachte ich, vom Widerstand zu reden, nicht vom Widerstand der Offiziere und der Kommunisten, sondern von Groscurth, Havemann und der Europäischen Union, doch ich schreckte zurück, weil ich die Geschichte der Gruppe nicht kannte und nichts Spannendes zu berichten wusste.

Also lenkte ich das Gespräch auf den freigesprochenen Nazirichter R. Allgemeine Empörung am Tisch, dann verkündete der Engel aus London seine Botschaft: Peace, peace to everyone! Wenn wir die Welt ändern wollten, dürften wir nicht in alte Muster fallen, by no means. Jedes alte Muster verweigern, jeden Gewaltakt vermeiden, jeden Konflikt entschärfen. Auf meinen Einwand, das seien Mörder und Verbrecher, meinte er: Was soll das, ein alter Mann der Bullshit-Partei im Gefängnis, außerdem, denk an Oscar Wilde: Vergib deinen Feinden, das ärgert sie am meisten.

Ute widersprach: Hin und wieder Gewalt, das sei nur Gegengewalt, hin und wieder ein Molotowcocktail, das müsse sein, um die Leute aufzurütteln, die Bewegung voranzubringen. Solche Sprüche waren in Mode, seit im November die Schlacht vor dem Landgericht am Tegeler Weg gefeiert wurde. Das Wort Gewalt hatte eine pathetische Aura gewonnen. Ute versuchte den Engel aus London zu begeistern: Ein linker Rechtsanwalt, der Mahler, sollte für die Folgekosten der Demonstrationen und Brandsätze gegen den Springer-Konzern aufkommen (die, wie man heute weiß, vom Berliner Verfassungsschutz stammten), vor dem Gericht wurde demonstriert, die Polizei mit Pflastersteinen in die Flucht geschlagen, der erste Sieg mit roten Fahnen.

Utes Meinung und ihr forscher Ton beängstigten mich, ich fand es kindisch, gegen die Polizei zu kämpfen, und war froh, dass Hugo mir die Antwort abnahm.

– Violence is bullshit, sagte er, aus dieser Falle kommt ihr nie mehr heraus, damit schlagt ihr euch nur selbst. Ihr sollt jede Gewalt verweigern, allem, was euerm Gefühl widerspricht.

Catherine und ich nickten, und das beflügelte ihn zu einer längeren Grundsatzrede: Wir sollten nichts tun außer love, love, love, möglichst viele Menschen lieben, das sei der einzige Weg. Hätten die Bullshit-Nazis die Menschen geliebt, statt sie zu hassen, würden die Bullshit-Americans die Vietnamesen, die Bullshit-Russen die Tschechen lieben, statt sie mit Napalm zu verbrennen, mit Panzern zu unterdrücken, so ungefähr fuhr er fort – und ich spürte, dass auch der Engel aus London ein Ideologe war. Seine Sanftheit, ob von Marihuana oder LSD stimuliert oder nicht, war auch nur ein Mittel, sich die Welt zu vereinfachen. Die Parole love and peace eine hübsche neue religiöse Verführung, die der alten Religion verblüffend ähnlich war, Buddha und Luther zogen an einem Strang.

Selbst dieser sanftmütige Mensch hat mich nicht abgebracht von meinen Plänen. Im Gegenteil, je heftiger der Engel aus London predigte, desto weniger friedfertig wollte ich sein.

Sprechstunde

Komm nicht vor acht, hatte Frau Groscurth gesagt, trotzdem war ich zu früh. Also lief ich ein paar Schritte, die kurze Straße am Witzlebenplatz entlang, die im spitzen Winkel vom Kaiserdamm abging. Rechts lag dunkel der Lietzensee, die Parkwege still und unbeleuchtet, Schillers Denkmal im Dunkeln, links das mächtige Gebäude des Kammergerichts.

Noch war ich schlecht informiert über den Kammergerichtsrat R. und bildete mir ein, der habe bis vor kurzem in diesem düsteren, riesigen Steinkasten gearbeitet. Die Groscurths wohnten am Kaiserdamm, Ecke Lietzensee / Witzlebenplatz, und an der anderen Ecke, nur drei Häuser dazwischen, das Kammergericht. Das passte wunderbar in das Schreckbild von deutschen Widersprüchen: der Schreibtisch des Mörders R. nur den berühmten Steinwurf weit von der Wohnung seiner Opfer entfernt, der Witwe Groscurth und ihrer Söhne.

Die Straßenbeleuchtung ließ wenig von den Fassaden erkennen, trotzdem starrte ich auf die Festung, zum pompösen Portal, zur wilhelminischen Imponier-Architektur, als wäre hier ein Schlüssel für meine Empörungen zu finden. Kein Licht hinter den Fenstern, offenbar waren die Putzfrauen schon fertig. Um die Ecke streckte sich die Längsseite des Gerichts noch weiter hin, wuchtiges Mauerwerk die halbe Witzlebenstraße entlang. Ein schwarzer Kasten, in dem die schwarzen Roben ihre schwarzen Urteile kochten, eine finstere Paragraphenumwälzanlage, die auch in der Stille des juristischen Feierabends nichts von ihrer Bedrohlichkeit verlor.

Hier, dein Tatort, dachte ich, als sich die Phantasie des Nikolausabends wieder einstellte, hier in der Witzlebenstraße, wenn R. das Gericht verlässt und zu seinem Auto geht, dann die Pistole, dann fallen die Schüsse. Was für ein Irrtum! Dieser Herr Kammergerichtsrat und Volksgerichtshofrichter hatte nämlich, wie ich Tage später erfuhr, nach dem Krieg nicht in Berlin, sondern in Schleswig Recht gesprochen.

Die Sprechstunde der Frau Dr. Groscurth ging bis 18 Uhr, die letzten Patienten verließen die Praxis zwischen sieben und acht. Sie hatte mich zum Abendbrot eingeladen, und als ich an ihrer Tür stand, hatte sie noch den weißen Kittel an und begrüßte mich im Wartezimmer, das gleichzeitig das Durchgangszimmer zu den drei Wohnräumen und zur Küche war.

– Blass siehst du aus.

Blass sah sie auch aus, die lebhaften Augen und der kecke, muntere Gesichtsausdruck täuschten über ihre Erschöpfung nach dem langen Arbeitstag hinweg, auf die ich, ein ziemlich blinder, stumpfer Kerl, eigentlich hätte Rücksicht nehmen müssen. Sie legte den Kittel ab und führte mich in die Küche. Sie war allein, die Söhne wohnten nicht mehr bei ihr, und wies mir sofort die Rolle eines Halbsohns zu.

– Du hast Glück, mein Lieber. Vorgestern ist das Weihnachtspaket aus Wehrda gekommen, Würste und Schinken. Auch die Ahle Worscht soll man nicht alt werden lassen. Na, komm her, iss erst mal ordentlich.

Wehrda, das magische Wort, der verwunschene Ort, in dem alle Fäden zusammenliefen, die Wurzeln der Groscurth-Geschichte und meiner Geschichte. Wehrda, das unscheinbare Nest, hatte uns verbunden, verstrickt, und wer immer das Dorf beim Namen nannte, sprach damit eine Zauberformel aus, die uns sofort friedlich und erinnerungsselig stimmte. Andere brauchen Gebäck oder Brausepulver, uns genügte, um das Gelände der Erinnerung zu betreten, eine harte, gut abgehangene Leberwurst. Es reichten der Geschmack und Majoranduft der Ahlen Worscht vom Bauern Döring, Groscurths Verwandt-schaft, meine Nachbarn, um die schweren schönen Jahre auf dem Dorf wieder aufzurufen am Abendbrottisch in Berlin. Wir sprachen über ihren Neffen, meinen Freund, der jetzt den Hof führte, das Drama der jungen Bauern, die sich spezialisieren mussten und von morgens früh bis abends spät nur noch im Schweinestall schufteten. Frau Groscurth fragte nach Familie und Studium, ich antwortete knapp, weil ich die Zeit nicht mit solchen Gesprächen verplempern wollte.

– Das ist Letscho, sagte sie, als sie mein Zögern vor einem Glas mit eingelegtem Gemüse bemerkte, Paprika und Tomaten aus Ungarn, Vitamine, musst du essen.

Dem Etikett und den eher braunen als grünen oder roten Paprikastücken sah man an, dass das Glas von drüben kam, aus Ostberlin. Dort arbeitete Frau Groscurth seit den fünfziger Jahren drei Vormittage in der Woche als Betriebsärztin beim Rundfunk. Sie war darauf angewiesen, weil die Westberliner Behörden ihr die Versorgung als Verfolgte des Naziregimes gestrichen hatten, darauf komme ich noch, und weil sie die im Westen übliche ärztliche Geldschneiderei an ihren Charlottenburger Patienten aus Prinzip ablehnte. Von dem Ostgeld kaufte sie mit einer DDR-Einkaufskarte in der Karl-Marx-Allee Lebensmittel und schleppte die über die Grenze, durch die Mauer bis zum Kaiserdamm. Komplizierte Geschichten, Possen und Rührstücke aus dem Kalten Krieg, konserviert im Glas mit blassen Paprikastücken, Letscho aus Ungarn, das vor mir auf dem westlichen Tisch auf dem westlichen Teller lag. Ich wagte nicht zu sagen, dass es mir nicht schmeckte.

Endlich fasste ich Mut und fragte nach Georg Groscurth. Der Anfang war am schwierigsten. Wie spricht man über einen, der seit vierundzwanzig Jahren tot ist? Ermordet, Kopf abgehackt von Leuten, die leben und frei herumlaufen? Wie legt man, wenn man wenig Erfahrung mit der Einfühlung hat, einen Finger auf eine so riesige Wunde? Ich hatte lange überlegt, wie ich ihn bezeichnen sollte, mit dem Vornamen, als Axels Vater, als Axels und Rolfs Vater, und sagte dann, als wäre sie mit dem Toten noch verheiratet: dein Mann.

– Ach, was soll ich da erzählen, antwortete Anneliese Groscurth ungefähr, was hab ich denn schon zu erzählen, es ist so lange her, ich war doch nur am Rand dabei.

– Aber dich haben die Nazis doch auch verhaftet?

– Ja, acht Wochen.

Offenbar muss ich sie mit meinen Blicken zum Weiterreden gedrängt haben, denn sie antwortete barsch:

– Darüber spricht man nicht mit dem Wurstbrot in der Hand!

Ich schämte mich für meine Plumpheit und schwieg.

– Das bisschen, was ich weiß, sagte sie nach einer Weile, hab ich oft genug erzählt. Und das wird dann auch noch verfälscht. In der DDR hat ihn Havemann zum Kommunisten erklärt, obwohl er ein Sozialist war, und deswegen verteufeln sie mich hier im Westen seit zwanzig Jahren als Kommunistin. Georg wollte keine Nazis und keinen Krieg, das ist alles. Mehr will ich auch nicht. Aber heute wird dir ja alles im Mund rumgedreht. Die wahre Geschichte interessiert keinen mehr, außer Rolf und Axel, die wissen eine Menge, frag die doch erst mal.

– Mich interessiert sie auch.

Sie seufzte und fragte, warum ich jetzt damit käme.

– Wegen R., sagte ich und gestand mein Unwissen über die Männer von der Europäischen Union, die R. zum Tod verurteilt hatte.

Sie antwortete nicht, ich wurde verlegen und machte, um

mir ihre Sympathie zu erkaufen, mein leichtsinnigstes Versprechen:

– Ich würd gern was schreiben über die Gruppe, vielleicht.

– Du bist gut! Keine Ahnung und dann was schreiben!

– Natürlich muss ich mich informieren, deshalb bin ich ja hier.

– Ganz schön stürmisch, junger Mann! Aber das trau ich dir nicht zu, mein Lieber. Da musst du erst noch einen Sack Salz essen, wie man in Wehrda sagt.

Ich wurde rot.

– Na ja, sagte sie, als sie mich geschlagen sah, es schadet nicht, dass du dich für die alten Sachen interessierst. Ich geb dir was mit, was du lesen kannst, und dann frag noch mal nach, meinetwegen.

Das reichte mir nicht, und ich beging die nächste schwere Taktlosigkeit. Nach der Frage, ob sie bei der Verhandlung vor dem Volksgerichtshof dabei gewesen sei, was sie bejahte, wollte ich hören, ob sie sich an R. erinnere.

Lange sagte sie nichts, dann fuhr sie auf:

– Ich seh nur Freisler vor mir, ich hör Freisler, seine Stimme macht mir immer noch Albträume, wie der schrie, wie der keifte und brüllte, und ich dachte: Wie krieg ich jetzt noch ein Gnadengesuch zustande? Meine schrecklichsten Stunden, ich, ich kann das nicht …

Das Telefon rettete uns.

– Ein Notfall, ich muss weg, eine alte Patientin drüben in der Danckelmannstraße, wir reden ein andermal weiter, sagte sie, während sie Wurst, Letscho, Käse, Butter in den Kühlschrank räumte.

Sie führte mich ins Wohnzimmer, griff nach einem Ordner, holte einen Artikel heraus:

– Hier, nimm das mal mit, hab ich doppelt, stimmt auch nicht alles, aber ganz informativ ...

Ich wollte sie nicht aufhalten und fragte nicht, was sonst in dem Ordner war. Als sie ihn wieder ins Regal stellte, sah ich einen offenen Karton mit Fotos daneben.

– Fotos gibt es auch?

– Ja, das sind die, die ich nicht im Album habe.

Sie griff drei Fotos heraus.

– Zwei mit Rudolf Heß und das mit Havemann, die hab ich mehrfach, aber bring sie mir zurück.

So verwirrt war ich von dem Namen Rudolf Heß, dass ich kein Wort herausbrachte, während wir die Mäntel anzogen, sie den Arztkoffer nahm, die Tür verschloss und mit mir die Treppe hinunterging.

– Brauchst gar nicht so betreten zu gucken, Georg war nebenbei auch der Arzt von Heß. Vielleicht erzähl ich dir ein andermal mehr, falls dich das wirklich interessiert.

Unten auf dem Kaiserdamm, als wir uns verabschiedeten, sagte sie:

– Versprich mir nur eins, frag mich nie wieder nach Freisler.

Das Buch zum Mord

Auf dem Schwarzweißbild eine schwarze Limousine im Schnee. Drei weiß gekleidete Männer begrüßen zwei dunkel gekleidete Männer. Alle uniformiert, die einen mit Arztkittel, die andern mit Parteimantel und Gürtel. Die dunkel gekleideten Herren tragen die zur Uniform passenden Mützen, die weiß gekleideten sind ohne Kopfbedeckung. In der Mitte des Bildes der zweithöchste Mann des Reiches, bekannt als Stellvertreter des Führers, der einem der Ärzte die Hand schüttelt. Hinter diesem steht am rechten Bildrand, den hohen Gast fest im Blick, ein jüngerer Arzt. Im Hintergrund des kleinformatigen Fotos, 6 mal 9, eine kahle Hecke, Bäume, Schnee, Gebäude mit Fenstern.

Unter der Schreibtischlampe zu Hause sah ich mehr als beim ersten flüchtigen Blick im dünnen Innenlicht des Autos. Man könnte denken: Aha, die Nazis und ihre Ärzte, Mörder und ihre Komplizen unter sich, das übliche Schwarzweißbild. Die Bleistiftschrift auf der Rückseite verriet die Namen: R. Heß im Robert-Koch-Krankenhaus Moabit, rechts Dr. Groscurth.

Das zweite Foto: innen, drei Männer vor der Tür eines Sprechzimmers, der Nazi vorn, der junge Arzt dicht hinter ihm, im Hintergrund ein zweiter Arzt. Heß grüßt und lächelt, Mütze und Handschuhe in der Linken. Der junge Arzt, Groscurth, halb verdeckt hinter dem mächtigen Mann, hat die Hand auf der Türklinke des Sprechzimmers. Im Lächeln des Arztes ist der Schalk zu ahnen, ein stiller Stolz: Seht her, welchen bedeutenden Patienten ich da habe, gleich ist er in meiner Hand, der Stellvertreter des Führers.

Zwei Männer, der eine steht im Geschichtsbuch, der andere ist, obwohl ein größerer Held, vergessen.

Er starb für ein besseres Deutschland stand über den zwei Seiten der Zeitschrift *Deine Gesundheit* aus der DDR. Das Heft, das Frau Groscurth mir mitgegeben hatte, war gut sechs Jahre alt, Mai 1962. Der Verfasser ein Arzt, der 1940 bei Groscurth promoviert hatte und einen biographischen Abriss aus persönlicher und medizinischer Sicht vorlegte.

Ich habe den Artikel noch einmal hervorgeholt, den ich

damals mit diffuser Abneigung gelesen habe. Sind nicht alle Widerstandskämpfer für ein besseres Deutschland gestorben? Groscurth hatte dem Verfasser offenbar das Nazidenken abgewöhnt, und dies Verdienst wurde den Lesern nun als marxistische Schulung verkauft. Kurz nach dem Bau der Berliner Mauer sollte Georg Groscurth als Vorbild eines linientreuen DDR-Bürgers hingestellt und als Kämpfer für die *Niederhaltung und Ausrottung des Faschismus und Militarismus, ja des Imperialismus in Westdeutschland* eingemeindet werden.

Immerhin, einige Fakten: Bauernsohn aus Unterhaun bei Hersfeld, nicht weit von Wehrda – der Vater verkauft ein Stück Land, damit der Sohn studieren kann – beste Zensuren und Examen – Freundschaft mit Havemann seit 1932 – Spitzenmediziner im renommierten Krankenhaus Moabit, wo er, weil kein Parteimitglied, erst 1939 Oberarzt wurde – mit Havemann im Forschungslabor des Krankenhauses, Treffpunkt der Anti-Nazis, offene politische Gespräche – mit den Freunden Paul Rentsch, Dentist, und Herbert Richter, Architekt, entsteht die Gruppe – ihr Name Europäische Union wird von Georg erfunden.

Zum Thema Widerstand durfte 1962 noch Havemann zitiert werden: *Anfänglich beschränkte die zunächst kleine Gruppe ihre Tätigkeit auf die Sicherung verfolgter Antifaschisten und Juden. Sie sorgte für illegal lebende Genossen, beschaffte falsche Ausweispapiere, Pässe, Kennkarten und Reisebescheinigungen. Eine Anzahl verfolgter Juden wurde auf diese Weise ‹arisiert›, andere wurden versteckt und mit Lebensmitteln versorgt.* Groscurth habe jungen Leuten, die nicht an die Front wollten, eine besondere Rezeptur empfohlen, die sie so schwer krank erscheinen ließ, dass auch die härtesten Musterungsärzte getäuscht wurden – das Rezept wurde den DDR-Lesern nicht verraten.

Der Artikel hatte mir einige Neuigkeiten geliefert, und das Foto von Groscurth und Havemann passte dazu: Zwischen Laborgeräten, Gläsern, Flaschen, Kolben schauen zwei junge Männer in weißen Kitteln in die Kamera, der schmalere, Havemann, mit einer Zigarette in der Hand, an den Arbeitstisch gelehnt, der etwas untersetzter wirkende Groscurth mit einer Kaffeetasse, auf dem Stuhl sitzend. Die beiden verstehen sich, das sieht man sofort. Ihre Nähe wirkt nicht gestellt. Gerade das entfachte meine Neugier.

Zwei Freunde, der eine macht seine Karrieren, der andere ist vergessen. Warum wird der eine, der mit der Kaffeetasse, hingerichtet, warum überlebt der andere, der mit der Zigarette? Warum bekam der eine nach dem Todesurteil im Zuchthaus wissenschaftliche Aufträge, warum der andere nicht? Es setzten sich, wie in *Deine Gesundheit* zu lesen war, auch für Groscurth viele Wissenschaftler ein, warum gelang ihnen die Rettung nicht, die ihnen bei Havemann gelang? Hatte er mehr getan oder mehr gestanden? Wurde er gefoltert? Wer waren die anderen Mitglieder? Was ist mit denen passiert? Was stand in den Flugblättern der E. U.? Wo waren diese Blätter? Warum flog die Gruppe auf? Verrat, Dummheit, Zufall?

So geriet ich in den Strudel der Fragen, der mit dem Blick auf die Heßfotos immer schneller wirbelte. Warum schrieb der DDR-Arzt kein Wort über Rudolf Heß, obwohl er mit Frau Groscurth gesprochen und die Bilder gesehen hat? War das so anstößig im Osten, konnten sie diese Wahrheit nicht vertragen? Und Heß selber, wie oft kam er? In welchen Jahren? Warum gerade zu Dr. Groscurth? Warum nicht zu einem der anderen tausend Fachärzte in Berlin? Welche Krankheiten ließ er kurieren? Wie sprach Groscurth mit ihm?

Hundert Fragen, in die ich mich in der Nacht verstrickte.

Vielleicht hatte Frau Groscurth, vermute ich heute, mir die Fotos geliehen, um zu testen, wie ich mit diesen Widersprüchen umginge: Heß der Feind vorm Stethoskop, Havemann der Freund an seiner Seite. Sie ahnte nicht, welche Sprengladung sie mir mitgegeben hatte. R. H. und R. H., die unbegreifliche, unendliche Spanne zwischen Heß und Havemann. Die Fotos und der dürftige Artikel lösten ein Feuerwerk von Fragen aus, die sich nicht bremsen, nicht kleinreden, nicht wegstecken ließen. Sie explodierten, eine knallbunte Kettenreaktion, hundert leuchtende Fragezeichen regneten mir durch den Kopf, trieben mich in die Enge, bis ich die Rettung sah: schreiben.

Schreiben, ganz einfach.

Fragen und Antworten suchen, Antworten verwerfen und weiter fragen, forschen, prüfen, bohren, dafür gab es nur einen Weg: schreiben. Wer Bescheid weiß, wer handliche Antworten hat, der kann sich auf die Straße oder vor ein Mikrofon stellen und Parolen schreien, das ist in Ordnung, aber wer nichts weiß oder fast nichts und so gebaut ist wie ich, der hat nur eine Wahl: schreiben. Wenn die Fragen schon so weit vorgeschossen, wenn die Gegensätze schwer auszuhalten sind, gibt es nur ein Mittel: an der Schreibmaschine weiterfragen, die Gegensätze zuspitzen.

Was ich in naiver Laune oder um Eindruck zu schinden bei Frau Groscurth gesagt hatte, war instinktiv richtig gewesen: Ich würde gern was schreiben über die Gruppe. Wie eine Beleidigung lag mir der Satz in den Ohren: Da musst du erst noch einen Sack Salz essen, junger Mann! Im Rausch der neuen Vorsätze, unterstützt von zwei Flaschen Bier, provozierte der Sack Salz am meisten: Jetzt erst recht, zeig ihr, was du kannst!

Das Beste an den Schreibplänen war, sie standen den Mordplänen nicht im Weg. Im Gegenteil, sie ergänzten sich. Ich war überwältigt von einer Lösung, von einer Doppelstrategie, um es im damaligen Jargon zu sagen: das Buch über die Groscurth-Havemann-Gruppe – und den Mord an dem Richter vorbereiten, der sie köpfen ließ. Beides müsste gleichzeitig publik werden, der Mord hätte dann zu geschehen, wenn das Buch frisch auf dem Markt ist. Das Buch liefert das Motiv für den Mord, der Mord ist die Konsequenz aus dem Buch. Wort und Tat wären eins, endlich einmal. Der Widerspruch, der den Wortmenschen so viel zu schaffen machte, wäre aufgehoben. Wenn ein junger Autor gegen den Mörder R. loszieht, könnte das ein Beispiel für die ganze studentische Bewegung werden, die Literatur aufgewertet, das Wir-Gefühl belebt, die auseinanderstrebenden Kräfte vereint werden, das waren die kühnsten Illusionen. Für das Buch wird es Beifall geben, für die Tat ebenso, die Feuilletons werden sich über das Thema Wort und Tat ereifern, alle Anstrengungen werden reichlich belohnt werden.

Die hochfahrenden Pläne verwelkten schnell im Licht des nächsten Morgens. Im Fieber der phantasierten Feldzüge gegen die Nazis und im Wahn, als Held der Vergeltung aufzusteigen, hatte ich vergessen, dass ich kein freier Mann war. Ich hatte, so banal das klingt, zu studieren, 12. Semester. Das Referat über Rousseaus Gesellschaftsvertrag musste abgegeben werden, für andere Seminare, längst vergessen, war viel zu lesen, eine Dissertation sollte fertig werden, dafür sparte sich meine Mutter jeden Monat 250 Mark von der Witwenrente ab.

Wie sollte ich da nebenbei einen perfekt inszenierten Mord planen? Und das Buch zum Mord schreiben? Ich müsste Frau Groscurth für viele Gespräche gewinnen, nach Wehrda und Unterhaun reisen und die Leute ausfragen, müsste versuchen, zu dem halb eingesperrten Robert Havemann nach Grünheide vorzudringen und, noch schwieriger, nach Spandau zu Rudolf

Heß hinter die Mauern des Zuchthauses der Kriegsverbrecher, müsste im Krankenhaus Moabit recherchieren und die Akten des Volksgerichtshofs aufstöbern, alles ordnen und zu einem Buch schnitzen. Nebenbei den Richter R. observieren, Material über ihn sammeln und wie ein Profi die Attacke planen, Tatwaffe, Tatort, Tatzeit.

Nicht die Aussicht auf eine Gefängnisstrafe ließ mich zurückschrecken, ich rechnete sowieso nur mit wenigen Jahren. Nicht die Angst vor einem verpfuschten Leben, da erwartete ich eher das Gegenteil. Alle stolzen Rechtfertigungen für Buch und Mord erschienen schlüssig. Alle Gleichungen gingen auf – nur ein Zweifel störte: zu viel für einen, es ist nicht zu schaffen.

Langer Samstag

Vor dem Schöneberger Rathaus stand ein riesiger Weihnachtsbaum, auf der linken Seite mit Plakaten von Davidsternen und auf der andern mit Mao-Tse-tung-Bildern geschmückt. Niemand lachte über das Bild, ich auch nicht: ein christlicher Altar mit jüdischen und kommunistischen Seitenflügeln. Darüber schwebte der heilige Geist von John F. Kennedy, der hier fünf Jahre zuvor seinen berühmten Satz gesprochen hatte, urbi et orbi. Vor dieser Kulisse war ein bunter Haufen, höchstens dreitausend Menschen, zum Protest gegen das Urteil für R. versammelt.

Wenn viele Leute sich zeigen bei der Demonstration, hatte ich überlegt und mich bei Rousseau für zwei Stunden beurlaubt, macht das Eindruck in der Welt: Die Deutschen nehmen den Freispruch für ihre Freislers nicht hin. Mit dem Gang auf die Straße hoffte ich meinen Frieden am Schreibtisch zu erkaufen: Lass ab von R.! Eine Woche Chaos im Kopf reicht!

Im Karton mit den alten Papieren hat sich ein Flugblatt dieses Tages erhalten: *Jetzt reicht es uns! Wir fordern die vier Siegermächte USA, Sowjetunion, Großbritannien und Frankreich auf, ihre Besatzungsrechte in Westberlin wieder unmittelbar auszuüben, um die Durchführung der Beschlüsse von Jalta und Potsdam zu sichern. Diese Abkommen schreiben zwingend vor, daß der Nazismus in Deutschland mit der Wurzel auszurotten ist. Wir fordern von den Besatzungsmächten: Macht endlich Ernst damit!*

Unter dem Weihnachtsbaum Beate Klarsfeld, zum Star geworden durch die Ohrfeige gegen den richtigen Mann am richtigen Ort. Sie erinnerte an eine Krankenschwester, sie redete ohne wilde Phrasen und vertrat einen entschiedenen Antinazismus. Sie war schlecht zu verstehen. Der Senat hatte den Veranstaltern jede technische Hilfe verweigert, Lautsprecheranlage und Stromanschluss gesperrt, man musste sich mit kaum verstärkten Stimmen begnügen, auch die Kerzen im Baum leuchteten nicht. Einen Satz habe ich behalten: *Jeder wird allein seinen Kampf zu führen haben.* Beifall gab es dafür nicht, eher Pfiffe, es war keine gute Zeit für Einzelkämpfer. In den folgenden Wochen wollte ich mir einbilden, Frau Klarsfeld habe den Satz nur für sich und für mich gesprochen.

Das Schwierigste an diesem Nachmittag war, den richtigen Platz zu finden und nicht mit einer unsympathischen Gruppe identifiziert zu werden – das waren die meisten. Ganz vorn wäre es mir am liebsten gewesen, bei den Studenten mit den Davidsternen und Beate Klarsfeld. Nach ihrer Rede hatte ich einen Moment lang den Impuls, zu ihr zu laufen und zu gratulieren, aber natürlich traute ich mich nicht. Bei den Hauptleuten des

SDS störte mich das wichtigtuerische Gehabe. Noch weniger passten mir die von Ostberlin gefütterten Westberliner Kommunisten, die wieder einmal die *Antifaschistische Aktionseinheit* forderten. Blass und brav waren sie mit vielen hundert älteren Leuten aufmarschiert, das Urteil bestätigte ihr Bild der Bundesrepublik: *Für die Henker Staatspension, für die Opfer neuer Hohn!* Sie verteidigten den Terror der Russen gegen die Tschechen, auch deshalb mied ich sie.

Am meisten stießen mich die jungen Maoisten ab, die sich Rote Garde nannten, im zackigen Chor «Mao Tse-tung!» brüllten und Maos Bild in die Luft reckten. An langen Holzstäben hielten sie die Plakate in die Luft, überall das gleiche überlebensgroße Foto mit dem milden Propagandalächeln des Chinesen. Das einzige Bild, das am Tag des Protests gegen die Freispruch-Richter gezeigt wurde, hundertfach, das regte mich auf. Mit den Nazirichtern und ihren Opfern hatte der oberste Chinese nichts, gar nichts zu tun. Er wischte sie nur weg mit seinem autoritären Blick, er verhöhnte sie mit seinem Lächeln, er half beim Verdrängen. Die uniformen Bilder des Vorsitzenden aus Peking schlugen, so empfand ich das, die Widerstandskämpfer noch einmal tot.

Wenigstens einem der Mao-Jünger die Mao-Monstranz zu entreißen, war ich zu feige, ich dachte nur: Warum zeigen wir keine Bilder der Männer und Frauen, die R. mit seinen Urteilen hat hängen, erschießen oder unters Fallbeil befehlen lassen? Zweihundertdreißig Tote, selbst wenn es schwer ist, werde ich später zu Catherine gesagt haben, innerhalb einer Woche Fotos von denen aufzutreiben, ein, zwei Dutzend hätte man doch finden können, ich hab selber welche zu Hause, Groscurth und Havemann.

Nicht der Satz von Frau Klarsfeld war es, der mich vom

48

Pfad der Tugend, von Rousseau und den Arbeitspflichten abgebracht und aufs Neue zu meiner Tat aufgewiegelt hat, sondern die Wut auf die Mao-Leute. Ein Redner der Sozialistischen Einheitspartei Westberlins stand am Mikrofon und wurde mit Buhrufen und Pfiffen empfangen. Als er sagte, er sei von R. zu lebenslangem Zuchthaus verurteilt worden, war es einen Moment still, dann gab es höhnischen Beifall von der Mao-Fraktion. Er versuchte seine gestanzten Sätze abzulesen und musste gegen Pfiffe und Sprechchöre kämpfen: «Mao Tsetung!» oder «Dubček!».

Ich traf einen Bekannten aus dem Rousseau-Seminar und sagte:

– Man soll ihn reden lassen!

– Die Revisionisten haben kein Recht, hier aufzutreten, meinte er lässig.

Ein kluger Mensch in Seminar-Debatten, rhetorisch und intellektuell mir weit überlegen, und nun behauptete er, es sei ein Irrtum, von der bürgerlich-faschistischen Justiz etwas anderes zu erwarten als bürgerlich-faschistische Urteile. Wir hätten dem Volk zu dienen, sagte er, dem solche Urteile herzlich egal seien, weil es wisse, dass die bürgerlich-faschistische Justiz keine andere Aufgabe habe, als den Imperialismus zu schützen.

– Es geht um die Nazis, sagte ich.

– Du bist ja auch so ein heimlicher Revisionist. Prozesse gegen diese Verbrecher können nur von den Massen des Volkes geführt werden, nur dann wird es solche Freisprüche nicht mehr geben.

Gleich sind wir wieder beim Volksgerichtshof, dachte ich und wandte mich ab. Da würgte etwas in mir, rieb auf der Seele, ich spürte es zuerst im Hals wie ein Kratzen, und das lag nicht am Dezembersmog oder am grauschweren, trüben

Nachmittagslicht. Ich lief, wahrscheinlich allein, zur U-Bahn und wusste genau: Da ist keine Luft, kein Platz, kein Wort für dich zwischen den alten und den neuen Parteien.

Was mich abstieß, war mehr als das übliche Wettpinkeln der Revolutionäre, wie Catherine das nannte, wenn die Wortführer des Aufruhrs, um die Spitzenplätze der Avantgarde rivalisierend, sich gegenseitig mit immer radikaleren Formulierungen und Ideen überboten. Ohne Scheu, den Weg, den sie gestern noch als einzigen zum revolutionären Heil gepriesen hatten, heute als reformistisch und revisionistisch zu verteufeln. Keinen Monat lang, so schien es, konnten sie bei einer Meinung bleiben, jede neue oder angeblich neue Lage und jede Theorie, die sie studierten, führte zu neuen Einschätzungen und Strategien – die beste Entschuldigung, kein Projekt mehr richtig abzuschließen. Schneller, weiter, höher, und das möglichst laut, wer dies Spiel beherrschte, gab auf den Podien den Ton an. Noch schlimmer die frisch bekehrten Dogmatiker aus Maos Geist und die unbelehrbaren Dogmatiker aus Moskaus Geist. Der Freispruch des Nazirichters diente ihnen nur als Vorwand für Propaganda.

Die Studentenbewegung war am Ende, nie traf mich diese Einsicht deutlicher als in jenen Minuten. Mit der U-Bahn fuhr ich zum Wittenbergplatz und stieg hinauf in die Dämmerung des Dezembernachmittags, da spürte ich es wie einen Schlag auf den Kopf, mitten im Menschengedränge der Einkaufsstraßen. Da waren sie, die gesuchten Massen, am zweitletzten Samstag vor Heiligabend, schwer beladen, mit herrischer Hektik von Geschäft zu Geschäft, zu Parkplätzen und Haltestellen schiebend. Bald sah ich keine Gesichter mehr, nur volle Taschen und Tüten, grinsende Weihnachtsmänner vor Kaufhäusern, Tannenzweige in den Schaufenstern der Apotheken,

rote Baumkugeln und Lamettawände in Drogerien, an Gold-
bändern baumelnde Goldengel zwischen ausgestellten Män-
teln, Röcken, Blusen.

An einer Ecke spielte ein junger Mann Saxophon, auf
seinem Pappschild war zu lesen: *Musiker aus Prag bittet um
Spende.* Ob er wirklich vor den Russen aus Prag geflohen war
oder nur das fernsehfrische Mitleid für die unterdrückten
Tschechen ausnutzte, war mir egal, ich hörte in gemessenem
Abstand zu. Er improvisierte mit bekannten Liedern, ich erinnere mich an die Takte aus *All You Need Is Love,* er tippte die
Melodien nur an und weckte damit die Lust am Weiterhören,
die er nicht befriedigte, sondern umspielte. Unter den Tönen
des Saxophons brach meine schleichende Traurigkeit auf. Als er
bei *Strangers in the Night* angelangt war mit trockenen, zarten
Phrasen, stiegen mir Tränen in die Augen. Gleichzeitig waren
Sirenen zu hören, heulten näher, ließen das Saxophon verküm-
mern, Polizeiautos rasten in Richtung KaDeWe – das übliche
Nachspiel, eine Rangelei oder Prügelei mit den Mao-Leuten,
wie ich später in den Nachrichten hörte. Ich lief davon, um
nicht heulen zu müssen, und wagte nicht, über meine Traurigkeit nachzudenken. Noch wochenlang habe ich mir vorgeworfen, dem Saxophonisten nicht wenigstens ein Markstück
hingeworfen, ja die Tschechen verraten zu haben.

Die Maoisten, die Massen, der Flüchtling aus Prag, wie
passte das zusammen? Warum konzentrierten unsere Strategen
sich nicht auf wenige Ziele, zum Beispiel auf Springer, auf Prag,
auf Vietnam? Warum die Inflation der revolutionären Phrasen,
Begriffe und Utopien? Die Gruppen erreichten die Massen
nicht, warum mussten sie sich immer weiter entfernen mit
Mao, Lenin, Guevara, Trotzki? Es lag in der Luft, auf jeder Versammlung, auf jeder Demonstration war zu spüren und in den

neuen Schriften zu lesen, dass jetzt die spielerischen, provokanten, antiautoritären Energien verschwinden und die naheliegenden Ziele als reformistisch verworfen werden sollten. Man wollte jeden, man wollte auch mich rekrutieren für eine Partei. Überall Rekruten der einen oder anderen, der dritten, vierten, fünften oder sechsten Partei, die sich gegenseitig zerfleischten. Und glauben sollte ich wieder an den einen oder anderen Gott, an irgendeinen kleinen oder großen Vorsitzenden, an einen ganz bestimmten Weg zum politischen Seelenheil. Ohne mich, dachte ich, die Töne von *Strangers in the Night* im Ohr, dann wird man mich auf keiner Demonstration mehr sehen.

So kehrte ich zu den drei magischen Fotos und der Groscurth-Geschichte zurück, entschlossen, wenigstens eins oder zwei oder vier der Gesichter der von R. ermordeten Männer sichtbar werden zu lassen.

Die stärkste Kanone

Das zweite Gespräch mit Frau Groscurth verlief besser. Ihre zögerlichen Antworten und knappen Berichte über den Patienten Rudolf Heß versuchte ich am nächsten Tag als Kapitel für mein Buch zu skizzieren. Einige Wochen lang habe ich das durchgehalten, nach jeder unserer Abendsitzungen oder sonntäglichen Kaffeestunden eine Art Protokoll zu schreiben. Fragmente, Notizen, ungelenke Entwürfe, die in der schriftlichen Fassung dieses Geständnisses nicht fehlen dürfen:

Auf dem ersten Schwarzweißbild eine schwarze Limousine im Schnee. Drei weiß gekleidete Männer begrüßen zwei dunkel gekleidete Männer. Alle uniformiert, die einen mit Arztkittel, die andern mit Parteimantel. Die dunklen Herren tragen Uniformmützen, die weißen sind ohne Kopfbedeckung. Alle Augen sind auf den Mann in der Mitte gerichtet: Rudolf Heß, Stellvertreter des Führers. Das Foto verrät nicht, wer hier, zumindest für eine halbe Stunde, der Stärkere ist: der junge Arzt am rechten Bildrand, der Oberarzt Georg Groscurth.

Der Arzt hat den hohen Gast fest im Blick. Auf der Inneren Station ist Groscurth bekannt dafür, seine Patienten zwei, drei Minuten zu mustern, lässig an den Türpfosten gelehnt, die Hände in den Kitteltaschen, und die Diagnose vorherzusagen, immer die richtige, wie die Krankenschwestern behaupten: «Er kann mehr als die alten Römer, er kann sogar aus den Eingeweiden, die er nicht sieht, die Zukunft lesen.» Seit 1936 behandelt er die schweren Magen- und Darmleiden von Gauleiter Alfred Heß, der mit dem Satz «Sauerbruch hat mich aufgegeben, Groscurth mein Leben gerettet» seinem Bruder und anderen Nazis den Dr. Groscurth empfohlen hat. Alle paar Wochen erscheint der Stellvertreter des Führers bei dem jungen Oberarzt in Moabit zur Sprechstunde, welche Ehre für das Krankenhaus.

Zweites Foto, vor der Tür des Sprechzimmers: Heß hat Mütze und Handschuhe in der Linken, erwidert mit der erhobenen abgewinkelten Hand einen Gruß, wahrscheinlich den Hitlergruß eines Menschen, der nicht im Bild ist. Er lächelt steif in die Kamera. Sein Gesicht ist von starken dunklen Augenbrauen und einer hohen Stirn markiert, er trägt keinen Schnauzbart wie sein großer Kumpan. Hinter ihm, halb verdeckt, Groscurth mit der Hand auf der Türklinke.

Der Arzt weiß, dass er einen ziemlich gesunden Kerl vor sich hat. Er hegt, auch das zeigt das Foto nicht, keine Illusionen über den Patienten und die herrschende Bande, die Partei der Lügner, Krieger, Mörder, Schwerverbrecher. Auf der Mütze der Reichsadler mit gestreckten Flügeln und dem Hakenkreuz in den Klauen. Vor diesem Adler, vor diesem Kreuz, vor diesen Klauen ist Groscurth auf der Hut, er muss jetzt eine halbe Stunde lang den perfekten Nazi spielen. Er darf keinen Fehler machen, er lächelt, zeigt sich im Stolz bescheiden: Seht her, welchen bedeutenden Patienten ich da habe! Wer Groscurths Geschichte kennt, liest hier noch mehr: Seht her, der Stellvertreter des Führers ist mein bester Schutz, mein bester V-Mann!

Das dritte Foto gibt es nicht: Der Kaiser ist nackt, liegt in Unterhosen und Socken auf dem Untersuchungstisch. Er lässt sich abhorchen und abklopfen, in den Hals leuchten und den Bauch abtasten, lässt den Blutdruck messen und Blut abnehmen. Er fürchtet um sein Herz, beklagt seinen schlechten Kreislauf. Das EKG ist nicht schlecht für einen, der sich wenig bewegt und täglich den Widerspruch zwischen Propaganda und Wirklichkeit aushalten muss. Heß bleibt geduldig, fragt ängstlich nach Beschwerden, die er nicht hat. Groscurth spricht von einem Zystchen hier, einer Verhärtung und einem ungünstigen Blutwert da. Seine Therapie ist einfach: die kleinen Beschwerden ernst nehmen und aufblasen, damit der Patient bald wieder vorfährt. Heß ist ein fanatischer Anhänger der Naturheilkunde, und Groscurth geht, teils zum Schein, teils aus Interesse, auf seine Thesen ein. Der zweithöchste Mann des Reichs ist glücklich, in dem jungen Oberarzt endlich einen Schulmediziner gefunden zu haben, mit dem er ernsthaft über die Heilung durch Licht, Luft, Sport, Diät und Kräuterkuren diskutieren kann. In Dresden ist ein ganzes Krankenhaus für Naturheilkunde nach ihm benannt, aber das reicht ihm nicht. Er lässt sich gern von Magnetopathen, Augendiagnostikern und Handauflegern behandeln und diskutiert mit Groscurth über deren Künste, will sie von medizinischen Autoritäten bestätigt wissen. Heß glaubt an einen Wunderheiler, der seine Fähigkeiten von einem indischen Yogi gelernt hat und viele hohe Nazis mit Bohnen, Magneten und Fingerspitzen beeindruckt, mit denen er die Krankheiten aus dem Körper zieht. Groscurths wissenschaftliche Überprüfungen der angeblichen Erfolge fallen negativ aus, doch Heß lässt nicht locker und bestellt bessere Apparate. Ein Wettstreit der Schulen, Groscurth spielt mit und kann den enttäuschten Patienten überreden, auch andere neue Behandlungsgeräte für das Krankenhaus zu finanzieren.

Wie die meisten hohen Nazis ist Rudolf Heß ein Hypochonder, also redet er viel von sich selbst. Groscurth behandelt einen Staatssekretär im Auswärtigen Amt, Gauleiter, Botschafter, Ministerialdirigenten und Unternehmer, aber keiner ist so geschwätzig wie der höchste Geheimnisträger. Wenn er matt und lustlos ist oder bei gutem Befinden von der eigenen Begeisterung übermannt wird, spricht er schon mal über die Größe des Führers, über die Fortschritte bei der Reinhaltung der Rasse, über die gewaltige Aufgabe, das internationale Judentum in riesigen Lagern im Osten zu konzentrieren, und, immer siegesgewiss, über die nächsten militärischen Schläge. Selbst das Geheimnis des geplanten Einmarschs in die Sowjetunion erfährt der Arzt, wolkig umschrieben, schon im Frühjahr 1941 in seinem Sprechzimmer.

Gerade einer wie Rudolf Heß braucht hin und wieder eine halbe Beichtstunde, ein Aufatmen zwischen den pausenlosen Anstrengungen des zackigen Befehlens, des Rapports und Heil-Gebrülls, eine Erholung vom Zwang zur korrekten Geduld bei langweiligen Besprechungen, beim Sitzen vor dem Führer auf harten Stühlen und beim Anhören der immer längeren Reden in strammer, aufmerksamer Haltung. Und wo, außer im ärztlichen Sprechzimmer, darf sich ein Nazi so schwach zeigen, wie er ist? Bei den Kumpanen nicht, in der Familie nicht, Pastoren und andere Beichtväter sind völlig ausgeschlossen. Der Arzt hat Schweigepflicht, und hier ist ein Arzt, dem er wie keinem andern vertraut, warum soll er sich hier nicht ein paar Minuten entlasten und das Parteikorsett ablegen?

Der Stellvertreter des Führers hat, wie die Kollegen mit Neid sagen, einen Narren an Groscurth gefressen. Das Robert-Koch-Krankenhaus in Moabit verdankt seinen guten Ruf den jüdischen Ärzten, die 1933 verjagt und von SA- und SS-Leuten ersetzt wurden, miserable Mediziner, die lange zögerten, bis sie fähige Leute wie Groscurth zum Oberarzt beförderten. Nun die scheelen Blicke: Warum kommt der Stellvertreter des Führers, der doch sein Krankenhaus in Dresden hat, nach Moabit, und warum nicht zu uns, warum ausgerechnet zu diesem eigensinnigen Groscurth, der nicht einmal in der Partei ist?

– Nein, sagte Anneliese Groscurth, ich weiß kaum, was sie im Einzelnen gesprochen haben, über seine wirklichen oder eingebildeten Krankheiten weiß ich wenig, wollte ich gar nicht, Schweigepflicht. Georg hat mir nur berichtet, was er ihm, sehr behutsam, wie nebenbei, entlockt hat: die Vernichtung der Juden, Kriegspläne, die Lager. Und er hat sich revanchiert und Heß von Phanodorm und anderm schädlichem Zeug entwöhnt. Sicher ist jedenfalls, die beiden hatten einen guten persönlichen Kontakt mehrere Jahre. Georg kehrte vor solchen Leuten den Bauernsohn heraus, nicht den intellektuellen Arzt, das wirkte. Der Bauernstand, das gefiel den Bonzen. Und er spielte den leidenschaftlichen Parteigenossen, obwohl er nie in der Partei war. Heß gratulierte uns mit einem riesigen Blumenstrauß zur Hochzeit, das Billett hab ich noch. Er lud uns öfter zu Empfängen in sein Haus. Das war das Schlimmste.

– Das Schlimmste?

– Wir konnten ja nicht ablehnen, das hätte uns sofort verdächtig gemacht. Also mitspielen, wir mussten uns fein machen für das Nazipack, uns vor den verhassten Uniformen verbeugen, den Mördern die Hand geben, gute Miene zu ihren schlechten Scherzen machen, zu ihrem Geprahle schweigen, ständig in zwei Zungen reden, in zwei Welten leben, es war schrecklich. Einmal war ich sogar seine Tischdame, kurz nach der Hochzeit. Georg sagte später: Das ist fast wie in der Feudalzeit, heute beschränkt sich das Recht des Fürsten auf die erste Nacht zum Glück auf das Recht auf den ersten Walzer.

– Du hast mit Rudolf Heß getanzt? Wie war das? Gibt es ein Foto?

– Kein Grund zur Aufregung, mein Junge! Es gibt so viele Fotos, die es nicht gibt. Er tanzte nicht gut, aber schlecht auch nicht. Ich dachte: Wenn er ungeschickt führt, führ du ihn, er wird dir dankbar sein, wenn du auf dem Parkett nicht passiv bist wie ein vor Ehrfurcht steifes Nazimädel. Alles war taktisch. Georg organisierte falsche Papiere für Juden, die untertauchen wollten, morgens behandelte er Leute, die aus dem KZ kamen, unter falschem Namen, mit falschen Krankenscheinen, und wir tanzten abends im Dreivierteltakt mit dieser Bande. Wir hatten keine Wahl: Nur nicht auffallen war die Devise. Wir spielten mit, voll Verachtung für die!

Wenn du einmal drin bist in diesen Kreisen, kommt ja keiner mehr auf die Idee, dass du nicht dazugehörst. Das war sehr einfach – und sehr gefährlich, ganz perfekt konntest du dich nicht tarnen. Heß hatte Georg bei der Untersuchung mal angesprochen, warum er sein Parteiabzeichen nicht trage. Auf die Frage war er vorbereitet: Er habe die Parteimitgliedschaft schon vor längerer Zeit beantragt, aber Parteibuch und Abzeichen seien immer noch nicht eingetroffen. Außerdem, hat er gesagt, ich würde mein Parteiabzeichen nie am Arztkittel tragen, das darf doch nicht mit Blut besudelt werden! Wir haben lange beraten, wie wir dieser Zwickmühle entkommen. Georg fiel eine List ein. Er besorgte sich ein Aufnahmeformular, füllte es aus, datierte es vor, schickte es aber nicht ab, sondern verbrannte es – und behielt den Durchschlag als Beweis. Und er drängte mich, zur Tarnung in den harmlosesten Frauenverband zu gehen, die NS-Frauenschaft.

Trotzdem fielen wir auf, ich erinnere mich an einen Abend, als so ein junger höherer Nazibengel sich beim Essen über Georg mokierte, warum der hier beim Stellvertreter des Führers ohne Parteiabzeichen erschienen sei. Georg verteidigte sich damit, er habe noch bis in den Abend Visite gehabt, er sei so eilig gewesen, kaum Zeit zum Umziehen und daher das Abzeichen vergessen. Das war nicht sehr überzeugend, Heß fragte beim nächsten Mal nach, aber Georg blieb kühl: Ich konnte doch vor der hohen Gesellschaft unsere Partei nicht schlechtmachen, dass sie manchmal mit dem Organisieren nicht nachkommt, da nehme ich doch lieber die Schuld auf mich. Danach hatten wir Ruhe, Heß und seine Leute andere Sorgen.

So war Georg, er schmeichelte diesem Verbrecher, ohne ihm das Gefühl zu geben, umschmeichelt zu werden. Heß mochte und brauchte ihn, Georg verachtete und brauchte ihn. Er war unser bester Schutz, falls die Gestapo eines Tages Verdacht schöpfen sollte. Und es ging ja alles gut, bis dieser Trottel im Mai 1941 nach England geflogen ist. Eine Woche zuvor hatte er von Georg ein Aufputschmittel haben wollen, Zyklithon, glaube ich, das ihn so lange wie möglich wach halten sollte. Georg gibt ihm das, natürlich ohne zu ahnen, dass das für den langen Flug nach England gebraucht wird. Heß ruft nach drei Tagen an, ob es nicht ein stärkeres Mittel gebe, Georg antwortet ihm: Nehmen Sie die doppelte Dosis! Und der fliegt los. In seinem Wahn wollte Heß die Engländer überreden, beim bevorstehenden Feldzug Hitlers gegen die Sowjetunion mitzumarschieren, um den Bolschewismus ein für alle Mal zu vernichten. Na ja, der Rest ist bekannt: Die Nazis erklären ihn für verrückt, und das war er ja auch, wie fast alle diese Figuren. Jetzt sitzt mein Tanzpartner ein paar Kilometer von hier in Spandau, und ich werde immer den traurigen Satz von Georg aus jenem Mai 41 im Ohr behalten: Meine stärkste Kanone ist nach hinten losgegangen.

Das weite Herz

– Was ist das für eine Frau, die mit ihren ärgsten Feinden Walzer tanzt, den Mann durch den Henker verliert, dich mit *Nils Holgersson* tröstet und später im freien Westen zur Hexe erklärt wird?, fragte Catherine, als sie Frau Groscurth noch nicht kannte.

– Falls du einen Steckbrief brauchst, bitte: ziemlich groß, ich schätze 1,78, schmale Figur, kurzes dunkelbraunes Haar, Dauerwelle, Brille. Lebhaftes ovales Gesicht, hellwach, liebevolle Augen, meist lächelnd, selten streng, oft erschöpft. Mehr Lach- als Sorgenfalten. Kurze Nase, hohe, warme Stimme, leicht kieksend. Ein Temperament entschiedener Herzlichkeit, wer sie kennt, sagt: Ein weites Herz.

– Woher hat sie das?

Damals wusste ich zu wenig, heute könnte ich antworten:

– Familie, vielleicht. Ihr Vater, Heinrich Plumpe, hoher Manager der Industrie, bei Krupp, Dortmunder Union usw., dann Chef von Hanomag, Wehrwirtschaftsführer, also Partei. Großbürgerlich, bestes Einkommen, und doch mit Sensibilität und politischen Skrupeln. Die Mutter, Else Plumpe, hatte als Kindergärtnerin am britischen Hof gearbeitet. Beide eher deutschnational als Nazis, sie verabscheuen die Hetze gegen die Juden. Annelieses Onkel war übrigens Friedrich Wilhelm Plumpe, der als Friedrich Wilhelm Murnau in Berlin und Hollywood berühmt wurde und Filmgeschichte schrieb.

– Bleib bei Anneliese: das weite Herz.

– Ende der zwanziger Jahre, das junge Mädchen wirft dem Vater vor, für die Rüstung zu arbeiten, der Vater kontert: Du änderst die Welt nicht! Also will sie die Welt ändern und Ärztin werden. Medizin studierte man in den dreißiger Jahren nicht wegen des idealen Notendurchschnitts. Helfer-Ethos, weibliche Disziplin, soziale Ader, sozialistische Neigungen. Ein weites Herz kann nicht für die Nazis sein. Irgendwann fällt der Groschen, sagte sie später. Sie paukt in Greifswald, Innsbruck, Rostock und Berlin und geht als Volontärärztin ins Robert-Koch-Krankenhaus. Ihr Oberarzt ist Georg Groscurth, ein auffallend vergnügter, lebhafter, kluger und begeisternder Mann.

– Nun aber!

– Die schlanke, schöne Gestalt der Sechsundzwanzigjährigen fällt dem Frauenfreund Groscurth sofort ins Auge, dazu das zarte Gesicht und ihre entschlossene Art. Er ist 32. Gelegenheiten zur Annäherung gibt es genügend, entscheidend sind jedoch politische Kriterien.

– Politische?

– 1936! Was sie von den Juden halte, fragt der Oberarzt vorsichtig. Sie schätze die Juden, habe einige Freundinnen, sei beschämt über den staatlichen Antisemitismus. Damit ist das größte Hindernis für die Liebe überwunden, die Funken dürfen sprühen. Sie zögert fast ein Jahr, den Liebhaber, mit dem sie das Leben teilen möchte, ihren Eltern vorzustellen.

– Bauernsohn und arm.

– Schlimmer noch, ein kühner Anti-Nazi. Aber der gesellige, charmante, gebildete Mensch schafft es rasch, die Plumpes für sich zu gewinnen. Die Hand der Tochter ist auch das Erbe der Tochter. Bedingung: Mit der Heirat soll gewartet werden, bis Anneliese den Doktor hat. In Unterhaun, auf dem Groscurth'schen Hof, freuen sich alle, dass der eigenwillige Sohn, auf den sie so stolz sind, endlich heiratet, und dann eine höhere Tochter, eine so herzliche.

– Ein weites Herz, verstanden.

– Beste Aussichten, zwei Karrieren, eine erfolgreiche Arztfamilie, aber wie wehrt man sich gegen den Terror der Gegenwart? Georg nimmt die Verlobte mit in seinen Salon, Kunzes Kaffeesalon, KKS, ein konspirativer Treffpunkt in der Inneren Abteilung des Krankenhauses, benannt nach der MTA Ilse Kunze, die den Kaffee organisiert. Wenn Groscurth und Havemann die Parole «Der Versuch läuft» ausgeben, kommen einige Ärzte, Schwestern und MTAs, alles vertrauenswürdige Nazigegner, ins hämatologische Labor. Kaffee, politische Lage, neue Witze, medizinische Fragen, Tratsch über Nazi-Oberschwestern und SS-Ärzte, Schallplatten der *Dreigroschenoper*, abends manchmal Feste. Die Pflicht zum Anhören der Führerreden, die Agitation der medizinischen Sturmbannführer und deren Unfähigkeit, das alles ist schwer zu ertragen. Da muss die kleine Minderheit, wenigstens eine halbe Stunde am Tag, sich Luft machen, offen reden, lachen.

Anneliese weist in ihrer Dissertation nach, dass Chinin und

Aspirin keinen Einfluss auf den Verlauf der Grippe haben. Sie heiraten in Hannover, Januar 39, und ziehen in ein Haus in der Ahornallee in Charlottenburg, Georg bekommt ein Auto geschenkt. Aber er will, nach außen angepasst, tüchtig, von der Nazi-Elite geschätzt, mehr tun als Witze hören: Du musst nicht alles wissen, Anneliese. Wenn wir verhört werden, ist es besser, du kannst mit gutem Gewissen sagen, dass du nichts weißt. Bitte, komm auch nicht mehr zum KKS.

– Umsichtig, der Widerstandskämpfer.

– Das Wort mag sie nicht, das ist ihr zu groß für die kleinen Taten, die Hilfe, das Selbstverständliche.

– Aber wie hält das weite Herz die Spannung aus zwischen Wehrwirtschaftsführer und Widerstandskämpfer?

– Die Männer verstehen sich gut, Georg gibt weiter, was er Heß entlockt hat, und überzeugt allmählich den Schwiegervater, dass die Nazis nichts als Verbrecher in Uniform sind. Nach einem Schwächeanfall 1941 muss Plumpe den Posten bei Hanomag aufgeben, zieht nach Berlin-Westend in die Nähe der Groscurths, wird ein stiller Nicht-Nazi, arbeitet für Speer, gibt viel Geld, er fragt nicht, wofür, er ahnt nur: für versteckte Juden. Frau Plumpe will nicht nach Berlin, sie zieht, der Bomben wegen, das Dorf vor und mietet im Pfarrhaus von Wehrda, Kreis Hünfeld, drei Zimmer.

– Musst du immer wieder auf Wehrda kommen?

– Der Nabel der Welt, zumindest dieser Geschichte.

– Wie hält sie das aus, die Eltern getrennt?

– Es ist praktisch. Das Pfarrhaus steht neben dem Bauernhaus von Georgs liebster Schwester Luise Döring. Hier bringt sie Rolf und Axel unter, hier sind sie in den Tagen vor der Verhaftung im Herbst 43, hier findet sie Zuflucht nach der Hinrichtung, hier erlebt sie die Befreiung.

– Das weite Herz, wird es jetzt eng?

– Im Gegenteil. Obwohl sie auch noch den Vater verliert, der sich im Frühjahr 1945, in Sachsen, angesichts der endlosen Flüchtlingsströme aus Schlesien, erschießt aus Gram, nichts gegen die Nazis getan zu haben. An ihrer Kriegsbilanz ist nichts zu beschönigen: Der Mann wird umgebracht, weil er aktiv gegen die Nazis war, der Vater bringt sich um, weil er nicht aktiv war. Mutter verbittert. Kinder zwei und vier Jahre. Tränen und Mitleid der Verwandten im Überfluss.

– Wie findet sie ihre Balance?

– Drei Versprechen geben ihr Halt: Sie hat ihrem Mann die Treue gelobt. Er hat ihr das Vermächtnis hinterlassen: gegen Nazis und gegen Krieg. Sie hat den Eid des Hippokrates abgelegt. Das ergibt ein schlüssiges Konzept für ein weites Herz. Sie hätte, mit 35, Landärztin werden können oder Kurärztin in Bad Hersfeld. Aber sie kehrt, gepeinigt und tatkräftig, aus dem geschützten amerikanischen Wehrda im Frühjahr 1946 in den Trümmerhaufen Berlin zurück, britischer Sektor. Anerkannt als «Opfer des Faschismus», arbeitet sie als leitende Amtsärztin im Gesundheitsamt Charlottenburg, eröffnet eine Kassenpraxis in der Wohnung und holt ein Jahr später die Kinder nach. Unter vielen selbstlosen Menschen von heiterer Tatkraft sticht sie hervor, ihre Unermüdlichkeit, ihre Güte werden legendär, sie hilft, wo sie kann. Frauen wie sie wurden später mit dem Bundesverdienstkreuz bedacht. Sie aber, weil ihr Herz zu weit war, mit dem Brandmal einer Hexe.

– Na los, weiter!, hätte Catherine gesagt.

Besuch beim Staatsfeind

Niemand sieht es mir an, da war ich sicher, auch nicht die unerbittlichsten Polizeimänner der Welt, die Grenzer und Zöllner der DDR. Selbst wenn sie mich strengstens mustern, Augenfarbe, Haarfarbe, die Form des linken Ohres und die im Pass eingetragene Größe kontrollieren, sie können, sie werden aus meinen Stirnfalten keine Mordpläne lesen. Das wollte ich testen, nebenbei, und den Sänger Biermann besuchen.

Das Kriechen durch die Mauer dauerte am Grenzübergang Friedrichstraße mindestens eine Stunde. Anstehen bei der Passabgabe für Bundesbürger, Ausfüllen der Zollformulare, Warten auf die Pass- und Gesichtskontrolle, Aushändigung des Besuchsvisums, Geldumtausch, Schlangestehen beim Zoll, Gepäck-, Taschen- und Geldkontrolle und hin und wieder als Zugabe eine Leibesvisitation mit ausführlicher Befragung woher, wohin, warum. Und alle Rituale begleitet von Willkür, Ernst und Mief. Hier lernte ich warten.

Während sie meinen Pass prüften, registrierten oder sonst etwas damit anstellten, musste ich still sein und mich ducken. Ich hatte keinen Sitzplatz, aber das Glück, mich an eine Wand lehnen zu können. Lesen ging nicht, es sei denn, ich hätte Goethe mitgebracht. Hölderlin war mir schon konfisziert worden. Es lagen Propagandaschriften aus, ich blätterte in einem Heft über das Gesundheitssystem der DDR, aber zwischen vierzig, sechzig wartenden Menschen in einem überheizten fensterlosen Raum stehend, mochte ich mich von den Vorzügen des ungeliebten Nachbarstaates nicht überzeugen lassen. Essen oder Trinken war ebenfalls verboten, einmal hatten sie mich angeschnauzt, weil ich es gewagt hatte, auf dem Grenzterritorium, wie sie sagten, in einen Apfel zu beißen. Wer versucht hätte zu fotografieren oder Notizen zu machen, wäre sofort als Spion abgeführt worden. Beschwerden über die lange Wartezeit oder die Willkür bei der Abfertigung wurden mit verlängerter Wartezeit bestraft. Erlaubt war nur das Sprechen, aber da sich alle in diesem Raum abgehört glaubten oder wirklich abgehört wurden, wollte niemand mit lauten Worten Verdacht auf sich lenken.

Es herrschte eine verdrückte Stille im Warteraum, in unregelmäßigen Abständen unterbrochen von den Befehlsstimmen unsichtbarer Grenzpolizisten, die Nummern aufriefen. Die Nummern waren wir. Alle schwitzten, es gab keine Möglichkeit, die Wintermäntel abzulegen. Jeder spürte den halbgiftigen Desinfektionsgeruch, der in den öffentlichen Gebäuden des merkwürdigen Landes alle anderen Gerüche übertrumpfte, die Duftmarke, die olfaktorische Erkennungsmelodie der DDR. Einreisen, das hieß Gehorsam üben, sich einer Prozedur der Demütigung unterziehen und trotzdem in jeder Sekunde bereit sein, den Zeremonienmeistern im Hintergrund Respekt und Dank zu zollen für die irgendwann gnädig gewährte Erlaubnis, den Fuß auf den fremden Kontinent der anderen Hälfte der Stadt setzen zu dürfen.

Das alles ertrug ich, weil ich Kontakt zu Groscurths bestem Freund suchte, zum Kronzeugen Havemann. Da gab es nur einen Weg, durch die Mauer, zu seinem Freund Biermann, den ich, das ist wieder eine andere Geschichte, ganz gut kannte.

An diesem öden Ort, dachte ich oft, bleibt dir nur eins, meditieren. Entspannen, tief einatmen, entspannen, woher, wohin, entspannen, Abstand fühlen, tief ausatmen, die Wünsche farbig durchs Hirn wehen lassen. Oder, wenn das nicht gut gelang, beobachten. Hier, wo niemals fotografiert oder gefilmt werden wird, wo kein Maler den Skizzenblock auspacken darf, da müssen die Autoren ran, da könntest du das Beschreiben üben. Zum Beispiel die Farben, die keine Farben sind, sondern trübe, kaum definierbare Mischungen aus Grau und hellem Braun. Oder die Schalter, die Schilder, die Parolen, die Gesichter unter Uniformmützen, die Grenztechnologie.

Noch spannender, meine Landsleute vor den Uniformen des anderen Deutschland zu beobachten. Die Sekunde der Erleichterung und Entspannung im Gesicht bei den Wartenden, deren Nummer endlich aufgerufen wurde: Sie hatten das Gewinnlos gezogen, durften die kleine Hölle des Warteraums verlassen und weitergehen durch das Fegefeuer der Kontrollen und in einer Viertelstunde das graue Paradies betreten. Die Enttäuschung der anderen, die nach dem Aufruf der Nummern sich weiter zur Geduld zwingen mussten und die Sitzhaltung oder das Standbein wechselten.

Wir waren vorsortiert als Einreisende mit dem Pass der Bundesrepublik. Ausländer und Westberliner mussten sich vor anderen Schaltern drängen. Doch der gute Pass schützte nicht vor der diffusen Ängstlichkeit, die vom Geruch, von den Kacheln, der Tünche, dem Warteschweiß, den militärischen Stimmen ausging. Nur Anfänger, die sich zum ersten Mal den langwierigen Kontrollritualen unterzogen, zeigten die Angst offen, staunend, fragend, mit zitternden Blicken. Routiniers, zu denen ich mich zählte, waren leicht an dem Lächeln über die Anfänger zu erkennen und an der gespielten Lässigkeit beim Hinundherschlendern zwischen den Wartenden, mit der sie ihren Groll gegen die überlange Musterung kaschierten. Neben mir stand ein jüngerer Mann, Boxergesicht, verschlossen, ruhig, ich dachte, der zeigt nichts, der hat was zu verbergen, der könnte ein Fluchthelfer sein. Dahinter ein gut gekleidetes Paar, diskret die Nase rümpfend über die Niederungen, die zu durchschreiten waren. Die vornehmen Leute versuchten ihren Abscheu zu überspielen, als wollten sie sich die Vorfreude auf das Pergamon-Museum und das Theater nicht nehmen lassen, nicht auf die Schallplatten und das Abendessen im *Ganymed.* Am natürlichsten trat die Kriegsgeneration auf, ältere Frauen und Männer, die, als gäbe es hier Diebe, ihre Taschen und Plastiktüten streng bewachten und trotzige Blicke gegen die Front der Uniformen richteten.

So verschieden die Nuancen schweigender Mienen und verkrampfter Körperhaltungen waren, alle duckten sich vor der fremden Macht wie Untertanen. Auch ich, der doch antiautoritär sein wollte. Hier kuschten wir gemeinsam, die Alten, die Jungen, Frauen, Männer, Rechte, Linke, Schlauköpfe, Dummköpfe, Freunde oder Feinde des ersten, wie die Parolen prahlten, sozialistischen Staates auf deutschem Boden. Für den Mut zu meiner Tat musste ich viel Feigheit aufbieten.

Dann der Test: Als ich endlich dran war, versuchte ich, nicht mehr unterwürfig, sondern selbstbewusst dreinzuschauen, den Mordplan hinter der Stirn. Der Grenzer prüfte meine Ohrform und die Augenfarbe – und ich stellte mir vor, wie ich schieße. Alles ging gut, ich bekam den Stempel. Wenn die Grenzer, denen alles verdächtig ist, mir den Mörder nicht ansehen, den künftigen, dann wird mir im Westen erst recht niemand den Mörder ansehen, Polizisten nicht, Juristen nicht, die Freunde nicht. Ich galt sowieso als der Bravste, der Stillste von allen. Einer, der nichts sagte und der, wenn er was sagte, meistens zu stottern anfing. Der sich nicht dahin drängte, wo geprügelt, gestritten, gejohlt, geschrien wurde. Die besten Voraussetzungen für eine gelungene Überraschung.

Als endlich alle Kontrollen überstanden waren, diesmal ohne Leibesvisitation, ohne Befragung, ging ich in der Dämmerung des Nachmittags mit unentschlossenen Schritten die Friedrichstraße hinauf, fünf Minuten zur Ecke Chausseestraße. Bis jetzt war alles Spiel gewesen, nun konnte es gefährlich werden. Wegen seiner Gedichte und Lieder galt Biermann als Staatsfeind, wurde mit Bann belegt, observiert und schikaniert, und wer zu ihm kam, machte sich verdächtig. Ich kannte die Regeln, hatte ihm öfter geholfen, die Verbote zu unterlaufen. Hin und wieder blieb ich vor Schaufenstern stehen, um unauffällig zu prüfen, ob jemand folgte, es sah nicht danach aus. Ich hatte keine Angst, aber da ich nie ausschließen konnte, beschattet zu werden, blieb ich vorsichtig.

Der Eingang vor Biermanns Haus in der Chausseestraße wurde unauffällig überwacht, das war sicher, ich strengte mich an, eine möglichst harmlose Miene aufzusetzen, stieg in den zweiten Stock hinauf und klingelte. Nichts rührte sich hinter der Tür. Ich wartete, und nach einer Pause drückte ich wieder auf den Klingelknopf. Ich war nicht angemeldet, hier konnte man nur auf gut Glück kommen. Für Leute, die der umlagerte Sänger zu sehen wünschte, galt das Zeichen: beim dritten Mal dreimal kurz. Ich hatte Pech, alles umsonst.

Eine Notiz in den Briefkasten zu werfen empfahl sich nicht, denn die Stasi-Leute wären keine Stasi-Leute gewesen, wenn sie dafür keinen Schlüssel gehabt hätten. Ein Anruf wäre töricht gewesen, es wurde alles abgehört. Briefe gingen durch die Zensur. Bei seiner Freundin klingeln, eine Straße weiter, das war nur im Notfall erlaubt. Es blieb die Möglichkeit, irgendwann, auf gut Glück, wiederzukommen, vorgelassen, auf das Sofa plaziert zu werden und, nach Komplimenten und dem Anhören der neusten Lieder, des Sängers Redefluss zu unterbrechen und ihn zu bitten, bei lauter Radiomusik gegen die Abhörgeräte, seinen Freund Havemann zu bitten, trotz aller Schikanen hier aufzutauchen, damit ich mit ihm über seinen Freund Groscurth reden könne.

Heute klingt der Plan ziemlich dreist – aber im Dezember 1968 waren die beiden Staatsfeinde noch nicht so unnahbar berühmt wie später. Ich hatte Biermann einige Gefallen getan, warum sollte er mir keinen Gefallen tun? Und ich war so naiv zu hoffen: Havemann spricht stets mit Respekt von seinem besten Freund Groscurth, warum soll er dann nicht, wenn sein heutiger bester Freund das vermittelt, zu einem Gespräch über seinen früheren besten Freund bereit sein?

Die höhere Ironie dieses Versuchs der Annäherung war nicht zu übersehen: Um meine Pläne voranzubringen, die gegen das nazinahe Establishment im Westen gerichtet waren, musste ich die beiden Männer sprechen, die vom Establishment der DDR als Staatsfeinde Nr. 1 und Nr. 2 verteufelt und im Westen gefeiert wurden. Die Bonzen der DDR, Anti-Nazis, brauchten Nazis wie R. als Argument gegen den Westen. Am meisten fürchteten sie jedoch den Mann, der vom Nazi R. zum Tod verurteilt worden war, ihren Staatsfeind Nr. 1, und würden alles tun, um zu verhindern, dass ich mit dem sprach. Ich aber brauchte, um Mord und Buch im Westen solide zu begründen, den Staatsfeind Nr. 1 der DDR, der nur über den Staatsfeind Nr. 2 zu erreichen war. Doch der war nicht zu Hause.

Kein Grund zu verzweifeln, auch im Märchen geschieht das Wunder erst beim dritten Versuch. Also lief ich zurück, die Friedrichstraße hatte in diesem Abschnitt außer einer kleinen Buchhandlung wenig zu bieten, ich ging hinein, stöberte herum und stieß auf ein Buch, von dem ich oft gehört hatte, *Braunbuch, Kriegs- und Naziverbrecher in der Bundesrepublik.* Ein Nachschlagewerk mit Tausenden von Namen und Verbrechen auf 400 Seiten, mit Dokumenten, Urteilen, Bildern, alles für 4 Mark 80 vom umgetauschten Blechgeld, da gab es kein Zögern, trotz der hässlichen Brauntöne auf dem Pappumschlag.

Der Rest von 20 Pfennigen reichte für die S-Bahn zum nächsten Besuch. Wenn ich zu Biermann fuhr, das war die Regel, hatte ich mich immer auch bei einem anderen, weniger verdächtigen Menschen in Ostberlin verabredet, um ein Alibi zu haben bei möglichen Befragungen. Diesmal war ich bei einem Dichter in den südöstlichen Bezirken angemeldet, wo ich zwei heitere Stunden verbrachte. Auf der Rückfahrt blätterte ich im *Braunbuch*, im Register, ließ den Finger bei R herunterfahren und fand ihn nicht. Ich suchte meinen R., suchte zwischen Rauch, Rausch, Rebmann, Reckmann, Redecker, Refeldt, Regis, Rehbock, Reichelt, Reichert, Reidel. Er fehlte. Du hast dir zu viel polnischen Wodka einschenken lassen, dachte ich und stieg gegen neun wieder an der Endstation Friedrichstraße aus.

Noch einmal lief ich bis zur Ecke Chausseestraße, aber in der Wohnung des Staatsfeindes war kein Licht, also zurück zum Bahnhof, zu den Grenzbaracken, der Tränenpalast stand noch nicht. Nach dem Ritual der sogenannten Ausreise war ich begierig darauf, in der Bahn nach Westen wieder das braune Buch aufzuschlagen. Da waren sie in alphabetischer Ordnung angetreten, die Staatsfreunde, die hohen Hakenkreuzmänner mit Ämtern und Würden vor 1945 und den Karrieren nach dem Krieg. Reibungslose Lebensläufe der Mörder, Schreibtischmörder, Kriegsmeister: die Hälfte der Botschafter, die Generäle der Bundeswehr, die meisten der höchsten Beamten, Wissenschaftler und führenden Unternehmer. Die Heerscharen von Richtern und Staatsanwälten hielten den Rekord mit achthundert Namen – alles nichts Neues. Schockierend waren die Zahlen, die Zitate, die Verbrechen, mit denen vor allem die Juristen belastet waren.

Gewiss, ein Propagandabuch der DDR, sagte ich mir. Zwischen den Dokumenten der geifernde Zeigefingerton, eine unerträgliche Sprache, mit der auf die Nazis im Westen gewiesen wurde. Trotzdem, was mich bewegte, war die bundesdeutsche Verdrängung dieser Fakten. Verlogen war man im Osten wie im Westen, wenn es um die braune Kacke ging, ich hasste sie, die großdeutsche, naziostwestdeutsche *Braunbuch*-Kacke.

Etwas später klingelte ich bei Catherine. Ausgerechnet an diesem Abend überfiel sie mich mit dem Entschluss, den Fotoapparat an den Nagel zu hängen, wie sie sagte, und Soziologie zu studieren. Ich war zu müde, zu widersprechen, vom Wodka geschwächt, abgelenkt von meinen Plänen und der Verwirrung, den Hauptverbrecher R. in dem Ekelbuch nicht gefunden zu haben. Irgendwann begriff ich: Die Pensionäre hatten sie gar nicht mitgezählt.

Man schwadroniert so viel vom Widerstand

Ich hab ja nichts gewusst, fast nichts, sagte Anneliese Groscurth.

Sie sprach nur widerwillig über die alten Zeiten, als hätten ihr die Prozesse der fünfziger Jahre den Mund gelähmt, in denen sie für die guten Taten der vierziger büßen musste. Sie hat sich immer geweigert, mit diesen Taten zu prahlen, und schon das Reden darüber kam ihr wie eine Angeberei vor. Ich geh doch damit nicht hausieren!, sagte sie. Wahrscheinlich hatte ich es nur Axel zu verdanken, dass sie überhaupt mit mir sprach. Oder sie wurde, wenn sie mir begegnete, an mein stundenlanges Heulen bei Axels Weggang von Wehrda erinnert und meinte, mir außer der Tröstung mit *Nils Holgersson* noch einen Gefallen tun zu müssen – das wäre ihr zuzutrauen.

In meinen Notaten ist zusammengefasst, was sie stockend erzählte:

Georg hat mich so wenig wie möglich hineingezogen, sein Schweigen hat mir das Leben gerettet. Wer wenig weiß, kann wenig sagen. Immer mal wieder die kleinen Hilfen, für die versteckten Leute dem Vater Geld entlocken, bei Bekannten fragen, ob sie jemanden aufnehmen können, das hab ich gemacht, das war selbstverständlich, da hat man nicht viel nachgedacht. Oder die verfolgten Juden ins Krankenhaus begleiten, wo sie, unter Decknamen, versorgt wurden. Vor allem Essen organisieren, Lebensmittel aus Wehrda verteilen, ja, die Luise, Frau des NS-Ortsbauernführers, schickte Würste, Mehl, Erbsen, offiziell für uns, sie hat nur geahnt, an wen das ging. Essensmarken gab es schwarz in einer Kneipe am Wittenbergplatz, aber da wollte mich Georg nicht sehen, ich hab bei einem Geflügelhändler, auch ein Patient von ihm, Lebensmittel geholt, alles hintenrum. Es lief ja ganz viel über seine Patienten.

1943, als alle so richtig aktiv waren, war ich schwanger, habe im Mai Axel geboren, hatte dann den Säugling und Rolf, der war erst zwei, deshalb kann ich wirklich nicht viel sagen. Wie Georg und seine Freunde für Juden und andere Verfolgte falsche Papiere besorgt haben, wie das ging, das hab ich auch erst später gehört. Georg hat in seiner Praxis einen Drucker kennen gelernt, der ihm angeboten hat, für 350 Mark gefälschte Ausweise des Oberkommandos der Wehrmacht herzustellen, natürlich hat er von diesem Angebot Gebrauch gemacht. Damit konnten, ich weiß es nicht genau, vielleicht fünf Leute, vielleicht zehn, erst mal durchkommen. Nach dem Krieg hat mir Frau Rentsch erzählt, dass sie einen pensionierten Kriminalbeamten an der Hand hatten aus Bremen. Dort war das Einwohnermeldeamt durch Bomben zerstört worden, und der Mann hatte Kennkarten und Stempel des Amtes gehortet. Der konnte echte Ausweise ausstellen, die mussten nur eine zerbombte Straße als Wohnung eintragen, ein Passbild nehmen, der Fotograf Kind machte die Fotos, schon konntest du einen Juden in einen Bremer Bürger verwandeln, der Kriminalbeamte nahm nur ziemlich viel Geld für seine Hilfe.

Oder der Eiertrick. Da hatten sie einen Grafiker, der nahm ein hart gekochtes Ei, pellte es und wälzte es vorsichtig über einen Stempel in einem Ausweis. Auf der feuchten Haut des Eis färbte sich der Stempel ab, und dann hat er das Ei über das Passbild in einem gefälschten Ausweis gerollt – und der Stempel sah aus wie echt. So haben sie etliche Urlaubsscheine für die Wehrmacht produziert, die du brauchtest, wenn du als Mann durch die Straßen gelaufen bist. Alle Männer zwischen 18 und 50 wurden ja ständig kontrolliert, wer keine «kriegswichtige» Arbeit hatte oder kein Soldat war, wurde sofort geschnappt.

Im Sommer 43, wir wollten gerade die Kinder nach Wehrda in Sicherheit bringen, tauchte die Frau eines Freundes von Georg auf, eine Jüdin aus Frankfurt, dort fingen sie an, die in «Mischehen» lebenden Juden zu deportieren. Wir versteckten sie bei uns, später war sie auch bei andern. Robert übrigens gefiel das nicht, er wollte am liebsten nur den politischen Kämpfern helfen, Georg möglichst allen, die zu ihm kamen – für einen Arzt gibt es keine politischen Kriterien. Über einen italienischen Patienten, der einen Schlafwagenschaffner kannte, versuchte er, sie nach Italien zu ihrer Schwester zu schleusen, das klappte nicht, er überredete den Kriminalisten, noch mal einen falschen Ausweis zu liefern, wir kratzten 1500 Mark zusammen. Sie war ein schwieriger Mensch, diese Frau, sie klagte dauernd, ohne die Gefahr zu sehen, die ihre Gastgeber auf sich nahmen. Dann wurde sie mit uns allen im September verhaftet, in Rentschs Wochenendhaus, und nach Auschwitz deportiert. Sie hat überlebt, ich hab einen Brief von ihr aus New York, aber kein Wort des Dankes, kein Bedauern, dass ich meinen Mann verloren habe, auch wegen der Hilfe für sie, auch das gibt es, auch das musst du aushalten hinterher.

Man schwadroniert immer so viel vom Widerstand, aber es war doch viel weniger, es war alles nichts Großartiges, nichts Heroisches, man wollte, man musste sich doch einfach nur anständig verhalten und den Leuten helfen. Robert und Georg haben für die Untergetauchten hin und wieder ein kleines Fest organisiert in der Bismarckstraße unterm Dach, die durften sich nur untereinander nicht kennen, die waren von allem abgeschnitten, konnten sich nur nachts ein bisschen aus ihren Verstecken wagen. Es war gespenstisch, sie alle haben von dem Luxus, von der Freiheit geträumt, mal wieder ins Kino zu gehn, was ihnen seit Jahren verboten war, und da hat Robert seine Dias vorgeführt, was denkst du, was das für die Leute bedeutet hat, solche einfachen Sachen.

Oder, was Georg öfter gemacht hat, junge Männer bei der Musterung durchfallen lassen. Die Wehrmachtsärzte achteten im Krieg besonders streng auf die Simulanten, aber so schlau wie er waren sie nicht. Er hat ein Gebräu aus Rizinus und aufgekochtem Bier erfunden, in das über Nacht eine Zigarre gesteckt wurde, das musste der Junge trinken, dann eine Radfahrt bergauf. Am nächsten Morgen war der so fertig, dass auch die härtesten Kommissköppe feststellten: Der ist nicht kriegsverwendungsfähig. Das hat die Gestapo nie rausgekriegt, auch nicht den andern Trick, bei dem eine Krankenschwester mitspielen musste. Da war eine auf seiner Station, deren Blut die Eigenschaft hatte, sofort zu gerinnen. Wenn die also etwas Blut spendete, gab Georg das den Wehrpflichtigen zu trinken. Am nächsten Morgen bei der Musterung fanden die Ärzte Blut im Urin, dann mussten sie die Männer vom Wehrdienst befreien. Blut trinken, das hört sich barbarisch an für einen wie dich, der kein Blut sehen kann, aber das hättest du auch gemacht, um nicht Hitlers Kanonenfutter zu werden.

(Damals hab ich nicht notiert: wie ich mich geschmeichelt fühlte.)

Auch von diesen Sachen wusste ich nichts, ich bekam nur mit, wie er die hohen Nazis aushorchte, Heß und seinen Bruder und den SS-Mann, den Staatssekretär im Außenministerium, unseren Nachbarn, ein Ekel, und diese Informationen wurden weitergegeben an die richtigen Leute. Georg hatte zum Beispiel einen Patienten, einen Sprachwissenschaftler aus Litauen, der hat einer Gruppe von Generälen der Wehrmacht Russischunterricht gegeben, weißt du, wann?, im Januar 1941. Der hat sofort gemerkt, warum die plötzlich Russisch pauken sollten, die planten den Angriff auf die Sowjetunion, der im Juni folgte. Dieser Mann vertraute Georg. Heß deutete das ja auch sehr deutlich an. Nach dem Krieg hat mir Havemann erzählt, dass sie diese Information auf Umwegen an die Sowjets weitergegeben haben – aber der Stalin hat solche Warnungen nicht geglaubt.

Heute hört sich alles so anekdotisch an, dabei hast du jeden Tag deinen Kopf riskiert. Das war dir nicht in jeder Sekunde klar, sonst wärst du ja aus dem Flattern nicht rausgekommen, du wusstest nur: Keine Angst zeigen vor den Gefahren, sonst bist du verloren. Du musstest deinem Instinkt folgen, da war Georg ein Meister. Aber er hat zu viel gemacht, die Gruppe hat sich zu viel auf einmal vorgenommen, dieser Unsinn mit den Flugblättern, die Verbindungen zu den ausländischen Arbeitern und zu andern Gruppen, das lief alles hinter meinem Rücken, da musst du Robert fragen.

Eigentlich kann man darüber gar nicht reden. Wenn Robert über diese Zeit spricht, ist er irgendwie der Held. Wenn ich dir von Georg erzähle, klingt auch alles irgendwie heldenhaft, und wir reden schon gar nicht mehr über Herbert und Paul. Du musst unbedingt mit Grete Rentsch und Maria Richter sprechen, von mir aus auch mit den Frauen von Robert, es war eine Gruppe, vier Freunde, jetzt sind vier Witwen übrig, uns bleibt der Kaffeeklatsch. Und drüben wollen sie uns zu einem Anhängsel der kommunistischen Widerstandskämpfer stilisieren, was wird da schwadroniert vom Widerstand, und hier … Schluss jetzt!

Ich will, dass ihr eins begreift: Es gab keine Helden, keine großen Einzelfiguren, keine Kämpfer des Widerstands, verstehst du? Es war eine Kette von anständigen Leuten, mit guten Nerven, Instinkt und mehr oder weniger Glück, ein Netz, nur so konntest du was ausrichten.

So ein Netz hat mir nach dem Krieg gefehlt. Da waren die Leute viel feiger als unter den Nazis, das kannst du dir gar nicht vorstellen. Da war ich für die einen die Kommunistin und für die andern, für die Kommunisten, eine Märtyrerin, die hätten mich am liebsten heilig gesprochen. Aber es gab nichts dazwischen, wenig anständige Leute, nur ganz wenige Freunde, die sich normal verhalten haben, ohne mich zu verdammen oder in den Himmel zu heben.

Warum? Weil ich für den Frieden und gegen die alten Nazis

war und weil ich das laut gesagt habe, das war das schlimmste Verbrechen, was du in Westberlin begehen konntest.

Warum? Weil die drüben auch für den Frieden und gegen die alten Nazis waren. Das hat mir an der DDR gefallen und am Sozialismus. An dem Punkt wusste ich immer, was ich Georg und den Kindern schuldig bin. Die Fünfziger, das waren mehr als zehn Jahre Widerstand, Widerstand im Kalten Krieg, das war viel komplizierter, weil es mehr als eine Front gab. Wir paar Hitlergegner, davon hast du keine Ahnung, Junge, waren ja besonders verdächtig, weil wir den Millionen Mitläufern bewiesen, dass sie sich auch anständig hätten benehmen können. Und dies Gezerre ist noch immer nicht vorbei, meine Prozesse laufen bis heute. Es ist auf eine absurde Weise sogar härter, weil wir in einem Rechtsstaat leben, angeblich. Es geht nicht mehr um Leben und Tod wie bei den Nazis, sondern um öffentliche Denunzierung, Berufsverbot, Schikanen, politische Gerichtsurteile, und weil wir ja die Demokratie haben und so weiter, da hast du viel weniger anständige Leute auf deiner Seite als unter den Nazis. Ich war ganz schön allein, seit 1951, als sie mich als Amtsärztin rausgeschmissen haben.

Warum? Da drüben, siehst du die Ordner da in der untersten Reihe? Acht Ordner, alle meine Prozesse. Schluss jetzt, das ist ein Sumpf, ein endloser Sumpf!

Sie gab mir einen Umschlag in die Hand und schickte mich fort. Es war das Urteil des Volksgerichtshofs.

Ruinen und Gesichter

– Es ist mein Ernst, ich will nicht mehr fotografieren, sagte Catherine. Jedenfalls nicht mehr Fotografin als Beruf. Die Ruinen hab ich alle durch, drei Jahre Ruinen, das reicht. Mein Entschluss steht fest, die Ruinenfotografin geht in Ruhestand, mit 24 kann ich noch wechseln. Genug Trümmerreste im Gegenlicht, die mir keiner abkauft! Genug Fensterhöhlen im Seitenlicht, die niemand sehen will!

Ich sah ihr gern zu, wenn sie sprach und sich in Rage redete, das schmale Gesicht konzentriert auf einen fernen Punkt gerichtet, dann wieder auf mich, wobei sie, im Eifer ihrer Rede, ständig das Haar von den Schläfen zur Seite strich. Ich hörte ihr gern zu, der markigen oberfränkischen Stimme. Catherine rauchte französische Zigaretten ohne Filter. Weintrinken abends war noch nicht in Mode, Bier galt als proletarisch und richtig, sie aber bestand auf Pinot noir.

Ihre Aufregung nahm ich nur halb ernst, ich kannte die Klagen. Es ging ihr nicht schlecht, sie bekam Geld aus dem Hausratsgeschäft in Marktredwitz, um sich eine Existenz als Fotografin aufzubauen, wie die Eltern hofften. Nebenbei lief sie zu politologischen und soziologischen Vorlesungen und war öfter auf Demonstrationen als ich, ohne Kamera.

– Als ich herkam, sagte sie, ungefähr fünfundsechzig, dachte ich: Ja, hier ist sie noch, die Vergangenheit, die im Westen überall weggebaggert und zubetoniert ist, der Widerspruch, der in der Luft liegt zwischen Mauerresten und wuchernden Sträuchern, zwischen dem leeren grauen Himmel und der freien Welt, die wir endlich zu einer freien Welt machen. Hier ist der Krieg noch nicht vorbei, hier gibt es so viel Unfertiges, Zukunft, das ist das einzig Gute in diesem Scheißberlin. Eine stille Utopie ist hier versteckt, so ein Schatten der Utopie (ich könnte nicht schwören, dass Catherine gesagt hat: Schatten der Utopie). Du schaust auf das Unwiederbringliche, in die Tiefe der verflossenen Katastrophen und denkst: Hier ist noch Zeit, über etwas Neues nachzudenken, hier könnte man, hier müsste man – etwas völlig anderes machen als das Übliche, jedenfalls keinen Betonschrott und keine formierte, normierte Gesellschaft.

– Genau das mag ich an deinen Fotos, sagte ich, die Geschichte steht still und fängt zu wispern und zu flüstern an.

– Aber es nützt ja nichts, sie machen auch hier das Übliche, Betonschrott. Die Ruinen verschwinden, ich kann nicht ewig fürs Archiv arbeiten. Tote Gleise, Schuttberge, gepflasterte Straßen, alte S-Bahnhöfe, das ist noch zu nah, noch nicht nostalgisch genug (ich bin nicht sicher, ob der Begriff nostalgisch schon zu unserm Wortschatz gehörte). Das Schlimmste ist: Was ich in meinen Ruinen sehe, das sehen die Leute nicht in den Fotos. Traurig, traurig, technisch sauber, sagen sie, hast du nichts anderes zu bieten?

– Du könntest in Neukölln oder Kreuzberg fotografieren, eh sie dort alles wegreißen.

– Das nimmt mir auch keiner ab: traurig, traurig, technisch sauber und so weiter. Nein, Vergangenheit ist nicht gefragt, höchstens bei der Landesbildstelle, aber denen hängen die Trümmer auch zum Hals raus.

Ihre Eltern, sagte sie nebenbei, hätten ihr noch für zwei Jahre Geld versprochen, dann müsse sie auf eigenen Füßen stehen. Bis dahin könne sie das Vordiplom schaffen, die letzte Gelegenheit umzusteigen. Aber ich wollte Catherine noch nicht an die Soziologie verloren geben.

– Oder die Mauer, systematisch die Mauer erkunden mit der Kamera.

– Da hat Springer genug Leute drauf angesetzt, sagte sie, damit verdien ich auch keinen Pfifferling. Die Mauer, ein alter Hut. Man muss sich spezialisieren, aber nicht prostituieren wie deine Yoko Ono!

Ich lachte, diese Anspielung machte sie gern, seit ich ihr erzählt hatte, dass anno 66 eine Japanerin mit großem Gesicht im Beatclub *Marquee* in London die Leute bedrängt hatte, ihre Ärsche fotografieren und filmen zu lassen, ich hatte abgelehnt – der Film galt dann als Avantgarde, durch ihn lernte die Japanerin John Lennon kennen und wurde die berühmte Yoko Ono. Da hast du die Chance deines Lebens verpasst, witzelte Catherine öfter. Jetzt blieb sie beim Thema.

– Und komm mir bloß nicht wieder mit dem Rat, Menschen und Gesichter zu fotografieren, das mochte ich nie, und ich hab keine Lust, für diesen Irrtum noch mal verprügelt zu werden.

Wir kannten uns etwa ein Jahr und hatten schon drei oder vier solcher Grundsatzdebatten hinter uns. Nach der ersten Klage über ihre brotlose Kunst hatte Catherine versucht, ihren Widerstand gegen das Fotografieren von Menschen aufzugeben und in der Stadt Gesichter zu finden, die zu den Trümmern, Baulücken, Schutthalden und überwucherten Gleisen passten: Ruinengesichter. Alte Leute, Arbeiter, trostlose Verwaltungsgestalten, mürrische Verkäuferinnen, Hausfrauen vom Typ Blockwart, es gab eine riesige Auswahl von Berlinern, die uns hassten und in jedem Wesen, das jung, frech, rot war, lange Haare oder lange Mäntel trug, genau das Abbild der Karikaturen erblickten, die ihnen die Bildzeitungen täglich lieferten: Staatsfeinde, Kommunisten, Huren, Schwule, Nichtstuer, Randalierer, Chaoten. Millionen Berliner mit Springer, Senat, Polizei auf der einen Seite der Front und ein paar tausend

«Extremisten» auf der andern – ein Hasskrieg mit allen lustigen und bedrohlichen Reflexen und Schaukeleffekten.

Eine gefährliche Arbeit: Im Februar, nach dem Kongress und der größten Demonstration gegen den Krieg in Vietnam, völlig friedlich übrigens, hatten die Parteien, die Gewerkschaften und der Senat zu einer Demonstration gegen die linken Studenten zum Schöneberger Rathaus gerufen, die städtischen Arbeiter und Angestellten bekamen für diesen Nachmittag bezahlten Urlaub. Catherine wagte sich mit der Kamera dazwischen. Während die Politiker auf dem Podium von Frieden und Freiheit sprachen, beobachtete sie, wie ein junger Mann, der einen Bart trug, angepöbelt wurde: Nimm deinen Bart ab! Du Kommunistensau! Hau ab! Der Mann versuchte wegzugehen und war plötzlich umstellt: Das ist Dutschke! Rudi Dutschke trug keinen Bart, aber das spielte keine Rolle, ein Feind war gefunden, der junge Mann, schon in Panik, schrie gegen die Menge: Ich bin ein Arbeiter wie ihr!, und hatte plötzlich eine Flasche auf dem Kopf, blutete, wurde geschlagen, bis Catherine ihn im Getümmel aus den Augen verlor. Während sie fotografierte, hörte sie: Schlagt den Dutschke tot! Hängt ihn auf!, bekam Angst vor den wild entschlossenen Gesichtern, wollte die Kamera wegstecken, aber es war zu spät, schon kehrte sich die Wut gegen sie und die Kamera. Jemand schrie: Die fotografiert für den Osten!, ein anderer: Die ist aus dem Osten!, der Nächste: Kommunistenfotze! Sie war umstellt, man versuchte ihr die Kamera zu entreißen, die sie festhielt, dabei stürzte sie zu Boden und wurde nun getreten und von Krückstöcken älterer Leute geprügelt: Schneidet ihr die Haare ab! Schlagt sie! (Sie war übrigens nie sicher, ob auch ihr der Schrei galt: Schlagt sie tot!) Da kam ihr ein Mann zu Hilfe und versuchte die Schläger zu beschwichtigen: Das haben wir doch nicht nötig! Er wurde das nächste Opfer: Noch so ein Kommunistenschwein! Von Catherine ließen sie ab, rund zwanzig Leute fielen nun über ihren Retter her, schlugen zu, zerkratzten ihm das Gesicht und riefen: Kommunistenschwein, hau ab! Catherine hatte Glück, sie konnte sich unauffällig entfernen, die Kamera im Mantel versteckt, während der vermeintliche Dutschke fast gelyncht worden wäre und ihr Retter auf der Suche nach der Polizei Spießruten laufen musste, weiter bespuckt und getreten, bis ihn ein bekannter christdemokratischer Anwalt in Schutz nahm, der seinerseits mit den Parolen Rechtsanwalt!, Mahler!, Schlagt ihn tot! überfallen und geschlagen wurde.

Seit diesem Februartag, an dem Frauen mit langen Haaren, Presseleute, Pfeifenraucher, Träger von Cordhosen und randlosen Brillen zwischen fünfzig oder hunderttausend fanatischen Berlinern um ihr Leben fürchten mussten und von der Polizei nicht oder viel zu spät beschützt wurden, hatte Catherine ihre Theorie radikalisiert: Menschen als Objekte, das geht nicht, da bleibst du Voyeur, du legst dir immer was zurecht, einen Ausschnitt, die raffinierteste hundertstel Sekunde, sogar die Ruinengesichter, die Hassgesichter sind eine Lüge, denn du müsstest, zum Beispiel, diese Gesichter auch als banale Strahlegesichter unterm Weihnachtsbaum zeigen.

Nun, ein Dreivierteljahr später, war ihr, wieder einmal, die ganze Arbeit zuwider. Jedes Foto verkürzt und verengt, hörte ich jetzt. Das Foto sei immer besser, schöner, effektvoller als der fotografierte Gegenstand. Je kunstvoller ein Foto, desto näher sei es der Lüge.

Zum Beweis ihrer Thesen führte Catherine auch die Heßfotos an.

– Die wichtigen Fotos fehlen, hast du gesagt. Zwei Fotos

sind zufällig übrig – und die lügen. Schnappschüsse, die das Gegenteil der Wahrheit sagen. Du brauchst Erklärungen, Hintergründe, die du jetzt von Frau Groscurth erfahren hast. Du setzt dich hin, musst fragen und forschen und schreiben, bis du hinter die Wahrheit dieser Fotos kommst. Du lässt sogar dein Studium schleifen, weil du irgendwas genauer wissen, weil du schreiben willst. Und dann fragst du noch, weshalb ich Soziologie studieren will?

– Ja, warum ausgerechnet Soziologie? Weil das alle machen?

– Quatsch! Weil ich rausfinden will, wer die Leute sind, die mich verprügelt haben auf dem Kennedyplatz, warum die so geworden sind, woher ihr Hass kommt. Wie die Gesellschaft funktioniert, das interessiert mich mehr als die Ruinen!

Wir verstrickten uns in den schönsten schülerhaften Streit, ob mit der Lüge die Kunst anfange oder die Kunst Lüge sei. Wir sahen uns vom Wort «affirmativ» in die Defensive gedrängt, das in jenen Monaten durch alle Kunstdebatten geisterte, von Marcuse aus Kalifornien importiert. Bejahend, bestätigend, zustimmend zur bestehenden Gesellschaft durfte auf keinen Fall sein, was geschrieben, gemalt, gespielt, gefilmt, fotografiert wurde. *Zur Sache, Schätzchen* galt als affirmativ, *Artisten in der Zirkuskuppel, ratlos* nicht, Siegfried Lenz affirmativ, Peter Weiss nicht. Affirmativ, ein weiter Begriff, ein Streitwort, ein Verdachtwort, ein Totschlagwort, das uns zu Banausen machte.

Gegen Ende unserer Debatte, so gespalten war ich, hielt ich einen meiner Lieblingssprüche von Jean Paul hoch: Leser kann man nicht genug betrügen. Und erklärte, dass ich gern mal einen Roman beginnen würde mit dem Satz: Um bei der Wahrheit zu bleiben, Leser kann man nicht genug betrügen.

– Das schaffst du nie! Bist ja auch so ein Wahrheitsfanatiker, vergisst dein Studium, fängst plötzlich ein Buch über diesen Groscurth an!

– Ich will auch mal unvernünftig sein, behauptete ich kühn, und einer spontanen Idee folgen, selbst wenn es eine fixe Idee ist.

– Dann lass mir doch auch meine fixe Idee!

Das Recht spricht

Habe ich, wie ich mir einbilde, wirklich gezittert, als ich zum ersten Mal auf die Wörter eines Todesurteils starrte? Die Abschrift, die mir Frau Groscurth mitgegeben hatte, lag auf dem Tisch, ich musste mich überwinden, das Papier anzufassen. Von den Sonderlichkeiten der Justiz hatte ich wenig Ahnung, von der Nazi-Justiz noch weniger. Du musst ganz von vorn anfangen mit dem Buchstabieren, nahm ich mir vor, Satz für Satz, Wort für Wort, wie Hieroglyphen alles geduldig entziffern, die Schriftzeichen der verflossenen, finsteren Epoche wie ein Wissenschaftler prüfen.

Im Namen des Deutschen Volkes! Mit den am meisten missbrauchten deutschen Wörtern fing es an, mit einem herrischen, triumphierenden Ausrufezeichen als Zugabe.

Im Namen des Deutschen Volkes treffen ein Herr Dr. Freisler als Vorsitzer, ein Kammergerichtsrat R. als Beisitzer, ein NSKK-Obergruppenführer Offermann, ein Gauhauptstellenleiter Ahmels und ein Kreisleiter Reinecke als Volksgerichtshof zusammen und maßen sich am 16. Dezember 1943 ein Urteil an gegen den Chemiker Dr. Robert Havemann, den Oberarzt

Dr. Georg Groscurth, den Architekten Herbert Richter und den Dentisten Paul Rentsch: *Für immer ehrlos, werden sie mit dem Tode bestraft.*

Mit dem Tode, viermal *mit dem Tode*, jede Silbe dieser rätselhaften Schriftzeichen ist wichtig. Das schöne alte Dativ-e hinter dem Tod gibt dem vierfachen Hinrichtungsauftrag eine weiche, fast zärtliche Zweisilbigkeit. Die einzige Milde, welche die urteilenden Herren walten lassen, ein winziger Gnadenerweis: ein kleines e zum Abfedern, zum Ausruhen, zum Trost, ein zierlicher Grabschmuck als Beigabe zum unwiderruflichen Henkertod.

Was wird *für Recht erkannt*, was sind die Vorwürfe, was die Vorbereitungen zum *Hochverrat?*

Erkannt haben die Richter: *dekadente Intellektualisten, die sich nicht scheuten, feindhörig Auslandsender abzuhören, lebten sich in feigen Defaitismus hinein, Deutschland verliere den Krieg.*

Erkannt haben sie: *Um die Macht an sich zu reißen, gründeten sie die «Europäische Union», deren zur Schau getragenes Programm vor Kommunismus und angelsächsischer Scheindemokratie kriecht.*

Erkannt hat das hohe Gericht, die vier Angeklagten *beschimpften unseren Führer, den Nationalsozialismus und unser kämpfendes Volk* und *rüttelten an der Sicherheit unseres Reiches dadurch, daß sie Juden falsche Papiere verschafften, die sie als deutschblütig tarnen sollten, und pflegten Beziehungen zu illegalen politischen Gruppen ausländischer Arbeiter.*

Für Recht erkannt: Sie haben durch diesen ihren Defaitismus dem Kommunismus Vorschub geleistet, unseren Kampfeswillen angenagt und durch das alles in unserer Mitte unseren Kriegsfeinden geholfen!

Es ist die deutsche Sprache und doch eine Fremdsprache,

es sind lateinische Buchstaben, mit Wut zur Vernichtung jeder unkriegerischen Silbe diktiert und getippt, mit Hass auf das differenzierende Alphabet. Deutsche Hieroglyphen, die besonders tückisch sind, weil sie so verständlich scheinen, weil ihnen ein vertrautes Echo nachhallt: als hätte erst gestern jemand so ähnlich, nur milder, in der einen oder anderen Formulierung gesprochen, ein Politiker, ein Vater, ein Lehrer. Der Ton der Standpauke.

Weil die vier Angeklagten beachtliche wissenschaftliche und berufliche Karrieren vorzuweisen haben, höhnen die Herren des Urteils: Havemann, Groscurth, Richter und Rentsch *wollen gebildet sein*. Und fahren, nachdem sie jeden einzelnen Berufsweg abgefertigt haben, mit ihrer Strafrede fort: *Alle vier haben durch ihr Verhalten gezeigt, daß sie nicht gebildet sind. Zur Bildung gehört nämlich nicht nur Wissen und fachliches Können; Voraussetzung und Grundlage wahrer Bildung jedes Deutschen ist seine Treue in der Volksgemeinschaft zu Führer und Reich. Und alle vier sind Verräter an Volk, Führer und Reich geworden.*

Die Sätze trieben mich immer wieder vom Schreibtisch weg, ich stand auf und lief durchs Zimmer auf der Suche nach Ablenkung, dann wieder angezogen von der Magnetkraft der Blätter. Ich durfte nicht schwach werden, ich war dem Mörder R. auf der Spur, hier im Lügenbrei steckten die Beweise.

Der Volksgerichtshof ist so großzügig, auch die *Gründe* seiner Entscheidung darzulegen. Aber es war anstrengend, hinter den Beschimpfungen den Mut und die Taten der vier Männer zu erkennen.

Der erste Grund für die Todesstrafe: Die Ansicht, Deutschland werde den Krieg verlieren *und dann Schauplatz des Kampfes zwischen den Bolschewisten und den Angelsachsen und dann von beiden zerrissen werden.* Die Gründung der «Europäischen Union» am 15. Juli 1943, Programm und Organisation *hätten sich sowohl an bolschewistische als auch an angelsächsisch-demokratische Ideologien anlehnen müssen.*

Der zweite Grund: *die schamlose Handlung, eine Gruppe von Deutschen zu politischen Besprechungen mit illegal organisierten ausländischen Arbeitern zusammenzubringen* und diesen unter anderm mit Material für einen illegalen Sender zu helfen. *Während die Dienststellen des Staates, der Partei und der Wehrmacht und die stolze und anständige Haltung unseres deutschen Volkes mit Erfolg die Gefahren zu bannen suchen, die in der Beschäftigung so vieler Millionen ausländischer Arbeiter liegen,* hätten die Angeklagten das Gegenteil getan: *Gleichzeitig finden sich vier Männer, die sich einbilden, gebildet und überhaupt hochqualifiziert zu sein, in Wirklichkeit dekadente Intellektualisten ohne Scham, Ehre und Gewissen, um mit diesen ausländischen Arbeitern unserem kämpfenden Volk in den Rücken zu fallen!*

Jedes dieser Worte, musste ich mir immer wieder sagen, hat der Richter R. diktiert und unterschrieben. Der Beisitzer, von Hitler persönlich für dies Amt erwählt, formuliert das Urteil. Diese Sätze, auch wenn sie Naziformeln sind, auch wenn sie zuerst aus Freislers Mund kamen, auch wenn Freisler ihm mehr oder weniger die Feder führte, hat ein Mann im Namen des nationalsozialistischen deutschen Volkes diktiert, der nun im Namen des freiheitlich-demokratischen deutschen Volkes von jeder Schuld an falschen Schuldzuweisungen und unrechten Urteilen freigesprochen worden ist.

Dritter Grund für die Todesstrafe: Die «Europäische Union» habe sich *auch nicht gescheut, Verbindung zu einem russischen politischen Agenten zu suchen und aufzunehmen und nicht, wie es Pflicht jedes deutschen Mannes gewesen wäre, sofort der Polizei oder der Abwehr Mitteilung zu machen!*

Viertens, die Flugblätter, die *in bolschewistischer Ideologie schwelgen* und diese mit *Phrasen aus der Mottenkiste der französischen Revolution und der Weimarer Verfassung von der Freiheit des Individuums* verbinden. Keine Zitate, auch über die Themen und Argumente wird nichts verraten, weil da zu viele den Nazis unangenehme Wahrheiten ausgesprochen sein dürften, nur der Holzhammer der Tautologien: *Defaitistisch ist die Grundlage, kommunistisch und zugleich bürgerlich-individualistisch sind die Verbeugungen vor Stalin und Roosevelt, zynisch schamlos die Wehrkraft- und die Wehrmachtszersetzung.*

Beim fünften Grund spürt man die Lust, mit der sich die Henker auf die *Verräterclique* stürzen: *Wie schamlos die Gesinnung der vier Angeklagten ist, ergibt sich auch daraus, daß sie geradezu systematisch illegal lebende Juden unterstützten, ja sogar mästeten.*

Mästeten? Ja, *mästeten* schrieb der Herr Kammergerichtsrat, der kein Recht gebeugt haben will. *Aber nicht nur das, sie verschafften ihnen sogar falsche Ausweise, die sie vor der Polizei tarnen sollten, als wären sie nicht Juden, sondern Deutsche.* Ausführlich wird von mehreren *eingestandenen Judenunterstützungen* berichtet. Die Richter erregen sich über das Verstecken von Menschen, aber noch mehr über die vielen hundert Mark, mit denen die vier Männer die Untergetauchten unterstützt haben. *Merkwürdig, was für jüdisches und kommunistisches Pack sich gerade immer bei diesen Angeklagten einfand.*

Freisler und R. suchen noch einen sechsten Grund, die *ganz ordinäre Verbrecher-Clique der allgemeinen Kriminalität* für die *außerordentliche Unterstützung unserer Feinde im Kriege* zu verurteilen. Die vier haben zugegeben, *den Londoner Sender gehört zu haben. Die Angeklagten haben sich dagegen gewehrt, daß ihre Einstellung eine Folge des Feindsenderabhörens sei. Dann stammt sie also aus ihrem eigenen Inneren, umso schlimmer!* London aber reicht den Richtern nicht, wahre Teufel müssen Kommunisten sein: *Die Angeklagten wehren sich dagegen, daß ihr Programm kommunistisch gewesen sei. Gegen diesen ihren Mundprotest sprechen ihre Taten.*

Siebtens der *feige Defaitismus: Schon der Gedanke, heute nicht alle Kraft daran zu setzen, den Sieg zu erringen, sondern Kräfte für den Fall einer Niederlage abzuzweigen, ist durch und durch verbrecherisch, treulos und defaitistisch.* Vorgehalten wird ihnen *hündisches Kriechen vor unseren Todfeinden, dem Bolschewismus und der Plutokratie, um Gnade für ihre spätere Machtergreifung zu bitten.* Vorgeworfen, *das geistige Schaffen diskreditiert* zu haben und sich *im Salonbolschewismus und ähnlichen Dekadenzerscheinungen schamlos herumzuwälzen.*

Zum Finale der letzte Knüppel, der deutsche Krüppel, der deutsche Soldat: *Was würden unsere Soldaten sagen, wenn der nationalsozialistische Staat nicht solche Kreaturen so behandeln würde, wie sie sind, nämlich als für immer ehrlose Subjekte, die unserem kämpfenden Volk, vor allem auch unseren kämpfenden Soldaten in unvorstellbarer Weise in den Rücken fallen? Solche für immer ehrlosen Subjekte wie diese vier Angeklagten müssen deshalb zum Tode verurteilt werden. Wenn der Schlosser im Rüstungsbetrieb, der Landarbeiter auf dem Gute, überhaupt der einfache Mann, der nicht mit Hochschulbildung und ähnlichem protzen kann, Verrat begeht und deshalb aus der Volksgemeinschaft ausgemerzt werden muß, so wäre es nicht nationalsozialistisch, wollte der Volksgerichtshof bei diesen Angeklagten anders verfahren.*

Sie müssen die Kosten tragen, *weil sie verurteilt sind.*

Was für eine Strapaze, solche Wörter und Sätze zu lesen und zu notieren. Ich warf den Mantel über, ging aus dem Haus, roch den Hühnerbratdunst, den ein Wienerwald-Lokal durch meine Straße wehen ließ, ging einmal um den Block. Ich weiß noch, ich konnte nicht anders, ich verschlang gierig ein halbes Huhn, die Fresslust vermengt mit einem wilden, törichten Hass auf das nackte, knusprige Fleisch, und dann ging es weiter mit der Arbeit. Mal von dem Abscheu vor der Vernichtungswut, mal von Faszination an der Primitiviät getrieben, mal vom Stöbern im Nazidreck ermüdet, nahm ich mir vor: Bleib nüchtern wie ein Forscher!

In jedem Wort fahndete ich nach den Lautverschiebungen von der Wahrheit zur Lüge. Fast jeder Satz führte zu dem schlüssigen Ergebnis: Hier haben keine Juristen geurteilt, sondern Ideologen, die das Labyrinth der Paragraphen gar nicht brauchten. Als hätte es einen Preis gegeben für möglichst unjuristische, möglichst emotionale, möglichst vernichtende Begründungen. Das Maschinengewehrfeuer der Wiederholungen: *defaitistisch*, *kommunistisch*, *schamlos*, *intellektualistisch*. Allein die Sprache zeigte, wie das Recht gebeugt wurde. Und wie Wörter und Sätze gebeugt werden, bis sie wie Pistolenschüsse, Genickschüsse, Bajonettstöße, wie Folter funktionieren. Hinrichtung mit Vokabeln. Als Zugabe die lächerliche Drohung mit der Ewigkeit, die keine anderthalb Jahre dauern sollte: *für immer ehrlos*.

Nüchtern bleiben, wie geht das, wenn die sieben Gründe für die Todesstrafe von 1943 fünfundzwanzig Jahre später oder heute sieben Gründe für Denkmäler, Bücher, Briefmarken, Gedenktage und Schulnamen wären?

Nüchtern, wie geht das, wenn man angezogen wird von der Sprache der perfekten Perfidie? Gibt es eine Schmerzlust an der Sprache des Ausmerzens?

Ich hatte ein Ziel, ich war dem Täter, dem Ausmerzer, dem Mörder auf der Spur, und hier hatte ich ihn: Diese Sprache, die kein Komma des Zweifels zuließ, die sich selbst verewigen wollte mit Brüllwörtern und liturgischen Formeln des Ausmerzens, wer diktierte sie? Ein erwachsener Mann. Ein gelernter Jurist. Ein Pfarrerssohn, nebenbei. Ein Kammergerichtsrat, der den Führerauftrag und die Ehre hat, neben dem Präsidenten als Beisitzer des Gerichtshofs zu thronen, als Berichterstatter und Herr der Worte des Urteils.

Für immer ehrlos: die ganz ordinäre Verbrecher-Clique.

Für immer die Ehre auf seiner Seite: der Herr Kammergerichtsrat, der auch am 16. Dezember 1943 das Recht nicht gebeugt hat, vielmehr nach seiner innersten wie äußeren Überzeugung gehandelt, gerichtet und hingerichtet hat, und das keineswegs aus niederen Beweggründen, sondern weil das Fallbeil, die Folter, der Bajonettstoß, der Genickschuss, der Pistolenschuss zur Grundlage der höchsten und herrschenden Moral des Ausmerzens gehören, zu den Sakramenten des allerheiligsten Führers, dem dieser Richter, mit Inbrunst und Neigung dienend, sich in freiwilligster Pflicht unterworfen hat: für immer ehrenhaft.

Beim besten Willen, es gelang mir nicht, den Richter R. zu hassen. So sehr verachtete ich ihn. Aber mit diesem Todesurteil, urteilte ich, hat er sein eigenes Todesurteil unterschrieben. Seine anderen Urteile brauchte ich nicht, ob es 230 oder doppelt oder halb so viele waren. Die Sitzung ist geschlossen.

Bier in Friedenau

Die Freunde sah ich selten in jenen Wochen. Nach den studentischen Pflichtstunden stürzte ich mich in die geheimen Vorbereitungen und auf das Groscurth-Buch. Überall in der Welt brodelte und kochte es, in Berlin tobte der unerklärte Bürgerkrieg, ich zog mich zurück und gönnte mir kein Kino, keine Bierabende, keine Versammlungen, keine Lesung im Buchhändlerkeller.

Freie Stunden reservierte ich für Catherine, möglichst oft verbrachte ich mit ihr die Nächte, und heute kann ich zugeben, dass ich das nicht ohne Kalkül tat. Eines war mir klar: Catherine darfst du auf keinen Fall vernachlässigen, denn im Gefängnis wird dir vieles fehlen, Bewegung, Freunde, gutes Essen, Musik, Reisen, Landschaft, und, wenn du Pech hast, die Schreibmaschine, aber am meisten die Liebe. Also liebe, was du kannst, liebe Catherine so heftig, wie sie geliebt sein möchte, liebe auf Vorrat, dann wird sie dich oft besuchen im Gefängnis, ihre Blicke, ihre grüngrauen Augen werden dich ermuntern, mit mehr als fünf Jahren für meinen guten Mord rechnete ich nicht.

Vor allen anderen schützte ich mich mit dem Wort Arbeit und ließ sie in dem Glauben, dass ich mich mit der Doktorarbeit herumschlug. Schon das war kühn, ja verdächtig in den Zeiten des Aufruhrs. Ich ging den selbst ernannten Genossen aus dem Weg, die solche Tätigkeit verachteten und von jedermann revolutionäre Praxis oder wenigstens politische Taten erwarteten. Ich mied die Wohngemeinschaften, auch die von Bruno und Hugo, wo an den großen Küchentischen mit immer reicheren Mahlzeiten an immer längeren Abenden der Gruppendruck wuchs: Was tust du? Was tust du politisch? Und warum? Erkläre dich! Gesteh deine Wünsche, sofort! Deine Geheimnisse, heraus damit!

Sogar die schreibenden Freunde sah ich kaum in jener Zeit. Alle paar Wochen trafen wir uns am letzten Tisch hinten in der Kneipe Bundeseck in Friedenau. Auch wir wollten politisch sein, aber mit Texten, und suchten nach eleganten Lösungen. In der ersten Stunde, das war die Regel, durften nur Kaffee, Wasser oder Cola getrunken und über literarische Probleme geredet werden. Gerüchte aus dem Betrieb, Meinungen über Bücher, Tratsch, all das war erst später beim Bier erlaubt.

Ein Gespräch hat die Erinnerung bewahrt, ein Abend mit Hannes, Klaus, Christoph, Gert, Martin und Jens, sieben junge Männer nüchtern in einem Bierlokal. Der Streit begann mit der von Klaus gestellten Frage, wie viel man an seinen Texten zu feilen habe. Er plädierte dafür, eine gewisse Sprödigkeit, auch Füllwörter zu erhalten, und bewunderte die Lässigkeit amerikanischer Autoren, die auf Verbesserungsvorschläge einfach «Why?» sagen. Wir diskutierten, wie spontan man beim Schreiben zu sein habe oder sein könne. Jens hielt scharf dagegen: In unserer Situation müssten wir genau reflektieren, was wir machen, die sogenannte Spontaneität sei eine von Akademikern, die Ballast loswerden wollten, Spontaneität schließe gesellschaftskritische Inhalte aus. Klaus bestritt das. Gert versuchte zu beschwichtigen: Mal sei das Gedicht so, mal wieder anders angelegt.

Christoph setzte neu an: Amerikanische Gedichte seien demokratische Gedichte, offen, weil jeder ähnlich schreibe und jeder Student und Hippie sie verstehe, in den USA würde er auch gegen diese Autoren polemisieren, weil ihnen historisch-kritisches Bewusstsein fehle, aber uns könne deren offene Schreibweise nur guttun. Jens witterte in dem Argument die

Weigerung jungbürgerlicher Autoren, ihre Lage gründlich zu reflektieren und bestimmte literarische und politische Ziele zu verfolgen. Soll das heißen, fragte Martin, dass jeder Text vorder- oder hintergründig politisch sein muss? Nein, meinte Jens, wir müssen nur unsere Bürgerlichkeit durchdenken!

Klaus mahnte zur Bescheidenheit und warnte vor großen Worten. Christoph sagte: Es gibt politische Texte und schöne Texte, beide hätten ihre Berechtigung, den einen fehle die Subjektivität, den anderen die Objektivität. Jens, im scharfen Ton gegen Christoph: Das Einerseits-andererseits sei genau die bürgerliche Trennung, genau das müssten wir bekämpfen, eigentlich müssten wir dich bekämpfen! Christoph: Ich bekämpf mich selber schon genug!

Endlich ein Lachen in der Runde, aber Jens' Angriff, das spürten wir, war von persönlicher Aversion getragen. Ich bot einen Kompromiss an: Das «Politische» hier und das «Schöne» da bringe nicht weiter, es komme auf die Vermittlung an, zum Beispiel durch das historisch-kritische Bewusstsein des Autors, ein «schöner» Text eines kritisch-bewussten Autors, sagte ich weiter, sei anders als der eines Naiven. Hannes: Das Gedicht zeige doch das Ich des Schreibers, der versuche, sich so genau wie möglich zu artikulieren. Auch Gert wollte zur Entschärfung beitragen: Das durchreflektierte Formulieren hängt von der Art der Texte ab, die ich mache.

Heute ist der Ernst dieser Sätze zum Lachen. Wir drehten uns im Kreis und bemerkten die Komik unserer Debatten nicht. Wir waren verkrampft in der Furcht vor den Spannungen zwischen Christoph und Jens, dessen Argumente oft mit Verletzungen gespickt waren. Beide wollten Wortführer sein, beide waren schnell mit Patentrezepten zur Hand, bei jeder Debatte gerieten sie heftig aneinander. Schon an einem der ersten Abende hatten sie sich im Streit verbissen, wer der bedeutendere, vorbildlichere Autor sei, der «bürgerliche» Flaubert oder der «realistische» Zola. Jens hatte Zola gepriesen als das unbeholfene Neue, Christoph Flaubert als das tiefblickende Alte. Jens: Das Auto ist mir lieber als die Kutsche! Und der Konter von Christoph: Besser eine gute Kutsche als ein schlechtes Auto!

Die Widersprüche wurden auch an diesem Abend nicht gelöst, wir kurierten die frischen Wunden mit Bier und Kickerspielen. Während Klaus und Gert zu den Spieltischen gingen, hörte ich den neusten Tratsch über die Friedenauer Dichter und beobachtete erleichtert, dass Jens und Christoph sich im Lob auf Solschenizyns *Iwan Denissowitsch* einig waren.

All das gehört in mein Geständnis, weil ich an diesem Abend zum ersten Mal merkte, wie froh ich mit meinen geheimen Plänen war, die mir der Nachrichtensprecher des RIAS diktiert hatte. Ich wusste, was ich wollte. Ich musste mich nicht scheren um das Politische oder Schöne, um Bürgerlichkeit und Bewusstsein. Nein, ich brauchte keine Begriffe. Heute würde ich sagen, ich war glücklich mit dem Todesurteil. Ich hatte den Beweis, ich hatte das Motiv, und nun, zwischen den schreibenden Freunden, dachte ich: Vielleicht kriegst du auch noch den Erfolg dazu.

Unter Ruhmsucht, das muss man uns zugute halten, litten wir nicht. Jeder suchte für sich die optimale Quadratur des Ästhetischen mit dem Politischen, der eine mit herrischem, der andere mit genialischem, der Dritte mit ironischem, der Vierte mit untertreibendem Gestus. Erfolg ohne Leistung war verpönt, der heimliche Ruhmwunsch verdächtig. Nun die unerhörte Idee: Deine gute Tat könnte eine Sensation werden, dein Buch zur Tat ebenso, im Prozess wirst du den Justizskandal aufrühren oder selber zum Skandal werden, fünf Jahre Gefängnis sind eine gute Investition für die Zeit danach: Du kannst nur gewinnen.

So phantasierte ich vor mich hin, sorgsam die verbotenen Gedanken verbergend, während in einem Ohr immer wieder der Name Solschenizyn störte und das andere Ohr den Sätzen über *Beggars Banquet* folgte, der neuen Platte der Stones. Christoph schwärmte vom *Street Fighting Man*, Klaus ließ nichts auf Bob Dylan kommen.

Hannes, vielleicht war es auch Martin, stieß mich an: Hey, warum sagst du nichts? Meistens antwortete ich auf solche Fragen: Ich hab nichts zu sagen. Diesmal, im Traum von einer glorreichen Zukunft gestört, sagte ich: Der Street Fighting Man ist müde. Die andern lachten.

Der Arzt, der kein Blut sehen konnte

– Wie wird ein Bauernsohn Nazigegner, ein Nazigegner Arzt der Nazis, wie kommt der als Hochverräter aufs Schafott? Wie erklärst du diese Sprünge?, fragte Catherine.

– Es sind keine Sprünge, hätte ich gesagt, wenn ich damals so viel über Dr. Groscurth gewusst hätte wie heute. Anfangen würde ich mit dem Satz: Er konnte kein Blut sehen. Wenn geschlachtet wird, verschwindet der jüngste Sohn des Bauern vom Hof. Bolzenschuss auf den Schweinskopf, Kreuzigung des Tiers am Flaschenzug neben der Stalltür, quellende Gedärme, Äxte, die durch Knochen, Messer, die durch rohes Fleisch schlagen, das Blut in den Schüsseln und das Grinsen des Schlachters, der Eifer der ganzen Familie beim Zerlegen des eben noch lebendigen Tiers, all das hält der Junge nicht aus.

– Musst du gar nicht so ausmalen, ich versteh schon.

– Gut, er hat Glück und wird nicht gehänselt, dass er sich verhält wie ein Mädchen. Georg kann kein Blut sehen, mit diesem Satz schützt ihn die Mutter, Tochter eines Arbeiters. Er muss nicht mithelfen beim Blutrühren, beim Wurstmachen, kann sich drücken bei den Spielen mit Schweineohren, darf hinaus ins Dorf. Er hat Glück, er ist der Jüngste, sein älterer Bruder wird den Hof übernehmen. Keine Gefahr für das Ansehen des Vaters, des Großbauern und Bürgermeisters von Unterhaun, Heinrich Groscurth, Vorsitzender des Hersfelder Bauernvereins, Mitglied des Kreistags. Ein paar Jahre später will der Junge, der kein Blut sehen konnte, Medizin studieren. In der Familie wundern sie sich. Der Vater verkauft einen Acker, um das Studium zu finanzieren. Nach Semestern in Marburg, wo er das Blut sehen lernt, Freiburg, Graz, Wien und Berlin legt er ein sehr gutes Examen ab, wird approbiert und promoviert, alles spricht für eine glänzende Karriere.

– Du musst keinen Lebenslauf nacherzählen, die Frage ist doch, was macht einen jungen Mediziner zu einem politisch wachen Menschen?

– Genau da wollte ich hin! Wer kein Blut sehen kann, behaupte ich mal, sieht mehr als das Blut, sieht mehr von der Welt und verfügt vielleicht mehr als andere über das kostbare Gut der Empfindsamkeit. Drei Erfahrungen prägen ihn.

Nach dem Abitur arbeitet er ein Jahr in einer Hersfelder Maschinenfabrik, 1923, mitten in der Inflation. Er sieht Elend, Gemeinheit, Brutalität der Arbeiter, homo homini lupus zwischen den Stanzmaschinen. Er vermisst den Sinn für Würde, den er von den Bauern kennt. Sein Resümee: Die Technik verdirbt den Menschen. Falls er hier schon Sozialist wird, Illusionen über das Proletariat hegt er keine und bleibt immun gegen den Idealismus eines Parteiglaubens.

Den zweiten Schock verdankt er den Italienern. Nach den Freiburger Semestern reist er trotz knapper Kasse nach Italien, kommt bis Bologna und Florenz, hat die Rückfahrkarte, aber bald kein Geld mehr, auch im Faschismus ist das Überleben teuer. Er überlegt: Einem Bauernsohn werden Bauern helfen – und wandert über Land. Mit ein paar Brocken Italienisch im Kopf nähert er sich den Höfen, will sich als Bauer vorstellen, um Brot und einen Schlafplatz im Heuschober bitten. Nur selten kommt er dazu, seinen Spruch aufzusagen, überall wird er abgewiesen, beschimpft, von Hunden verjagt. Er gibt nicht auf, probiert es als Mediziner, bietet seine Hilfe an, auch das bringt kein Brot: Landstreicher. Viele Tage hungert er, trinkt aus Bächen, rasiert sich im Wald, nährt sich von Früchten und Beeren. Nie hat ihm etwas so wehgetan wie dieser Hunger. Wieder in Unterhaun, bittet er seine Mutter: Schick niemals jemanden hungrig vom Hof, du weißt nicht, wie weh der Hunger tut!

Drittens der wachsende Antisemitismus an den Universitäten, vor allem in Graz und Wien, die Schikanen gegen jüdische Kommilitonen, die üblichen Geschichten, all das empört ihn. Würde, Anstand, Hilfsbereitschaft, solche Ideale reichen, um aus Groscurth einen politisch denkenden Menschen zu machen. In kleiner Runde sagt er gern: Antisemitismus gehört mit dem Tode bestraft!

Sein Lieblingsbuch übrigens soll von Sinclair Lewis gewesen sein, *Arrowsmith*. Die Geschichte eines Bauernsohns und Mediziners, der nach Irrwegen und falschem Ehrgeiz mit Geld, Frauen und verschrobener Forschung endlich als Retter und

Helfer vieler Menschen wirkt und sogar als politischer Ratgeber geschätzt wird.

– Punkt, Punkt, Komma, Strich, fertig ist …

– Nein, ohne seine List, ohne die Kunst der Verstellung wäre er kein Mann des Widerstands geworden. Als Schüler macht er die Reifeprüfung in perfekter Täuschung. Sein Deutschlehrer ist ein fanatischer Nationalist, der nur dem gute Noten gibt, der ihm nach dem Munde redet. Wie reagiert ein aufgeweckter Junge kurz nach dem 1. Weltkrieg auf das Thema des Abituraufsatzes: «Was verdanken und was schulden wir dem Vaterland?» Georg könnte seine Meinung schreiben, ein Mangelhaft kassieren, sein Studium, seine Zukunft gefährden. Also häuft er die Standardsätze über das Vaterland auf, reiht alles brav aneinander, lässt kein Klischee aus, schreibt fast eine Parodie, was niemand bemerkt und ihm die erwünschte Note einträgt. Ohne solche Übungen hätte er weder Heß und seine Clique noch die Herren von der SS täuschen können.

Der junge Arzt erforscht das Blut, publiziert fleißig, wird Experte für Kreislauf und Stoffwechsel und an das Kaiser-Wilhelm-Institut für Physikalische Chemie berufen, höher kann ein Mediziner mit 28 Jahren nicht steigen. Dort lernt er Robert Havemann kennen, eine Freundschaft auf den ersten Blick. Der Chef der beiden, Prof. Freundlich, im Frühjahr 1933 ins Exil gejagt, verschafft Groscurth im letzten Moment ein Forschungsstipendium. Bald werden auch die Assistenten des Juden aus dem Institut gedrängt. Ende 1934 beginnt Groscurth im Robert-Koch-Krankenhaus in Berlin-Moabit, das bis 1933 zu den besten Krankenhäusern des Reichs zählte, aber nach der Vertreibung von 30 der 47 Ärzte, Chef- und Oberärzte zumeist, heruntergewirtschaftet ist von der Inkompetenz der Naziärzte, vieler SA- und SS-Mediziner. An Groscurths Fähigkeiten als

Internist kommen sie nicht vorbei, sie sind auf ihn angewiesen, obwohl sie ihn lange Zeit nicht befördern. Er holt Havemann zu gemeinsamen Forschungen in sein Labor. Sie sitzen im Nazinest, nach außen angepasst, tüchtig, unentbehrlich, und bauen gleichzeitig an ihrem Widerstandsnest.

– Und sie fielen nicht auf?

– Sie hatten Kunzes Kaffeesalon, davon hab ich erzählt, die Treffen der Nazigegner im Labor. Solche Freundeskreise, Nischen, Börsen für Witze und Klatsch, Orte der Entspannung sind nötig, um die Anstrengungen des Verstellens, Täuschens, Heuchelns durchzuhalten. Aber Georg und Robert wollen mehr: möglichst genau wissen, was die Nazis planen. Über eine Praxisvertretung auf Rügen gerät Groscurth an die Witwe eines Landarztes, die das Goldene Parteiabzeichen hat, er pflegt diese Beziehung, die Dame fühlt sich geschmeichelt und verschafft ihm den Staatssekretär im Außenministerium, Keppler und Gauleiter Alfred Heß als Patienten, dieser seinen Bruder Rudolf und so fort. Und Groscurth treibt die Tarnung weiter: Um einer Einberufung zur Wehrmacht zuvorzukommen, meldet er sich freiwillig zu einer Grundausbildung bei den Pionieren, wird ein sehr guter Schütze. Dank seiner Beziehungen führt er bei der Militärärztlichen Akademie, wo auch Havemann arbeitet, Tierversuche mit Giftgasen durch. Er habilitiert sich mit «Untersuchungen über die Vergiftung mit Diphosgen oder Perstoff», Militärgeheimnis.

– Ging er da nicht zu weit?

– Vielleicht. Er traut den Nazis alles zu, er weiß Bescheid, kann aber 1937 noch nicht ahnen, dass sie wenige Jahre später Menschen unter die Gashähne schicken werden. Er sammelt Informationen, er fühlt sich sicher im Schatten von Heß, er arbeitet für das Überleben der Nazigegner. Der Kommunist

Robert, plakativ gesprochen, und der Sozialist Georg, der sich eher als Humanist bezeichnet hätte, sind sich einig in allem – bis Anneliese auftaucht.

– Aha, die Frau ist schuld, hätte Catherine gesagt.

– Nein, Roberts Vorurteile.

– Du musst nicht immer die Frauen verteidigen.

– Robert meint das selbst. In den fünfziger Jahren entwarf er seine Erinnerungen und beschrieb Georg, wie er ihn damals sah. Darf ich zitieren? «Er konnte der fröhlichste Mensch sein, dieser hessische Bauernsohn, mein Freund und Genosse Georg. Eine Zeit lang hatte ein schwerer Schatten über unserer Freundschaft gelegen, als er Ali geheiratet hatte, die Tochter eines Großkapitalisten, Prokurist bei Hanomag. Es war noch vor dem Krieg. Die Ehe hatte ihm einen großen neuen Wagen eingebracht, Geschenk des reichen Schwiegervaters. Er wohnte jetzt in einer Villa hinter dem Reichskanzler-Platz, der Adolf-Hitler-Platz hieß. Vorher hatte er einen alten gebrauchten DKW, wir beide hatten den Wagen bei einem Altwagenhändler auf eine Annonce hin gekauft. Das heißt, ich hatte ihn beraten. Ich fuhr nur Motorrad. Zuletzt eine schwere 600er BMW, die lief 150. Georg war ein Bürger geworden. Alles war neu und ordentlich in seiner Wohnung. Vorher hatte er wie ein Bohemien gelebt. Ich hatte die neue Frau gehasst, Klassenhass. Sie hatte meinen Georg korrumpiert, meinte ich. Das war inzwischen fast vergessen, fast. Ali war mit Georgs politischer Arbeit einverstanden. Sie half ihm sogar. Wir hatten sogar einige Treffs in seiner Wohnung, soweit es die Umstände erlaubten. Sie war sehr rührig bei der Beschaffung von Lebensmitteln für die Illegalen. Der Schwiegervater musste viel Geld herausrücken, ohne zu wissen, wofür.»

– War der Havemann nicht auch ein Bürgersohn?

– Ja, der Klassenhass der Bürger auf die Bürger …

– Es klingt fast nach Eifersucht.

– Kann sein, aber das Thema Havemann und die Frauen ist zu diffizil, da bin ich nicht kompetent. Ein anderer Widerspruch zwischen den Freunden wiegt stärker: Georg hat sein Glück gefunden, während Roberts Ehe wackelt, je mehr er sich in den Widerstand stürzt.

Hippokrates im Widerstand

Einmal hörte ich von Anneliese Groscurth eine Geschichte, die ihr ein Freund von Georg erzählt hatte und die ich nach den Notizen von damals ungefähr so kolportieren kann:

Eine junge Frau, Grete oder Monika oder Renate, Kriegerwitwe, Bürokraft bei einer Handelsfirma, versteckt in ihrer Wohnung in Charlottenburg im Jahr 1942 ein älteres jüdisches Ehepaar, das aus Dresden geflohen ist, übrigens nach der Warnung eines Gestapomannes, eines Nachbarn, kurz vor der Deportation. Grete versorgt die beiden, so gut sie kann, am schwierigsten ist die Beschaffung der Lebensmittel.

Nach zwei Monaten, eines Abends, kommt Grete aus ihrem Büro nach Hause und findet die Wohnung leer. Es klingelt, die Hauswartsfrau drängt herein. Kaum ist die Tür geschlossen, legt sie los:

– Heute Morgen sind Ihre Gäste die Treppe heruntergekommen, der Mann ist umgekippt, ohnmächtig geworden. Mein Mann und ich haben ihn hierher zurückgeschleppt, wir haben den Krankenwagen bestellt, aber die Frau wollte das nicht, auf keinen Fall wollte sie das, aber sie ist dann doch mitgefahren. Auf dem Tisch lag ein Zettel, den hab ich eingesteckt, hier ist er.

Grete liest: Wir fahren an den Wannsee, um uns zu ertränken. Wir dürfen Sie nicht länger gefährden. Gott beschütze Sie und auch Deutschland, da Sie eine Deutsche sind.

– Ich hab mir ja schon lange mein Teil gedacht, fährt die Hauswartsfrau fort, aber jetzt ist es raus, dass Sie hier Juden versteckt haben! Die Gestapo kam auch bald, die wollten mir andichten, dass ich was gewusst hab davon. Da hab ich aber losgezetert, kann ich Ihnen sagen! Den Zettel, den hatte ich in meiner Schürze versteckt, den haben die nicht gesehn. Also, Sie sollen sich sofort auf dem Polizeirevier melden, soll ich Ihnen ausrichten. Die sagen, Sie hätten die Todesstrafe verdient, aber weil Sie Kriegerwitwe sind, wird man vielleicht Gnade vor Recht ergehen lassen und Sie nur ins KZ schaffen. Da können Sie dann mit Ihren jüdischen Freunden Wiedersehen feiern!

Grete, bleich, ratlos, verzweifelt, fragt die Hauswartsfrau, was sie denn jetzt tun solle, und die gibt zur Antwort:

– Sie sagen mir einfach: Ich geh sofort zur Polizei, selbst wenn Sie jetzt zufällig verreisen sollten, was ich an Ihrer Stelle täte.

Grete fährt sofort zu ihrer Großmutter, die sie zu einer Freundin mitnimmt, die ein Häuschen am Rand der Stadt, irgendwo bei Grünau bewohnt. Dort bleibt sie versteckt, mehrere Monate, alles geht gut. Dann wird sie krank, schwer krank, mit heftigen Schmerzen, hohem Fieber.

Nun kommt Groscurth ins Spiel. Die Großmutter sucht verzweifelt nach einem Arzt, der kein Nazi ist. Sie spricht mit einer Bekannten, Sekretärin der Zeitschrift *Erika*. Die vertraut sich dem Redakteur an, Helmut Kindler, der später der bekannte Verleger wurde. Kindler kennt Groscurth, fährt sofort ins Robert-Koch-Krankenhaus nach Moabit und fragt ihn um Rat.

Der Doktor zögert keinen Moment, bespricht sich mit der Oberschwester, packt Medikamente und Spritzen ein, lädt Kindler in sein Auto und fährt los. In Grünau finden sie die Schwerkranke noch schwächer als befürchtet. Groscurth stellt fest: Gallenblasenentzündung, es muss sofort operiert werden.

Die Männer beraten mit den alten Damen. Es gibt nur eine Chance im Wettlauf mit der Zeit: einen anderen Namen, andere Papiere, möglichst vor der Einlieferung in die Klinik. Grete soll als ihre eigene Schwester auftreten, Rosa, eben aus München angereist, um ihre angeblich schwer kranke Großmutter zu besuchen, und selbst krank geworden.

Sie laden Grete in Georgs Auto, fahren mit ihr und der Großmutter nach Schöneberg, richten in deren Wohnung rasch zwei Krankenzimmer her, die Großmutter legt sich ins Bett, der Doktor bestellt den Krankenwagen. Er lässt Grete ins Krankenhaus Moabit auf seine Station einweisen, die Innere Abteilung, fährt hinterher und gibt in der Annahmestelle selber die Personalien an. Die Papiere, sagt er, würden in den nächsten Tagen nachgereicht, die seien nach Auskunft der Großmutter noch im Koffer bei der Gepäckaufbewahrung im Anhalter Bahnhof.

Eins haben sie bei ihrem Plan vergessen, die Krankenkasse. Groscurth muss sich kurzerhand entschließen, die junge Frau als Privatpatientin zu behandeln. Er deutet seinem Freund, dem Oberarzt Schlag, die Vorgeschichte der Rosa-Grete an. Den hat er schon öfter einweihen müssen, wenn jüdische Patienten unter Tarnnamen behandelt wurden. Schlag gibt Rosa-Grete ein Einzelzimmer, die Gallenblase wird operiert.

Inzwischen mobilisiert Groscurth seine Freunde und die Passfälscher, und zwei Tage nach der Operation ist der neue

Ausweis fertig. Er besucht die Patientin, weiht sie ein und übergibt ihr das Dokument, das angeblich so lange im Koffer am Anhalter Bahnhof gelegen hat, zur Vorlage bei der Aufnahme.

Grete wird gesund, überlebt den Krieg, hat einige Mühe, wieder zu ihrem richtigen Namen zu kommen, und erzählt ihre Geschichte, die sich bis zu Anneliese herumspricht und heute in der Autobiographie von Helmut Kindler in einer ähnlichen Version zu finden ist.

Der erste Kreis der Hölle

Vor der Fahrt in die Weihnachtsferien war ich noch einmal bei Frau Groscurth und fragte nach Details aus dem Urteil, nach Flugblättern und Fremdarbeitern. Sie gab nur stockende, knappe Antworten, sie sperrte sich. Also war ich noch mehr gehemmt als sonst und versuchte, wenigstens etwas über sie, über ihre Prozesse der fünfziger Jahre zu erfahren.

– Nicht so stürmisch, junger Mann, wir sind noch im ersten Kreis der Hölle, bei den Freisler-Juristen. Wenn ich da gewusst hätte, dass mir noch ein zweiter Kreis bevorsteht, der mit den Westberliner Juristen …

Sie brachte den Satz nicht zu Ende. Als spürte sie, zu weit gegangen zu sein. Ein unkontrollierter Seufzer aus der Tiefe eines kontrollierten Herzens. Das Wort Hölle hat sie, wenn ich mich richtig erinnere, nie wieder benutzt, sie neigte nicht zu Übertreibungen. Nun stand sie auf und holte, was sie sonst nie tat, einen Cognac aus dem Schrank:

– Grusinischer!

Auf meinen dummen oder skeptischen Blick erklärte sie:

– Georgien! Fast so gut wie die Franzosen!

Sie goss uns ein und fuhr fort:

– Neulich hab ich dich angefahren, weil du mit Freisler anfingst. Da dachte ich, der Freisler interessiert dich mehr als Georg. Die Teufel sind immer aufregender als die Guten, das ist unser Pech. Jetzt kennst du das Urteil, jetzt kennst du Freisler, jetzt verstehst du vielleicht, warum ich da empfindlich bin. Es ist fast auf den Tag genau fünfundzwanzig Jahre her, 16. Dezember, irgendwann muss ich das ja mal rauslassen.

Nach dem zweiten Cognac stellte sie die Flasche wieder weg und begann von der Verhandlung vor dem Volksgerichtshof zu sprechen. Am nächsten Tag, vor dem Kofferpacken, habe ich notiert:

Über Hitler ist alles gesagt, über Goebbels, über Freisler, aber es wäre noch viel zu erzählen von einer jungen Frau, dreiunddreißig Jahre, die im Saal des Volksgerichtshofs unter den Zuschauern sitzt, wenige Tage vor Weihnachten 1943. Sie versucht ihren Mann vorn auf der Bank der Angeklagten zu fixieren, bis der sie endlich wahrnimmt in den hinteren Reihen. Man hat die Ehefrauen hinter einem Trupp junger Soldaten platziert, der Saal ist voll mit Militärs, Offiziersanwärtern. Sie muss froh sein, wenn sie über die Schulterstücke, zwischen den kurzrasierten Kinderköpfen mit Georg hin und wieder einen Blick tauschen kann. Er ist eingeklemmt auf der Bank neben den Verteidigern und den Freunden. Der Oberreichsanwalt Stark beantragt für alle die Todesstrafe. Sie hat Georg lange drei Monate nicht gesehen, nach den Erholungstagen bei den Kindern und Verwandten in Wehrda der Auftritt der Männer mit schwarzen Ledermänteln und großen Hüten in Weißenhasel, zuletzt mit Handschellen im Gestapo-Auto nach Kassel am 4. September. Schon im Nachtzug nach Berlin wurden sie in verschiedene Abteile gestoßen.

Georg dreht sich zu ihr hin, elend, matt, geschlagen. Der Schalk Georg, der Charmeur Georg, der heiter zupackende Georg ist nicht zu erkennen. Er versucht ein Lächeln, das die Gewissheit nicht vertreibt: Die Todesstrafe ist sicher, nur ein Wunder kann uns retten. Sie lächelt zurück, mehr kann sie nicht tun. Sie darf ihn nicht umarmen, sie darf ihm nicht über die Stirn streichen, sie darf die geliebten Hände nicht berühren. Sie darf ihn nicht mit Worten ermutigen, sie darf ihn nicht verteidigen, sie darf ihre Empörung nicht herausschreien, die Arme nicht bewegen. Sie darf die Todesrichter nicht anklagen, sie muss es Glück nennen, nicht auch als Hochverräterin unter dem giftrot blendenden Hakenkreuztuch zu sitzen.

Acht Wochen Verhöre hat sie hinter sich, in den Kellern der Prinz-Albrecht-Straße, acht Wochen eingesperrt im obersten Stockwerk des Polizeigefängnisses am Alexanderplatz. Bei Fliegerangriffen blieben die Politischen unterm Dach nah den Bomben eingeschlossen, während die Kriminellen in den Luftschutzkeller durften. Keine Spaziergänge im Hof, keine Heizung, keine Kontakte. Sie ist abgemagert, ausgehungert wie er, aber sie hat man nicht geschlagen. Sie hat nichts gewusst, sie hat fast nichts gewusst, sie hat beim Verstecken von Leuten geholfen, Lebensmittel besorgt, die Passfälschungen geahnt, hat eins der Flugblätter gesehen und Robert und Georg gesagt, dass das Wahnsinn ist, diese Angeberei. Das alles konnte sie in den stundenlangen Verhören verschweigen. Offenbar hat niemand sie belastet. Jetzt erst, an diesem Vormittag, begreift sie, wie Georg sie geschützt hat, indem er ihr nichts oder fast nichts und nur das Nötigste gesagt hat.

Sie hat nichts von den Aktivitäten erfahren, über die Herr Freisler zetert und geifert, nichts von den weiteren Flugblättern, nichts von den anderen Juden, nichts von den Kontakten zu den Fremdarbeitern, nichts von der Verbindung zu dem Zeugen Hatschek, mit all diesen Informationen hat Georg sie verschont. Sie erschrickt, sie versteht allmählich, dass ihr Gefühl in den letzten Monaten sie nicht getrogen hat: Es war alles zu viel, die vier haben sich zu viel vorgenommen im Frühjahr und Sommer. Er hetzte nur noch hin und her zwischen Krankenhaus, Wohnung und den Treffen, ständig unterwegs, er ließ sie nur wissen: die Freunde.

Freisler brüllt: Kommunisten, feindhörig! Freisler schimpft: Defaitisten, Intellektualisten! Freisler schreit: Dem Führer, dem deutschen Volk und dem deutschen Reich in den Rücken gefallen! Freisler trompetet: Jeden tapferen Soldaten draußen an der Front verraten! Freisler keift: Juden als deutschblütig getarnt und gemästet! Freisler bringt die Soldatenkinder zum Lachen: Und sie, diese intellektualistischen Schwachköpfe, wollten die Macht an sich reißen!

Der zweite Richter neben ihm sagt und fragt fast nichts, er nickt und grinst und schreibt fleißig mit, obwohl eine Protokollantin in der Ecke sitzt. Auch er trägt ein Hakenkreuz auf der Robe.

Nach und nach beginnt sie zu ahnen, was in Georg und seinen Freunden vorgeht. Nicht nur das Gerichtsspektakel, nicht nur das drohende Urteil machen sie so verschüchtert und hilflos. Es ist viel schlimmer, wahrscheinlich hören sie erst jetzt, was ihnen alles vorgeworfen wird, was die Gestapo alles aus ihnen herausgequetscht hat, welche staatsfeindlichen Handlungen unter Schlägen und Folter zusammengekommen sind. Und jeder wird sich fragen: Diesen Punkt hab ich doch mit so viel Mühe verschwiegen, wer hat denn das nur verraten? So werden sie sich vielleicht gegenseitig verdächtigen und beschuldigen und stille Wut gegen die andern richten.

Und dann der Hohn! Hier zuhören müssen, wie alles, was sie getan haben, und sie haben nur Gutes getan, von diesen Schergen verrührt, verfälscht, in den Dreck gezogen wird. Jede Hilfe für einen Verfolgten, jede Regung der Anständigkeit, jeder kleine Versuch, freier zu atmen und den Krieg dieser Barbaren etwas erträglicher zu machen, alles wird übersetzt in die Sprache der Niedertracht und in die Sprache der Brüller. Das Entsetzen macht ihn noch bleicher, Georg blättert nervös in einer Akte herum, es wird die Anklageschrift sein, er duckt sich vor dem Gebrüll, er fasst es nicht, was da steht, er fasst es nicht, was er hört. Er schaut wieder zu ihr, über die riesige Entfernung sieht sie durch die Mauer der Soldatenschultern und Kommissnacken die Augen eines schwer Verwundeten.

In der rechten Ecke, direkt unter der Hakenkreuzfahne, eine Büste des Führers, den Blick auf die Angeklagten gerichtet. Freisler brüllt, die Nazis in Roben nicken, die jungen Nazis in Uniform amüsieren sich, was für ein Spektakel!

Sieh sie dir gut an, ihre Gesichter, in ein, zwei Jahren werden sie am Ende sein, der ganze Wahnsinn, dieser Hass wird aufhören, bald aufhören. Georg muss nur durchhalten, die ein, zwei Jahre irgendwie überleben. Sie werden nicht mehr lange brüllen, nicht mehr lange ihre verfluchten Urteile sprechen, dann wird der Krieg vorbei sein. Dann werden sie um Gnade bitten, dann werden sie zu Georg kommen und um Nachsicht und milde Urteile betteln.

Sie müsste diese Bande hassen, aber sie kann nicht, sie kann nicht hassen. Auch Georg kann nicht hassen. Sie will, dass der Hass aufhört. Ein Leben ohne Hass. Die Liebe zu den Menschen, sagte Georg, ist verboten in diesen Zeiten. Sie ist traurig, traurig auch über die jungen Kerle vor ihr. In den rasierten Nacken sieht sie den Griff des Todes. Bis zum Ende wird mindestens die Hälfte dieser Soldaten, die sich jetzt an Freislers Hohn freuen und auf die Schenkel schlagen, in der Erde verscharrt sein, im Schnee oder im Schlamm liegen, von Wölfen, Hunden angefressen. Sie werden nie die schlichte Wahrheit erfahren, dass Georg, Robert, Paul und Herbert auch ihr Leben retten wollten.

Sie hofft, dass wenigstens Georgs Verteidiger das sagt mit der Liebe und dem Hass. Aber dieser Herr Ahlsdorff ist kein Verteidiger, er spricht von der Schwere der Tat, als habe Georg gemordet, geraubt, verführt. Er bittet um eine gerechte Strafe und kommt sich kühn dabei vor, weil er das Wort gerecht ein wenig betont vor diesem Gerichtshof der allerhöchsten Ungerechtigkeit. Auch die anderen Verteidiger, Dr. Kunz für Robert, Dr. Weimann für Herbert, von Rohrscheidt für Paul, voll Abscheu für ihre Mandanten, bringen kein freundliches Wort zustande, sie brüllen nicht, schimpfen nicht, geifern nicht, aber sie verteidigen auch nicht. Wie abgesprochen fordern sie eine gerechte Strafe.

Von diesen Herren ist nichts zu erwarten, von diesen Herren wird das Wunder nicht kommen, die Herren Juristen, die an diesem Gerichtshof zugelassen sind, machen alles nur schlimmer. Gestern, hat Ahlsdorff gesagt, ist ihm und den anderen Verteidigern die Anklageschrift zugestellt worden. Warum erst gestern?, hat sie gefragt. Das ist hier üblich, hat er gebrummt, zwölf Stunden vorher. Sie: Mein Mann kennt die Akte erst seit gestern? Er: Seit gestern Abend. Aber er weiß doch, was er getan hat. Sie: Wie können Sie da verteidigen? Die Sache ist sowieso eindeutig, hat er gemurmelt, es ist schon ein Privileg, dass der VGH an zwei Vormittagen verhandelt statt an einem.

Sie möchte sich die Gesichter merken, die Brüllgesichter der Richter, die Nickgesichter der Verteidiger, die Schmissgesichter der Ankläger, doch sie rutschen immer in eins. Es gelingt ihr nicht, die sind sich zu ähnlich, Juristengesichter, Robengesichter, Nazigesichter.

Es hat keinen Sinn, sagt sie sich, vergiss die, verlier dich nicht im Hass, es darf jetzt nur noch einen einzigen Gedanken geben: Wer könnte ihn retten, wer könnte das Wunder vollbringen? Wenigstens aufschieben das Urteil, die Vollstreckung.

Vor den Nazis, überlegt sie, können nur die höheren Nazis schützen. Heß, die stärkste Kanone, ist nach England geflogen, sonst könnte er helfen. Also die berühmten Patienten, Staatssekretäre, Fabrikanten, Diplomaten, vielleicht noch der Heß-Bruder. Kriegswichtig ist das Zauberwort, sie müssen seine Forschungen als kriegswichtig darstellen.

Fürchtet euch nicht

Feiertage überstehen, anstrengende Familienstunden, Mitbrummen der alten Weihnachtsmelodien, solche Kompromisse mussten sein, auch im Jahr des Aufruhrs. Es gab etwas Abwechslung, weil uns die Amerikaner den ersten bemannten Flug um den Mond pünktlich zum Fest im Fernseher servierten. Aber sonst, Familie, Tradition, das unerschütterliche Kleinstadtleben – nichts war mir fremder als das, was andere Heimat nannten. Zwischen Fachwerkwelt und Wüstenrot-Welt das gefestigte, zehnmal versicherte, religiös gepolsterte und konservativ geschnürte Leben, alles diente nur dazu, den Widerspruchsgeist zu trainieren. Den Mut, mit alldem zu brechen, hatte ich nicht. Von der politischen Mode, die Herkunft zu verleugnen, war ich nur halb überzeugt und nahm in Kauf, in Berlin als Feigling zu gelten: Der fährt Weihnachten noch zu seiner Mutter! Dabei hatte es auch seine angenehmen Seiten, sich für ein paar Tage mit Weihnachtsoratorium, Monopoly und den Schulfreunden von der Berliner Radikalität zu erholen.

Catherine war bei ihren Eltern in Marktredwitz, bis Anfang Januar, um richtige Winterfotos zu machen, das tückische Schneelicht fangen, wie sie sagte. Darum blieb auch ich über Silvester und konnte die Mutter, die mich sonst nur drei, vier Tage wie auf der Flucht vor ihr sah, mit einem längeren Aufenthalt trösten. Die Sprachlosigkeit zwischen uns wurde trotzdem nicht abgebaut, wir bewegten uns in verschiedenen Sprachen, sie in der christlichen Bejahung, ich im Jargon der Verneinung. Gesprächen mit ihr wich ich aus. Immer hatte ich zu fürchten, sie mit einem Wort, einem Satz, einer flotten Bemerkung, die sie für radikal oder unchristlich hielt, zu verstören oder zu verletzen. Und sie: Schneller als die passenden Worte kamen ihr die Tränen. Eine Aussprache aber musste sein, sie hatte ein Recht darauf, sie zahlte für mein Studium und wagte nicht laut zu fragen: Wann bist du fertig?, bis ich sie erlöste:

– Ein Jahr noch, es geht gut voran.

Während ich von Fortschritten berichtete, saßen wir bei Kaffee und Stollen neben dem Lamettaglanz des Weihnachtsbaums, in den, an einem unsichtbaren Faden, eine Reihe goldener Buchstaben gespannt war: FÜRCHTET EUCH NICHT.

Seit die Tagesschau die Störung des Weihnachtsgottesdienstes in Berlin gemeldet hatte – Studenten waren mit Plakaten wie *Ihr Heuchler!* in die Kaiser-Wilhelm-Gedächtnis-Kirche vorgedrungen –, zeigte sie sich noch mehr verängstigt über meine Entwicklung als sonst. Rote Fahnen, Demonstrationen, Mao-Sprüche, das war schon unerträglich, nun aber der Angriff auf den Gottesdienst, die größte denkbare Sünde. Ich versuchte zu beschwichtigen: Es seien gewiss nicht die Berliner Christen gemeint, sondern die Amerikaner, die in Vietnam eine weihnachtliche Waffenruhe verkünden für drei Tage und dann weiterbomben, schießen, töten. Das sei doch Heuchelei, oder nicht? Sie musste es zugeben, doch sie war nicht überzeugt, sie sah überall nur die Abgründe, in die ich stürzen könnte oder schon gestürzt war.

Wegen der roten Fahnen, Mao, Wohngemeinschaften und Kommunen, die in der Provinz als Zentren für Orgien galten, konnte ich sie beruhigen, damit hatte ich nichts zu tun. Aber ich schaffte es nicht, den Gedanken an das Schlimmste zu verdrängen, das ihr bevorstand: der Sohn als Mörder. Sie merkte wohl, dass ich nicht die ganze Wahrheit sagte, und um keinen neuen Verdacht zu wecken und sie nicht mit dem Eindruck zu verlassen, ich müsse ein Lügner sein, gestand ich, als ich mit ihr die Meißner Kaffeetassen abwusch:

– Ja, da ist noch etwas, ich hab einen Plan, eigentlich noch geheim. Ich will über Georg Groscurth schreiben.

Für sie ein Schock, ein doppelter. Aller Eifer war auf das Studium zu richten, nicht auf irgendwelche Schreibfaxen. Dann der Name Groscurth, für sie ein Kommunist, was sie jedoch nicht auszusprechen wagte. Beim ersten Punkt wusste ich sie zu beschwichtigen, beim zweiten konnte ich ihr nicht helfen.

So hatte ich ihren Sorgen einen konkreten Anlass gegeben, das schien mir besser für ihre ängstliche Natur als die vagen Zweifel um mein Seelenheil. Ich versuchte das Gespräch zu entspannen und fragte, welche Erinnerungen sie mit Anneliese Groscurth verbinde. Die beiden hatten als junge Frauen bei Kriegsende zwei, drei Jahre im Wehrdaer Pfarrhaus gelebt. Sie mochten sich nicht, so viel wusste ich. Auch an diesem Nachmittag in der Küche, wo wir lockerer als im Wohnzimmer waren, fand ich die Gründe nicht heraus. Meine Mutter hatte kein besonderes Erlebnis, keine Anekdote, nichts Erhellendes zu berichten. Vorurteile rumorten in ihr. Sie sprach nur von Frau Plumpe, der herrischen und schwierigen Mutter der Anneliese Groscurth, die auch im Sommer 1945, als die Familie meiner Mutter aus Mecklenburg geflüchtet kam und alle sich auf engstem Raum zusammendrängen mussten, kein Zimmer abgegeben habe. Ihr Dienstmädchen habe mehr Platz gehabt als … und so weiter. Der zweite Vorwurf saß tiefer: Die Groscurths waren keine christlichen Leute.

Ob sie gewusst habe, dass Dr. Groscurth, der Vater von Axel und Rolf, von den Nazis hingerichtet wurde?

– Ja, sagte sie, das haben wir alle bedauert. Aber es gab sehr viele Familien, denen der Vater entrissen wurde.

Ob das nicht ein Unterschied sei, wenn einer im Krieg für Hitler gefallen sei oder im Kampf gegen Hitler ermordet wurde?

– Ja, aber für die Familien, für die Hinterbliebenen nicht. Außerdem haben die Soldaten, hat auch dein Vater nicht für Hitler gekämpft, sondern für Deutschland.

Ob es das Gleiche sei, wenn einer sich füge und einer Widerstand leiste?

– Ja, das ist natürlich ein Unterschied.

Ob sie wisse, dass auch Frau Groscurth Juden versteckt und vielen Menschen, die gegen Hitler waren, geholfen habe?

– Nein.

Ob sie wisse, dass Georg Groscurth nicht weniger bedeutend sei als Stauffenberg und die Männer des 20. Juli?

– Nein.

Ob sie gehört habe, dass der Richter R., der Groscurth und mindestens zweihundertdreißig andere zum Tode verurteilt habe, neulich freigesprochen worden sei?

– Ja, hab ich gehört, das ist natürlich nicht richtig.

– Siehst du, sagte ich, und aus all diesen Gründen muss ich über Groscurth schreiben.

Ein gemeines Verhör, meine Art Brutalität, der unpolitisch denkenden Mutter ein schlechtes Gewissen zu machen. Ein leichtes, ein zu leichtes Spiel. Ohne Skrupel setzte ich sie matt und verschaffte mir so die Freiheit, von ihr nicht weiter gestört zu werden.

Auch abends beim Bier mit alten Schulfreunden konnte ich von meiner fixen Idee nicht lassen. Was wir mit der wichtigtuerischen Weisheit der Fünfundzwanzigjährigen redeten, über Frauen, Politik, den Mondflug und die alten Lehrer, habe ich vergessen. Ich erinnere nur, wie ich die Freunde, die Jura studierten, mit dem Freispruch ihres Kollegen R. aus der Gemütlichkeit riss. Nur Lutz fand das Urteil skandalös, Erich rettete sich ins Formale, Günter hoffte auf die Revision: Das letzte Wort sei noch nicht gesprochen. Alle dachten sozialdemokratisch, tadelten mich aber, dass ich ihren Kollegen Kammergerichtsrat a. D. ganz nüchtern als Mörder bezeichnete.

– Die Nazipartei, antwortete ich ungefähr, war eine an die Macht gekommene kriminelle Vereinigung, oder? Hitler, der

Obermassenmörder, setzte die Richter am Volksgerichtshof ein, auch das Parteimitglied R. Und wenn der reihenweise Leute töten lässt, die 1943 nicht mehr an Hitlers Endsieg glaubten, was ist der dann anderes als ein Mörder?

– So kannst du das aber nicht sehen, du Laie, es gibt eindeutige juristische Definitionen, wandte Erich ein.

Günter beeilte sich, den § 211 zu zitieren:

– Mörder ist, wer aus Mordlust, zur Befriedigung des Geschlechtstriebs, aus Habgier oder sonst aus niedrigen Beweggründen, heimtückisch oder grausam oder mit gemeingefährlichen Mitteln oder um eine andere Straftat zu ermöglichen oder zu verdecken, einen Menschen tötet.

– Da habt ihr's doch, sagte ich, niedrige Beweggründe! Sind es etwa keine niedrigen Beweggründe, wenn einer Juden verfolgt und vernichten lässt wie unser fleißiger Drogist?

– Warum seid ihr Berliner immer so radikal?, fragte Erich.

– Ich bin nicht radikal. Aber es gibt Fakten. Und die zählen mehr als unsere unerheblichen Meinungen.

Mit der Anspielung auf den Drogisten war es mir gelungen, die Freunde zu erschrecken. Der Mann hatte in seiner Drogerie, beste Lage, mitten in der Stadt, Parfüm, Zahnbürsten, Lametta, Kondome, Weihnachtskerzen und so weiter verkauft, ein freundlicher Herr an der Kasse, Vorstand des Sportvereins, die übliche Karriere, bis Eichmann in Jerusalem vor Gericht stand. So kam es heraus: Des Massenmörders engster Mitarbeiter in Budapest war unser Drogist Herrmann Krumey, hunderttausendfache Beihilfe zum Mord, außerdem hatte er 250 000 Dollar von Juden erpresst, die er dann doch ins Gas schickte. Inzwischen war er zu fünf Jahren Zuchthaus verurteilt. Obwohl sie ihn für schuldig und die Strafe für milde hielten, genierten sich die Freunde, wenn die Sprache auf ihn kam.

Als fühlten sie sich beschmutzt, weil wir zu der Zeit, als der SS-Mann enttarnt wurde, mit seiner Tochter in der Tanzstunde Foxtrott und Rumba geübt hatten.

– Wenn die niedrigen Beweggründe, setzte ich nach, Parteiprogramm oder Regierungsprogramm sind und ins Gesetz geschrieben werden, dann bleiben sie doch niedrige Beweggründe. Oder sind es etwa höhere Beweggründe, wenn dieser R. alle, die keine Nazis sind, die halbwegs anständig sein wollen, aus der Volksgemeinschaft ausmerzen lässt?

Die Freunde schwiegen. Über Krumeys Schuld waren wir einig. Deshalb mussten sie es als unfair empfinden, dass ich den Schreibtischtäter aus Budapest, der kein Jurist war, mit dem Schreibtischtäter aus Berlin, der den stolzen Titel Kammergerichtsrat führte, auf eine Stufe stellte.

Erich fasste sich als Erster.

– Ausmerzen ist kein juristischer Begriff.

– Aber er steht in den Urteilen, sagte ich.

– Woher weißt du denn das?

– Ich hab eins gelesen. Hast du je ein Urteil des Volksgerichtshofs in der Hand gehabt? Du? Du?

Wieder ein billiger Sieg. Ich suchte, ich brauchte solche Triumphe, weil ich mit dem Vorsatz, ein guter Mörder zu werden, völlig allein war. Jedes dieser Gespräche, deshalb schmücke ich meine Beichte mit diesen Geschichten und alten Argumenten, trieb mich zur Tat.

Als ich eines Abends, spät nach ein paar Bieren, im Wohnzimmer noch fernsehen wollte, sah ich mich, kaum hatte ich das Licht angemacht, unverhofft umzingelt. Zehn, zwanzig strenge Köpfe blickten mich strafend an. An allen Wänden Bilder der Vorfahren, Fotos, fotografierte Gemälde, schöne und strenge, milde und harte, hässliche und verschmitzte Gesichter.

Alle gerahmt und im Lot, aber sie schwankten, wenn ich sie fixierte, die Adligen und die Bürgerlichen getrennt voneinander und doch einig wie im Chor auf mich einredend: Tu's nicht, tu's nicht! Sie beschworen Anstand, Werte, Tradition, Vernunft, die Zehn Gebote, von allen Seiten schwirrten die Vokabeln der guten Erziehung um meine Ohren. Sie waren älter als die Großeltern, manche aus dem tiefen 19. Jahrhundert, ich wusste wenig von ihnen und bildete mir ein, alles anders, alles besser, alles richtiger machen zu können als Eltern und Voreltern. Alle Mahnungen prallten an mir ab. Und ich weiß noch, welche Lust der Befreiung ich empfand, als ich ihnen mit der lallenden Kraft eines mittleren Rauschs entgegenhielt: Fürchtet euch nicht!

Zeichen setzen

– Man muss ein Zeichen setzen!, könnte Robert zu Georg gesagt haben.

– Welches Komma meinst du?, wird der Arzt gefragt und dann die Lautstärke des Radios noch leiser gedreht haben. Sie brauchen die Nachrichten, nicht die Musik aus London.

Robert lacht über Georgs Witze, Georg über Roberts Neigung zum Pathos. Sie trauen einander, sind eingespielt, sie ergänzen sich. Georg ist Ende dreißig und bedächtiger als sein Freund, Robert Anfang dreißig, ein Enthusiast. Sie arbeiten seit Jahren Hand in Hand, keiner hat dem andern eine Dummheit vorzuwerfen. Besonnen in jeder Minute, unbestechlich, Meister der Konspiration. Sie halten Juden versteckt, sie organisieren falsche Papiere, sie retten Verfolgte. Das ist ihnen zu wenig, das reicht nicht. Der Arzt hält Kontakte zu Widerstandsgruppen der Fremdarbeiter, der Chemiker sucht sie zu Kommunisten. Alle paar Tage die Treffs zu viert in der Rankestraße 19 mit Herbert und Paul in dessen Praxis oder in Herberts Wohnung unterm Dach. Oder in der Bismarckstraße bei Robert. Oder jetzt zu zweit bei Georg in der Ahornallee. Nie lässt es nach, das Gefühl: Man müsste viel mehr tun.

Nach dem Lachen ist es still. Georg ahnt, welche Zeichen Robert setzen will. Er ist müde, er schwankt. Er liebt ihn, seinen jüngeren Freund, den politischen Kopf, den impulsiven, feurigen Bekenner, den bescheidenen Kämpfer. Roberts Schwäche ist, dass er in großen Dimensionen denkt. Georg, der Arzt, sieht die einzelnen Wunden, den Schmerz in jedem Menschen. Er will möglichst vielen helfen, Robert angesichts der bescheidenen Mittel eher den politischen Kämpfern. Dieser Konflikt darf die Freunde nicht trennen, die Gruppe nicht spalten.

Schwer vorstellbar, dass zwei so besonnene Männer sich von einer kleinen Maschine verführen lassen. Eine Maschine, die zum Sprengsatz werden könnte für die Diktatur, eine Maschine, mit der die Wahrheit gesagt und verbreitet werden kann, eine Hoffnungsmaschine zur Stärkung und Vergrößerung der Widerstandsgruppe. Ein Geschenk des Himmels, ein Wunder, das nur darauf wartet, aus dem Abstellraum geholt zu werden, aus Havemanns Labor im Pharmakologischen Institut. Da lockt es wie eine Sirene: Nehmt mich, bedient mich, niemand hilft euch so gut wie ich!

Georg kennt das Geheimnis, er hat dazu gesagt: Großartig, aber es ist noch zu früh. Vielleicht verflucht er im Stillen die Maschine, weil sie der Gruppe mehr schaden kann als der

Diktatur. Das fürchtet auch Robert, aber nun sieht er, bei aller Vorsicht, eher die Vorteile.

Ein halbes Jahr nach Stalingrad drängt alles zum Handeln. Die Nachrichten aus London werden von Woche zu Woche besser, im Mai, im Juni, im Juli 1943 – und die Maschine flötet: Jetzt braucht ihr mich! Die Heeresgruppe Afrika kapituliert, die Generaloffensive der Sowjetunion rollt, Amerikaner und Engländer landen in Sizilien, Mussolini ist am Ende – und die Maschine säuselt: Seid jetzt nicht feige! In der Stimme des Sprechers der BBC schwingt ein optimistischer Ton mit, als sei die Landung der Alliierten bald zu erwarten – und die Maschine flüstert: Packt mich aus, übt schon mal, bringt mich in Schwung!

Ein Jahr noch der Krieg und die Nazis, höchstens anderthalb, da sind die Freunde einig. Die Frage ist nur: durchhalten, überleben, defensiv – oder für die Zeit nach dem Krieg arbeiten, offensiv. Und die Maschine verspricht: Bei mir kriegt ihr beides, mit mir werdet ihr besser durchhalten und noch besser für die Zeit danach vorbereitet sein. Mit den Deutschen allein, das wissen die Freunde, ist die Demokratie nicht aufzubauen, ein demokratisches Europa muss das Ziel sein, deshalb die Verbindungen zu den ausländischen Arbeitern, da kann die Maschine helfen.

– Du willst deine Maschine in die Schlacht werfen, stimmt's?, sagt Georg endlich.

Robert nickt. Die Maschine kann, wenn man sie richtig benutzt, den Widerstand beflügeln und steigern. Aber sie steigert auch das Risiko, ins Visier der Gestapo zu geraten. Man kann mit ihr aus getippten Wachsmatrizen Flugblätter zaubern.

Wie kommt man in der Diktatur an einen Vervielfältigungsapparat? Mitte der dreißiger Jahre hat ein Wissenschaftler wie Dr. Havemann solch ein Gerät noch leihen können. Bei einer Firma, die eine patentierte Erfindung von ihm herstellte und vertrieb. Es genügte der Vorwand: für den wissenschaftlichen Austausch im Institut.

Georg wird nachgeben, das ahnt Robert. Erst vor kurzem hat er Georg nachgegeben, jetzt wird es umgekehrt sein. Bei der Suche nach einem Namen für die Gruppe hatte Robert vorgeschlagen: Sozialistische Demokratische Union. Und Georg sofort protestiert: Das klingt nach Sowjetunion, wir brauchen Begriffe, die nicht von der Propaganda versaut sind. Und bald den Namen Europäische Union vorgebracht, E. U., einstimmig angenommen. Und Robert, der Witzbold: Und wir vier sind das Zentralkomitee der E. U.

Der jüngere braucht dem älteren, bedächtigen Freund nicht die kurze Rede zu halten, mit der er ein paar Tage später auch Herbert und den zögerlichen Paul zu überzeugen sucht: Jetzt, wo die Fronten näher rücken, müssen wir den Leuten sagen, dass der Widerstand lebt und wächst. Und was nach den Nazis, nach der Niederlage kommen soll. Zeichen setzen für die enttäuschten und isolierten Antifaschisten. Die Gruppe vergrößern, neue Leute anwerben, denen müssen wir erklären, was wir denken, was wir wollen, worüber wir uns einig sind: 1. Sturz des Faschismus in ganz Europa. 2. Vorbereitung der Antifaschisten auf die Macht. 3. Wiederherstellung der demokratischen Grundrechte. 4. Sozialismus, ohne die Stalin'sche Diktatur. 5. Die Vereinigten Staaten von Europa.

Beide Männer sind müde. Erschöpft vom Beruf, Georg kann sich im Krankenhaus vor Arbeit kaum retten. Angestrengt von der pausenlosen Vorsicht und der Maske der Harmlosigkeit vor den Nazis und überall lauernden Verrätern. Gehetzt von der Suche nach neuen konspirativen Ideen,

Verstecken, Helfern, Geldgebern. Strapaziert von den immer weitläufigeren Kontakten, den längeren Wegen durch die Stadt. Je mehr Verbindungsleute die E. U. hat, desto misstrauischer muss man sein. Entkräftet von den Bombennächten, den Stunden im Keller, und Georg hat nun ein zweites Kind, das bei Sirenen und Einschlägen beruhigt werden muss. Die verdrückten Tränen, wenn wieder ein Bekannter oder Freund auf dem Balkan, in der Wüste oder in Russland verscharrt wird. Der stumme Blick jeden Tag auf die Todesanzeigen mit den Militärkreuzen und die wachsenden Trümmerhaufen an den Straßenrändern.

Sie sind zu erschöpft, den Verführungen der Maschine länger zu widerstehen. Sie fühlen sich sicher, bis jetzt ist alles gut gegangen.

– Du hast bestimmt schon einen Text in der Tasche, wie ich dich kenne, sagt Georg.

Dann fallen sie über Roberts Entwurf her, streiten und redigieren, glücklich, die verbotenen Wörter einmal auf dem Papier zu sehen, die sie immer nur gedacht und leise ausgesprochen haben.

Glauben sie in ihrem Übermut an die Macht der Wörter? Es wird sich nie mehr klären lassen, ob die Freunde beim Gespräch in der Groscurth'schen Wohnung über das erste Flugblatt eine Flasche französischen Cognacs getrunken haben, wie Georg im Verhör der Gestapo behauptet. Niemand weiß, mit wie viel Taktik die Todeskandidaten antworten mussten. Oder ob Georg auch einen Entwurf bereithielt, wie Robert im Verhör meinte. Sicher ist nur, dass sie mit einem gemeinsamen Manifest, das später *Antwort des ZK der EU an alle Antifaschisten* überschrieben wurde, bei Herbert und Paul auftauchten. Sicher ist, das Risiko, die Flugblätter könnten Spuren legen, wog ihnen weniger als der Wunsch, im Juli 1943 neue Mitglieder und Helfer zu gewinnen.

Es wird nicht zu klären sein, ob die Viergruppe den Text schon für eine Vervielfältigung geeignet hielt oder weiter daran feilen wollte, wozu es aber nicht gekommen sei, wie Georg im Verhör angibt, oder ob man mit Mehrheit zustimmte, wie Robert behauptet. Sicher ist, dass Georg den Vervielfältigungsapparat mit dem Auto vom Institut in Herberts Dachgeschosswohnung in die Rankestraße schaffte. Sicher ist auch, dass Robert den Mut oder Leichtsinn hatte, wer will das heute entscheiden, den Entwurf einer Stenotypistin zum Schreiben auf die Wachsmatrize anzuvertrauen, deren Mann als Kommunist seit 1934 in Haft ist, seit 1939 im KZ. Von der Matrize stellten Robert und Herbert etwa 40 Exemplare her.

Es wird nicht zu klären sein, warum Robert innerhalb weniger Tage gleich weitere drei Flugblätter im Namen der E. U. herstellte, in denen er seine Ideen vom Sozialismus ausbreitet, von der «Vorbereitung der Ergreifung der Macht» spricht und die Zukunft Europas skizziert. Georg gibt an, ebenfalls im Verhör, er sei überrascht gewesen, weil in seiner Gegenwart nicht davon gesprochen worden sei, dass derartige Papiere verfasst werden sollten. Das könnte glaubwürdig sein, da er gleichzeitig bekennt, der Inhalt der drei Blätter stamme zum Teil aus dem von Robert und ihm verfassten Entwurf, zum Teil seien es neue Passagen von Robert. Es wird auch für immer ungeklärt bleiben, ob Georg, wie seine Schwester Luise Döring behauptete, Robert gedrängt habe, die drei Flugblätter sofort zu verbrennen, was dieser versprochen, aber nicht getan habe.

Sicher ist, diese Flugblätter wurden nie verteilt. Drei Männern, die er für zuverlässig hielt, zeigte Robert das erste Blatt, und Georg gab es mindestens einem Freund zu lesen.

Sicher ist auch, dass Anneliese Groscurth, Antje Havemann, Grete Rentsch und Maria Richter entsetzt waren, als sie, jede für sich, Andeutungen von Flugblättern hörten. Anneliese zu Georg: Das ist idealistisch, das ist idiotisch, lasst das!

Ich hatte sofort das klare Gefühl, meinte sie fünfundzwanzig Jahre später: Flugblätter sind das Todesurteil. Aber wer wagte das schon auszusprechen? Fünf Wochen später war alles vorbei.

Auch in der E. U. gilt: Widerstand ist Männersache, Frauen sind furchtsam von Natur, brauchbare Helferinnen, leider zu ängstlich.

Das Verbrechen des Friedens

Beim Entfalten und Erschlüsseln der Motive für meinen verjährten Mord muss ich nicht nur durch das dreckige Dutzend der Nazijahre streifen. Viel weiter weg scheint das schwierige, abschüssige, wenig beleuchtete Gelände der vergessenen Konflikte der Nachkriegszeit, die Steinzeit der Demokratie. In einer der dunkelsten Ecken jener Jahre steht die Frau, die mir *Nils Holgersson* geschenkt hat. Sie wartet darauf, dass ich ihre Geschichte erzähle.

Dr. Anneliese Groscurth, 40 Jahre, Witwe, der Mann von den Nazis enthauptet, zwei Söhne, seit 1946 im zerstörten, hungernden, von der Blockade gebeutelten Berlin leitende Amtsärztin in Charlottenburg, dazu eine kleine Kassenpraxis, welche Gedanken treiben sie, sagen wir im Jahr 1950 oder 51, jeden Morgen, jeden Mittag voran? Die Kinder durchbringen, eine gute Ärztin sein, nicht mit dem Schicksal hadern. Also nicht zu oft weinen, dass die Alliierten genau ein Jahr zu spät anrückten, um Georg vor den Henkern zu retten. Nicht jeden Tag in stiller Wut auf die Dummheit mit den Flugblättern schimpfen. Nicht jedes Mal wieder mit Grete Rentsch und Maria Richter spekulieren, wie die Gruppe aufgeflogen sein könnte. Nicht zu oft an den Vater denken, der sich aus Gram über die Hinrichtung seines Schwiegersohns und aus Scham, anfangs den Nazis geholfen zu haben, im Februar 1945 erschossen hat. Nein, nach vorne schauen und, wenn es schwierig wird, von Georg Hilfe holen. *Gute Du, mit dem edlen lieben Herzen, Du wirst es richtig tragen, verzage nie. Denke wie ich immer alles gemacht hätte.*

Auf alles, was Politik heißt, kann sie verzichten. Sie hat nur einen Grundsatz, den selbstverständlichsten: keinen Krieg und keine Nazis.

Aber das wird von Monat zu Monat immer weniger selbstverständlich, weil ein Herr Stalin in Moskau und ein Herr Truman in Washington andere Ideen haben als sie. Die Gegner Hitlers sind Feinde geworden, sie stellen neue Regeln auf und diktieren, was gut ist. Die Grenze zwischen Gut und Böse wird neu gezogen, sie verläuft zwischen Ost und West und mitten durch Berlin. Die Wortführer auf beiden Seiten halten sich für die einzig Guten und die andern für böse, und wer diese schlichte Aufteilung der Welt nicht mitmacht, wird schnell zum Feind, egal, ob in Ost oder West. Das gefällt ihr nicht, eine Ärztin hat keine Feinde. Sie will sich, ihre Familie, ihre Stadt und ihr Land nicht spalten lassen. Sie lebt auf der Seite des guten Westens und sieht zwischen den wenigen anständigen Leuten viele Nazis herumlaufen. Die auf der östlichen Seite, die sie für ihre Feinde halten soll, gefallen ihr etwas besser, weil sie wenigstens die Nazi-Verbrecher verjagen, aber sie sind zu hart mit ihrem Sozialismus.

Sie lebt in der Lindenallee im schönen Westend, die Blockade ist überstanden, die Versorgung wird besser, das Reich der Henker ist versunken. Sie vertraut Georgs Stimme: Vergiss den albernen Kleinkrieg, die aufschäumenden Ideologien, bleib bei unsern Prinzipien, nie wieder Krieg, nie wieder Nazis.

Annelieses Pech ist, dass auch die Machthaber in Ostberlin behaupten, für den Frieden und gegen die alten Nazis zu sein. Ulbricht und seine Genossen verstehen sich als Friedensfreunde und Antifaschisten, das ist ihre Trumpfkarte in den deutschen Verfeindungsspielen. Darum unterstützen sie das im Westen entstandene Projekt einer Volksbefragung in ganz Deutschland: Wollt ihr Frieden, seid ihr für die deutsche Einheit, seid ihr gegen die Remilitarisierung und die alten Nazis? Anneliese hat alle Gründe, ja zu rufen.

Nun wäre alles in Ordnung, wenn auch die Machthaber im Westen für Frieden, deutsche Einheit und gegen Nazis wären oder es zumindest in ähnlicher Sprache behaupten würden.

Aber, und das ist Annelieses zweites Pech, sie sind es nicht, sie schlagen grobe Töne an. Sie sind vor allem gegen diese Befragung, weil die von Ostberlin organisiert sei, also propagandistisch, kommunistisch, antidemokratisch. Das sagen sie im Radio, das lassen sie drucken, als müssten sie vor der Pest warnen. Trotzdem gibt es Hunderttausende, die mit Ja unterschreiben.

Am 28. April 1951 sitzt Frau Groscurth in einem Kreis von zwanzig Frauen und Männern, die einen Berliner Ausschuss für die Volksbefragung gründen. Vorsitzender wird der Dramaturg des Schillertheaters, Schmitt. Sie wehrt sich dagegen, als Stellvertreterin gewählt zu werden, und gibt nach. Schmitt will am

2. Mai eine Pressekonferenz abhalten, öffentliche Säle sind zu teuer, die Männer und Frauen, die für den Frieden sind, haben keine großen Wohnungen, also bleibt das Wartezimmer ihrer Praxis.

Inzwischen hat man in Bonn beschlossen, die Volksbefragung zu verbieten, weil sie ein massiver Angriff auf die freiheitlich-demokratische Grundordnung sei. Am 30. 4. 1951 übernimmt auch der Senat von Berlin das Verbot. Kein Problem für die frisch gekürten Demokraten, alle Organisationen und Gruppen, welche die Volksbefragung befürworten und unterstützen, gleich mit zu verbieten.

Sie begreift es nicht: Es müssen doch alle für den Frieden sein! Die Parteien hier im Westen, warum verfolgen sie die Leute, die gegen den Krieg sind, das kann doch nicht wahr sein! Und was ist schlecht an der deutschen Einheit, was hat der Westen dagegen? Und warum wollen sie nichts gegen die alten Nazis tun, die Georg und Paul und Herbert hingerichtet und 60 Millionen Menschen auf dem Gewissen haben? Warum soll das Ja oder Nein zur Wiederbewaffnung ein Angriff, ein massiver, auf die Bundesrepublik sein? Wenn in Bonn sogar ein Minister namens Heinemann zurückgetreten ist, weil er Adenauers Politik der Militarisierung nicht mitmacht, warum haben die einfachen Leute nicht das Recht zum Protest gegen diese Politik? Hat nicht auch der Bundespräsident Heuss gesagt: Wir brauchen keine neue Wehrmacht? Warum kann man in einer Demokratie eine Volksbefragung einfach verbieten? Was gilt die Verfassung? Warum soll das kommunistisch sein, so zu fragen, wie ich frage?

Niemand gibt ihr Antworten, und doch kommt ihr alles bekannt vor. Sie hat sich von der Gestapo nicht beirren lassen, sie lässt sich auch jetzt nicht beirren. Die Nazis haben sie nicht einschüchtern können, sie lässt sich in einer Demokratie nicht die Meinung verbieten. Erst recht nicht im eigenen Wartezimmer.

Nun hat sie zum dritten Mal Pech, diesmal mit der Presse. Es ist der 1. Mai, an diesem Tag geben die Berliner Zeitungen auf der ersten Seite das Verbot des Senats bekannt. Aus der dpa-Meldung über die *sogenannte Volksbefragung* macht der eifrige *Tagesspiegel*: *kommunistische Volksbefragung*.

Diese kleine redaktionelle Korrektur wird, was sie erst Jahre später begreift, ihr ganzes Leben verändern.

Auf der zweiten Seite veröffentlicht der *Tagesspiegel* die Namen der Berliner, die den Aufruf unterschrieben haben – als die Befragung noch gar nicht verboten war. Die Ärzte, Künstler, Fabrikanten, Arbeiter, Handwerksmeister, 24 Männer und Frauen sind zum Freiwild erklärt. Frau Groscurth wird als Einzige, weil die Pressekonferenz bei ihr stattfinden soll, mit Adresse und Hausnummer genannt und mit der Überschrift gebrandmarkt: *Kommunistenfiliale in Westberlin*. Sie meinen ihre Praxis, ihre Wohnung, sie.

Sie bleibt standhaft, sagt den Pressetermin am 2. Mai nicht ab. Ein halbes Dutzend Polizisten steht vor der Tür. Ein Reporter von Associated Press, ein Amerikaner, vermittelt, hier finde keine Versammlung statt, nur ein Pressegespräch, das sei keine Verletzung irgendwelcher Verbote. Auch die anderen westlichen Journalisten sind dieser Meinung, sie befragen Herrn Schmitt, der gibt Auskünfte, die Polizei schreitet nicht ein. Anneliese hört zu, behandelt zwischendurch einen Patienten, nach einer Stunde ist wieder Ruhe. Alles geht glatt, es gibt sie also doch, die Meinungsfreiheit.

Am 4. Mai wird sie ins Bezirksamt Charlottenburg bestellt. Sie ahnt, dass es um die Volksbefragung gehen wird, und steckt die Berliner Verfassung in die Handtasche. Zwei Herren verhören sie und verschweigen, dass ein Disziplinarverfahren eröffnet wurde. Sie klären sie nicht über ihr Recht auf, bei diesem Gespräch von einem Vertreter der Gewerkschaft oder des Betriebsrats begleitet zu werden. Ob sie identisch sei mit der im *Tagesspiegel* genannten Person? Warum ihre Wohnung eine *Kommunistenfiliale* sei? Warum sie im Ausschuss für die Volksbefragung mitmache? Warum sie trotz des Verbots die Pressekonferenz zugelassen habe? Am Ende bittet sie um eine Abschrift des Protokolls, die wird verweigert. Sie fragt, was aus dieser Angelegenheit werden solle, da zieht einer der Herren die Disziplinarordnung hervor und zeigt auf § 1. Nicht würdig sei einer Stellung im öffentlichen Dienst, wer einer *Kommunistenfiliale* vorstehe und so weiter.

Am 7. Mai wird das Schreiben des Bezirksbürgermeisters an die leitende Amtsärztin ausgefertigt: Dienststrafe, fristlose Entlassung zum 9. Mai. Eigentlich hätte der Betriebsrat sie anhören müssen, eigentlich hätte der Betriebsrat zustimmen müssen, aber Recht und Gesetz sind nicht auf ihrer Seite. Im Bezirksamt stört sich niemand daran, dass der Betriebsrat erst zustimmt, als sie das Einschreiben schon in der Hand hält: fristlose Entlassung zum 9. Mai. Am 8. Mai jährte sich Georgs Hinrichtung zum siebten Mal.

Eine Woche später kann der *Tagesspiegel* triumphieren: *Rote Propagandistin entlassen.* Seitdem brennt es ihr auf der Stirn, auf dem Rezeptblock, auf dem Praxisschild, auf den Schulheften der Söhne, das neue Brandmal: *rote Propagandistin*. Es spricht sich herum bei den Nachbarn, beim Kaufmann, in der Wäscherei, beim Friseur, bei den fleißigen Leuten, denen der Hitlergruß flott von den Lippen kam vor sieben Jahren: rote Propagandistin. Es folgen Briefe und nächtliche Anrufe: Verschwinde, du rote Sau, Heil Hitler! Ihre Hausangestellte wird bedroht: Verlassen Sie diese Kommunistin, sonst geht es Ihnen schlecht! Und Patienten, die wenigen, die noch zu kommen wagen, werden auf der Straße von Unbekannten angesprochen: Warum gehen Sie eigentlich zu dieser roten Propagandistin? Gehören Sie etwa auch zu den Kommunisten?

Manchmal abendlang, manchmal nächtelang klingelt alle zehn Minuten das Telefon, sie ruft ihren Namen ins Leere, immer wieder, sie kann den Hörer nicht weglegen, weil sie für die Kranken erreichbar sein muss, das wissen die Anrufer und lassen sie alle zehn Minuten wieder zappeln. Zur Abwechslung werden sie auch mal laut: Euch hängen wir auf, ihr Kommunistenschweine! So wächst, gegen alle medizinische Vernunft, die Angst, verrückt zu werden. Zu ihrem Glück ahnt Anneliese nicht, dass sie erst am Anfang der Marterjahre steht.

Die Praxis ernährt die Familie nicht. Es fehlen die 780 Mark brutto. Sie muss die Mutter anpumpen, die Lebensversicherung beleihen. Sie hat Zeit zum Nachdenken. Manchmal biegt sie um die Ecke von der Lindenallee in die Ahornallee, wo das Haus stand, das sie mit Georg und den Kindern bewohnt hat, weggebombt im März 44. Da haben sie Juden versteckt, da haben sie Lebensmittel für die Versteckten gelagert, da sind sie in Todesgefahr gewesen und glücklich. Georg ist vergessen. Selbst Robert, der sie gelegentlich besucht, spricht kaum noch von der Europäischen Union, weil die Gruppe seinen SED-Genossen nicht passt, die nur den kommunistischen Widerstand gelten lassen. Niemand interessiert sich für das, was die vier getan, riskiert, versucht haben, als wäre die Hinrichtung hundert Jahre her.

Sie will nicht denken, was sie denkt: Musst du dich auch bald verstecken? Musst du dafür büßen, dass die Nazis Georg hingerichtet haben? Was ist deine Schuld? Dass du überlebt hast? Dass du nicht vergessen kannst? Keinen Krieg mehr willst und keine Nazis? Bleibt das Urteil von Freisler und Konsorten, das euch zu Volksschädlingen und Hochverrätern gemacht hat, in der Demokratie gültig? Musst du das Feld räumen? In den Osten gehen? Was würdest du tun, Georg?

Ärzte sind gesucht in Ostberlin, sie könnte die besten Stellen kriegen, sie hätte Ruhe vor den nächtlichen Anrufen, vor schweinischen Briefen, die Söhne würden nicht mehr angepöbelt: Mit Kommunisten spiel ich nicht! In den Zeitungen drüben schreiben sie schon über die tapfere Frau Dr., sie passt gut in die Propaganda. Aber es bleibt die Scheu vor dem Osten, da geht es auch nicht demokratisch zu, da verschwinden Leute, da fliehen nicht nur Faschisten, da könnte sie noch mehr zwischen die Fronten geraten. Sie hat sich gewehrt, Georgs Urne auf dem Ehrenfriedhof der berühmten Genossen in Friedrichsfelde im russischen Sektor bestatten zu lassen. Die Urne liegt nun auf dem Friedhof Heerstraße im britischen Sektor, ganz in der Nähe, Anneliese braucht diese Nähe. Außerdem sind Mutter und Schwester im Westen, Georgs Familie in Unterhaun und Wehrda, die wenigen Freunde, außer Robert, wohnen in Charlottenburg. Und Georg flüstert: Du hast nichts Unrechtes getan, bleib standhaft, wehr dich, kämpf für dein Recht, du bist im Recht, geh vor Gericht!

Abeut, Abeut, Abeut

– Why do you hide yourself?, sprach der Engel aus London, lachte und umarmte mich. Dann küsste er Catherine auf die Wangen, nahm sie in die Arme, länger als mich, und servierte seine Komplimente. Wir hatten uns schnell gefunden im Gedrängel der Gäste, ein Fest in Brunos Wohngemeinschaft. Hugos Frage war mehr Scherz als Vorwurf, trotzdem meinte ich mich rechtfertigen zu müssen, da ich den seltsamen Freund drei oder vier Wochen nicht gesehen hatte.

– Why do you work all the time?

In diesem Augenblick, in der Sekundenpause zwischen zwei lauten Songs, flog mir aus einem Gespräch, das in meinem Rücken geführt wurde, der Satz zu:

– Ganz einfach, im *Blauen Stern* am Stutti.

Ich begriff sofort, dass von Waffen die Rede war, und drehte mich um, wollte sehen, wer hier Bescheid wusste. Der strafende Blick eines kleinen Blonden verriet mir, dass er der Experte war. Ich schlug Hugo vor, in ein ruhigeres Zimmer zu gehen. So schlimm sei es auch wieder nicht, antwortete ich, Lesen und Schreiben seien keine Strafen, und prägte mir ein: *Blauer Stern*, Stuttgarter Platz.

– When will you start living?

Eine komische Situation: In Gedanken an die Pistole, die Tatwaffe, sollte ich mit Hugo über mein Leben sprechen, bei lauter Musik, zwischen fünfzig, sechzig Leuten, an Brunos Geburtstag. Catherine war nicht mehr in unserer Nähe.

– What's your idea of life?

Eine gute Frage an einen Mörder in spe, ich wich aus, obwohl niemand Verdacht schöpfte, nicht einmal Catherine, Hugo schon gar nicht. Seine Beharrlichkeit wäre nicht auszuhalten gewesen, wenn er uns nicht mit schwärmerischer Freundlichkeit bestochen hätte. Jeder andere gab sich zufrieden, wenn ich sagte: viel zu arbeiten. Überall schossen Arbeitsgruppen, Arbeitsgemeinschaften, Arbeitsausschüsse aus dem Boden, wurden Arbeitspapiere und Arbeitsprogramme erstellt, auch ich konnte mit ein bisschen Papier und einer Schreibmaschine von der Idolisierung der Arbeit profitieren. Das Studium diente als Tarnung für die Groscurth-Forschungen, und hinter den Buchplänen ließen sich die Mordpläne leicht verbergen. Der zweifelhafte Ruf, ein fleißiger Mensch zu sein, war mein bester Schutzschild. Und da ich mit meinen Ideen nicht hausieren ging, war die Täuschung perfekt.

Nur der Engel aus London ließ sich davon nicht einschüchtern und brachte mich ins Wanken, als er mit lächelnder Strenge über mein Leben sprechen wollte. Er holte zu einem längeren Vortrag aus über den Genuss, die seelischen Bedürfnisse, die Beschleunigung der Gefühle, über Seneca und Buddha und die komischen Deutschen, über die noch komischeren deutschen Studenten und ihren Fanatismus. Radikalität sei wunderbar, aber nicht die aufgeregte Ernsthaftigkeit dabei.

Gern hätte ich ihm geantwortet: Du hast ja recht, so hab ich auch gedacht, als ich in London war, aber du kommst aus Kalifornien und nicht vom schändlichsten Fleck auf Europas Landkarte, aus einem unrettbar in seine Vergangenheiten verstrickten Land, das dich, ob du willst oder nicht, in seine Abgründe zieht, in die Nazisümpfe, die niemand trockenlegen oder umgehen kann, die uns in die Arbeit fliehen lassen und mich sogar zum Mörder machen!

Auch ich sei fanatisch, ein Fanatiker der Zurückhaltung, meinte Hugo, ich bliebe verborgen hinter der Stummheit und der Arbeit und wagte es nicht, mein wahres Ich zu zeigen.

Ich wehrte mich nicht, weil er mich auf die Frage gebracht hatte, warum ich vor anderthalb Jahren zurückgekommen war in das kalte, grobe, keifende, käufliche Berlin, wo Polizisten ungestraft friedliche Demonstranten erschießen dürfen, wo das Steineschmeißen zur Religion geworden ist, wo man sich die Schädel einschlägt abwechselnd mit Worten und Knüppeln und dann mit kaputten Schädeln gegen die Mauer rennt. Warum zurück in das Mekka der Unhöflichkeit und der Raubeinigkeit, der Hysterie, des Ernstes und der Niedertracht, warum, überlegte mein wahres Ich, bist du nicht in London geblieben, wo du, wenn was schiefgeht, wenigstens von Höflichkeit und Humor aufgemuntert wirst?

– Abeut, Abeut, Abeut, sagte der Engel mit hellem kalifornischem Akzent und lachte, als hätte er das große deutsche Rätsel gelöst. Er forderte, den Fanatismus aufzugeben oder wenigstens zu lockern, es gebe so vieles zu entdecken im Leben.

My idea of life, da war ich schon einmal weiter gewesen: Warum nicht Kunstgeschichte statt Nazikrampf, Italienisch oder Meteorologie statt Kaltem Krieg, irgendwas Heiteres, Leichtes studieren, die Oper oder das Rokoko, und wenn schon Literatur, dann die Londoner Emigranten zum Vorbild nehmen. Keiner in Berlin ist so warmherzig kritisch wie Fried, keiner so erotoman anarchistisch wie Lind, keiner so majestätisch meisterlich wie Canetti, du hast sie doch erlebt, du hast sie schätzen gelernt, die alten Juden, die ihren Kampf mit den Nazis hinter sich haben, Männer mit Würde und Witz. Warum könntest du nicht so einer werden statt ein Rächer der Gerechten, ein Mörder aus Überzeugung? Warum nicht an irgendeiner britischen Universität nach oben streben, an einem Frauen-College eine schöne, intelligente, gutsituierte Gefährtin finden und ein freies Leben führen ohne den Dreck und die Teufel der Geschichte und ungestört weiterschreiben, sauber gefräste, geschmeidige, schöne lange Sätze, und irgendwann, in zwanzig, dreißig Jahren, wenn die Deutschen untergegangen sind oder wenigstens ihre Grobheiten abgelegt und die Nazis, die Nazigeister begraben haben, entdeckt und gefeiert werden und dann wie Canetti im Café in Hampstead Heath sitzen und mit verschmitztem Blick deutsche Zeitungen lesen ...

Endlich antwortete ich, sagte einiges in dieser Richtung und schlug wie zur Krönung meiner Verteidigung den Taschenkalender 1969 auf und übersetzte Hugo das Motto von Brecht, das ich auf die erste Seite geschrieben hatte und das keinem Dogmatiker und Arbeitsfanatiker gefallen hätte: «Es gibt Leute, die über ernste Dinge nicht lachen können. Das darf man ihnen nicht verübeln, aber man braucht sich auch nicht verbieten lassen, über ernste Dinge zu lachen. Man kann über ernste Dinge heiter und ernst sprechen, über heitere Dinge heiter und ernst.»

Trotzdem fühlte ich mich durchschaut, blieb irritiert, teils von den Waffen, *Blauer Stern*, Stutti, teils von Hugos Seelenrede, teils von der plötzlich aufgebrochenen London-Sehnsucht. Vielleicht weil er merkte, dass er übertrieben hatte, legte der Freund seine rechte Hand auf meine Schulter. Er ließ sie einen Augenblick länger liegen, als mir lieb war, griff einmal fest und zärtlich in die Halsmuskeln, berührte auf ebenso entschiedene Weise mein oberes Schulterblatt und zog die Hand ruhig, als wäre nichts gewesen, wieder zurück.

– Wie ist es, fragte ich, in Berlin ständig die Musik deiner Freunde zu hören?

– Sie werden immer besser, sagte er ungefähr, aber sie sind nicht mehr meine Freunde. *Sympathy for the Devil*, das ist ein großes Gedicht, aber ich mag keine Teufel mehr, die Welt verteufelt sich schon genug. Und *Street Fighting Man*, das ist ein Song über das lausige, langweilige London, das versteht ihr sowieso alle falsch, das ist ja eure heimliche Hymne, das höre ich hier jeden Tag hinter allen Türen, ob ich will oder nicht. Street fighting, eine Sackgasse, und Mick ist ein Rattenfänger, pass auf. Und wenn ihr denkt, der singt euch was vor über die Revolution, dann täuscht ihr euch, hör mal genau hin, palace revolution, der will eine Palastrevolution, nichts weiter. Mick will die Queen stürzen und selber König werden, er ist ein Monarchist, glaub mir. Aber verrate das keinem! Ich werde übrigens bald wieder fahren, ich ordne meine Sachen in London, dann geh ich nach Indien oder nach Mexiko, wahrscheinlich nach Indien. Kommst du mit?

Die Frage stellte er lachend, strahlend, ein guter Witz, ich lachte mit. Catherine kam hinzu, Hugo erklärte ihr den Grund der Heiterkeit, und als sie ein Gespräch über Mexiko begannen, ließ ich sie allein.

Der Satz über meinen Fanatismus blieb im Kopf. Ich musste mich um die Waffen vom Stuttgarter Platz kümmern und suchte die beiden, die darüber gesprochen hatten. Sie beteiligten sich an einer heftigen Küchen-Debatte um die Selbstverbrennung von Jan Palach in Prag. Auch als frisch ernannter Fanatiker mischte ich mich nicht ein, behielt aber den Satz im Kopf, den der kleine Blonde verkündete:

– Wenn jede Woche sich einer verbrennt, dann geben die Russen nach, bestimmt, man muss nur konsequent sein, konsequent!

Später, nach den Tänzen, in der Nacht, als wir beieinanderlagen, schwärmte Catherine von Mexiko, Hugo habe so tolle Geschichten erzählt, sie müsse unbedingt mal nach Mexiko reisen.

– Schade, dass er ein Schwuler ist, sagte sie nebenbei.

Ich weiß nicht, ob ich wirklich so schlagfertig war, wie mein Gedächtnis flüstert:

– Schade, dass er keine Frau ist.

Wildwest-Romantik in der Hardenbergstraße

Alles Spekulationen, sagte Anneliese Groscurth im Januar 1969, ich weiß wirklich nicht, wie die Gruppe aufgeflogen ist. Mit Robert habe ich früher oft darüber gerätselt, mit Grete Rentsch und Maria Richter, wir haben es nie herausgefunden. Ich will nicht mehr räsonieren, ob es einen Verräter am Rand der Gruppe gegeben hat, wär ja fast ein Wunder, wenn da keiner aufgetaucht wäre, oder ob einer von den Versteckten plaudern musste, ob die Flugblätter oder eine spitzelnde Hauswartsfrau schuld sind, es ist passiert, es ist lange vorbei, ich will darüber nicht spekulieren, auch mit dir nicht!

Daran hatte ich mich zu halten. Viele Einzelheiten der Geschichte der Europäischen Union werden für alle Zeiten im Dunkel bleiben, da war ich sicher, auch meine geplante Schrift über Groscurth würde daran nichts ändern und mit Girlanden von Fragezeichen geschmückt werden müssen.

Ein schöner Irrtum. Seit 1989 stehen die Verhör-Akten der Nazi-Staatssicherheit zur Verfügung, die bei der DDR-Staatssicherheit verschlossen waren. Inzwischen sind sogar einige Historiker fleißig gewesen, und heute lässt sich, Schabowski sei Dank, der Krimi über den Verrat der Gruppe skizzieren, das Geflecht von Pech und Dummheit andeuten.

Das erste Pech fiel buchstäblich vom Himmel, angerührt und vorbereitet vom sowjetischen Nachrichtendienst. Der bildete geschulte Emigranten, ehemalige Spanienkämpfer, als Fallschirmspringer aus und ließ sie, mit falschen Papieren versehen, über Deutschland abspringen und Kontakte zu kommunistischen Widerstandsgruppen auffrischen. Solche Abenteuer lohnten sich selten, die meisten dieser Männer wurden geschnappt, noch ehe sie ihren Einsatz beginnen konnten. Auch der Fallschirmspringer Otto Heppner mit dem Decknamen Klein, der im April 1943 über Ostpreußen gelandet war, geriet bereits im Mai in eine Falle der Gestapo. Er wusste nicht zu verhindern, so geht das Pech weiter, dass sie bei ihm einen Zettel fanden, auf dem unter anderen, offenbar unverschlüsselt, der Name Hatschek stand. Überzeugt vom Sieg der Weltrevolution, hatte man die einfachsten Regeln der Konspiration vergessen.

Paul Hatschek hatte als Spezialist für Funktechnik und Optik dem sowjetischen Nachrichtendienst in den dreißiger Jahren Informationen über eigene und andere Erfindungen zukommen lassen und hielt Kontakt mit einer kommunistischen Widerstandsgruppe, wurde 1942 verhaftet und aus Mangel an Beweisen wieder auf freien Fuß gesetzt. Bei den von der Gestapo Entlassenen musste man damit rechnen, dass sie weiter beobachtet wurden. Die Kommunisten hielten ihn deshalb auf Abstand, nur Eduard Hinz nicht, der losen Kontakt zur E.-U.-Gruppe hatte. Hatschek suchte Anschluss, lernte durch Hinz Havemann kennen, bewunderte ihn und prahlte mit seinen Moskauer Verbindungen. Havemann wagte, weil ihm an einem Draht in Richtung Sowjetunion gelegen war, seit Dezember 1942 das eine oder andere Gespräch mit Hatschek und machte ihn mit andern aus der Gruppe der E. U. bekannt.

Das dürfen wir heute, bei allem Respekt, als die größte, die Dummheit Nummer 1 bezeichnen. Sie hielten ihn zwar mehr und mehr für einen Phantasten, Wichtigtuer, wenig sympathischen und unsicheren Menschen, sie blieben distanziert, vertrauten ihm nichts an, auch Havemann ging ihm aus dem Weg, brachen aber die Beziehung nicht ab: Dummheit Nummer 2.

Bald konnte die Gestapo den Fallschirmspringer Heppner alias Klein, wahrscheinlich unter Folter, dazu bringen, das Codewort für den Kontakt mit Hatschek zu verraten: «Onkel Leopold». Warum Heppner in seiner Not nicht «Onkel August» oder «Onkel Herbert» sagte, wir werden es nie erfahren.

Die Gestapo ging zum Angriff über. Einer ihrer Agenten wurde wochenlang auf die Rolle vorbereitet, den sowjetischen Agenten Klein zu spielen. Da der Name Hatschek ihnen bekannt war, hatten sie leichtes Spiel. Anfang Juli meldete sich der Nazi unter dem Codewort «Onkel Leopold» telefonisch bei Hatschek. Dieser, erst skeptisch und ängstlich, ließ sich, Dummheit 3, von Havemann überreden, den Agenten wenigstens bei einem Lauftreff von zwei Freunden beobachten zu lassen. Der Treff fand statt, aber diese Freunde waren uneins. Einer sagte: Der ist kein russischer Agent, der andere meinte: Es ist einer.

Hatschek verließ sich, Dummheit 4, auf den zweiten Freund und traf sich nach einer Woche mit dem als Kommunisten getarnten Nazi. Der schien über Details von Hatscheks Spionagetätigkeit informiert und benutzte den richtigen Falschnamen Klein, deshalb hielt Hatschek ihn für glaubwürdig und erzählte gleich bei der ersten Begegnung, Dummheit 5, von der Viergruppe. Er berichtete Havemann davon, der skeptisch blieb und ihn dennoch, Dummheit 6, zu einem zweiten Treffen ermunterte. Er beauftragte ihn sogar, Dummheit 7, den auf Wirtschaftsspionage spezialisierten Klein um eine

Begegnung mit einem politischen Agenten zu bitten. Der falsche Klein wiederum wünschte einen Bericht von Havemann über den Stand der Vernichtung durch den Bombenkrieg, den Havemann, gestützt auf Herbert Richters amtliche Recherchen, mit der Bitte um Weitergabe an den gewünschten politischen Agenten prompt lieferte, Dummheit 8.

In der Gruppe wurde man immer misstrauischer, Groscurth hielt alles für eine Erfindung von Hatschek, der sich nur interessant machen wolle. «Gegen meinen Rat», schrieb Havemann 1946 noch mit einigem Stolz an einen Freund, «wurde beschlossen, die Verbindung zu dem unsicheren Agenten vorläufig abzubrechen. Ich war gegen einen Abbruch, solange wir nicht vollkommene Klarheit hatten, und verlangte im Falle, dass wir von seiner Unechtheit überzeugt wären, müssten sofort alle gefährdeten Leute illegal werden.»

Die Gruppe gab also, vielleicht nur, weil niemand in die Illegalität wollte, Havemanns Drängen nach, Dummheit 9, und ging, Dummheit 10, auf den Vorschlag Hatscheks zu einem Treffen mit den beiden Agenten in der Hardenbergstraße ein. Havemann meinte sich und die Gruppe dadurch zu schützen, dass er Hatschek gegenüber behauptete, nicht er, sondern ein wichtigerer Mann suche den Kontakt. Und er schickte Rentsch vor, weil der Hatschek kaum kannte, er sollte sich das Gesicht des Agenten für eine spätere Begegnung mit Havemann oder dem erfundenen wichtigen Mann einprägen, Dummheit 11. Auf dem linken Bürgersteig, vom Zoo aus gesehen, zwischen Steinplatz und Knie, heute Ernst-Reuter-Platz, liefen der angebliche Klein und der angebliche politische Agent gemessenen Schrittes an Rentsch und Hatschek vorbei. Am Steinplatz beziehungsweise am Knie drehten beide Paare um, bis sie sich wieder begegneten, und wendeten noch einmal für eine dritte Musterung. Die Herren gingen auseinander, doch Hatschek lief danach, Dummheit 12, entgegen der Verabredung, auf Klein zu und redete heftig mit ihm. Rentsch machte sich davon und berichtete Havemann, der an der Gedächtniskirche gewartet hatte. Rentsch hielt das ganze Manöver für äußerst gefährlich, auch sein Freund Richter war empört über solche «Wildwest-Romantik», endlich ließ Havemann von seinen Ambitionen ab. Da es in den folgenden Tagen zu keinen Verhaftungen kam, glaubte die Vierergruppe, den Kontakt rechtzeitig abgebrochen zu haben.

Doch die Gestapo wusste genug. Während Groscurth in seinem Krankenhaus die Verbindungen zu den ausländischen Zwangsarbeitern ausbaute und ihnen Radioteile beschaffte, Havemann über die politische und wirtschaftliche Einigung Europas in der Europäischen Union schrieb und das vorletzte Flugblatt mit dem Satz *Kämpft mit der mächtigen E. U. für ein freies sozialistisches Europa!* beendete, während Rentsch falsche Ausweise beschaffte und die in seinem Wochenendhaus versteckten Juden versorgte und Richter weiterhin die Fliegerschäden registrierte, hatte Hatschek, glücklich, endlich wieder mit der geliebten Sowjetunion verbunden zu sein, dem Agenten mehr über die Tätigkeit der Gruppe verraten, als nach den Regeln der Konspiration nötig gewesen wäre. Kurz nach dem Tag ihrer Gründung, dem 15. Juli 1943, hingen die Freunde aus der Europäischen Union dank des Köders Hatschek bereits am Angelhaken der Mörder. Im letzten Satz seines letzten Flugblatts schrieb Havemann, als ahnte er das Unheil, das er selbst befördert hatte: *Das Geheimnis der Unverwundbarkeit der Organisation der E. U. darf niemals preisgegeben werden.*

Warum aber, wird man heute fragen, so viele Dummheiten auf einmal?

Wahrscheinlich aus Ehrgeiz und Eitelkeit ausgerechnet des Mannes, der als Einziger aus der Kerngruppe überlebt hat. Aus heutiger, besserwisserischer Sicht ist jede Wertung fragwürdig, aber man kann nicht übersehen, dass keiner so wie Havemann den Drang hatte, die praktische Widerstandsarbeit mit politischen Flugblättern auch theoretisch zu krönen, Manifeste mit offensiven Erklärungen und hellsichtigen, klugen Argumenten zur Nachkriegspolitik, doch taktisch töricht, eine Einladung an die Verfolger. Keiner der vier war wie Havemann bestrebt, tief im Jahr 1943, auf dem Weg über Agenten von sowjetischer Seite irgendwelche Hilfen zu erlangen. Und keiner muss sich, bei aller Vorsicht, so geehrt und geschmeichelt gefühlt haben wie er, dass die große Sowjetunion angeblich Verbindung zur kleinen E. U. suchte.

Niemandem, schon gar nicht uns, die wir keinen einzigen Tag in vergleichbaren Gefahren zugebracht haben, steht es zu, diesem mutigen, verdienten Mann irgendwelche Vorwürfe auf das Grab zu schleudern. Aber um Groscurth, Rentsch und Richter einigermaßen gerecht zu werden, muss es erlaubt sein zu sagen, dass sie keine Romantiker gewesen sind und weder das pathetische Vokabular noch die Anlehnung an den großen Bruder in Moskau brauchten.

Die Gestapo konnte mit ganzer Wucht zuschlagen. Am 3. September wurde Paul Hatschek verhaftet. Ausgerechnet er, der von allen als nicht sehr nervenstark bezeichnet wurde. Bereits im ersten Verhör nannte er die Namen der Gründer der Europäischen Union und ihrer Ehefrauen und sechs Namen aus der kommunistischen Gruppe, der er nahestand. Die wurden am 5. September festgenommen, bald danach einige der versteckten Juden und die Verbindungsleute zu den französischen, russischen, tschechischen Zwangsarbeitern, insgesamt

55 Frauen und Männer, von denen drei im KZ umgebracht wurden, siebzehn durch Gerichte, die meisten durch den Richter R.

Wie die Vernehmer Hatschek dazu brachten, gleich im ersten Verhör all sein Wissen auszupacken, können wir nur ahnen. Ausgerechnet seine Akte mit dem Verhörprotokoll der Gestapo ist nur teilweise erhalten. Da Hatschek seinerzeit für den sowjetischen Geheimdienst tätig war, werden die weitsichtigen Herren des KGB in den fünfziger oder sechziger Jahren alles vernichtet haben, was das Bild ihres Kundschafters hätte trüben können.

Der 15. August

Anneliese Groscurth, die 40-jährige Ärztin, von einem Tag auf den andern verfolgt, befeindet, geächtet, verarmt, will keine Kommunistin sein und eine rote Propagandistin erst recht nicht. Aber sie bleibt bei ihrer Meinung. Sie klagt beim Arbeitsgericht gegen die Entlassung und die Verleumdungen. Endlich ist der Terror vorbei, sagt sie sich jede Nacht vorm Einschlafen, endlich anständige Gesetze, Demokratie, Freiheit und eine Justiz ohne Hakenkreuze auf der Robe. Es darf sich wehren, wem Unrecht geschieht. Sogar gegen Behörden, gegen Beamte des Bezirksamts darf man klagen, erst recht als respektierte Amtsärztin, als Witwe eines mutigen Mannes, der gegen die Hakenkreuze und so weiter.

Ihre Argumente im Schriftsatz für das Gericht müssen, denkt sie, jedem einleuchten: Das Bezirksamt hat mehrfach gegen die Disziplinarordnung verstoßen und gegen die Berliner Verfassung. Zweitens, die Kündigung von anerkannten politisch Verfolgten ist nur mit Zustimmung des Senators für Arbeit nach Anhörung möglich, beides ist nicht erfolgt. Drittens, sagt ihr Rechtsbeistand, betrifft der Artikel, auf den sich das Verbot der Volksbefragung stützt, Vereinigungen, die gegen die verfassungsmäßige Ordnung oder gegen die Völkerverständigung gerichtet sind – während die Befragung gerade für die Verfassung und die Völkerverständigung eintrete. Acht solcher Rechtsbrüche zählt sie auf – und als Beweis gegen sie dient allein jene kurze, tendenziöse Zeitungsmeldung mit falscher Überschrift.

Das Bezirksamt lässt antworten: Die Verfassung gelte nicht für Menschen wie sie, die beabsichtigten, durch totalitäre und diktatorische Maßnahmen die Verfassung für ihre Zwecke auszunutzen. Die Entlassung fuße auf § 1 Abs. 2 der Dienst- und Disziplinarordnung der Angestellten und Arbeiter Groß-Berlins: *Die Beschäftigten haben sich durch ihr Verhalten der Achtung und des Vertrauens, das ihr Dienstverhältnis erfordert, würdig zu erweisen.*

Während die Arbeitsrichter sich viel Zeit nehmen, die Argumente beider Seiten zu prüfen, versucht man den Rechtsbruch beim Senator für Arbeit nachträglich zu kitten. Man hört Frau Groscurth an, man erkennt ihre Rolle im Widerstand an – und stimmt am 20. 6. trotzdem der Kündigung zu. Mit der großzügigen Geste, man wolle dem Bezirksamt und der entlassenen Amtsärztin die Möglichkeit einer gerichtlichen Auseinandersetzung geben. Wen kümmert es, dass eine solche nachträgliche Kündigung nicht rechtens ist?

Es kümmert nur sie und den Rechtsbeistand. Einen richtigen Rechtsanwalt kann sie sich nicht leisten, sie braucht auch keinen, denkt sie, ihre Argumente müssen jeden überzeugen. Sie wird krank. Übelkeit, Darmbeschwerden, Kopfschmerzen, Fieber. Sie diagnostiziert einen Infekt, nimmt Medikamente, nichts hilft. Sie ahnt, was dahintersteckt. Sie schafft es nicht mehr, den niederträchtigen Angriffen zu widerstehen. Sie will es nicht glauben, aber sie spürt, hört, sieht es jeden Tag: Alle sind gegen sie, außer der Handvoll Leute, die schon gegen Hitler gekämpft haben. Die Söhne werden auf dem Schulhof als Kommunisten beschimpft und schikaniert. Patienten kommen in der Dunkelheit, um nicht denunziert zu werden. Es wird ihr alles zu viel. Sieben Jahre das Versteckspiel gegen die Nazis. Dann fünf Jahre lang pausenlos geschuftet, freiwillig 1946 in den Trümmerhaufen Berlin gezogen, geräumt, geordnet, geholfen, Tag und Nacht gegen die Not, immer im Einsatz, immer zuerst für die andern, dann für die Kinder und zuletzt für sich selbst. Und wie danken sie das? Warum verfolgen sie eine Verfolgte? Warum bestrafen sie eine von den Nazis Bestrafte?

In ihren Fieberträumen taucht ein Monster auf, hundeähnlicher Körper und mehrere Schlangenköpfe, ein Urvieh, das giftigen Atem aus den Nüstern schickt, sie belästigt, verfolgt, zum Kampf auffordert und mit glitschigen, fauchenden Schlangenköpfen umschlingt. Sie weiß nicht, was schlimmer ist: Wenn sie sich wehrt und einen der Köpfe abschlägt oder mit der Spritze tötet oder erstarren lässt, wachsen sofort zwei neue nach, aber wenn sie sich nicht wehrt, vergiftet sie das Ungeheuer mit seinem Atem. Ein Untier aus den Schulbüchern, die Hydra aus der Sage des Herakles, ein Vieh, das ihr zuletzt in den Nächten im Polizeigefängnis am Alexanderplatz begegnet ist, wenn in der Luft die Bomber brummten und unten im Keller die Vernehmer saßen und hofften, dass die Bomben, wenn sie schon fallen, zuerst die Politischen unterm Dach treffen. Die Hydra, an die sie nie mehr denken wollte, da ist sie wieder.

Als es ihr besser geht, beschließt sie, gegen den *Tagesspiegel* zu klagen, damit die Denunziation als *rote Propagandistin* aus der Welt kommt. Da liegt die Wurzel des Übels, die Höhle der Hydra. Man sagt ihr, da stecken die Amerikaner dahinter, das hat keinen Sinn. Aber die Amerikaner, antwortet sie, sind doch für die Wahrheit! Was hab ich geweint, als die Amerikaner uns endlich befreit haben! Und der amerikanische Journalist bei der Pressekonferenz, der fand doch alles in Ordnung!

Ach, Frau Doktor, begreifen Sie endlich, es geht nicht um Sie, es geht um Politik!

Das Bezirksamt verschleppt das Verfahren, antwortet nicht auf ihre Schriftsätze, hält Termine nicht ein, lehnt einen Vergleich ab, so geht der Sommer des Jahres 1951 dahin.

Am 15. August, die Söhne im Schwimmbad des Olympiastadions, schildert sie in einem fünfseitigen Brief an das Arbeitsgericht ihre beiden bescheidenen Einsätze für die Volksbefragung und wie sie vom Bezirksamt hereingelegt wurde. Sie macht das Gericht darauf aufmerksam, dass die Verordnung über das Verbot der Volksbefragung durch den Senat von Berlin bis dato in den Verordnungsblättern nicht erschienen, also nicht rechtsgültig ist, die Entlassung sich darauf also nicht stützen kann. Sie weist darauf hin, dass die Disziplinarordnung, nach der man sie fristlos entlassen hat, für den Fall der Trunksucht, unmoralischen Benehmens oder krimineller Delikte gedacht ist – und aus der Nazizeit stammt. Sie versichert, *als Ärztin und aus meinen Erfahrungen in meiner eigenen Familie eine unbedingte Anhängerin der friedlichen Regelung aller menschlichen und gesellschaftlichen Verhältnisse* zu sein und kein Mitglied einer politischen Partei oder Organisation. Sie beschwert sich über den Verdienstausfall seit drei Monaten. Mit den sachlich formulierten Argumenten, davon ist sie überzeugt, werden die Richter sie bald aus Albträumen und Hydrakämpfen erlösen.

Abends, die Söhne im Bett, fertigt sie die Reinschrift des Briefs und hört, nach Bach aus dem RIAS, die Nachrichten: Schwere Krawalle durch Provokateure der FDJ in Kreuzberg und Neukölln – mit Kampfliedern marschierten Teilnehmer der sogenannten Weltfestspiele der Jugend in die westlichen Sektoren ein – über hundert festgenommen. Sofort hellwach, weiß sie, was das bedeutet: Die Spaltung verschärft sich, das geht auf ihre Kosten. Die Weltfestspiele, die in diesen Tagen im Ostsektor stattfinden, sind Festspiele der Propaganda, auf beiden Seiten. Sie hat sich kaum darum gekümmert, nach Welt und Fest und Spielen, nach roten Fahnen und uniformblauen Hemden ist ihr nicht zumute. Aber sie haben ihre Sympathie, die Jugendlichen, es sollen fast eine Million sein, die in der Trümmerstadt, der geteilten, für den Frieden und die Einheit auftreten und dem sozialistischen Staat ein junges, frisches Gesicht geben.

Dann die Nachrichten des Ostsenders: Einige tausend Jugendliche folgten der Einladung des Kreuzberger Bürgermeisters Kressmann und überschritten in mehreren Gruppen friedlich, Wanderlieder singend, die Sektorengrenzen – wurden von Polizei eingekesselt, mit Schlagstöcken traktiert, von Wasserwerfern niedergeworfen – Hunderte verhaftet.

Bis Mitternacht hängt sie am Radio und erfährt trotzdem nicht, auf welcher Seite mehr gelogen wird. Der Westen behauptet, mit Kampfliedern und in Formationen sei die FDJ in Blauhemden anmarschiert und habe provoziert. Der Osten: Die westlichen Behörden haben die Teilnehmer, auch die FDJ, in die Westsektoren eingeladen, um sich über Demokratie und

Wohlstand zu informieren, das sei eine Falle der Polizei gewesen. Der Westen: Diese Einladung wurde zu einer provokatorischen Kampfdemonstration ausgenutzt, um die Jugend, die es in den Westen ziehe, mit angeblichem «faschistischem Terror» abzuschrecken. Aber warum liefert der Westen dann genau das Schreckbild, das der Osten für seine Propaganda braucht?

In den folgenden Tagen erfährt sie Einzelheiten. Als die Jugendlichen ein paar hundert Meter weit im Westen waren, sahen sie sich, ohne dass sie eine Aufforderung zurückzugehen erhalten hätten, plötzlich von Polizei umstellt, mit Knüppeln geschlagen, von Wasserwerfern zu Boden geworfen, von LKWs gejagt, mit Revolvern bedroht, in Nebenstraßen gedrängt und verprügelt. Den Fliehenden war der Rückweg versperrt, Polizisten kesselten sie ein und schlugen weiter, auf Köpfe und Hinterköpfe, auf den Rücken, ins Gesicht und manchen Mädchen auf die Brust. Viele wurden in den Bauch und die Geschlechtsteile getreten. Die Gestürzten konnten mit Nachsicht nicht rechnen. Wer entwischte, wurde nah der Grenze, es ging ja oft nur von einer Straßenseite zur andern, von zivilen Rowdys mit Steinen, Flaschen, ätzenden Säuren attackiert. Hunderte wurden in Polizeirevieren verhört, viele auch dort geschlagen, wenn sie nicht antworten konnten, wer sie angeleitet und bezahlt habe.

Der schlimmste Einsatz seit den Bombenangriffen, sagen die Kollegen in den Krankenhäusern: Von den über vierhundert Verletzten mussten 132 stationär behandelt werden. Knochenbrüche, Schädelbrüche, stumpfe Verletzungen der Nieren, des Bauches, über fünfzig Gehirnerschütterungen.

Wenn wehrlose Jugendliche, die für den Frieden eintreten, so traktiert werden und die westliche Presse über *die gerechte Strafe* jubelt, welche Diagnose wird eine empörte Ärztin stellen, eine Frau, die selbst am Pranger steht?

Am Katzentisch

Über den freigesprochenen R. wusste ich immer noch zu wenig.

Heute springt man in Bibliotheken oder ins Internet, mit ein bisschen Übung wird man fündig und hat in einer Stunde mehr Antworten auf dem Papier, als man Fragen gestellt hat. Heute fliegen einem die Informationen zu, damals waren die meisten Quellen verschlossen. Heute ist alles Wissenschaft, damals war die Beschäftigung mit der Nazi-Vergangenheit anrüchig. Man musste aufpassen, nicht als Handlanger des Ostens verdächtigt zu werden. Nach Ostberlin aber wagte ich mich nicht mit den Fragen zu R., ich fürchtete die *Braunbuch*-Rhetorik und, von Biermann gewarnt, die Stasifallen. Jedes Stückchen Wahrheit musste mühsam zusammengesucht, die Broschüren aus der DDR mit spitzen Fingern durchgesehen werden. Nach dem Auschwitz-Prozess galt das Thema als abgehakt, kalter Kaffee, fast wieder tabu, nur selten wagten sich Journalisten an spektakuläre Fälle. Da und dort gab es Einzelkämpfer, zum Beispiel Eggstein, ein älterer Student, den ich flüchtig kannte.

Nachdem ich mich telefonisch angemeldet hatte, besuchte ich ihn in seiner Hinterhauswohnung. Gleich beim Ablegen des Mantels fragte er, weshalb ich käme – am Telefon, erklärte er, stelle er solche Fragen nicht mehr, er sei sicher, abgehört zu werden.

– Was weißt du, was hast du über R.?, fragte ich schüchtern.

– Sehr originell, sagte er, das wollen jetzt alle wissen.

Das gefiel mir nicht, ich hatte mir eingebildet, der Einzige zu sein, der sich mit dem freigesprochenen Justizmörder beschäftigte. Fast eine Kränkung. Ich hatte R. zu meinem Opfer erwählt. R. gehörte mir, keinem andern.

– Wie viele Leute sind es denn, die sich für R. interessieren?, fragte ich, als wir uns den Regalen seines Arbeitszimmers näherten.

– Angerufen haben drei oder vier, nur einer ist gekommen, ein Historiker, der will ein Buch über den VGH schreiben.

– Und, hast du ihm dein Material gegeben?

– Nein, ich geb kein Material aus dem Haus. Die Leute müssen schon zu mir kommen und sich da drüben an den Katzentisch setzen.

Wir standen vor einer breiten, bis an die Decke reichenden Regalwand mit Ordnern, beschriftet mit Namen oder Stichworten. Fränkel, Geiger, Globke, Kiesinger, Oberländer, Speidel, hier waren sie einträchtig alphabetisch versammelt, die Stars der Täter zwischen weit mehr als hundert weniger bekannten Namen. Sprachlos vor der finsteren Poesie des Alphabets der Verbrecher, bewunderte ich Eggstein, der den Stolz des Sammlers nicht verbarg.

– Warum fragst du nicht nach Rathmeyer zum Beispiel, Ankläger beim Volksgerichtshof, bei 52 Todesurteilen dabei, heute Landgerichtsrat in Bayern, von seinem Justizminister geschützt? Oder nach Hoogen, dem Wehrbeauftragten? Oder Ernst Kanter, über 100 Todesurteile und dann Präsident des Senats für politische Strafsachen beim BGH? Hier, die große freie Auswahl, hinter jedem Buchstaben die schönsten Überraschungen. Warum ausgerechnet R., über den jetzt wenigstens ein paar Journalisten schreiben?

Leichte Erregung in der Stimme, resignierter Unterton, ich konnte nicht heraushören, wie ernst er das meinte. Die Hinterhauswohnung war nicht hell, Lampen leuchteten nur schwach, Eggstein kam mir grauhaarig vor, obwohl ich wusste, dass er keine grauen Haare hatte. Ich erklärte mein Interesse an R. wegen Groscurth und den Geschichten, die mich seit der Kindheit begleiteten.

– Ist schon gut, Lyriker! Schnapp dir den R.!

Er bückte sich, reichte mir den Ordner und bot Tee an.

– Alles da, alles im Griff.

An dem Tisch, den Eggstein Katzentisch nannte, sah ich Zeitungsausschnitte durch, Abschriften von R.s Urteilen, Kopien der Ablehnung der Münchner Staatsanwaltschaft, ein Verfahren gegen R. einzuleiten. Meine Frage, welche Beihilfe zu welchen Morden, ging in der Fülle des Materials unter. Merkwürdig die Leidenschaft des Richters, Priester zum Tod zu verurteilen, war er nicht Pfarrerssohn? Ich machte Notizen, schrieb Sätze und Begründungen ab und wurde schon nach einer Viertelstunde von einer lähmenden Müdigkeit erfasst.

Im Ordner Volksgerichtshof Zitate von Freisler: *Der Volksgerichtshof wird sich stets bemühen, so zu urteilen, wie er glaubt, daß Sie, mein Führer, den Fall selbst beurteilen würden – Der Richter kann heute zu einer den Aufgaben des nationalsozialistischen Staates gerecht werdenden Beantwortung der Frage nach seinem Verhältnis zu Recht und Gesetz nur kommen, wenn er die Neutralität aufgibt.* Die beiden Berufsrichter des VGH wurden von Hitler bestellt, dazu drei bewährte Nazis. Argumente genug, um zu belegen, dass der VGH niemals ein ordentliches Gericht gewesen ist, sondern ein politisches Werkzeug zur Vernichtung der Opposition. Alle Richter waren auf den Führer, nicht auf das Gesetz vereidigt. Warum wollten die Richter am Berliner Schwurgericht, die R. freigesprochen hatten, das nicht wahrhaben?

Mir reichte das, ich wusste genug. Schräg gegenüber saß Eggstein an seinem riesigen Schreibtisch, ich sah ihn mit Schere, Klebstoff, verschiedenen Farbstiften vor einem Packen

Zeitungen, sah seine faltige Stirn, seine Blässe, sein graues Haar, das nicht grau war. So hatte er die erste Ausstellung «Ungesühnte Nazi-Justiz» zustande gebracht, 1959 in Karlsruhe, wo es ein größeres Nest von Nazirichtern beim Bundesgerichtshof gegeben hatte. So war er berühmt geworden, weil diese Ausstellung in Berlin verhindert werden sollte und der Rektor der FU den Studenten verboten hatte, Unterschriften zu sammeln für eine brave Bitte an den Bundestag, Richter und Staatsanwälte aus dem Dienst entfernen zu lassen, die Todes- und Terrorurteile gefällt hatten.

Ich hörte, wie hastig er telefonierte, beobachtete, wie hektisch er sammelte, schnitt, klebte, ordnete, ich spürte, wie mit seinem Wissen die Verbitterung wuchs über einen Staat, der diese Mörder in Dienst nahm und mit besten Gehältern und Pensionen fütterte, sah Eggsteins Lust und Verzweiflung, seine Kompetenz und seine endlose Wut und dachte, mitten in diesem Archiv der Sünden, mit verblüffender Klarheit: Nein!

Fast hätte ich dies Nein laut herausgeschrien, so entschieden war ich, nicht zum Erforscher der gesammelten Verbrechen des R. zu werden. Wenn du zu genau arbeitest, fürchtete ich, sitzt du noch zehn Jahre hier, du darfst nicht so werden wie Eggstein. Den alle für leicht verrückt halten, nur weil er konsequent ist, weil er nicht nachlässt. Beschränke dich auf das eine Urteil, auf die Sache gegen Groscurth und seine Freunde, schreib das Buch, tu deine Tat, aber werd nicht zum Kämpfer gegen die Windmühlen, zum verlachten Störenfried der Justizmühlen, zu einem kraftlosen, viel zu kleinen Herakles vor den viel zu großen, ewig stinkenden Ställen des Augias.

Das war ein Nein gegen Eggstein, der freundlich zu mir war, Tee servierte, mich beriet und arbeiten ließ. Ich konnte nicht einfach nach einer halben Stunde gehen, damit hätte ich ihn beleidigt. Ich ließ mir nichts anmerken und studierte weiter, schrieb Sätze ab und wurde immer heiterer und gelöster dabei, weil eine Kette von Assoziationen mich beglückte: Sünden – Inferno – Göttliche Komödie – die Kreise der Hölle in Eggsteins Archiv und im *Braunbuch* – die Hölle neu definieren – die ganze versammelte Bande in einer neuen *Göttlichen Komödie* schildern und wie Dante an ihren eigenen Sünden aufspießen und mit den bösesten Einfällen schmähen – eine *Teuflische Komödie* schreiben – oder die bittere Groteske: keine Bestrafung der Verbrecher wie bei Dante, sondern die Nazis im Paradies, ihre Gegner im Inferno ...

Ich hätte nun aufstehen und mich verabschieden können. Aber ich fürchtete, bei Eggstein als oberflächlich und unsolide zu gelten, blieb noch eine Stunde und machte Notizen für die unendliche *Commedia*.

Endlich wagte ich zu gehen, obwohl Eggstein mir noch einen Tee einschenkte. Ich fragte ihn, ob im Osten vielleicht noch mehr Material über R. zu finden sei.

– Bestimmt, meinte er, aber glaub bloß nicht, dass sie dir was zeigen. Die benutzen das, wenn sie das politisch brauchen und instrumentalisieren können, aber nicht, wenn unsereiner ein bisschen Wahrheit erforschen will.

– Und du kriegst da auch nichts?

– Ich halt mich lieber zurück. Wenn die DDR-Leute sagen: Alte Nazis in Amt und Würden, also ist die Bundesrepublik ein faschistischer Staat, da mach ich nicht mit. In einem faschistischen Staat hätten wir die Ausstellungen nicht machen dürfen, da hätten sie mich allein für dies Archiv hier an die Wand gestellt. Der Einzige, dem ich traue, und das sag ich in diesen Vietnamzeiten besonders gern, ist ein Amerikaner, Robert Kempner, du weißt, der Ankläger in Nürnberg.

Mein Respekt vor Eggstein wuchs, ich hatte das Gefühl, diesem Einzelkämpfer beistehen zu müssen, obwohl ich das auf keinen Fall wollte. Ich hätte ihm gern gut zugeredet, durfte aber nicht zu freundlich sein, dann hätte er gefragt: Willst du mir nicht helfen?

– Und womit befasst du dich gerade?

– Warum Adenauer im Frühjahr 1951 die ehemaligen Nazi-Beamten alle, fast alle wieder einstellen ließ, mit Rechtsanspruch auf eine Stelle sogar, sodass du mit einem NSDAP-Parteibuch vorgezogen wurdest vor allen andern, Christdemokraten, Sozialdemokraten sowieso und den nicht parteigebundenen Leuten. Und für die sechs verlorenen Jahre durften sie, wer durfte das sonst, ihre Bezüge nachfordern.

Es war zu viel, ich musste Eggsteins Gewölbe der Finsternis so schnell wie möglich verlassen. Ich hätte ihn lang genug von der Arbeit abgehalten, behauptete ich, dankte und versprach, bald wiederzukommen.

Erst draußen auf der Straße, als die Panik nachließ, begriff ich, was Eggstein gesagt hatte. Im Frühjahr 1951 wurden die Nazis pauschal rehabilitiert – gleichzeitig begann man Leute aus dem Widerstand wie Anneliese Groscurth zu verfolgen, wenn sie linker Neigungen verdächtig waren oder sich der Staatsideologie des Antikommunismus widersetzten. Wie hing das zusammen? War A der Vorwand für B oder umgekehrt? Soll ich an Zufälle glauben?

Die Gestapo in der Bauernküche

In Wehrda sollen sie verhaftet werden, Georg und Anneliese. Am 3. September verrät Paul Hatschek die Namen, am 4. September weiß die Geheime Staatspolizei schon, dass die Groscurths nicht in Berlin zu finden sein werden, sondern auf dem Land, seit etwa zehn Tagen in Urlaub bei seiner Schwester Luise Döring, wo auch die Kinder evakuiert sind. Drei Beamte aus Kassel werden in einem DKW über die Autobahn nach Süden geschickt, das Fernschreiben mit der Beschreibung des Hochverräters und seiner Frau gefaltet in der Tasche. Sie jagen in höchstem Tempo über die hessischen Berge, prüfen, weil die Gesuchten auf der Flucht sein könnten, beim Überholen die Nummernschilder der wenigen anderen Autos, es gibt kaum noch Leute wie diesen Oberarzt, die einen Privatwagen haben dürfen. Sie biegen in Kirchheim von der Autobahn ab, rasen durch Niederaula, an der Fulda entlang, die Kurven nach Wetzlos hinauf, folgen auf der Höhe mit dem Blick auf den Stoppelsberg der Straße nach Schletzenrod und sehen das Zieldorf, von Wäldern fast eingekesselt, in der Senke liegen, ein schiefergrauer Zwiebelturm in der Mitte.

Ich gebe zu, es stört mich jedes Mal wieder die Vorstellung, in dieser freundlich gehügelten Landschaft zwischen Kuhweiden, Stoppelfeldern und Fachwerkhäusern Gestapolümmel und andere Hakenkreuzknechte herumkutschieren zu sehen. Als passten hier keine Stiefelmenschen hin und nicht die üblichen Schandtaten. Als wäre die Illusion einer heilen hessischen Welt zu verteidigen. Oder als wüsste ich nicht, dass gerade die Leute in dieser Gegend bei der Verhöhnung und Vertreibung ihrer jüdischen Nachbarn besonders eifrig gewesen sind.

Es hilft nicht, die Gestapoleute sind nicht aufzuhalten,

sie fragen hinter dem Ortsschild eine Alte nach dem Hof der Dörings, fahren um den Kirchplatz und halten hinter dem Pfarrhaus vor dem ersten Bauernhaus zwischen Vorgarten und Misthaufen. Der Fahrer bleibt draußen mit dem Auftrag, Haus und Scheune und den Gartenweg zum benachbarten Pfarrhaus zu beobachten, wo Groscurths Schwiegermutter wohnt. Die beiden andern Polizisten sichern die Pistolen, betreten ohne zu klopfen das Haus und landen in der Bauernküche.

Sie tragen lange schwarze Ledermäntel und breitkrempige Hüte, die sie nicht abnehmen, sie lassen die Pistolen sehen, einer bellt:

– Wer ist hier der Groscurth?

Die ganze Familie beim Abendessen, auf den Tellern Kartoffelsalat, alle erstarren, auch die Fremdarbeiter. In der Küche ist es dunkel und warm, um den Herd Fliegenfänger und Schwärme von Fliegen. Das Bild, sagte später eine Zeugin, wirst du das Leben lang nicht los: Die Männer mit den langen schwarzen Ledermänteln in der Tür, der Kartoffelsalat, der leckere Kartoffelsalat mit Speck und Gurken auf dem Teller, er duftet dir in der Nase, du hast die Gabel in der Hand und traust dich nicht zu essen, keiner traut sich zu essen.

– Na, wird's bald, Herr Doktor? Und wer ist hier Frau Doktor?

Vater Döring fasst sich zuerst:

– Sie sind nicht hier.

– Na, wo habt ihr sie denn versteckt?

– Meine Herren, sagt Döring, gehen wir ins Wohnzimmer.

Jakob Döring, fast jede Nacht von Albträumen in die Stellungskämpfe und Schützengräben des Ersten Weltkriegs geschickt, ist stellvertretender Bürgermeister, der sich, wie es heißt, nach langem Sträuben als Ortsbauernführer, einer muss es ja machen, und Propagandaleiter, steht nur auf dem Papier, hat einsetzen lassen. Ein Nazi, der seinen Kindern antisemitische Sprüche verbietet. Ein Nazi, der seinem Schwager Georg mehr traut als der Partei. Der nichts dagegen hat, dass seine Frau Lebensmittel nach Berlin schickt, ohne zu wissen, für wen. Auf dem Sofa des Wohnzimmers hat Georg ihm und dem Baron Campenhausen von der Vernichtung der Juden und der hoffnungslosen Kriegslage berichtet, die Tür geschlossen, kein Kind durfte im Flur sein. Noch vorgestern hat Jakob zu Georg und Anneliese gesagt: Ihr habt doch Pässe, flieht, noch ist Zeit, geht in die Schweiz, wir sorgen für die Kinder. Nein, hat Georg geantwortet, ich hab doch nichts Böses getan. Und ist mit Anneliese am Morgen zu seinem Vetter nach Weißenhasel bei Bebra gefahren.

— Na, wird's bald, Ortsbauernführer?

Die Herren wollen sich nicht setzen.

— Er ist mein Schwager, da kann ich nichts zu sagen.

Die Herren wollen nichts trinken.

— Dann sind Sie selber dran, noch nie was von Sippenhaft gehört?

— Sie sind gestern los, keine Ahnung wohin, ja, sie sind plötzlich abgereist.

— Das Dorf ist umstellt, Ortsbauernführer, wir werden Ihr Haus durchsuchen.

— Bitte, suchen Sie, meine Herren, sie sind nicht hier.

— Und in der Scheune?

— Da sind sie nicht.

— Na, dann werden wir das mal prüfen und stecken mal Ihre schöne Scheune an, wie war die Ernte dies Jahr?

Einer geht ans Fenster, öffnet es und ruft dem Fahrer zu:

— Böhme, fangen Sie mit der Scheune an!

– Sie sind heut Morgen nach Weißenhasel zu seinem Vetter Heinrich Groscurth, der hat die Mühle.

– Warum nicht gleich so! Und wenn Sie die Geheime Staatspolizei belogen haben, kommen wir heut Nacht noch zurück, dann packen Sie schon mal die Zahnbürste ein, Ortsbauernführer. Und denken Sie bloß nicht, Sie könnten jetzt nach Weißenhasel telefonieren, Ihr Telefon wird überwacht. Das Dorf ist umstellt, und wenn Sie zu irgendwelchen Nachbarn schleichen, um dort zu telefonieren, sparen Sie sich die Mühe, das wird uns nicht entgehen, das wäre Beihilfe zum Hochverrat!

Die Männer springen ins Auto und rasen los, Jakob Döring tappt schneeweiß in die Küche zurück. Er spricht kein Wort.

Nach einer andern Version sei Georg wenige Tage zuvor gewarnt worden oder habe sich beobachtet gefühlt und die Dörings gebeten, ihn zu verstecken oder ein Versteck zu suchen. Diese seien jedoch selbst seit längerem von der Gestapo bedroht worden: Wenn Sie dem helfen, dann gibt es Sippenhaft. Und hätten, trotz Luises Bedenken, die Bitte abgelehnt. Aber es ist ziemlich unwahrscheinlich, dass Georg Groscurth so töricht gewesen wäre, in der Nähe seiner Schwester, Schwiegermutter und Kinder in einem Nazidorf Unterschlupf zu suchen. Eher schon bei der Mühle von Weißenhasel.

Nach einer dritten Version sei das Haus Döring wirklich von Polizei umstellt gewesen und die Ortsausgänge bewacht, Jakob Döring habe versucht, über den Acker zu gehen und vom Telefon eines Nachbarn aus den Schwager zu warnen. Er habe die Uniformen im Dunkeln gesehen und zurückkehren müssen. Aber es ist ziemlich unwahrscheinlich, dass die Gestapo so viel Personal für diesen Einsatz mobilisiert hat.

Sicher ist, an diesem Samstagabend wird der Keim für ein Familientrauma gelegt: Hilfe? Verrat? Was konnte man tun? Es beginnt mit dem zweijährigen Rolf, der in der Nacht, während seine Eltern etwa vierzig Kilometer entfernt in Weißenhasel bei Bebra verhaftet, durchsucht und nach Kassel transportiert werden, fürchterlich losschreit und lange Zeit von niemandem zu beruhigen ist, bis ihn Tante Luise und Onkel Jakob in ihr Bett nehmen. Während der Onkel in seinen Träumen das Gemetzel des Ersten Weltkriegs fortsetzt, wird die Tante die Schuld an der Ermordung ihres Bruders Robert Havemann geben und ihn in ihren Träumen und noch im Tod verdammen.

Sicher scheint auch, dass Luise Döring, seit Jahren in Sorge um Georg, sich von einer Schneiderin in Hünfeld die Karten legen ließ und stets mit besten Zeichen getröstet wurde – bis eine Woche vor der Verhaftung die Karten so liegen, dass die Schneiderin sich weigert, der Bäuerin eine Deutung zu geben. Erst nach der Hinrichtung gesteht sie: Ich habe Ihren Bruder tot gesehen.

Der Grundsatz der Treue

Anneliese Groscurth will mit Politik nichts zu tun haben. Nicht schon wieder in einem Krieg leben, den man zur Abwechslung den Kalten nennt. Seit dem Ende der Blockade aber rächen sich die westlichen Behörden für die von den Sowjets verschärfte Not und Spaltung und schlagen auf alles ein, was nicht antikommunistisch ist. Frau Groscurth will sich zurückhalten. Sie schweigt, als am Gedenktag für die Opfer des Faschismus im September 1950 Juden und Kommunisten, die gegen Hitler gekämpft haben, von der Westberliner Polizei, überwiegend ehemalige Nazis, blutig geschlagen werden. Sie hört, dass im Westen Jugendbanden finanziert werden, um Sabotageakte bei der S-Bahn auszuführen oder Brände im Ostsektor an Zeitungskiosken und HO-Baracken zu legen, das mag Propaganda sein. Tatsache ist, in einem Aufruf des Senats wird die Volksbefragung als *Manöver nach dem Vorbild der NSDAP* bezeichnet, Anneliese versteht die verdrehte Welt nicht mehr, sie schweigt. Der Dramaturg Schmitt, der Vorsitzende des Ausschusses, wird vor dem Schöneberger Rathaus verhaftet, weil er mit der Berliner Verfassung demonstriert, die als Beweismittel beschlagnahmt wird. Sie hört von Ärzten und Journalisten, die für den Frieden kämpfen, wie sie von Jugendbanden auf der Straße überfallen und verprügelt wurden. Überlebenden der KZs streicht man, weil sie Kommunisten sind oder waren oder sein sollen, die Entschädigungen als Nazi-Opfer – alles regt sie auf, aber sie hält sich zurück.

Sie will diese Ost-West-Feindschaftsspiele nicht mitmachen. Wer im Osten nicht auf Linie ist, dem geht's schlecht, wer im Westen nicht auf Linie ist, hat auch nichts zu lachen. Im Osten regieren Hartköpfe, dort schickt man Leute nach Sibirien oder ins Gefängnis, aber auch im Westen ist man nicht zimperlich mit Zensur, Gewalt, Verboten. Die Polizeischlacht vom 15. August zeigt ihr: Sie ist nicht das einzige Opfer. Sie wird nur mit Rechtsbrüchen der Behörden verfolgt, mit einem Paragraphen aus der Nazizeit. Das Arbeitsgericht, da ist sie sicher, wird sich an Gesetze und nicht an Verleumdungen halten.

Wer die Ost-West-Feindschaft nicht will, steht ziemlich allein. Sie hat keine Partei, die ihr den Rücken stärkt, sie will keine Partei, sie will sich nicht unterordnen. Sie hat nur ein paar Freunde, die ähnlich verdächtig sind wie sie.

Zum Glück gibt es Robert, aus dem ein bedeutender Mann

geworden ist. Einer, der sich mit einem Artikel über die Gefahren der Wasserstoffbombe als Leiter des Kaiser-Wilhelm-Instituts aus dem Westen verabschiedet und seine Zweitwohnung in Zehlendorf behalten hat. Professor an der Humboldt-Universität, Atomwissenschaftler, internationaler Friedenskämpfer, Sachwalter des Widerstands, immer in der ersten Reihe, berühmt, agil, tüchtig.

Ein paar Tage nach den Ereignissen vom 15. August steht er vor der Tür, der blasse, schlaksige Mann, charmant und herzlich, aufmunternd wie immer. Er taucht öfter mal in der Lindenallee auf, mal als Patient, mal um zu plaudern. Diesmal hat er, das merkt sie schnell, einen Auftrag. Sie sprechen über den Überfall, sie sind sich einig im Entsetzen, in der Angst vor dem Faschismus der Polizei und der Ämter, in der Sorge um einen neuen Krieg. Es dauert nicht lange, und dann, stelle ich mir vor, könnte Robert sie mit dem Satz verwirren:

– Ali, wir müssen ein Zeichen setzen.

– Was für ein Zeichen denn?

– Wir müssen uns wehren gegen all das, was da passiert. Wie sie mit dir und den aufrechten Antifaschisten umspringen, da können wir nicht länger stumm bleiben und tatenlos.

– Ich wehre mich doch, der Prozess geht voran!, wird Anneliese geantwortet haben.

– Wir müssen mehr tun. Zum Beispiel genau untersuchen, wie es zu dem Polizeiüberfall am 15. August gekommen ist, in allen Details, die Schuldigen ermitteln, die Verantwortlichen, und die Namen der Täter in die Öffentlichkeit bringen.

– Und wie?

Wahrscheinlich hätte Robert ungefähr so geantwortet:

– Wir gründen einen Untersuchungsausschuss zur Aufklärung des Unrechts und der faschistischen Umtriebe in Westberlin. Ich dachte, wir brauchen dafür ein Symbol, eine Leitfigur, eine Tradition, den Namen eines vorbildlichen Antifaschisten, deshalb bitte ich dich, uns die Zustimmung zu geben, den Ausschuss nach Georg zu benennen. Die E. U., unser Widerstand, entschuldige, ist ja völlig vergessen, und wir könnten mit Georgs Namen auch seinen Kampf gegen Faschismus und Krieg wieder aufleben lassen und das Gedenken an ihn wachhalten. Ich bin sicher, das wäre auch in seinem Sinn.

Wenn es um Georg geht, wird sie schwach, das weiß Robert.

– Ja, sagt sie fast tonlos, das wäre in seinem Sinn.

– Und du, das bekannteste Opfer des neuen Faschismus in Westberlin, sollst in diesem Ausschuss natürlich nicht abseits stehen. Wir bitten dich, da mitzumachen und dich als Georgs Witwe mit einem Aufruf an die Öffentlichkeit zu wenden.

Robert schmeichelt, er verehrt sie, das spürt sie. Er hat schon viele Frauen rumgekriegt, das weiß sie, jetzt ist er wieder in festen Händen, aber so fest auch wieder nicht, sie muss aufpassen.

– Du weißt, das ist nicht meine Art, Robert. Und übermorgen ist der Termin beim Gericht, da muss ich erst mal durch.

– Sicher. Aber mit deiner Entlassung, deinem Prozess bist du nicht mehr neutral, du bist längst eine öffentliche Figur.

– Ich will nicht in eure Partei, ich bin und bleibe bürgerlich.

– Gerade weil du nicht in der Partei bist, schätzen wir dich.

– Mach keine Scherze mit mir, Robert!

Am 21. August vor dem Arbeitsgericht in der Babelsberger Straße geht alles sehr schnell. Frau Groscurth erläutert, ohne Anwalt, die acht eindeutigen Rechts- und Verfassungsbrüche.

Sie betont, dass jener § 1 Absatz 2 der Disziplinarordnung bislang nur für Trinker, Dirnen und Kriminelle angewandt worden sei, nie aus politischen Gründen.

Der Vertreter des Bezirksamts bestätigt, nur der *Tagesspiegel* vom 1. Mai über die *Kommunistenfiliale in West-Berlin* sei Anlass für das Einschreiten gewesen. Mit der Pressekonferenz habe die Ärztin eine Keimzelle zur Beseitigung ihres eigenen Arbeitgebers gebildet. Es sei unerhört, dass sie die Existenz ihres eigenen Arbeitgebers gefährdet habe. In diesem Sinn sei sie unwürdig, habe den Grundsatz der Treue verletzt und fristlos entlassen werden müssen.

Nach der Erfahrung mit Freisler hat sie auf einen guten, väterlichen Richter gehofft. Dieser blasse, magenkranke Vorsitzende sieht nicht aus wie einer, der auf Argumente hört, den Rechtsbrüche und Telefonterror empören, der ihre Armut oder gar ihr Schicksal begreift.

Das Gericht hat weiteren Beratungsbedarf, will neue Zeugen vernehmen und setzt einen Termin für den 9. Oktober an.

Noch sieben Wochen! Was denn für Zeugen? Sie fasst es nicht, fühlt sich wie weggespuckt von der Demokratie, verhöhnt von der Freiheit, verlacht vom Recht. Aber eine wie du, sagt sie sich, gibt nicht auf.

Drei Tage später ist Robert wieder da. Sie hört ihn reden, kennt seine Sätze, kann nur noch ihr Ja nicken.

– Bin empört, so dürfen sie mit dir nicht umspringen, das ist ein Skandal, typisch! Sie wollen an dir ein Exempel statuieren. So wie sie am 15. August ein Exempel statuiert haben. Faschistische Methoden. Sie werfen nicht den Dramaturgen Schmitt aus dem Schillertheater, einen Mann, der im Krieg Panzerjäger war, sie entlassen dich, eine Frau, die Witwe eines

Mannes aus dem Widerstand. Und warum? Weil du sie daran erinnerst, Anneliese, dass nicht alle ja gebrüllt haben, nicht alle geschwiegen haben, deshalb machen sie dich fertig.

– Ach, Robert, hör auf.

Er malt ihr das bessere Leben in einem Staat ohne Nazis aus. Ihre Entscheidung, im Westen zu bleiben, respektiert er. Trotzdem, auch ohne Umzug müsse sie sich entscheiden. Er zieht, was sie nicht überrascht, einen Aufruf aus der Tasche zur Gründung des Groscurth-Ausschusses. Die Argumente findet sie überzeugend, den Text in Ordnung. Sie kann nicht abseits stehen, das sieht sie ein. Sie tut etwas für Georg, sein Tod soll nicht umsonst gewesen sein. Sie darf nicht nur an sich denken. Robert hat recht, so wie Robert immer recht hatte, außer mit den Flugblättern, aber das ist verziehen, und deutlich hört sie Georgs Stimme: *Du wirst es richtig tragen, verzage nie. Denke, wie ich immer alles gemacht hätte.*

Sie unterschreibt, und ein paar Tage später kann man in der *Berliner Zeitung* lesen:

Berlinerinnen und Berliner! Am 15. August 1951 wurden zahlreiche junge Teilnehmer an den Weltfestspielen, als sie sich in Westberlin für Frieden und Freundschaft aussprachen und ihre Friedenslieder sangen, mißhandelt. Dies geschah vor den Augen der Jugendlichen der ganzen Welt, was eine besondere Schande für unsere Stadt ist.

Ich bin daher der Ansicht, daß man diese Vorgänge untersuchen und sich für die Verletzten und Inhaftierten einsetzen muß. Deshalb trete ich an alle Berliner in Ost und West heran, besonders aber an Persönlichkeiten des öffentlichen Lebens, und bitte um Stellungnahme und Berichte von Augenzeugen und Opfern.

Ich habe meinen Mann, der im Jahre 1944 hingerichtet wurde, durch faschistischen Terror verloren und bin der Meinung, daß

sich eine solche Entwicklung nicht wiederholen darf, man also
bereits ihren Anfängen entschieden begegnen muß.

Ist Anneliese Groscurth damit zu weit gegangen? Hat sie
sich benutzen lassen? Ist sie naiv gewesen? Oder von ihrem
Leitsatz verleitet: Mehr an die andern als an sich denken?

Kaffee, Kuchen und die Väter

Sie gingen nicht mehr zusammen spazieren, die Freunde. Beide
Stadtkinder studierten, sahen sich selten, in der Mensa, in
Kneipen oder Souterrainwohnungen. Wenn sie aber redeten,
setzten sie, als wären sie immer noch auf den Wehrdaer Feldwegen, das Gespräch über den abgehackten Kopf fort, ohne
die Worte Kopf und abgehackt zu verwenden. Sogar bei Kaffee und Apfelkuchen in der Konditorei Kammann am Kaiserdamm, neben Messingkleiderständern, Tütenlampen, groß-
blumigen Tapeten, Zimmerpalmen und gerüschten Stores vor
breiten Fenstern.

– Siehst du, acht Wochen, schon ist der Nazirichter wieder
vergessen.

– Silvester stand ein langer Artikel im *Spiegel*, über Herrn R.
und seine Richter, und neulich …

– Trotzdem, es versickert, das Thema, wie jeder Skandal versickert.

– Im März kommt das Urteil, und dann …

– Ach was! Nur wenn wir, ich meine alle Studenten, uns
auf den Fall wirklich einlassen, als Paradefall, ist vielleicht was
zu gewinnen. Eine Pflichtdemonstration reicht nicht. R. muss

ein Dauerthema bleiben. Aber seit sich unsere lieben Kommilitonen überpolitisiert und in Genossen verwandelt haben, ist nichts mehr mit ihnen anzufangen.

Das Stadtkind blieb Stadtkind, deutlich, illusionslos, die Geheimnisse der Psyche studierend. Das Dorfkind war immer noch kein richtiges Stadtkind, idealistisch, defensiv, träumend. Im Café mit hellbrauner Holztäfelung in Meterhöhe an der Wand und rostrot gepolsterten Sesseln und Stühlen überlegte es, ob aus ihm ein richtiges Stadtkind geworden wäre, wenn es hier aufgewachsen wäre wie der Freund, schräg gegenüber im Eckhaus Kaiserdamm / Witzlebenplatz. Unten ein Altberliner Eisbein-Restaurant *Westfalenklause*, im zweiten Stock die kleine Wohnung der Groscurths mit Praxis, Lietzenseeblick.

– Proteste, Demonstrationen sind keine Pflicht, sie sind produktiv für die Gesellschaft, behauptete das Dorfkind.

– Ach was, jetzt wird alles von der Frage um die Gewalt beherrscht, damit geht sowieso alles kaputt.

– Aber das ist doch eine Minderheit!

Im Café mit dem stabilen Charme der fünfziger Jahre war es angenehm still, hier regierte eine witzige Kellnerin über Kuchen, Kaffeekännchen und Langeweile. Kein Ort für die Aufgeregten, abseits der Gefechte und Scharmützel, eine Oase des Friedens in der von Feindeslust aufgewühlten Stadt. Politik, Polizei und Presse gegen Studenten, die meisten Studenten gegen Professoren, Politik, Polizei, Presse. Die Minderheit der gewaltsamen Studenten gegen die Mehrheit der gewaltlosen Studenten, beide Strömungen einig gegen die Minderheit der unpolitischen Studenten. Professoren gegen Polizisten, Journalisten gegen Politiker und umgekehrt, Professoren gegen Professoren, Politiker gegen Politiker und so weiter, Fronten überall.

Die Freunde trugen keine langen Haare, sahen weder dem

in den Kopf geschossenen Dutschke noch andern Teufeln ähnlich, sie mussten nicht fürchten, von den Alten, die in Kuchenhimmeln schwebten, den Vertretern, die mit Bleistiften über Zahlenkolonnen fuhren, oder zischelnd streitenden Paaren attackiert zu werden. Trotzdem war Vorsicht angebracht. Sie saßen an einem Ecktisch und sprachen leise. So hysterisch war das Klima in der Stadt, die Suche nach Feindschaft, so giftig waren die Frontberichte der Zeitungen, dass die beiden nicht mit politischen Reizvokabeln auffallen wollten.

Gerade die Minderheit, meinte das Stadtkind, mache die Mehrheit kaputt. Ein gutes Dutzend Leute, die Steine schmeißen, reichten völlig, um bei zehntausend andern die Hoffnungen auf Veränderung zu begraben. Das Gefasel von der Revolution sei nur lächerlich. Seit Dutschke weg sei, herrsche Chaos, und Dutschke sei schon chaotisch genug gewesen. Jetzt sei die Gewalt in Mode, jeder Piefke aus dem dritten Semester wolle gegen die Bullen kämpfen, Barrikaden besteigen, den Staat besiegen. Die APO sei gespalten, eigentlich schon tot. In ein, zwei Jahren der ganze Zauber vorbei.

Trotz der gefährlichen Reizwörter blieb es an den anderen Tischen ruhig. Dort schienen alle Sinne auf Kuchen und Wetter, alle Klagen auf Arztbesuche und Warteschlangen am Postschalter gerichtet. In einer stillen Sekunde hallte ein Satz durch den Raum, den eine Greisin zu ihrem grauhaarigen Sohn sagte, laut und vorwurfsvoll:

– Wenn ich tot bin, willste doch nicht allein an meinem Grab stehen!

Nicht auf uns, auf die alte Frau zielten die bösen Blicke.

– Du hast ja recht, leider. Aber was können wir tun, um R. zum Dauerthema zu machen?, fragte leise das Dorfkind.

– Wir zwei gar nichts.

– Wenn das Urteil kommt, gibt es neue Proteste, Debatten …

– Das bewirkt nichts.

– Immerhin hat es bewirkt, dass ich mit deiner Mutter über deinen Vater rede und eure Geschichte aufschreibe.

– In Ordnung. Wie viele Leser gibt es für Gedichte?

– Zweitausend, dreitausend.

– Siehst du, mehr wirst du von dem Buch über meinen Vater auch nicht loswerden. Aber wenn du über seinen berühmtesten Patienten schreiben würdest, den Heß, den verrückten alten Nazi in Spandau, den engsten Freund Hitlers, dann, ja dann kämst du spielend auf hunderttausend oder mehr.

– Verbrecher sind immer gefragt, und über das Böse zu schreiben ist die billigste Kunst. Ich weiß, die stillen Helden haben keine Konjunktur, aber das kann ja noch kommen.

– Optimist!

– Du alter Pessimist, Axel.

– Nein, Realist, mein Lieber.

Axel musste los, zum Augenarzt, und ich konnte mich nicht mehr wehren gegen die undeutliche Vermutung: Sein Vater hat die Politik durchschaut und gekämpft, es hat ihm nicht geholfen. Er war mutig und ist von Feiglingen bestraft worden. Hat Verfolgte vor dem Tod gerettet und mit dem Tod bezahlt. War anständig, das hat ihm den Henker beschert und die Hetze bis heute. Und Axels Mutter, für ein paar Sätze zum Frieden zwanzig Jahre lang als Hexe behandelt. Kein Wunder, dass Axel resigniert.

Diese Logik ahnten wir und waren unfähig, darüber zu sprechen. Stattdessen erregten wir uns beim Hinausgehen über die Kuchenesser und spekulierten, wie viel Prozent der Café-Rentner vor dreißig Jahren Hitler bejubelt haben mochten.

Wunschflug

Wir hatten uns verabschiedet, doch das abgebrochene Gespräch setzte sich fort, auf dem Mittelstreifen des Kaiserdamms zwischen der Konditorei und dem Lietzenseepark hielt ich inne, erschrocken von einer Erkenntnis, gegen die ich mich nach Kräften sträubte: Wir entkommen den Vätern nicht, selbst wenn sie lange tot sind. Sie regieren in unsere Empfindungen hinein, sogar in die politischen Überzeugungen und Ideale. Axels Vater ist aktiv gewesen, Axel will nicht aktiv werden. Mein Vater ist passiv gewesen, ich will nicht passiv sein.

Der Blick glitt hinunter über das breite, endlose Straßenband, vier Fahrspuren rechts und links und großzügige Bürgersteige, von Bäumen und den wuchtigen Speer'schen Laternen markiert, geradeaus Richtung Osten, kilometerweit die Passanten und die Autos in immer fernerer Ferne zu Punkten schrumpfend. Das Wetter war winterklar, kein Luftdreck behinderte die weite Sicht, und ich versuchte hinter der Siegessäule im hellen Dunst das Brandenburger Tor zu erspähen und dahinter den eckigen Turm des Roten Rathauses im Osten, in der alten Mitte der Stadt.

Als ich mich, zwischen den Autos auf dem Mittelstreifen stehend, für zwei, drei Minuten der Romantik dieses gradlinigen Blicks hingab, der alle Epochen berührte und auf verbotene Weise vereinte, West und Ost, Preußen- und Nazizeit und die verfluchte, unfassliche Gegenwart, da durchdrang mich, im Sog dieser Sichtachse gefangen, ein neues, noch ganz rohes Gefühl der Freiheit: Häng dich nicht an die Väter, du wirst sie nicht ändern, du wirst die wilde deutsche Geschichte nicht ändern, du wirst es nie schaffen, sie zu korrigieren mit einem kuriosen Mord. Axel hat recht, dachte ich, leider hat er meistens recht, auch mit der Gewalt hat er recht, das ist die neuste Mode und wird eine Weile Mode bleiben, da wird etwas kompensiert, da wird ein Kampf gegen die Väter geführt mit dem Kopf gegen die Wand. Vor einem Jahr wäre meine Tat vielleicht noch eine gute Tat gewesen, aber heute? Gerade weil jetzt so viele für Gewalt sind, wird man in meiner Gewaltaktion nur die Gewalt gegen R. sehen und nicht die Aktion gegen R., und alle, die sich darüber erregen werden, Journalisten, Politiker, Juristen, Studenten, würden meinen Mord nur als Fortsetzung der Kaufhausbrandstiftung und der Schlacht am Tegeler Weg begreifen, die Tat eines Trittbrettfahrers, oder als Rache für Dutschke, drei Schüsse im Fahrwasser des neusten Trends, zur Waffe zu greifen sogar gegen Kammergerichtsräte i. R. Und nicht als eine einfache menschliche Reaktion auf den Freispruch des Mitmörders des Vaters des Freundes.

Ich stand auf dem Kaiserdamm bei dem Haus mit der Groscurth'schen Wohnung, nicht weit hinter mir im Westend die Ahornallee und die Lindenallee, wo sie früher gelebt hatten, und die Masurenallee, wo Anneliese als Betriebsärztin im Sender gearbeitet hatte, ich stand zwischen den Schauplätzen des geplanten Buches und schämte mich plötzlich, schämte mich für meinen Mord, für den Egoismus meiner Pläne. Ich fürchtete, zum ersten Mal tauchte diese Furcht auf, vielleicht sogar die Freundschaft mit Axel zu gefährden und die Sympathie von Anneliese Groscurth zu verlieren. Was ist, wenn sie kommen und sagen: Das ist nicht in unserm Sinn, diesen feigen Wicht umzubringen, das hätte Georg nicht gewollt, der gestorben ist *für ein Leben ohne Menschenhass*. Wenn überhaupt, auch diese Überlegung streifte mich, dann hätten Axel und Rolf das Recht zu einer solchen Tat. Es ist nicht deine Sache, ihnen diese Last abzunehmen, dein Mordplan ist anmaßend und wird von allen falsch verstanden werden, und am Ende wirst du die Freundschaft für immer zerstören.

Laut jagten rechts und links die Autos vorbei, mir wurde leichter, ja, ein Mord wäre ein Nachahmungsmord, wäre reaktionär, wäre vielleicht ein Verrat am Freund. Lass das! Ich wurde autoritär zu mir selbst und fühlte mich nach dem strengen Befehl Lass das! befreit und erhoben. Ich stand auf der Höhe und schaute ins Tal hinunter: Sei so frei, kein Mörder zu sein! Frau Groscurth hat dir damals den *Nils Holgersson* geschenkt zum Trost, jetzt schenke ihr das Buch, überlegte ich, ihr Buch, und beschmutze es nicht mit einem Mord.

Da spannte die Phantasie ihre Flügel aus, ich sah mich wie Nils Holgersson fliegen, nicht auf einer Wildgans oder einem anderen Vogel, nur von einer unsichtbaren Kraft getragen im Wunschflug über alles Schwierige, Enge, Ernste hinweggleiten, den Kaiserdamm hinunter, die Bismarckstraße, die Straße des 17. Juni, über den Linden Unter den Linden, über alle Unterschiede, Mauern und Kriege hinweg und zurück zum Start- und Landeplatz Kaiserdamm, Mittelstreifen, bis der Entschluss feststand: den Mord zu vergessen und alle Energie auf das Buch zu werfen, nur auf das Buch.

Das Licht oder Göring als Weihnachtsmann

Der dritte Mann der E. U., Herbert Richter, Sohn eines erfolglosen Kunstmalers, leidet seit der Kindheit unter Asthma, lernt früh das Elend kennen, schult sich an Laotse: immer das Gute im Menschen suchen. Er studiert Architektur, wird mit Heinrich Vogeler bekannt, geht nach Berlin und dringt mit seiner Mappe bis ins Atelier von Hans Poelzig vor. «So jung und so kühne Pläne», sagt der, «Ihre sprudelnde Phantasie darf nicht brachliegen», und vermittelt ihn als Architekten und künstlerischen Beirat an die UFA. Der junge Mann baut die Kulissen für den 2. Teil von «Dr. Mabuse», für «Aschenbrödel«, für Filme mit Asta Nielsen, Werner Krauss und Paul Wegener. Während der Inflation scheitert er mit einer eigenen Filmfirma. Er wird beratender Architekt der Stadt Berlin für Ausstellungen, bei der Bewag für Lichttechnik und entwirft die neue Lichtanlage im Zoo. Die Ausstellung «Ernährung» bringt 1928 den Durchbruch, er beschäftigt mehrere Leute, darunter Heinrich Vogeler, konzipiert weitere Ausstellungen, entwickelt moderne Dioramen und mit den ersten Lichtplastiken neue Ideen von musikalischen Lichtopern: «Mein alter Traum ist Licht und nochmals Licht.» Und so einer wird ein sogenannter Hoch- und Landesverräter?

1933 findet die Polizei bei ihm marxistische Druckschriften, aber der Verdacht, mit Kommunisten in Verbindung zu stehen, bestätigt sich nicht. Richter wird noch im Jahr der Machtergreifung an der Ausstellung «Deutsches Volk, deutsche Arbeit» beteiligt, bleibt Gestalter für Industrie und Handwerk und hat im Olympiajahr mit der «Deutschland»-Schau und der «Jagdausstellung» zu tun. Ein Geschäftsfreund fragt ihn, ob er Hermann Görings Weihnachtsfeier mit Kinderbescherung arrangieren wolle. Also übernimmt Richter die architektonische Gestaltung, organisiert das Programm und beschafft die Geschenke, die er, dank guter Beziehungen zu Handwerk und Industrie, weitgehend umsonst erhält. Für den beliebten Ministerpräsidenten und Reichsmarschall spenden alle gern. Sieben Jahre lang, bis 1942, verhilft Herbert Richter Göring zum perfekten Auftritt als guter Weihnachtsmann. 1939 sorgt er für die architektonische und künstlerische Gestaltung des «Internationalen Jagdfestes» an Görings Hof in Karinhall. Und so einer wird angeklagt wegen Feindbegünstigung?

Wichtiger als die Einladungen zu Görings Geburtstagen, wichtiger als die folgenden Jagd- und Kunstausstellungen («Das Wild im Foto») ist die Freundschaft zu Görings persönlichem Adjutanten, SA-Oberführer Görnnert. Ein anderer Duzfreund ist der Reichsinnungsmeister des Bäckerhandwerks, Grüsser, und so steigt Herbert Richter zum Verbindungsmann zwischen dem deutschen Handwerk und dem Haus Göring auf. Ein erfolgreicher Lobbyist, der es binnen weniger Tage schafft, dass Göring zum Ehrenmeister des deutschen Handwerks ernannt wird, was dem Handwerk eine gewisse Selbständigkeit gegenüber der Deutschen Arbeitsfront sichert. Richter erhält dafür das Goldene Ehrenzeichen. Die Handwerksmeister schmieren Görings Adjutanten Görnnert, Richter organisiert das. Im eroberten Osten werden von Vertretern des Handwerks und des Stabsamts Göring-Holzfirmen gegründet, Richter vermittelt und erhält Spesen. Und so einer hilft, Juden zu verstecken und mit Lebensmitteln zu versorgen?

In der Kantine des Reichsstands des deutschen Handwerks werden unerreichbare Luxuswaren verkauft, offenbar aus Holland, Butter und Kakao für 116 RM das Kilo, Käse für 66 RM. Auch Richter kauft hier ein und gibt hin und wieder seinen Freunden etwas ab. Butter ist eine begehrte Währung auf dem Schwarzmarkt. Und so einer wird Mitbegründer der Europäischen Union mit dem Decknamen «Miller»?

Nach drei Jahren Krieg der letzte Aufbau für eine Ausstellung, «Sommerblumen am Funkturm», dann beginnt die Konjunktur des Abbaus, der Trümmer. Im Sommer 1942 wird

Herbert Richter vom Handwerk bevollmächtigt, Verhandlungen zur Beseitigung von Bombenschäden mit den Behörden zu führen, im Sommer 1943 erhält er einen festen Vertrag. Er reist durch das Reich, macht Vorschläge bei den Aufräumarbeiten und organisiert die Unterbringung und Verpflegung auswärtiger Handwerker. Der Mangel an Arbeitskräften, Kraftfahrzeugen und Kraftstoff lässt den Abtransport der Schuttmassen nicht mehr zu, Richter schlichtet die Egoismen der Innungen. Und so einer druckt in seiner Wohnung Flugblätter? Diskutiert mit seinen Freunden, sogar mit ausländischen Arbeitern, über den Sturz der Nazis?

In dem Abriss seines Lebens, den er in der Haft verfasst, spricht Richter von zwei großen unglücklichen Lieben, bevor er 1939 Maria Klotz heiratet. Er klagt über den «unglückseeligen Krieg», schon 1940 verwüstet eine Brandbombe seine Wohnung. Er wird Vater, seine Frau zieht mit dem Sohn, der Bomben wegen, in das Wochenendhaus am Scharmützelsee, während er durch das Reich fährt und Bombenschäden registriert.

Seit 1937 ist er mit Rentsch befreundet, seit 1940 mit Groscurth und Havemann. Über keinen der Freunde äußert er sich vor der Gestapo so liebevoll wie über Groscurth: *Dr. G. ist ein überaus geistig hochentwickelter Mann. Ich sehe in ihm einen der in der Zukunft bedeutendsten Mediziner. Daneben ist Dr. G. ein außerordentlich vielseitiger und unterhaltsamer Gesellschafter, der mit beiden Beinen im Leben steht und regen Anteil nimmt am Gesamtleben des Volkes. Er hat auf Grund seiner exponierten beruflichen Stellung Gelegenheit, mit allen Schichten der Bevölkerung zusammenzukommen, wodurch ihm die Möglichkeit gegeben ist, Einblick in das Leben höchster und niedrigster Kreise zu gewinnen. Dr. G. ist als Arzt und Mensch bemüht, zu helfen, wo*

geholfen werden muß und wo er zur Hilfeleistung in der Lage
ist. So betrachte ich auch sein Eintreten für die Juden v. Schewen
und Michaijlowitsch als einen Ausfluß seiner persönlichen Gut-
mütigkeit. Ich glaube nicht, daß er damit einen politischen Zweck
verfolgen wollte. Mir ist bekannt, daß Dr. G. mittellose Patienten
behandelt und von ihnen niemals Geld verlangt. Darüber hinaus
stellt er solchen Patienten sogar noch Medikamente kostenlos zur
Verfügung. Dr. G. ist ein wirklicher Idealist. Seine sozialen Eigen-
schaften sind wirklich vorbildlich.

Wie viele Köpfe hat die Hydra?

Robert hat schöne Augen und noch eine Bitte. Ob Anneliese
im *Groscurth-Ausschuss zum Schutze der demokratischen Rechte*
und zur Verteidigung der Patrioten in Westberlin, so lang ist der
Titel, als Präsidiumsmitglied mitwirken könne neben zwei
renommierten Professoren. Rein formal, sagt er, da hast du
keine Arbeit, es macht sich besser in der Öffentlichkeit, wenn
wir dich ganz offiziell als Witwe von Georg dabeihaben.

Anneliese weiß nie genau, ob es Robert ist oder seine Partei,
die den Ausschuss gründet, zusammenstellt und lenkt, denn
Robert ist eins mit der Partei und die Partei mit ihm. Sie rät-
selt manchmal, wo der Freund aufhört und die Partei anfängt.
Robert ist der einzige Mann, der ihr Komplimente macht und
sie stützt, der einzige Mann, mit dem sie über Georg sprechen kann, der einzige, der ihr eine neue Arbeitsstelle anbietet,
Betriebsärztin beim Rundfunk in der Masurenallee.

Ende September hört der Groscurth-Ausschuss in der

Humboldt-Universität Opfer und Zeugen der Vorfälle vom 15. August. Es ist furchtbar, was die jungen Leute während der zweitägigen Verhandlung berichten. Noch stärkere Empörung lösen bei Anneliese die Aussagen eines beteiligten Polizisten aus, der, von der verordneten Brutalität seiner Kollegen entsetzt, in der Zwischenzeit zur Ostberliner Polizei übergelaufen ist.

Sicher, es ist ein Tribunal, aber für eine gute Sache. Robert tut sich besonders hervor, er ist in seinem Element. Anneliese bewundert ihn: Robert meint immer, er könne mit seiner Klugheit die halbe Welt dirigieren. Er sieht überall *Beispiele für die Wiedereinführung des Faschismus* und spricht nicht nur Polizei und Senat schuldig, nicht nur Ernst Reuter, Konrad Adenauer, Kurt Schumacher und einige Westberliner Chefredakteure, er klagt für die Kreuzberger Wasserwerfer und Knüppel den ganzen Kapitalismus an und *die amerikanischen und deutschen Rüstungsmagnaten und die in ihren Händen befindlichen Regierungen in Washington und Bonn.*

Ein Schuldspruch, wie aus den Leitartikeln des *Neuen Deutschland* geschneidert, verkündet von Havemann, verbreitet im Osten, verschwiegen und archiviert im Westen.

Am 9. Oktober bei der Verhandlung vor dem Arbeitsgericht sitzt Frau Groscurth allein, ihrer Sache sicher, ohne Anwalt. Mit höhnischer Stimme serviert der Prozessvertreter des Senats die Antwort:

– Die Klägerin beruft sich auf ihre Eigenschaft als Opfer des Faschismus. Das habe ich schon gern, wenn jemand sich bei uns als Opfer des Faschismus beruft!

Kein Richter fällt ihm ins Wort.

– Vergleichen Sie bitte Ihre Tätigkeit für den Frieden mit der Handlung eines Arztes, der seinen Patienten vergiftete Impfampullen verabreicht!

Die Richter lassen auch solche Sätze zu. Schon hat sie ihn wieder im Ohr, den Freislerton, und fragt sich, ob das jetzt hysterisch ist, im Arbeitsgericht den Freislerton zu hören.

Es sei zweifelhaft, ob eine Ärztin wie sie sich auf humanitäre Ziele berufen könne, da *die von ihr unterstützte Richtung*, sagt der tückische Dr. jur., mit der Blockade Westberlins die Zufuhr von Medikamenten und Nahrungsmitteln unterbunden habe. Er macht sie für die Blockade der Sowjets verantwortlich, die sie verabscheut hat! Das Recht auf freie Meinungsäußerung gelte nicht für Leute, die als *kommunistische Agenten* auftreten. Agenten sagt er? Ja, Agenten sagt er und holt zum Triumph aus:

Beweis sei der Aufruf zur Gründung eines sogenannten Groscurth-Ausschusses zur Unterstützung der Opfer des angeblich brutalen Überfalls der Westberliner Polizei auf Teilnehmer der Weltfestspiele. Zweitens die Mitarbeit im Präsidium des Ausschusses, der den Senat, die Bundesregierung und die amerikanische Schutzmacht aufs schärfste angegriffen habe. Sie könne nicht erwarten, von jemandem beschäftigt zu werden, den sie mit Feuer und Schwert bekämpfe.

Sie wird noch einmal gehört. Beim Wort Frieden, mit dem alles anfing, grinsen die Herren. Das Urteil liegt schon fertig auf dem Richtertisch und wird verlesen: Die Klage ist abgewiesen, Anneliese Groscurth hat die Kosten zu tragen, im Namen des Volkes!

Sie hätte, urteilen die Arbeitsrichter, ein Verhalten an den Tag gelegt, das in evidenter Weise gegen die ihren Arbeitgeber, den Senat von Berlin, berührenden Belange gerichtet sei. Unter Verschleierung ihrer verfassungsfeindlichen Ziele hätte sie die freiheitliche Grundordnung untergraben und gegen die Treuepflicht verstoßen. Ihr Vertragspartner müsse jederzeit auf ihre äußere und innere Loyalität vertrauen können.

Beim Verlassen des Gerichtssaals denkt sie an Berufung und kriegt noch einen Hieb vom Senatsherrn mit dem Freislerton:

– Auf eine solche Frau spucke ich und sage nur pfui Teufel!

Wer nun meint, der Senat gebe sich mit diesem klaren Sieg zufrieden, der kennt sie nicht, die Feinheiten der fünfziger Jahre und die in Amtsstuben waltende Grausamkeit.

Wieder bringt der Briefträger ein Einschreiben, diesmal vom Senator für Sozialwesen, mit Datum vom 4. 8. – acht Wochen zurückgehalten und erst am Tag nach dem Urteil zur Post gebracht:

Ihre Anerkennung als Hinterbliebene eines politisch Verfolgten (PrV) habe ich nach den Bestimmungen des Anerkennungsgesetzes § 7 Ziffer 1 b zurückgezogen.

Nach dem angegebenen § kann eine Anerkennung als politisch Verfolgter jederzeit zurückgezogen werden, wenn der Anerkannte Handlungen begeht, die eine Anerkennung nicht mehr als tragbar erscheinen lassen.

Gemäß einer Mitteilung des Bezirksamts Charlottenburg von Berlin haben Sie maßgeblich an einer illegalen kommunistischen Aktion teilgenommen, die gegen die demokratische Ordnung gerichtet ist.

Aus diesem Grunde ist es zu dem obigen Entscheid gekommen.

Wie hätte Michael Kohlhaas reagiert, wenn er, zwei Tage nach dem Urteil des Arbeitsgerichts, das sich auf einen Treue-paragraphen der Nazizeit stützt, den Empfang eines solchen Briefes hätte quittieren müssen? Das lässt sich leicht ausma-len, ein Unrecht, ein Schrei nach Gerechtigkeit, neues Unrecht, eine Kette von Rache, Raub, Krieg, die Geschichte ist berühmt, wir bleiben im unbekannten 20. Jahrhundert.

Wie reagiert Anneliese Groscurth?

Urteil und Brief binnen achtundvierzig Stunden, das reicht

als Schub für einen Amoklauf oder für einen Herzinfarkt oder für einen Umzug in den Osten der Stadt oder für die Karriere einer Hysterikerin, die überall nur noch Nazis sieht. Sie ist noch stark genug, solchen Abgründen zu widerstehen. Nur das Bild von der Hydra taucht wieder auf, das Hundetier mit viel zu vielen Köpfen, es brennt sich in ihre Tage und Nächte. Die Hydra beißt, die Hydra vernichtet sie, die Hydra vergiftet sie mit ihrem Atem, wenn sie sich nicht wehrt.

Endlich nimmt sie einen Anwalt und legt sofort Beschwerde ein. Sie argumentiert, beweist, erklärt, weil sie immer noch hofft, die vielköpfige Hydra der Behörden sei mit Argumenten, Beweisen, Erklärungen zu beschwichtigen. Sie spricht über die Grundwerte der Verfassung. Sie zählt auf, welche bekannten Leute aller Parteien, welche Christen aller Richtungen sich den Aufrufen für Frieden angeschlossen haben. Sie beruft sich auf den zurückgetretenen Innenminister Heinemann. Sie fordert Verständigung, weil sie nicht wahrhaben will, dass die Hydra nichts so fürchtet wie Verständigung. Sie legt noch einmal dar, dass erst die Presse aus der *sogenannten* eine *kommunistische* Volksbefragung gemacht und ihr das Kommunisten-Etikett völlig unberechtigt aufgeklebt habe. Sie fordert Beweise für ihre angebliche *kommunistische Aktion*. Sie möchte wissen, wie sie die demokratische Ordnung gefährdet haben soll.

Sie hat sich nie ihrer Taten während des Krieges gerühmt, aber nun versucht sie die Hydra milde zu stimmen mit dem Hinweis auf ihren aktiven Kampf gegen die Naziherrschaft. Der Hydra aber, das ahnt sie noch nicht, ist der Widerstand gegen eine andere, größere Hydra besonders verdächtig, weil die Frau den Kampf überlebt und sich als stark, also gefährlich erwiesen hat. Sie appelliert: Die Akten der Prozesse gegen die Widerstandsgruppe Europäische Union beweisen mehr als alle

Worte die Aktivitäten ihres Mannes. Er habe dafür mit dem Tode bezahlt. Ob sie dafür bestraft werden soll, dass sie im Sinne ihres ermordeten Mannes handle?

Der Anwalt schickt die Beschwerde an die Hydra für Sozialwesen. Anneliese hofft auf ein paar Tage Ruhe, da regt sich der nächste Schlangenkopf. Eine Schwester aus dem Krankenhaus Moabit, die auf Georgs Station gearbeitet hat, teilt ihr mit, die Gedenktafel für Georg im Kasino sei entfernt worden. Es ist unklar, ob im Auftrag des Chefarztes oder des Senators für Gesundheit. Sie ist sprachlos. Sie verfolgen nicht nur die lebenden, sondern auch die toten Antifaschisten! Nun wird sogar Georg für die Volksbefragung verdammt. Sippenhaft! Sie löschen die Erinnerung an die Vorbilder aus, an den Oberarzt, der hier in Moabit Dutzende, vielleicht hundert oder mehr Menschen vor den Nazis und ihrem Krieg gerettet hat. Sie möchte brüllen: Faschisten! Sie muss sich beherrschen. Sie beherrscht sich. Sie sagt sich: Sag nichts. Einen dritten Kampf anfangen, eine dritte Klage einreichen, das wäre zu viel, es ist jetzt schon zu viel.

Inzwischen hat der Groscurth-Ausschuss das Manuskript einer Broschüre fertiggestellt mit den Ergebnissen des Tribunals zum 15. August. Robert bittet sie um ein Vorwort. Sie zögert. Es war bestimmt ein Fehler, mit dem Ausschuss dem Arbeitsgericht einen Vorwand geliefert zu haben. Andererseits, der Widerruf ihrer Anerkennung als politisch Verfolgte ist vom 4. August. Sie hätte sowieso keine Chance gehabt. Längst vor dem 15. August stand die Verdammung fest. Sie hat im Westen keine Chance mehr. Die Schulden wachsen. Hier *Kommunistin*, drüben *mutige Friedenskämpferin*, beides falsch, gegen welche Lüge entscheidet sie sich? Gegen beide, sie bleibt und nimmt das Angebot einer Halbtagsstelle als Betriebsärztin beim Berliner Rundfunk in der Masurenallee an. Der Sender wird von der DDR gesteuert, liegt aber mitten im britischen Sektor, fünf Minuten von Wohnung und Praxis, die Hälfte der Mitarbeiter kommt auch aus dem Westen. Was für ein Glück! Vormittags kann sie die Leute vom Funk, nachmittags ihre Patienten aus dem Westend behandeln.

Man muss, das ist ihre Devise, ordentlich zu Ende bringen, was man angefangen hat. Also schreibt sie das Vorwort, auch Robert zuliebe. In dem Text steckt ihr zu viel Propaganda, zu viel Hass gegen den Westen, unter dem Wust der aufgeladenen, anklagenden Wörter sind die Schnipsel der Fakten kaum zu entdecken. Sie mag den Parteijargon, den platten Stalinton nicht lesen. Der Ausschuss mit dem Namen Georgs will ihr eine armselige Sprache aufdrängen, vor der Georg sich geschüttelt hätte. Aber was zählt die Sprache, sagt sie sich tapfer, wenn man für Frieden und gegen Nazis kämpfen muss, und schreibt in anderen, ihren eigenen Worten:

«Ich nenne nicht den einen Menschen, der für den Menschen nicht sorgt.» Diese Worte des großen usbekischen Nationaldichters Alischer Nawoi, der im 15. Jahrhundert lebte, gelten gestern, wie heute, wie morgen. (Wenn das die obligate Verbeugung vor der Sowjetunion sein soll, dann auf schlichte und unverlogene Art.)

Die Sorge um unsere Jugend, um ihr Leben in Frieden war der Anlaß zu meinem Aufruf, die Vorfälle, die am 15. August 1951 an den Sektorengrenzen in Westberlin geschahen, zu untersuchen. (So sachlich kann eine Propagandistin nicht denken, geschweige denn schreiben.) *Das Ergebnis der Untersuchung liegt nun vor.* (Punkt. Eine Kommunistin der fünfziger Jahre wäre zu solcher Lakonie nicht fähig.)

Wir lernen daraus zweierlei. Zunächst: Das Ergebnis des 15. August 1951 ist weder ein Zufall noch ein einzelnes Ereignis (auch heutige Historiker müssten da zustimmen), *sondern ein Glied in einer Kette von faschistischen Provokationen* (Propagandaton, aber andere Begriffe hat sie aus ihrer Erfahrung nicht), *die in den letzten Monaten in Berlin durchgeführt wurden.*

Die Folgerung daraus heißt: konsequenter Kampf gegen jede Form des Faschismus, und zwar sofort, im Beginn. Faschismus aber bedeutet Krieg. (Da spricht die Erfahrung – außerdem hat Frau Groscurth irgendwo gelesen und im Kopf behalten, Adenauers Innenminister Lehr habe vor dem Bundestag gesagt, er würde Hitler gern ein zweites Mal die Tür öffnen.)

Dieses Dokument soll ein Beitrag zur Entlarvung der Kriegshetzer sein, denn sie sind die Feinde der Menschheit. (Ein Propagandasatz, der sich aber von ähnlichen in stalinistischer Zeit formulierten Sätzen abhebt durch einen wohltuenden Mangel an Adjektiven, Superlativen, Tautologien und Ausrufungszeichen.)

In einer Zeit, in der in Ost und West jede politische Regung ideologisch aufgedonnert wird, ist es fast unmöglich, eine eigene Meinung, eine eigene Sprache zu finden: Sie versucht es. Sie zieht sich aus dem Ausschuss zurück. Sie hat den Namen geliehen, zwei Tage der Verhandlung zugehört, das Vorwort geschrieben, das genügt. Politik ist ihre Sache nicht. Sie muss sich um die eigenen Rechte kümmern, um die Klagen, um die Söhne, die Patienten, Hausbesuche, Broterwerb.

Der Groscurth-Ausschuss arbeitet weiter, in einem Büro in der Friedrichstraße in Ostberlin, Havemann und die andern Funktionäre behalten ihr Forum. Der Ausschuss leistet Westberlinern Rechtshilfe, über 2000 Menschen sind in den Westsektoren allein im Jahr 1951 wegen «Propaganda für die Volksbefragung» verhaftet, weit über 1000 angeklagt worden. 1952 werden *Broschüren* publiziert wie *Die Verletzung der demokrati-*

schen Grundrechte in Westberlin, Der Fall Dr. Anneliese Groscurth, Frontstadt-Terror in Westberlin. Dann werden Havemann neue Aufträge in der Universität zugewiesen, bald verschwindet auch der Ausschuss aus der Presse, aus der Friedrichstraße. Die SED war zufrieden, wie man heute in alten Akten lesen kann: *Genosse Robert Havemann hat bei allen diesen Arbeiten die Aufträge der Partei zuverlässig durchgeführt.*

Die Einzige, die am Ende die Rechnung bezahlt, ist die Frau aus dem Westen, die, teils gutwillig, teils widerwillig, teils aus Einsicht, teils aus Not ein paar Wochen mitgemacht hat. Die geglaubt hat, mit dem Namen ihres Mannes den Widerstand aus der Vergessenheit zu holen. Die nicht bedacht hat, dass die Behörden Westberlins den Namen Groscurth nicht mit Dr. Georg, sondern allein mit Dr. Anneliese verbinden. Und die unterschätzt hat, dass Beamte, denen man Rechtsbrüche nachweist, nicht zu Einsicht, Reue und Milde neigen.

Schleswig gegen Mexiko

Im Schnee am Lietzensee schwärmte Catherine von Mexiko. Einen Tag und eine Nacht lang hatte es geschneit, das Chaos wurde ausgerufen, die Stadt kam aus dem Takt, die Leute wurden heiter. Es gibt nur wenige Tage im Jahr, an denen die Berliner sich gut gelaunt zeigen. Am ersten warmen Frühlingstag, beim Laufen über gefrorene Seen und nach dem ersten kräftigen Schneefall geschieht das Wunder. Sie blicken zum Himmel auf, schauen sich staunend an und wieder ins Weite, wie erlöst vom Bann ihres Missmuts. Für kurze Zeit glauben die Städter sich einverstanden mit der Natur und sperren sich nicht gegen die Neigung, glücklich zu sein.

Als die Schneepflüge die gröbste Arbeit getan hatten, fuhren wir zum Lietzensee, um den Wundertag mit einem Spaziergang zu feiern. Catherine mit schwarzer Mütze über dem rotbraunen Haar vor Schneehintergrund, wir hakten uns ein, bester Laune, und verdarben uns trotzdem alles.

Wie verliebt sprach sie über Maya und Azteken, pries unbekannte Landschaften, den Dschungel und die moderne Architektur, begeisterte sich an fernen Vulkanen und Wandbildern von Rivera. Ich hatte keine Ahnung von Mexiko, war überrascht von ihrem Enthusiasmus und ihren Kenntnissen, frisch aus dem Reiseführer gepflückt oder Hugo abgelauscht. Schon am Tonfall ihrer Sätze war zu spüren: Sie will nach Mexiko. Sie hatte, ohne mich, zweimal Hugo getroffen, bevor wir ihn am Bahnhof Zoo nach London verabschiedet hatten. Es verblüffte mich, dass er ein solches Feuer der Begeisterung bei ihr entfacht hatte. Geblendet vom Schnee, unterdrückte ich meine kitzelnde Eifersucht.

Sie erzählte, als feierte sie ihre und nicht Hugos Entdeckung, von der unbekannten Malerin Frida Kahlo – im Jahr 69 war der Name vielleicht bis Paris oder London gedrungen, noch nicht bis Berlin, die Kahlo-Mode blühte erst viel später. Wir unterquerten die Neue Kantstraße, und nach ein paar Schritten, auf dem Uferweg an der flachen westlichen Bucht, bot sich der weite, von Pappeln und Platanen gerahmte Blick über den dünn vereisten, gefällig ins Stadtbild geschmiegten See hin zum Horizont der Häuser am Witzlebenplatz.

Ich bat Catherine, diesen Ausschnitt mit der Kamera festzuhalten. Links hinter dem kahlen Geäst versteckt das Eckhaus Kaiserdamm mit der Wohnung der Groscurths, rechts der graue neobarocke Kasten des Kammergerichts, wo die Herren saßen, die sie mit ihren Urteilen malträtierten. Drei Häuser zwischen Opfer und Tätern. Ich wollte das auf einem Bild haben.

Vielleicht drückte ich meinen Wunsch ungeschickt aus, vielleicht fühlte sie sich in gescheiten Gedanken über die politische Malerin, wie sie sagte, über die Frau als Opfer, über Malerei und Fotografie unterbrochen, jedenfalls reagierte Catherine ungewohnt heftig.

Ein Bilderbuchbild! Das fotografiere sie nicht, noch dazu bei Bilderbuchwetter. Ob ich ihr nicht mal fünf Minuten zuhören könne, immer fiele ich ihr mit Groscurth-Geschichten ins Wort!

Warum sie, konterte ich, die Kamera dabeihätte, trotz des Bilderbuchwetters.

Kurz, es wurde ein schöner Streit. Sie machte das Foto dann doch, denn sie hatte eine verträgliche Natur und mochte solche Konflikte so wenig wie ich. Aber der Knacks war da, seitdem trugen wir, meist freundlich verdeckt, den Kampf Groscurth gegen Mexiko aus.

Näher am Kaiserdamm, an der Schillerwiese, wo auf schlichtem Sockel das Schillerdenkmal stand, das heute den Gendarmenmarkt schmückt, stritten wir über die Frage, wohin es in der Osterzeit gehen sollte, nach Schleswig-Holstein oder London. Ich hatte mir fest vorgenommen, nach Schleswig zu fahren, um R. zu observieren, das Gelände zu erkunden, in dem er sich zeigte. Die Mordpläne hatte ich verworfen, aber ich wollte ihn unbedingt einmal sehen, um ihn richtig vergessen und begraben zu können. Mit einem Bild im Kopf, nicht mit der Pistole. Meine Version für Catherine lautete: Ich muss wissen, wie der Richter R. lebt, ob das stimmt, was die Presse schreibt, mit dem behaglichen Landhaus, möglichst ein

Interview mit ihm, außerdem können wir auch in Schleswig-Holstein Urlaub machen, Nordsee, April, Geheimtipp und so weiter.

Während Catherine schimpfte und fauchte, starrte ich abwechselnd auf das Groscurth-Haus, das Kammergericht, auf rodelnde Kinder und auf Friedrich Schiller mit Schneemütze.

Ich hätte versprochen, mit ihr mal nach London zu fahren, ich sei ein ganzes Jahr dort gewesen, da wolle sie wenigstens vierzehn Tage haben. Sie sei entschlossen, in Mexiko zu fotografieren, ungefähr September, mit einer Freundin oder mit Hugo, deshalb sollten wir ihn besuchen, er sei der Experte. Am liebsten fahre sie mit mir, aber sechs Wochen ohne die Droge Arbeit, das gäbe es ja nicht. Ich hätte doch nichts dagegen, wenn sie mit einem Schwulen fahre?

Schillers Blick zielte ins Weite, Schiller hatte gewusst, was er wollte, stark gegen jeden Widerstand seiner Zeit, gegen die Erwartungen der Frauen. Schiller stand mir bei: Ich weiß, was ich will, ich muss fest bleiben, gegen jeden Widerstand. Die unsichtbare Verbindung zwischen diesen beiden Gebäuden sichtbar machen, zwei Justizskandale auf einen Streich aufdecken, das ist mein Job. Catherine geht ihren Interessen nach, ich meinen, das ist in Ordnung, das halten wir aus.

Doch die vernünftigsten Gründe, allzu vernünftig ausgesprochen, mussten ihr Herz enttäuschen. Sie hätte, das habe ich zu spät begriffen, mindestens eine Liebeserklärung gebraucht. So blieben wir gefangen in unserm Ernst, in den strikten politischen Ansprüchen. Ich hatte ein schlechtes Gewissen, weil ich sie wegen R. belügen musste. Und sie, weil sie gegen mich rebellieren musste.

Statt uns mit Schneebällen zu bewerfen, setzten wir die Runde um den Lietzensee und die stockende Debatte fort.

Ganz Berlin stritt, warum sollten wir nicht auch streiten. Jeder grenzte sich ab gegen jeden. Es kam uns, verbohrt wie alle, völlig natürlich vor, uns an der Frage Schleswig oder London, Groscurth oder Mexiko festzubeißen. Wie leicht wären Kompromisse gewesen!

Catherine wollte überhaupt nur noch in den armen Ländern, in der Dritten Welt fotografieren, das sei die Lösung ihres Dilemmas, da sehe sie wieder Sinn im Belichten und Entwickeln. Den letzten Anstoß, in Mexiko zu arbeiten, habe sie der Anzeige eines Stuhlherstellers zu verdanken, fünfzig nackte Ärsche.

– Dahin geht die Fotografie, sagte sie, alles wird Werbung, und die Werbung wird Porno, Gewalt und Porno. Bald werden sie fünfzig Mösen zeigen, um billige Fruchtsäfte zu verkaufen. So geht es mit deiner Yoko Ono, vom Underground zum Kommerz in zwei Minuten!

– In zwei Jahren.

– Ich mach das nicht mit, antwortete sie, ohne Lust auf die alte Anekdote mit der Ono, ich muss dahin mit meiner Kamera, wo es was zu entdecken gibt, in die arme Welt, die unverbrauchte Welt.

Nein, der Terror in Mexiko, das Massaker vor der Olympiade werde sie nicht abhalten, sie habe die Prügelei am Schöneberger Rathaus überstanden und gelernt: Vorsicht vor der Masse. Der einzelne Mensch aber, zwischen Armut und Schönheit, das sei ihr Konzept, damit werde sie in Mexiko beginnen, und weder ich noch irgendwelche Nazirichter würden sie davon abbringen.

Diese Entschiedenheit bewunderte ich an ihr – und war zu feige oder zu faul, meine Bewunderung auszudrücken. Mich zog es trotzdem nicht nach Mexiko – und es störte mich sehr, dass sie vielleicht mit Hugo fuhr. Das aber durfte ich nicht sagen, damit hätte ich das neuste der zehn Gebote verletzt: das der Emanzipation.

Zwei Männer im Mondschein

Jeden Tag stand er mir vor Augen, seine schlaksige Figur, sein schmales Gesicht, mal neben Georg, mal neben Anneliese. Robert Havemann, die dritte Hauptfigur, an allen dramatischen Wendepunkten beteiligt. Immer aktiv, schnell, wortgewandt. Wenn einer weiß, wo es langgeht, dann er. Die Schlüsselfigur, und doch am schwersten zu fassen. Der Havemann der vierziger und der Havemann der fünfziger Jahre, beide waren präsent in den Dokumenten und Berichten, nur der Havemann des Jahres 1969, der als Kronzeuge so viele Fragen hätte beantworten können, fehlte mir. Seit er mit den Vorlesungen *Dialektik ohne Dogma?* den Sozialismus neu definiert hatte und zur ebenso gehassten wie verehrten Symbolfigur aufgestiegen war, blieb er unerreichbar.

Havemann saß hinter drei Mauern, eine höher als die andere. Alle Kontrollen und Stempel für das Betreten des als Haupstadt definierten Stadtteils berechtigten einen nicht, mal eben über die Ostberliner Grenzen hinaus in die Vororte und Dörfer zu fahren. Wer es trotzdem wagte und erwischt wurde, musste mit Strafen rechnen, mit einem Einreiseverbot, dem Ende aller Besuche. Zum Dritten wurden die Wege in Havemanns Nachbarschaft in Grünheide gründlich kontrolliert, weil auch DDR-Bürger vom Gift des Propheten des demokratischen Sozialismus nicht angesteckt werden sollten. Annäherungen mit Briefen oder Anrufen wären die reine Dummheit gewesen. Havemann war ein Star, umstellt, bewacht und abgehört, eingesperrt auf seinem schönen Grundstück, und wenn er sich einmal in die Stadt bewegte, wurde er von allen Seiten observiert, kein Schritt ohne Stasi. Es war aussichtslos.

Nur sein Freund aus der Chausseestraße, der ihn öfter besuchte, konnte als Bote helfen. Die Antwort, die er mir irgendwann mitbrachte, enttäuschte mich, obwohl sie einleuchtend war. Havemann schreibe seine Erinnerungen, der Verlag in München warte schon, außerdem sei er krank, da könne er jetzt nicht extra, nicht meinetwegen auf das Sofa in die Chausseestraße kommen.

– Bestimmt, sagte Biermann, schreibt er gerade das auf, was du aus ihm rausquetschen willst, die Geschichten von 43 und 44. Da hat er ja halbe Romane aufs Papier zu hauen, warum soll er ausgerechnet dir das erzählen? Da wär er ja schön dumm, mein Lieber, das musst du schon ihm überlassen!

Aber er brachte mir Grüße mit, solidarische, versteht sich, und ein Gedicht, ja, ein Gedicht von Havemann, *Mein bester Freund.*

Drei Fragen hätte ich ihm gern gestellt, wenn ich damals so viel gewusst hätte wie heute:

Sie dachten immer, hat einer Ihrer Freunde gesagt, Sie könnten die ganze Welt manipulieren. Aber wenn nun etwas falsch lief beim Manipulieren oder jemand dabei zerrieben wurde?

Bei Ihnen gingen Opportunismus und Idealismus leicht Hand in Hand, hat einer gesagt, der mit Ihnen konspirativ gearbeitet hat. Aber wenn bei Ihren Freunden der Idealismus stärker blieb als der Opportunismus?

Sie werden oft als Überlebenskünstler bezeichnet. Können

Sie sich vorstellen, dass Georg und Anneliese das nicht so gerne gehört hätten?

Selbst wenn diese Fragen sich schon damals gestellt hätten, ich hätte es nie gewagt, am Bild eines großen Mannes zu kratzen. Er war ein Vorbild und sollte es bleiben. Ich merkte nur, dass der Wunsch nach einem Treffen, das ohnehin aussichtslos war, allmählich verschwand. Inzwischen habe ich es aufgegeben, das Rätsel Havemann ergründen zu wollen. Ein tapferer Mensch und Genießer, ein kluger Optimist, ein gläubiger Provokateur, ein Frauenmann, ein Spieler mit Kalkül, da sind sich die Biografen einig. Über ihn ist so viel geschrieben worden, er selbst hat neben seinen Büchern unzählige Artikel und Interviews, Erklärungen und Bekenntnisse hinterlassen, tausend Leute wollen ihn gut gekannt haben und bieten die widersprüchlichsten Meinungen über ihn an, da kann ich nicht mithalten. Nur sein Gedicht zitieren, *Mein bester Freund*.

Mitten auf der großen breiten Straße
standen wir.
Unbarmherzig hell
strahlte der Mond am wolkenlosen Himmel.
Die verdunkelte Stadt erwartete
wie jede Nacht – schon seit Monaten –
das tödliche Feuer der Bomber.
Wir dachten an das Leben,
an unsere Freunde,
an unsere geheime Arbeit.
Du weißt – sagtest Du –
was uns erwartet, wenn …
Dazu – sagte ich –

gehört heute nicht viel.
Ich liebe aber das Leben,
wohl fast zu sehr; verstehst Du,
daß ich gerne leben möchte;
manchmal habe ich Angst,
nicht um mich,
meine beiden Jungs, warum
müssen sie denn gerade jetzt leben?
Dein großes Gesicht bewegte sich dabei
anders als sonst.
Heute weiß ich,
daß Du geweint hast.
Georg war ein wunderbarer Mensch,
mein bester Freund.
Als sie ihn enthaupteten,
war er 39 Jahre alt.

So schlecht die Zeilen sind, sie rührten mich. Robert, der im Zuchthaus Brandenburg mit viel List und Mut den Widerstand fortgesetzt hatte, der eine erstaunliche Karriere in der Partei, die immer recht hat, überstanden hatte, dieser Robert dachte viele Jahre später immer noch so heftig an die verwischten Tränen des Freundes, dass der Chemiker den Pegasus besteigen und Erleichterung in einem Gedicht suchen musste.

Die Vergangenheitskamera zoomt: Vor der Bismarckstraße 100, wo jetzt ein öder Betonkasten steht, damals das noch unzerstörte Gründerzeithaus mit Havemanns Atelierwohnung, schräg gegenüber der Oper, der Mond über der wenig zertrümmerten Stadt, die breite Straße mit Georgs Auto, da seh ich sie, die beiden jungen Männer, sich leise unterhaltend: Ich liebe aber das Leben.

Wie viele Gifte hat die Hydra?

Als schlichte Ärztin, das versteht Anneliese Groscurth endlich, ist sie ohne starke Sekundanten verloren in den feindlichen Gefilden der Juristen und in den dunkel möblierten Amtsstuben, wo die Hydra lauert. Der Anwalt macht Hoffnung, ein Richter kann irren, eine Kammer kann irren, in der nächsten Instanz sind die Richter vielleicht nicht so vorurteilsvoll, also noch einmal beim Landesarbeitsgericht alles von vorn, gleich im November die Berufung.

Der Verband der Ärzte des Öffentlichen Gesundheitswesens e. V. spricht sein Urteil noch vor dem Gericht: *Der Vorstand hat beschlossen, Sie von der Mitgliedschaft auszuschließen.* Sie atmet dreimal durch, fasst den Vorsatz, über die Kränkung hinwegzusehen, regt sich trotzdem auf, lässt sich den Schlaf stehlen. Die meisten dieser Ärzte im Verband sind tüchtige Nazis gewesen, vor kurzem noch mit dem Hitlergruß durch die Krankenzimmer gestiefelt, was soll man da erwarten?

Gleich darauf kommen ihre besten Freunde, er und sie Ärzte, Nachbarn in der Lindenallee, bei denen sie fünf Jahre lang ihre Sorgen ausbreiten konnte, mit deren Kindern die Söhne spielen durften, sie stehen im Flur, räuspern sich und sagen: Wenn du dich nicht binnen vierundzwanzig Stunden von den Kommunisten distanzierst, dann müssen wir alle Kontakte zu dir abbrechen, alle. Und sie halten sich daran.

Sie weiß nicht, ob die Freunde erpresst worden sind. Sie weiß nur, dass ihre wenigen Privatpatienten nun auch von anonymen Anrufern eingeschüchtert werden, manche suchen nur im Dunkeln die Praxis auf. Sie darf sich nicht aufregen, sie nimmt sich in Acht, keine Polemik gegen die Hydra hier und die Hydra dort, aber was tun, wenn die Tatsachen selbst polemisch sind? Im Einatmen und Ausatmen, im Aufsaugen und Ausspeien der Schriftsätze vor dem Landesarbeitsgericht sprüht das Gift aus den Nüstern: *Nicht von der so genannten Volksbefragung distanziert – auf Seiten des Ostens – der Ostpresse Interviews gegeben – fortgesetzter Affront gegen den Senat – hemmungslose Feindschaft gegen ihn – Absicht ihn zu stürzen – während der Blockade keine humanitäre Gesinnung gezeigt – Tarnung als naive Frau mit dem Ziel, die Grundlagen der Aufrechterhaltung von Ruhe und Ordnung und des Schutzes demokratischer Rechte zu erschüttern.*

Was nützt da das Argument, sich für den britischen Sektor entschieden und jahrelang im Gesundheitsamt aufgeopfert zu haben? Was nützt es, nach Beweisen zu fragen, die Volksbefragung sei eine kommunistische Aktion oder ein Angriff gegen die Verfassung und die Staatsordnung gewesen? Was nützt die Aufzählung der Minister, Christen, Exoffiziere, Sozialdemokraten, Kommunisten und Antikommunisten, die wie viele Millionen Deutsche gegen die Wiederbewaffnung sind? Warum darf die Witwe eines Widerstandskämpfers nicht dieser Meinung sein? Wenn selbst der Präsident des Bundesverfassungsgerichts betont, zwanzig Gerichte in drei Bundesländern hätten das Verbot der Volksbefragung für rechtswidrig erklärt? Und wie soll sie verhindern, von der Westpresse in Grund und Boden verdammt und dafür in der Ostpresse gelobt zu werden, solange im Westen nur gelobt werde, wer im Osten verdammt werde?

Im Mai 1952 richtet die Hydra des Landesarbeitsgerichts sich zu voller Größe auf und spricht einstimmig aus allen neun Mündern aller neun Köpfe: Die Entlassung ist rechtens. Die Ärztin hätte, was ihr Schuldgefühl belege, zu der Vernehmung im Bezirksamt *ein Exemplar der Berliner Verfassung* mitgeführt, *das sie als Ärztin nicht rein zufällig bei sich gehabt hat.* Nicht weil sie gegen die Wiederbewaffnung sei, sei ihr gekündigt worden, sondern weil sie, obwohl keine Kommunistin, sich einer Aktion zur Verfügung gestellt hätte, die von den Gewalthabern der Sowjetzone ins Leben gerufen worden sei. Sie könne nicht verlangen, von einem Dienstherrn beschäftigt zu werden, den sie bekämpfe, dem sie Verbrechen und unmenschliche Terrormethoden vorwerfe. *Bei der besonderen Lage Berlins*, posaunt die Hydra, *würde es tatsächlich eine Selbstaufgabe bedeuten, wenn der rechtmäßige Berliner Senat in seiner Verwaltung so aktive Gesinnungsfreunde der auf den Umsturz unserer verfassungsmäßigen Ordnung hinarbeitenden östlichen Machthaber dulden würde, wie die Klägerin es ist.*

Punkt. Kosten tragen. Folgen tragen. Wie viele Köpfe hat die Hydra? Obwohl Frau Groscurth noch keinen abgeschlagen hat, wachsen, nur weil sie nicht aufgibt, neue Köpfe nach. Das ist neu, das Problem hatte der alte Herakles noch nicht.

Eine Woche später: Die Beschwerde gegen die Aberkennung des Status als Opfer der Naziherrschaft wird vom Senator für Sozialwesen abgelehnt. Ihr Widerstand zählt nicht, Georg auch nicht, entschädigt werde sie nicht, weil sie kommunistisch sei.

Und der nächste Würgegriff: Sieben Tage nach dem verlorenen Prozess will das Landesarbeitsgericht die Kosten bezahlt sehen, 841,85 DM, und fackelt nicht lange, Zwangsvollstreckung.

Drei Kampfplätze gleichzeitig, zuerst muss der Anwalt bei der Gerichtskasse des Landesarbeitsgerichts die Groscurth'schen Einkommensverhältnisse darlegen. Die kleine Praxis wirft kaum mehr als die Unkosten ab. Als Amtsärztin hatte sie 780 DM, jetzt verdient sie beim Berliner Rundfunk umgerechnet nur 250 DM. Sie wird nicht einmal zur Einkommensteuer veranlagt. Noch kriegt sie 136 DM als Waisenrente für die Kinder, aber das werden sie, wie zu befürchten steht, auch bald streichen. Bei den Rechtsbeiständen nichts als Schulden. Also bietet sie dem Gericht, bis sich ihre finanzielle Lage bessert, Zahlungen von 20 DM monatlich an.

Die Hydra gibt sich mit solchen Beträgen nicht zufrieden, sie schreitet zur Zwangsvollstreckung, der Obergerichtsvollzieher Friedrich Wessel klingelt in der Lindenallee. Die Ärztin sagt: Ich bin doch bereit zu zahlen. Er schaut sich um, zeigt auf zwei Teppiche und einen Läufer. Sie sagt: Erbstücke meiner Eltern, er klebt die Pfandsiegel. Sie stellt den Fuß darauf und weicht, protestierend, der Gewalt. Er lässt die Teppiche einrollen und mitnehmen.

Sie wehrt sich mit einem Vollstreckungsschutzantrag. Aber da fährt die Hydra einen neuen Kopf aus: Das Amtsgericht Charlottenburg leckt sich das Maul wegen der Zwangsvollstreckung. Selbstverständlich darf die Hydra Teppiche fressen, nicht etwa weil sie Teppiche als Delikatessen schätzt, sondern weil der Frau Doktor kein Luxus zusteht. Zumindest sollte das Bestreben, den Zahlungsverpflichtungen nachzukommen, *vor dem Wunsche rangieren, sich den Besitz einer luxuriösen Wohnungseinrichtung zu erhalten.* Jetzt darf jede kleine Jung-Hydra von Amtsrichter zur höhnischen Moralpredigt ausholen: *Es ist gerichtsbekannt, daß die Schuldnerin eine führende Rolle in dem kleinen Kreise derjenigen Deutschen spielt, die den wirtschaftlichen Ruin und politischen Sturz ebenjener Gläubigerin (Stadt Berlin) als primäres Ziel (zumindest Nahziel) anstreben, vor deren Zugriff sie um Schutz bittet.*

Anneliese Groscurth weiß nicht, welchen Kopf der Hydra sie zuerst abwehren soll. Sie kann nicht wie Herakles die Köpfe abschlagen, sie lehnt jede Gewalt ab, sie will nur ihren Frieden haben, den kleinen Frieden mit den Ämtern und den großen Frieden in Deutschland, sie will nur die Freiheit, die in der Verfassung steht, sie will nicht mehr verfolgt werden von ganzen oder halben Nazis und geifernden Juristen.

Am wichtigsten ist die Sache mit der gestrichenen Entschädigung. Der Anwalt reicht eine ausführlich begründete Klage beim Verwaltungsgericht ein. Er erläutert ausführlich die Verfahrensfehler des Sozialsenators und klärt die unkundigen Beamten auf, dass Frau Groscurth nicht nur als Hinterbliebene eines Verfolgten, sondern ebenso selbst als amtlich anerkannte Verfolgte anspruchsberechtigt sei.

Während sie jeden Tag mit der Hydra zu kämpfen hat, kämpfen die Alliierten um den Rundfunk in der Masurenallee. Ein DDR-Sender im britischen Sektor, seit Jahren Zankapfel der Propaganda aller Seiten, das kann nicht gut gehen. Im Mai legen die Franzosen den Sendemast um, im Juni blockieren die Briten das Haus, sie behaupten, auf dem Bürgersteig vor dem Sender würden Menschen entführt. Sie sperren auch die vielen westlichen Mitarbeiter aus. Inzwischen bauen die Kommunisten den Berliner Rundfunk im Ostteil auf. Wenn Anneliese das Geld zum Überleben behalten will, muss sie folgen. Im Westen würde niemand eine Hexe wie sie einstellen. Statt fünf Minuten zu Fuß ist sie nun dreimal in der Woche frühmorgens und mittags anderthalb Stunden unterwegs, um Betriebsärztin für ihre Patienten aus Ost und West zu bleiben.

Mitten in diesem Hin und Her, im Juli 52, trifft sie das neuste, das übelste, das schmerzlichste Gift, diesmal von der Hydra des Senators für Soziales: *Die Klägerin war seit 1941 Mitglied der NS-Frauenschaft, sodaß § 6 Ziff. 1 des Anerkennungsgesetzes zum Zuge kommen muß und dadurch eine Anerkennung der Klägerin weder aus eigenem Recht, noch als Hinterbliebene möglich ist.*

Die Seele kocht: NS-Frauenschaft! In die du zur Tarnung eingetreten bist! Nach Beschluss der E. U., um die Gruppe besser zu schützen! Damit Heß und Konsorten keinen Verdacht auf Georg richten! In der du nie aktiv warst. Jetzt stempeln dich diese Nazis noch zur Nazi-Frau! Weil die Mitläufer sich keine Nazigegner, nicht eine Stunde des Widerstands vorstellen können! Erst Kommunistin, dann Nazisse! Können sie nicht begreifen, dass du einfach nur Anneliese Groscurth bist?

Sie erweist sich als Meisterin der Beherrschung: Frist bis 23. August. Wie kann sie in vier Sommerwochen des Jahres 1952 beweisen, keine Nazi-Frau gewesen zu sein?

Robert ist ein Zeuge, Robert könnte den Eid schwören, dass alles zur Tarnung geschah. Aber Robert ist schwer zu erreichen, ein hohes Tier, Roberts Sekretärin in der Humboldt-Universität ist nicht berechtigt, ihr, einer Westberlinerin, irgendwelche Auskünfte zu geben. Sie zeigt den OdF-Ausweis vor, erklärt ihre Not, aber sie erfährt nicht, ob er in den Sommerferien ist, im Ausland, auf Schulung und wann er wieder zu sprechen sein wird. Auch seine Frau kann nicht helfen, vielleicht flirtet Robert irgendwo an der Ostsee mit einer anderen herum.

Grete Rentsch, die Witwe von Paul, Zahnarzthelferin in Wilmersdorf, ist die letzte Hoffnung, die Einzige aus dem Umkreis der Gruppe, mit der Anneliese wie mit einer Freundin reden kann. Natürlich ist sie bereit zu beeiden, dass die Ärztin alles andere als eine Nazi-Frau gewesen ist, aber von der Sache mit der Tarnung hat sie keine Ahnung. Außerdem ist sie politisch aktiv, darum ist ihr Zeugnis vor Gericht nichts wert, nicht in diesen schweren Zeiten, das würden die Richter eher zum Nachteil verdrehen.

– Hör auf, dich aufzureiben, sagt Grete, geh in die Partei und lass die Partei für dich kämpfen!

– Ich will selber entscheiden, sagt sie, was richtig ist. Und Georg sagt mir, was richtig ist. Ich wehre mich nur gegen das Unrecht, so wie wir uns vor zehn Jahren auch gewehrt haben.

– Aber sie machen dich fertig, du bist völlig erschöpft, deine hundert Prozesse, deine Arbeit, die Kinder, das ist zu viel, du schaffst das nicht.

– Ich schaff das, auch ohne Partei.

Sie kann in vier Wochen die Beweise nicht liefern, so muss der Anwalt den Verwaltungsrichtern die Sache mit der Tarnung erklären und flehen: *Die Gerechtigkeit und der gesunde Menschenverstand verlangen, daß das Gesetz nicht formalistisch, sondern sinnentsprechend angewandt wird. Wer zur Tarnung in eine Gliederung der NSDAP eingetreten ist, um seine illegale Tätigkeit ungestört fortsetzen zu können, kann nicht unter § 6 des Anerkennungsgesetzes fallen.*

Die Gerechtigkeit! Der Hydra kommen die Tränen. Der gesunde Menschenverstand! Da lacht der Drache mit allen neun oder neunundzwanzig Köpfen. Und lässt, keine drei Wochen später, den Hydrakopf beim Senator für Sozialwesen die nächste Ladung Gift in die Lindenallee spritzen.

Sie werde, das reibt man ihr noch einmal unter die Nase, nicht mehr als politisch oder rassisch Verfolgte anerkannt. *Infolgedessen verlieren auch die Kinder den Rentenanspruch.*

Was bleibt ihr, wenn sie nicht in Kohlhaas'schen Wahn fallen will, anderes übrig, als eine neue Klage einzureichen, wieder beim Verwaltungsgericht? Gegen die Lügen der Ämter, gegen die Leugnung des Widerstands, gegen die Sippenhaft, gegen die drückende Armut?

Die Hydra lässt sich Zeit, lässt sie zappeln. Und belehrt sie, ein ganzes langes Jahr später, die Versorgung der Halbwaisen sei nur eine Kann-Bestimmung, sie hätte da keinen Rechtsanspruch. Zweitens müsse sie ihre soziale Bedürftigkeit beweisen. Drittens, selbst wenn sie bedürftig wäre, höhnt die Hydra, könnte sie ihre wirtschaftliche Lage ganz leicht verbessern: Sie gehöre doch, spottet die Hydra, *jenem Personenkreis an, der die demokratische Staatsform bekämpft und sich für das Weiterbestehen des totalitären Systems im sowjetisch besetzten Gebiet einsetzt. Sie kann daher ihre wirtschaftliche Lage dadurch verbessern, daß sie in dieses Gebiet übersiedelt.*

Abhauen? Aufgeben? Ab in die Zone? Die Versorgungsgesetze, höhnt die Hydra, sollen *nur denjenigen zugute kommen, die der gesteigerten Fürsorge des Landes Berlin würdig sind.* Sie habe durch ihre *politische Tätigkeit für das sowjetdeutsche Regime ihre wirtschaftlichen Verhältnisse selbst verschlechtert.*

Bleib ruhig, sagt sie sich, schrei nicht, wirf dich nicht vor die U-Bahn. Sie wollte die Hydra besänftigen, nur Ruhe haben, aber nach den Aufständen des 17. Juni, merkt sie jetzt, ist das vielköpfige Hundetier noch weniger zu beruhigen als vordem, es verschärft den Ton, verstärkt die Giftmischung, gibt keinen Zentimeter nach und wird es nie tun.

Auch das ist ihr klar: Nach den Aufständen des 17. Juni geht sie erst recht nicht in den Osten. Und auf Befehl der Hydra für Sozialwesen schon gar nicht.

Erinnert sich noch jemand, fragt sie sich, wie mein Verbrechen anfing? Dass ich mich auf die Verfassung berufen habe? Und die andern auf einen Naziparagraphen?

Oskars Buttermarken

Wer sich zu einem Geständnis verführen lässt, neigt schnell dazu, seine Tat auszuschmücken und mit Beispielen für Mut, Weitblick und beste Absichten zu garnieren. Mir geht es anders, ich sehe mehr und mehr, was für ein Stümper oder Versager ich gewesen bin. Was hätte ich zum Beispiel aus dem Mann herausholen können, den wir Hüthchen nannten, einem tüchtigen Säufer und Großmeister des Widerstands! Der trieb sich im Umkreis des Dichters Fuchs herum, in schnapsgesättigter Anarchie und fröhlicher Rebellion gegen bürgerliche und polizeiliche Regeln.

Wie ich mitten in diesen rohen Zeiten der Demonstrationen, Streiks und Gewaltdebatten, in den Monaten des rot gefärbten Mitleids mit Jan Palach, mit Tschechen und Vietnamesen, mitten in den Groscurth-Plänen und in der zielgerichteten Wut auf die Skandale der Berliner Richter, wie ich zwischen Romanlektüre und Catherines Bett mich noch auf den weiten Weg zu Lesungen machte, kann ich mir heute kaum vorstellen. Aber ich fuhr, ein Beispiel, zu Manfred Bieler und Günter Bruno Fuchs ins Haus am Waldsee nach Zehlendorf, und ein paar Stühle weiter lacht Oskar Huth, und ich Idiot sprech ihn nicht mal an!

Das Datum steht im Taschenkalender, es spielt keine Rolle, aber es war während der Hochkonjunktur der Prinzipienreiterei, als die Simpelköpfe aus dem eben erschienenen *Kursbuch 15* den Tod der Literatur herauslasen, in der Zeit, als das Schreiben zumindest nützlich zu sein hatte und in der fast keine Lesungen stattfanden, weil jeder Veranstalter Störungen fürchtete. Und da saßen wir einen Abend, fünfzig, sechzig Leute, und lachten uns krumm. Erst über die Parodien von

Bieler, der drei Jahre zuvor aus der DDR nach Prag und nun nach dem Einmarsch der Russen nach München geflohen war, dann über die Späße und Kalauer von Fuchs. Es gab solche Stunden, in denen ich vergaß, dass ich bis gestern noch ein Mörder werden wollte.

Trotzdem gehört dieser Abend in meine Beichte, weil wir danach, zwanzig, dreißig Leute, von der Literatur aufs schönste beschwingt, in einer Kneipe im südlichen Zehlendorf direkt an der Mauer uns sammelten und mein Freund Hannes auf Oskar Huth, genannt Hüthchen, den Klavierstimmer, zu sprechen kam, das schmale laute Männchen, das mit Fuchs und Bieler am Nebentisch saß.

Schreibt der eigentlich auch?, hatte ich gefragt. Nein, wird Hannes gesagt haben, alle Freunde drängen ihn zu schreiben, der hat wirklich Romane erlebt. Aber er weigert sich. Der hat den Krieg überstanden, in Berlin, ohne Soldat zu sein, das musst du dir von ihm erzählen lassen. Der hat sich nicht nur vor der Wehrmacht gedrückt, der hat sich versteckt mit falschen Papieren, der hatte eine Druckmaschine und hat Ausweise gefälscht und Lebensmittelkarten gedruckt und verteilt, an die Juden, an versteckte Leute, unglaubliche Geschichten, und wenn er in Fahrt kommt, dann lachst du sogar über die Nazischeiße.

In Gedanken war ich sofort bei den Groscurths und der Europäischen Union, vielleicht gab es da Verbindungen. Ich kannte nur das Gerücht, Hüthchen hätte irgendwas gegen die Nazis gemacht, nun staunte ich ihn an, und wie ich mich kenne, muss ich vor Ehrfurcht erstarrt sein. Ein pfiffiges, faltiges, schmales Gesicht über dem Schnurrbart, das wäre ein Gesicht für Catherine gewesen, ein Ruinengesicht, aber ein fröhliches. Seine glorreichen Taten sah man ihm nicht an, so einer liebte die Glorie nicht. Auch nach dem zweiten Bier wagte ich nicht, näher heranzupirschen, er trank, er trank viel, er rühmte sich als *freischaffender Trinker*, ich war kein Säufer und wollte keiner werden, außerdem hatte ich das Auto vor der Kneipe stehen. Natürlich konnte ich ihn nicht einfach nach Journalistenart anquatschen: Na, Herr Huth, wie war's denn so im Widerstand? Der hätte mich geohrfeigt, für das Na, das Herr, das Sie und für die Frage sowieso. Meine einzige Chance war, den Stuhl an den Nachbartisch zu rücken und mich dem listenreichen Klavierstimmer wenigstens bekannt zu machen, um bei besserer Gelegenheit auf den Busch zu klopfen.

Nicht einmal das schaffte ich, obwohl es ein langer Abend wurde. Was mich hinderte, war nicht nur die Scheu, den guten Mann für meine Zwecke auszubeuten. Da war Angst im Spiel vor einem schwer berechenbaren Säufer, dann die Schüchternheit vor einer Figur, die in sechs Jahren Krieg wahrscheinlich mehr Mut gezeigt hatte als alle hier trinkenden Dichter, Dichterfreundinnen und Dichterfreunde zusammen. In Wahrheit aber, das begriff ich erst später, fürchtete ich mich vor mir selbst, vor meinem Dilettantismus als Fragensteller. So gehemmt war ich, dass mir nicht mal der Einfall kam, mich hinter Catherine zu verstecken, mit ihr und der Kamera bei Oskar aufzutauchen und dann loszufragen.

In meiner unzuverlässigen Erinnerung endet der Abend mit Bielers Aufforderung: Kommt, jetzt pissen wir alle an die Mauer! Und ich sehe uns in der nicht sehr kalten Nacht die paar Meter hinüber zur Mauer wanken, ein gutes Dutzend Männer, und gegen den Beton pinkeln. Ein Witzbold, wir waren eine Horde von Witzbolden, würzte die Taufe mit dem alten Klospruch: Näher ran, er ist kürzer, als du denkst!

Schon auf der Fahrt nach Hause, höchstens vier Bier

geschluckt, ärgerte ich mich über meinen mangelhaften Forschungstrieb und fasste, wie immer, wenn ich spätabends allein war, die tollsten Vorsätze. Oskar ausfragen, möglichst bald. Alle irgendwie greifbaren Leute aus dem Umkreis der Groscurths anschreiben, anrufen, besuchen, ausfragen, zuerst Frau Rentsch und Frau Richter. Und weiter, irgendwo müssen sie aufzuspüren sein in Berlin, die versteckten Juden, die überlebt haben, und die Leute, die sie versteckt haben, warum kennt die keiner? Warum sind die heute immer noch versteckt? Ich wusste sogar, wo ich anzufangen hätte, bei Annelieses Freunden, den Blochs. Sie Taxifahrerin, er Jude und Kommunist, sie versteckt ihn in ihren anderthalb Zimmern, sie haben Glück, tausendmal Glück, werden ein Paar, leben bei Anneliese um die Ecke, immer noch in den anderthalb Zimmern im Horstweg – was für Dramen mit Happyend wären da aufzublättern, was für Schätze wären da zu heben!

Nichts davon tat ich. Außer mit Frau Groscurth habe ich mit niemandem geredet, der im Widerstand war, nicht einmal mit den Witwen Rentsch und Richter. Gewiss, ich konnte mich nicht in einen Historiker verzaubern, einen Feld- und Heimatforscher, der mit Tonband und Papier herumzieht und jeder Spur und jedem Namen folgt. Ich wollte mir, das war ja vernünftig, nicht noch mehr aufladen, meine Pläne nicht endlos weiterwuchern lassen, doch das ist keine Entschuldigung. Ich hätte ja auch, statt einem verstockten alten Nazirichter nachzujagen und Beweise gegen ihn zu sammeln, die stillen Versteckten und die unentdeckten Helfer suchen, befragen, rühmen können, wie es erst fünfzehn, zwanzig, dreißig Jahre später nachgeholt wurde. Oder ich hätte andere anstoßen können, solche Recherchen anzufangen. Aber ich habe, zugegeben, nur an mich gedacht. Und wer nach meiner Schande sucht, hier liegt sie, in der Trägheit des Egoismus, nicht im Mord.

Das meine ich mit Versager: Da ist ein junger Mann, der unter falschem Namen mit selbst gefälschten Papieren unter lauter Nazis in der Wohnung einer evakuierten Freundin lebt, kein Geld hat und im Jahr 42 beschließt, mit Hilfe einer Druckmaschine, einer lithographischen Handpresse, zu überleben. Er versteht was vom Fach, er darf nicht als Hochstapler, er muss als Tiefstapler auftreten. Er gibt sich als technischer Zeichner der Dahlemer Museen aus und fragt in den Berliner Druckereien herum, ob irgendwo solche alten Maschinen herumstehen. Nach endlosen Laufereien endlich ein Tipp, er gerät an einen Chef, der kein Nazi zu sein scheint. Allein die Mühe, so zu reden, dass der einen nicht gleich rausschmeißt, so zu reden, dass der einen nicht als Spitzel verdächtigt, so zu reden, dass man als Fachmann für Druckmaschinen überzeugt, so zu reden, als sei man ein Legaler, so zu reden, dass der Chef persönlich mit in den Keller geht, so zu reden, dass der die kleinste, sogar zerlegbare Maschine anbietet, so zu reden, dass der die fast umsonst abgibt und auch noch die Handkarre leiht, mit der dieser junge Mann die Presse, neun Zentner immerhin, allein durch halb Berlin bis in seinen Keller wuchtet, wobei ihm noch der schärfste Nazi des Hauses hilft, dann Papier beschafft, Buttermarken druckt, verscheuert und verschenkt und in endlosen Fußmärschen durch das zerbombte Berlin an versteckte Leute liefert – und so ein Mann sitzt zwei Meter neben dir, und du schaffst es nicht, ihn zum Erzählen anzustiften, keine einzige seiner märchenhaften Erinnerungen aus ihm herauszulocken. Ein anderer hat sie viel später aufgeschrieben, aber du liest sie erst in den neunziger Jahren, als er tot ist, der Charlie Chaplin des Widerstands.

Fata Morgana auf dem Teufelsberg

Über Nacht waren zwei, drei Zentimeter Schnee gefallen, der letzte Schnee des langen Winters. Bei kaltem, klarem Wetter bot der Teufelsberg die schönste Abwechslung und die weitesten Aussichten über Mauern und Grenzen. Catherine war guter Laune, vielleicht weil sie entschieden hatte, ohne mich nach Mexiko zu reisen, vielleicht freute sie der Schneefilm mit seinen Reizen und Kontrasten. Sie hatte die Kamera dabei, wir stiegen den kleineren der beiden Trümmerhügel hinauf, sie fasste meine Hand.

Sobald wir auf dem glatten Weg die Höhe der Baumkronen des Grunewalds erreicht hatten, schien die Luft noch klarer, und mit jedem Schritt zeigte das weiche Fernbild der Stadt deutlichere und plastischere Konturen. Dächer, Kirchtürme, Hochhäuser, Schornsteine, Gasometer, der schmale und endlos weite Streifen der vom Schnee gesprenkelten Stadtlandschaft unter dem hellen Winterhimmel, alles kam mir so nah wie entrückt, so greifbar wie entfernt vor, dass ich, beinah erschrocken vor dem gewohnten Anblick, meine empörte Erzählung über Anneliese Groscurths Richter unterbrach. Die Sicht vom Westen auf den Westen reichte bis weit in den Osten hinein, der die Mitte war, im fernsten Dunst neben der Siegessäule der neue Fernsehturm.

Berlin lag wie eine Fata Morgana vor uns, immer weiter weg rückend, je näher und höher wir kamen. Ein in die Luft gespiegeltes Panorama von fast 360 Grad Weite, das nicht das Geringste von dem zeigte, was wir unser Leben nannten, nichts, wie wir hier wohnten, wie wir lernten, rebellierten, vagabundierten. Als gäbe es uns gar nicht in dieser Oase mitten in der Wüste der Kiefernwälder. Und keine Richter, Politiker, Beamten, Rentner und all die ungehobelten Gestalten. Unter den Dächern, sagte das Bild, vor dem Funkturm, dem Europacenter, den Backsteinkirchen sind wir alle gleich. Die Stadt da unten schien so neutral wie ihre Fassaden, mit so viel Platz, so vielen Möglichkeiten. Die Zukunft, die Vernunft, die besseren Argumente und das Wahre Schöne Gute, alles, was, wie ich damals dachte, sowieso auf unserer Seite war, passte in dies zerzauste, zerstrittene, verrückte Berlin. Unsere Ideen, bildete ich mir ein, werden Berlin vor der Versteinerung, der Verrottung retten. So erwachte ein neues Gefühl in mir, zum ersten Mal in sechs Jahren: Ich liebte sie, diese verdammte Stadt!

Gerade als ich diesen unerhörten Gedanken aussprechen wollte, nach passenden Worten suchend, fragte Catherine:

– Hat sie denen nicht auch Munition geliefert?

Ich begriff nicht sofort, dass sie Anneliese Groscurth meinte.

– Natürlich hat sie das, aber da diese Beamten und Richter ihr sowieso aus allem einen Strick gedreht haben, spielt das fast keine Rolle. Außerdem, sie hat dem Senat viel weniger Munition geliefert, als wir heute dem Senat liefern mit den Protesten. Der Unterschied ist nur: Es waren härtere Zeiten und sie war allein. Natürlich hat sie mit der DDR sympathisiert, aber extrem maßvoll.

– Ich meine, hat sie was falsch gemacht, aus deiner Sicht?

– Nichts, sagte ich, fast nichts. Sie war wie Millionen andere gegen die Wiederbewaffnung – und eine der Ersten, die dafür mit Berufsverbot bezahlt haben. Auch sonst war sie ihrer Zeit einfach zu weit voraus. Was für uns der 2. Juni ist, war für sie der 15. August: Wenn die Polizei sich kriminell verhält, muss man wenigstens Untersuchungen anstellen, das hat man an der FU nach dem Tod von Ohnesorg auch getan. Der Groscurth-Ausschuss war leider gesteuert, das war ihr Pech. Dann ist sie

1952 in Polen gewesen, in Auschwitz, hat mit Angehörigen der Opfer gesprochen, das hat man ihr auf die hämischste Art vorgeworfen, auch da hat sie zu früh das Richtige getan. Ein Vorgriff auf die Ostpolitik, wenn du so willst. Und wer hat schon in den fünfziger Jahren darauf bestanden wie sie, dass die freiheitlich-demokratische Grundordnung nicht Ja-Sagen heißt, sondern: kritische, abweichende Meinungen äußern dürfen? Das müssen wir der Mehrheit heute immer noch beibringen. Schließlich hat sie, notgedrungen, in Ost und West praktiziert, also etwas getan für die innere Einheit, was jeder Sonntagsredner fordert.

Catherine sah mich skeptisch an.

– Ja, da sind die Propagandaschriften des Groscurth-Ausschusses, furchtbares Zeug, ich weiß, aber die westlichen Propagandaschriften hatten den gleichen Stil, einseitig, schwarzweiß, voll Häme und Hass. Gelogen wurde auf beiden Seiten, im Osten mehr, im Westen weniger. Außerdem, ihr war die konkrete Rechtshilfe wichtiger als die Sprache von Broschüren. Wenn ich sage: fast nichts falsch gemacht, denk ich an die Kandidatur für das Berliner Abgeordnetenhaus, das hab ich noch nicht erzählt, im Dezember 1954, auf der Liste der SED, bei der sie kein Mitglied war, auf einem unteren Listenplatz als Opfer des Faschismus. Nicht schön, gerade anderthalb Jahre nach dem 17. Juni, sie wollte, sagte sie, da mit ihrer Wahl sowieso nicht zu rechnen war, nur ein Zeichen setzen, dass es die Opfer des Faschismus noch gibt – gegen die Nazis bei CDU und FDP, außerdem fänden sich im Programm der SED West keine verfassungsfeindlichen Ziele, sie habe auch nie eine Rede für diese Partei gehalten. Da solltest du nachsichtig sein, sagte ich, wer jahrelang, was später bekannt wurde, Opfer eines so genannten Kampfbundes gegen Unmenschlichkeit war, mit Terroranrufen, Beschimpfungen und gezielten Lügen …

– Ist schon gut, sagte Catherine.

Das letzte Stück war steil, der Schnee härter gefroren und glatter, wir rutschten und gelangten nur mit kleinen Schritten quer zum Hang nach oben. Auf der Kuppe angekommen, blickten wir zum anderen Gipfel des Teufelsbergs hinüber, wo immer noch Schutt angekarrt wurde. Der Wind war schwach, die Kälte gut auszuhalten. Wir waren fast die Einzigen hier oben, für Rodler zu wenig Schnee, für Drachen zu wenig Wind, für Spaziergänger zu glatt.

– Der ganze Krampf des Kalten Krieges, sagte ich, war ja auch ein Sprachkrampf. Die Einzigen, die ihr eine Sprache anboten, die zu ihren Gedanken und Überzeugungen halbwegs passte, das waren die im Osten. Die haben sie benutzt, ihr Orden angehängt. Der Westen dagegen war so mit seinem Hass auf den Osten beschäftigt, dass Anneliese hier nichts als Kriegsdeutsch hörte. Deshalb gingen Leute wie sie ja reihenweise in die DDR oder in die entsprechende Westpartei, bis die meisten nach einigen Jahren frustriert wieder ausstiegen – auch dieser Versuchung hat sie widerstanden, grade deswegen zerrten die Richter sie auf den Scheiterhaufen der Paragraphen.

Eine spontane Phrase, auf die ich stolz war, die sofort notiert werden musste, Catherine fragte ungerührt weiter:

– Orden? Hätte sie die nicht ablehnen können? Mit dem Argument: Ich bin neutral, das ist ein SED-Orden, oder: Ich bin Westberlinerin.

– Sie hat gesagt, sie finde die Ordenstour grauenvoll, aber sie habe die beiden Orden als Anerkennung für Georgs Widerstand begriffen. Wir unterschätzen immer, glaub ich, wie feindlich es zwischen Ost und West zuging. Wenn auf der einen Seite der Vertreter des Senats vor Gericht sie als Ärztin mit der Giftspritze diffamiert und den Widerstand gegen die Nazis verhöhnt und wenn sie auf der andern Seite ein wenig Respekt bekommt als Friedensfreundin, soll sie da die wenigen Leute, die zu ihr halten und das Andenken ihres Mannes wahren, mit der Ablehnung solch eines Ordens verprellen? Die Unterstützung, die Sympathie ihrer Freunde zu verlieren, das machte ihr mehr Furcht, als den Gegnern neue Munition zu liefern. Außerdem gab es wohl ein bisschen Geld, das sie in ihrer Lage dringend brauchte, aber korrumpierbar war sie, da bin ich sicher, auch in diesem Punkt nicht. Nur die Clara-Zetkin-Medaille, auf die war sie persönlich stolz, die wurde nämlich nur an Frauen gegeben, an berufstätige, vorbildliche, tapfere Frauen. Und warum sollte sie solche Ehrungen ablehnen, wenn gleichzeitig, seit 1957, im Westen wieder die Mörder-Orden der Nazis getragen werden durften?

Catherine hantierte mit ihrer Kamera, die Farben des Himmels hatten sich verfeinert. Die Zirruswolken waren hellrot geworden, und die dunkleren Wolken im Nordosten, die neuen Schnee versprachen, wurden von der sich neigenden Sonne violett getönt. Auch das Himmelsblau wurde dunkler, während auf der Seite der Sonne die sattere Rötlichkeit zunahm. Das Spiel des Himmels mit seinen Farben verschob und änderte sich in jeder Minute, in jeder Sekunde, und ich beneidete weder die Maler noch die Fotografen um die Arbeit, die prächtigsten solcher Momente festzuhalten. Catherine war beschäftigt, wechselte Linsen und Filter. Ich durfte mit keiner Bemerkung stören. Besser Landschaftsfotografie, dachte ich, als Soziologie.

Ein Fluch, dann gab sie auf.

– Das Olympiastadion, ich wollte das mal hinkriegen mit dem satten Himmel drüber, sagte sie, aber wir sind zu weit weg.

Wir rutschten und kletterten abwärts, den nördlichen Abhang hinunter, bis wir einen unteren Waldweg erreichten.

– Ist Frau Groscurth nicht eigentlich unpolitisch?, fragte Catherine.

– Quatsch! Sie kommt aus großbürgerlicher Familie, sicher, Industrielle, und in harmloseren Zeiten wäre sie vielleicht unpolitisch geblieben. Die Nazis haben sie politisiert, damals, und nach dem Krieg erst recht. Sie war ja extrem bescheiden und ist es noch: Im Sinne ihres Mannes wirken, mehr wollte sie nie. Aber wenn du siehst, wie die Nazibeamten die Ämter besetzen, wie Nazigeneräle wieder die Jugend kommandieren, wenn SS-Verbände sich treffen und feiern, wie Landsmannschaften, die am liebsten morgen in Polen und der Tschechoslowakei einmarschieren, von der Regierung hofiert werden und die Verfolgten des Naziregimes sich nicht öffentlich versammeln dürfen ...

– Ich weiß, aber irgendwie ist das doch nur moralisch ...

– Nur, sagst du, nur? Seit wann ist moralisch nicht politisch? Haben dir das deine Soziologen beigebracht?

Sofort verstrickten wir uns in einen sinnlosen Streit um das ideale politische Verhalten, in die Plattitüden der endsechziger Jahre, die zum Glück nicht in mein Geständnis gehören.

Schaden an Leben, Schaden an Freiheit

Fortsetzung folgt: Die Ärztin Groscurth gibt es nicht auf, das Abenteuer, in einem Rechtsstaat das Recht zu suchen.

Die Entschädigungsgesetze sind neu gefasst, die Begriffe *Opfer des Faschismus (OdF) und Politisch / rassisch Verfolgte (prV)* verschwinden, jetzt regelt ein *Bundesgesetz zur Entschädigung für Opfer nationalsozialistischer Verfolgung (BEG)* den Schaden an Leben und den Schaden an Freiheit. Also macht sie mit einer jungen, engagierten Anwältin im Herbst 1954 einen neuen Anfang. Es geht um Georgs Rehabilitierung und ihre Ehre, sie besteht auf dem alten Wort Ehre.

Sie muss die wirtschaftliche Stellung Georgs in den letzten Jahren vor seinem Tod belegen, seine Einkünfte ermitteln, als Oberarzt in Moabit, als Dozent an der Universität, als Arzt mit Privatpraxis in der Landhaus-Klinik. Sie muss Georgs frühere Kollegen aufspüren, die ihr Bescheinigungen über seine Tätigkeit ausstellen und das Gehalt errechnen. Steuererklärungen aus den Jahren 1939 bis 1944 werden verlangt. Nachweise, dass sein Tod in ursächlichem Zusammenhang mit der Verfolgung stand. Das Todesurteil ist verschollen. Robert baut seinen Fotoapparat im Wohnzimmer an der Stalinallee auf, legt sein Urteil auf den Teppich und fertigt eine Kopie an. Sie muss eidesstattliche Versicherungen über die Verhaftung, über die Haussuchung und die von der Gestapo entwendeten Gegenstände beibringen. Über den Widerstand weiß man in den Ämtern nichts, das hat sie inzwischen gelernt, also legt sie ein Buch bei, aus dem Westen, Weisenborns *Der lautlose Aufstand*, in dem die Europäische Union und Georgs Rolle gewürdigt werden. Kein Antrag ohne Heiratsurkunde, Geburtsurkunden der Kinder, Sterbeurkunde. Mietkosten und Einkommensverhältnisse darlegen. Außer dem Schaden an Leben kann sie Schaden an Freiheit, an Eigentum und Vermögen und Schaden im beruflichen Fortkommen geltend machen. Zum guten Schluss ein Zusatzfragebogen: In welcher Nazi-Organisation? Also die Frauenschaft, das soll nicht verschwiegen sein. In welchen kommunistischen Organisationen? Keine, auch nicht im Kulturbund, dem FDGB oder in der Vereinigung der Verfolgten des Naziregimes, nein. Aber so schnell lassen die nicht locker: *Haben Sie sich seit dem 9. 2. 1951 kommunistisch betätigt oder haben Sie seitdem die Zwecke der kommunistischen oder sonstiger volksdemokratischer Organisationen gefördert oder einer solchen Organisation angehört?* Nein. *Wenn ja, welcher?* Strich. Datum. Unterschrift.

Ein Jahr dauert es, bis die beiden Frauen die Unterlagen beisammenhaben. Ungezählte Telefonate, Briefe, Bürogänge, Wartestunden. Harte Arbeit, aber nun ist alles ordentlich bewiesen und beglaubigt, endlich können sie die Papiere mit den entsprechenden Anträgen der Söhne im September 1955 beim Entschädigungsamt Berlin einreichen.

Das Amt wird ein paar Monate brauchen, Frau Groscurth freut sich auf die Pause im Kampf mit der Hydra. Sie möchte das Wort Kampf vergessen, sie hasst das Kämpfen, sie mag das Wort nicht, das sie ihr im Osten zuschreiben, Friedenskämpferin, ebenso falsch-pathetisch wie der Begriff Widerstandskämpfer, der im Westen sich einbürgert. Lieber sagt sie: die Anständigen. Nach vier Jahren pausenloser Verteidigung gegen die Hydra der Ämter und Gerichte ist sie völlig erschöpft, seit dem Krieg konnte sie sich nur kurze Ferien im Osten oder in Wehrda leisten, sie träumt von Erholung, fern von Deutschland. Da kommt ein Geschenk des Himmels, die Einladung zu einem Kongress nach Davos im März, eine Woche Fortbildung

Bergluft, die Pharmafirma zahlt, sie braucht nur den Reisepass und füllt auf der Meldestelle den Antrag aus.

Die Hydra aber schläft nicht, lässt sie nicht aus den Augen, lässt sie nicht entwischen. Die Hydra im Briefkopf des Polizeipräsidenten teilt ihr am 23. November 1955 mit, für Leute wie sie gebe es keinen Pass: *Ihre bisherige politische antidemokratische Aktivität rechtfertigt die Annahme, daß Sie als Paßinhaberin erhebliche Belange der Bundesrepublik Deutschland und des Landes Berlin gefährden.*

Die Hydra lässt sich sogar herab, die Gründe zu nennen: der Groscurth-Ausschuss, eine Reise in die *unter polnischer Verwaltung stehenden deutschen Gebiete,* den «Vaterländischen Verdienstorden» und die Clara-Zetkin-Medaille der DDR.

Sie haben gute Spione, aber keine Ahnung, sagt sie der Anwältin, alles verkehren sie als Munition gegen mich. Der Orden ist ihr, stellvertretend für Georg, für den Widerstand gegen die Nazis gegeben worden. Hätte sie den ablehnen sollen, nur um sich hier Scherereien zu ersparen? Also den Widerstand leugnen aus Opportunismus? Bei so viel Hass, der auf sie niederregnet, einmal eine kleine Anerkennung, warum gönnt man ihr nicht mal das? Und die Zetkin-Medaille ist für mutige Frauen, damit hat Havemann ihr was Gutes tun wollen, als sie sich aus dem Ausschuss zurückzog. Und die Reise nach Polen, die ging nicht in *deutsche Gebiete,* sondern nach Auschwitz, mit anderen Leuten aus dem Widerstand, vor allem aus Frankreich. Gefährdet ein Auschwitz-Besuch jetzt auch schon die Bundesrepublik? Und der Ausschuss, den sie längst verlassen hat, der längst eingeschlafen ist, werden sie ihr den ewig und drei Tage vorhalten?

Wieder ein Klage-Schriftsatz, der vierte nach Arbeitsgericht, Landesarbeitsgericht, Verwaltungsgericht wg. Entschädigung, jetzt wieder beim Verwaltungsgericht für das Recht auf den Pass.

Die Hydra beim Polizeipräsidenten kontert mit den alten Argumenten der Arbeitsgerichte, mit langen Zitaten aus Ostberliner Zeitungen über den Groscurth-Ausschuss, als wäre Frau Groscurth für die Formulierungen der Parteipresse verantwortlich, als wäre sie Ulbricht, nur schlimmer als Ulbricht, weil sie sich tarnt, und noch viel schlimmer, weil sie nicht bei Ulbricht lebt.

Also wieder antworten, alles noch mal von vorn. Anneliese bewundert die Geduld ihrer Anwältin vor der Sturheit der Hydra: Rechtshilfe als Aufgabe des Groscurth-Ausschusses, Beweise, dass sie damit schon lange nichts mehr zu tun hat, mit den Schriften sowieso nicht, immer wieder Georgs Widerstand. Immer wieder der Versuch, ihre Position zu klären: *Wenn die Klägerin sich verpflichtet fühlt, das ihrige dazu zu tun, um in dem unglücklichen Kampf zwischen Ost und West Übergriffe zu verhindern oder an das Gewissen aller beteiligten Kreise zu appellieren …* Das Gewissen, das hört sie gern, die Hydra. Und wieder: *keine Kommunistin, sondern Pazifistin, die auf Grund ihrer bitteren Erfahrungen in den Kontakt mit jenen Kreisen gekommen ist, die ihrer Meinung nach gegen Faschismus und Terror und für den Frieden kämpfen.*

Wieder spuckt das Monster ein Urteil aus, im Februar 1956. Die Klage wird abgewiesen, die Kosten trägt die Ärztin: kein Reisepass. Statt Erholung in Davos das Gift von Berlin.

Hat da jemand vom Verwaltungsgericht etwas anderes erwartet als von den anderen Köpfen der Hydra? Die Argumente und Verdrehungen der Arbeitsgerichte, zugespitzt vom Polizeipräsidenten, werden von den Verwaltungsrichtern noch einmal zugespitzt. Gerade weil Frau Groscurth als Witwe eines ermordeten Nazi-Gegners besonders vertrauenswürdig sei und in anderen Ländern Gehör und Verständnis finden werde, fürchten die Richter, dürften ihre *gegen die freiheitlich-demo-kratische Grundordnung gerichteten Schilderungen über die Bundesrepublik und Berlin Glauben finden.* Auch das sei ein Grund, ihr keinen Reisepass zu geben.

Für die Reise in die Schweiz ist es längst zu spät, aber sie will nicht in Deutschland eingesperrt sein, also die 5. Klage, Berufung beim Oberverwaltungsgericht. Die Anwältin bittet, Frau Groscurth endlich als die zu sehen, die sie sei, eine Frau, die weitere Kriege verhindern will. Wieder ein Appell an das demokratische Verständnis der Hydra: *Es gehört aber zur Haltung echter Demokratie, auch einem politisch Andersdenkenden seine Meinung zu belassen und ihn nicht die Stärke der überwiegenden Meinung fühlen zu lassen.*

Da fällt der Hydra etwas Neues ein: die Sache hinschleppen, den Gegner zermürben. Das Oberverwaltungsgericht stellt eine Reihe von Fragen zum Ausschuss: *Welche demokratischen Rechte sollen geschützt werden? Welche Satzung hat der Groscurth-Ausschuss? Was sind Patrioten? Was sind Kriegshetzer? Was sind,* bitte schön, *Faschisten?*

Auch das beantwortet sie, widerwillig, müde, gewissenhaft.

Kaum hat sie die Hausaufgaben gemacht, um das Recht jedes Bürgers auf einen Pass zu erstreiten, da schneit ihr wenige Tage vor Weihnachten 1956 der Bescheid des Entschädigungsamts ins Haus: Alle Anträge, Belege, Dokumente umsonst – nichts, kein Pfennig für Georgs Verfolgung und Ermordung, weil sie sich im Ausschuss für die Volksbefragung betätigt, damit die Grundordnung bekämpft und einer Gewaltherrschaft Vorschub geleistet habe.

Die Hydra gibt nicht nach, der Vorrat an Gift ist unermesslich, sie will ihr Opfer erschöpft und winselnd am Boden sehen. Anneliese hat keine Wahl, sie muss noch einmal klagen, ein letztes Mal, denn diesmal geht es nicht gegen verbohrte Arbeitgeber, nicht um das Recht auf einen Pass, jetzt geht es um Georg.

Wieder eine Klage, die sechste, im März 1957 beim Landgericht Berlin gegen das Land Berlin, vertreten durch den Senator für Inneres, vertreten durch den Direktor des Entschädigungsamtes. Wieder die Hydra Demokratie lehren: *Ein Widerspruch gegen das Regierungsprogramm der Bundesregierung stellt noch keine verfassungsfeindliche Tätigkeit dar. Eine Ansicht, ein Gesetz oder eine Anordnung behördlicher Organisationen zu kritisieren ist Vorrecht und Pflicht eines jeden Bürgers. Insbesondere zu einer so wichtigen lebensentscheidenden Frage wie der Militarisierung Deutschlands.* Wieder die Namen derer nennen, die seinerzeit der gleichen Meinung waren. Wieder auf Gerichte verweisen, die, sogar in Berlin, Anhänger der Volksbefragung freigesprochen haben. Wieder die Hydra bitten zu begreifen, dass der Ärztin jede verfassungsfeindliche Bestrebung fremd ist und dass sie nie die Absicht gehabt hat, einer Gewaltherrschaft Vorschub zu leisten.

Die für Entschädigung zuständige Hydra ist nicht faul und verdoppelt, verdreifacht den Giftatem: Frau Groscurth hätte mit der Volksbefragung den Bundestag und die Regierung nötigen wollen und damit gegen das Grundgesetz verstoßen. Die Hydra beruft sich, um sie zum Schweigen zu bringen, auf das von der Landesarbeitsgerichts-Hydra gefertigte Urteil. Und schlägt ihr die Vorwürfe, Verdrehungen und Lügen der Polizei-Hydra über den Groscurth-Ausschuss um die Ohren, *ein wichtiges Mittel zur kommunistischen Zersetzungsarbeit.*

Sie kann das alles nicht mehr lesen, nicht mehr hören, sie

gibt, um endlich verstanden zu werden, eine Erklärung ab, die ich heute den Groscurth'schen Imperativ nennen würde:

Wenn ich meine Patienten übersehe, so brauchen über die Hälfte von ihnen meine ärztliche Hilfe, weil sie an den Folgen des Krieges leiden und mit diesen körperlich und seelisch nicht fertig werden. Es kann aber und darf in Zukunft nicht Aufgabe der Ärzte sein, ständig vordringlich die gesundheitlichen Schäden, die durch Kriegseinwirkungen entstanden sind, zu beseitigen. Wir wissen, daß es auf der Welt noch so viel nicht durch Menschenhand entstandenes Leid zu verhüten und zu bekämpfen gibt, ich denke an das Krebsproblem, Seuchen u. ä. Hier wollen wir uns einsetzen. Diese Arbeit ist aber nur möglich, wenn Frieden ist, und daß dieser Frieden erhalten bleibt, daran muß sich der Arzt aktiv beteiligen.

Das Weinen der Mütter beim Anblick der Panzer

Was für eine Überraschung, als ein dicker Brief von meiner Mutter eintraf, es muss im März gewesen sein. Auf meine Frage während der Weihnachtstage nach Frau Groscurth habe sie in den Schubladen gekramt und Aufzeichnungen von März, April 1945 aus Wehrda gefunden und alles abgetippt. Nur einmal habe sie eine Art Tagebuch geführt, damals, als der Krieg zu Ende ging und die Amerikaner kamen, da stehe auch was über Frau Groscurth. Aber es ist mir auch etwas peinlich, schrieb sie, was ich dir da gebe, ich war halt sehr jung.

Acht eng beschriebene Seiten, ich las sie sofort.

«30. 3. 45. Karfreitag. Morgens mußte der Volkssturm antreten und abmarschieren. Sie sind nach Eisenach beordert. Ein schwerer Abschied! – Gottesdienst noch ungestört. Hinterher schmückten die Konfirmanden die Kirche für die Konfirmation am Ostersonntag. Die Kirche sieht wirklich sehr schön aus. Nur die Girlanden fehlen noch. Und auf den Altar kommt noch die weiße Decke und die Blumen. Aber das wollen wir erst morgen machen. – Nachmittags um ½ 3 Uhr sehe ich den Volkssturm nach Hause kommen und höre gleich darauf, daß angeblich in 3 Stunden die erste Panzerspitze hier ankommen soll. Ob es stimmt? Auf alle Fälle sehe ich noch mal mein Marschgepäck nach. Man hört Fliegerbrummen und Schießen. Ich gehe zu den Kindern und sage mir, daß ich ja unmöglich mit dem Baby und dem kranken Kind in den Wald fliehen kann, wenn es sein sollte und befohlen würde. So bleibt mir nichts anderes, als uns Gott zu befehlen. Wir stehen in Seiner Hand. Er möge uns all unsere Schuld vergeben, Jesus starb ja deshalb für uns, und möge uns, wenn es Sein Wille ist, noch heute in Sein Reich nehmen! – Der Große möchte die Bilderbibel ansehen. Das ist mir sehr recht und ich setze mich zu ihm. Auf einmal höre ich ganz, ganz tief über uns Flieger brummen und ein Knattern und Getöse auf der Straße. Nach einer Weile gehe ich ans Fenster, um zu sehen, was da los ist. Da sehe ich aus der Richtung Langenschwarz einen Panzer nach dem andern kommen. Da natürlich jeder Widerstand von uns hier Wahnsinn wäre, ist bei der Darlehnskasse schon eine weiße Fahne aufgestellt. Und nun rollen also seit etwa ¾ 5 Uhr ununterbrochen Panzer, Panzerautos und kleine wendige Autos durch unser Dorf in Richtung Rhina-Neukirchen. Da der Große jetzt ruhig ist und sich still die Bilderbibel ansieht gehe ich auch mal nach draußen auf den Hof, wo Groscurths schon stehen. Frau Dr. Gr. weint und Frau Plumpe sagt zu mir: ‹Hätten sie nicht ein Jahr eher kommen können, dann lebte mein Schwiegersohn noch!› Ihr Gerede konnte ich nicht weiter anhören. Ich stellte mich abseits von ihnen. Da kamen auch mir die Tränen, aber wahrhaftig aus anderen Gründen. Armes, armes Deutschland. All die Opfer, die die Menschen im Krieg bringen mußten! Und was wird nun erst für Not anbrechen: Arbeitslosigkeit, Hungersnot und Krankheiten! Es ist kaum auszudenken. Der einzige Trost, der uns bleibt, ist, daß wir uns in Gottes Hand geborgen wissen und daß Er weiß, was wir bedürfen, ehe wir ihn bitten. – 3 bis 4 Stunden braust so ein Panzer in mächtigem Tempo nach dem anderen bei Lotzens um die Ecke. Abends ist dann Ruhe. Nur noch vereinzelt fährt ein Auto durch.»

Zuerst das Staunen über die Chronistin, von der ich nichts gewusst hatte. Dann über die Einfalt der Chronistin. Und die Ahnung, viel tiefer als vermutet mit der Groscurth-Geschichte verwurzelt zu sein.

Abends zeigte ich Catherine die Seiten, triumphierend, weil sie meine Groscurth-Leidenschaft rechtfertigten.

– Immerhin, sie ist so offen, dir das Tagebuch zu geben, obwohl sie weiß, dass du ganz anders denkst, sagte Catherine.

– Trotzdem, keine Silbe Mitleid, sonst hat sie mit allen Mitleid.

– Wie alt war sie?

– Dreiundzwanzig.

– Na also. Und wer hat sie erzogen? Nazis und Christen, wie wir wissen. Also sei nicht so streng mit ihr!

– Nicht eine Silbe Bedauern über Georg Groscurth.

– Woher sollte sie wissen, was du heute weißt?

Es war die Zeit, in der Catherine immer mehr Vergnügen darin fand, mir zu widersprechen. Natürlich hatte sie recht. Und ich war der Tölpel, der das nicht zugeben konnte.

«Ihr Gerede konnte ich nicht weiter anhören. Ich stellte mich abseits von ihnen.» Die beiden Sätze feuerten mich an. Wenn mir alles zu viel war, wenn ich flüchtig ans Aufgeben dachte, dann bestärkte mich die sanfteste aller Frauen, die ängstliche Mutter. Sie hatte sich abseits gestellt, ich musste ihren Verrat wiedergutmachen, die Schande abtragen, ich durfte mich nicht abseits stellen. Jetzt erst recht nicht.

Die Steigerung der körperlichen Leistungsfähigkeit bei Arbeit unter der Gasmaske

Auch Mörder halten den Dienstweg ein. Freisler und R. geben das Urteil des Volksgerichtshofs an den Reichsanwalt, ebenfalls von Hitler ins Amt gesetzt, der es weiterreicht an die Komplizen in der Wilhelmstraße beim Reichsminister der Justiz. Die ministerialen Spießgesellen freuen sich, gebildete Menschen, die gerne den Cäsar spielen, Daumen nach unten oder nach oben. Nach unten heißt: den Scharfrichter Röttger beauftragen. Nach oben: den Scharfrichter Röttger vorerst anderweitig beschäftigen, die Hinrichtung noch ein bisschen schieben, die Hochverräter am deutschen Volk schmoren und hoffen lassen, ein paar Tage, Wochen, höchstens Monate, falls sie dem deutschen Volk noch nützlich oder für andere Prozesse auszuquetschen sind. Gegen Todesurteile gibt es keine Revision. Mit Gnadengesuchen kann im besten Fall die Vollstreckung vorläufig ausgesetzt werden, wie lange, wie vorläufig, das entscheidet die Wilhelmstraßenbande.

Die Verurteilten stellen solche Gesuche, für Dr. Groscurth plädiert der Anwalt Hendler: Der allgemein anerkannte hervorragende Arzt und Wissenschaftler habe geistig den Boden unter den Füßen verloren und sich, verwirrt, in staatsfeindliche Unternehmungen verwickelt. An der Schwere seiner Tat sei nicht zu deuteln. Er selbst wolle sich von den gefährlichen Gedankengängen frei machen. Er müsse der Wissenschaft erhalten bleiben.

Das geht an Freisler und R., die reichen es mit Ablehnung weiter. Federführend in der Wilhelmstraße sind der Ankläger beim VGH, Jaager, und der Ministerialcäsar Wellmann vom Referat IV. Wellmann schaut das Gnadengesuch und die Akte an, schaut seinen rechten Daumen an. Tadellos geschnittene Nägel, tadellos formuliertes Urteil. Ganz klar, da bleibt kein Daumen oben, solche Hochverräter hat das Fallbeil lange nicht gesehen. *Harte Zeiten, harte Pflichten, harte Herzen* heißt die Parole für das Jahr 1944, jeder Poststempel erinnert daran. Nur eins bedauert der Wilhelmstraßencäsar, außerdienstlich, auf dem Heimweg an einer Hotel-Ruine vorbeifahrend, deren hohle Fensterbögen ihn an das Kolosseum erinnern: Geheime Reichssache, niemand wird je den schönen Daumen sehen und wie er sich nach unten dreht. Cäsar allein in der Kaiserloge, nur vom Wohlwollen seines Ministers und den bewundernden Blicken der Sekretärinnen und Sachbearbeiter getragen. Sein kleines Kolosseum ist leer, keine Zuschauer, keine Reporter, kein Beifall, kein Jubel begleiten die Gesten Cäsars und erhöhen sie bei der triumphalen Vereinigung seines Rechtsbewusstseins mit seinem Selbstbewusstsein. Nein, ein Beamter muss sich bescheiden, alles bleibt geheim in drei mittelgroßen Dienstzimmern. Zuschauer, Reporter, Beifall, Jubel stehen nur dem Führer zu, der Führer hasst Schädlinge, der Führer braucht Leichen und zum Geburtstag statt Schlagsahne auf der Torte ein paar hundert Leichen mehr. Nein, der Beamtencäsar drängt sich nicht vor, maßt sich nichts an, hält sich an Gesetze und Ausführungsbestimmungen, trommelt mit dem Daumen auf die Tischplatte und diktiert: *Von einer Bekanntmachung in der Presse bitte ich abzusehen.*

Der Scharfrichter Röttger ist anderweitig beschäftigt, die Verurteilten dürfen hoffen. Sie haben das Schlimmste hinter sich. In Berlin regierte die Gestapo: Schreibverbot, Redeverbot, Hände tags gefesselt, nachts helles Zellenlicht. Bei den Verhören Schläge in den Bauch, Quälen, Fesseln, eine entsicherte Pistole auf dem Tisch. Das Ziel ist erreicht, das Urteil gefällt. Im Zuchthaus Brandenburg werden die vier nicht mehr geschlagen, sie stecken in Anstaltskleidung, dürfen keine Pakete empfangen, aber Material für die berufliche Tätigkeit, kriegswichtige Forschungen. Alle 14 Tage ist ein zweiseitiger, gut leserlicher Brief im DIN-A5-Format mit 45 Zeilen erlaubt: *Mit unserem Zustand haben wir uns alle gut abgefunden, waren jetzt auch zusammen, was wir sehr wohltuend empfanden. Anneliese hat nicht nur mich, sondern uns alle so ungemein getröstet. Was auch immer kommen mag, wir empfinden es nicht mehr als schlimm*, schreibt Groscurth kurz nach dem Urteil.

Havemann hofft auf die renommierten Kollegen am Pharmakologischen Institut, die ihm einen Forschungsauftrag für das Oberkommando der Wehrmacht verschaffen sollen. Richter aktiviert seine Beziehung zum Stabsamt Göring und will an einem System zur Fertigbauweise von Wohnhäusern arbeiten

Rentsch verfolgt die Idee, eine Immediatboje für die Kriegs-marine zu erfinden. Groscurth plant dank Fachliteratur, Bun-senbrenner, Pipetten usw., die ihm seine Frau besorgen darf, mehrere Aufsätze und eine Reihe von Selbstversuchen für die medizinische Untersuchung: Die Steigerung der körperlichen Leistungsfähigkeit unter der Gasmaske.

Die Komplizen des Scharfrichters im Reichsministerium der Justiz sind nicht glücklich über die vielen Anträge zu kriegs-wichtiger Forschungsarbeit. Die Hochverräter haben den Füh-rer geschmäht, das Reich aufs schändlichste hintergangen, das deutsche Volk seinen Feinden ausliefern wollen, den Endsieg bezweifelt – und jetzt kriegswichtige Beiträge, wer soll das glau-ben, wer soll das beurteilen? Tricks, Schiebung, Wissenschaft im Zuchthauslabor, wo kommen wir da hin! Auf die Befür-worter, Professoren, Gutachter ist sowieso kein Verlass. Wohin, wenn die Wissenschaftler anmaßend sich über die Urteile des Volksgerichtshofs erheben! Aber der Daumen ist geduldig, die Verräter werden noch für Prozesse gebraucht, das Umfeld, das ganze Rattennest ist noch nicht ausgeräuchert. Wenn alle Nebenfiguren abgeurteilt und dem Scharfrichter zugeteilt sind, werden wir den Daumen senken, bis dahin dürfen sie zittern und Wissenschaft spielen.

Bevor die Briefe der Gefangenen zur Post gehen, werden sie von den Herren im Amt gelesen. Was schreibt der Ober-arzt? Verschwendet er wieder den Platz für Ratschläge an seine Doktoranden? *Vor uns liegt jetzt alles dunkel. Es ist unendlich schmerzlich für mich, der Gedanke an Euch, und es ist doch der einzige Tag und Nacht. Ich möchte oft ein tröstendes Wort von Dir hören, Euch umarmen und sehen. Ich weiß, Du wirst alles verstehen, weil Du mein Wollen und Wünschen kennst. Unsere unruhigen Herzen sind es, die unser Schicksal beschworen. Von meinem Fenster sehe ich abends den großen Wagen, ich will ihn immer um 6 h betrachten und denke dann an Euch.*

Der Scharfrichter Röttger nimmt das Beil und zerhackt seinen Weihnachtsbaum, der Januar ist kalt, die Todeskandidaten schlottern in dünner Kleidung, in den Schüsseln laukalt das schlechteste Essen, kaum Kalorien, rechnet Groscurth aus, es wird nur schwach geheizt auf drei Heizungsrippen pro Zelle. Havemann und Groscurth haben in den ersten Wochen das Glück, nebeneinander zu hausen, und wenn sie nicht arbeiten, stehen sie an der Heizung. Halbe Nächte stehen sie so, etwas Wärme suchend und Gespräche. Sie entwickeln ein Klopfsystem mit Buchstaben, teilen das Alphabet in drei Reihen, A–H, I–Q, R–Z, und mit einem abgerissenen Hosenknopf klopfen sie leise auf die Heizrippen, zuerst mit einem oder zwei oder drei Taks die Reihe, dann die Stelle des Buchstabens in seiner Reihe, I und J sind eins. So verständigen sie sich über den Krieg, die Aussichten, die Freunde. Tak – taktaktaktak, taktaktak – taktaktaktak, das heißt: du. Tak – taktak, taktak – tak, taktaktak – taktak, taktaktak – taktaktak, das heißt: bist. Tak – taktaktaktaktak, taktak – tak, taktak – taktaktaktaktak, das heißt: ein. Und im geduldigen Takt geht es weiter, bis der Satz fertig ist, den Georg in die Nachbarzelle klopft: ein hoffnungsloser Optimist.

Robert schreibt einen Kassiber: *Klinische Erfahrungen mit schweren Erfrierungen, Elektrokardiographische Neuigkeiten, Unterschiede der Wirkung der verschiedenen Sulfonamide, Anwendung von Sulfonamiden gegen Gasbrand und Tetanus, Arsen und Agranulocythose bei Spätwirkungen von Clark-Vergiftungen … Meine umseitigen Themen betrafen theoretische und z. Tl. auch spekulative Ausarbeitungen, die Du auf Grund Deiner praktischen klinischen Erfahrungen und Deiner Literaturkennt*

nisse jetzt schriftlich herstellen sollst, um sie zur Unterstützung
Deines Gnadengesuchs an maßgebliche Stellen (Reichsärzteführer,
Reichsführer SS Himmler, Militärärztliche Akademie) zur Begut-
achtung zu senden …

Georg lässt Anneliese sondieren, welche Instanzen an welchen Forschungen interessiert sein könnten, während er in der
Zelle auf dem Fahrradergometer unter der Gasmaske ächzt
und seine Milchsäurewerte notiert. Doktoranden schicken
Dissertationen, er korrigiert. Die Anstaltsleitung hat nichts
dagegen, dass Dr. Groscurth die Vollzugsbeamten behandelt.
Auch diese Patienten schätzen ihn. Am liebsten beschäftigt
er sich mit Astronomie, studiert in Fachbüchern Gravitation,
Lichtgeschwindigkeit, Quantenbahnen und Sternnebel.

Der Schwiegervater ist der Erste, der ihn besuchen darf.
Vaters Besuch war mir eine große Freude und Beruhigung. Wie in
der Kindheit, wenn ich hohes Fieber hatte und mein Vater mir die
kühlenden Hände auflegte und zu mir sprach. Ich habe geweint,
weil ich an all das dachte, was ich verloren habe, an Euren und
meinen Schmerz; nicht aus Angst vor dem Ende. Angst habe ich
nicht, weil mich nichts schrecken kann. Alles muß ertragen werden,
wie es kommt; in meiner Lage kann man den Lauf des Schicksals
nicht beeinflussen. Wie hatte ich mir das Leben gedacht!

Seine Schwester Luise schickt Kreppel aus Wehrda, die
Leibspeise Pfannkuchen, an Anneliese nach Berlin, die sie nach
Brandenburg zum Anstaltspfarrer Barth bringt. Der versteckt
die Kreppel im Ärmel, schmuggelt sie in die Zelle und stellt
sich vor das Guckloch, bis der Häftling alles aufgegessen hat.
Der Pfarrer bietet Frau Groscurth an, ihrem Mann, an der Zensur vorbei, vertrauliche Mitteilungen zu hinterbringen.

In der Zwischenzeit nutzt der Schwiegervater, der Industrielle Heinrich Plumpe, seine Beziehungen und versucht,

die prominenten Patienten zu gewinnen, den Aufschub der Hinrichtung ihres Arztes zu befürworten. Aber selbst Wilhelm Keppler, Staatssekretär im Auswärtigen Amt und hoher SS-Mann, spricht in seinem Brief von *dem bewussten Vorgang* und *der betreffenden Behörde*, als habe er selber Angst vor der Gestapo und ihren Verdächtigungen. Auch der frühere stellvertretende Gauleiter der NSDAP-Auslandsorganisationen, Alfred Heß, ist verschreckt von den Vorwürfen gegen den verehrten Arzt, der ihm das Leben rettete. *Es ist schon ein Rätsel, wie ein gutmütiger, ausgesprochen gescheiter, bescheidener Mann ohne jeglichen politischen Ehrgeiz plötzlich zum politischen Hochverrat kommen kann.*

Nur der Pharmafabrikant Grüter und die Pharmakologen der Universität wollen auf keinen Fall auf Groscurths Mitarbeit und Forschungsdrang verzichten, aber was kümmert die kleinen Cäsars im Reichsministerium der Justiz der Fortschritt der Pharmakologie? Trotzdem schafft es der Anwalt Hendler, die Forscher und Industriellen so lange zu mobilisieren, bis das Gnadengesuch bei den allerhöchsten Mördern landet, beim Chef der Sicherheitspolizei, SS-Obergruppenführer Kaltenbrunner. Das Wunder geschieht. Der Reichsführer SS Himmler erhebt, offenbar ohne Kenntnis der Akte, Einspruch gegen die Hinrichtung. Das passt den Mordgesellen im Justizministerium aber nicht, und Himmler zieht, nach Rücksprache mit einem Herrn Theyßen, den Einspruch zurück.

Der Scharfrichter Röttger wird gut verdienen im Jahr 1944. Die Verurteilten arbeiten um ihr Leben. Groscurth unter der Gasmaske. Er plant über Eisenbehandlung und Progynon, dann über Milchsäure, dann für die Firma Leitz über die Größe der Erys zu forschen. Wieder ist ein Brief erlaubt, diesmal ohne medizinische Fragen: *Der Gedanke an die Kinder ist des-*

halb so schmerzlich, weil das Zusammensein mit ihnen für mich die größte Freude wäre. Sie selbst werden auch ohne mich fertig, weil sie die beste Mutter haben, die ich mir denken kann. Dieser Gedanke ist mir immer wieder Trost. – Wollt Ihr bei den schweren Angriffen nicht lieber nach Wehrda? Ich habe bei jedem Angriff Angst um Euch. So viel kann in meiner Angelegenheit persönlich ja doch nicht getan werden.

Anneliese muss für jeden Besuch in Brandenburg beim Volksgerichtshof eine Sondergenehmigung beantragen, die ungefähr alle vier Wochen gewährt wird. Ständige Bombenangriffe bei den Zugfahrten nach Brandenburg. In der Besucherzelle ist Berühren verboten. Mit traurigen Augen sich Mut zusprechen ist erlaubt. Sie findet: Er sieht elend und mager aus. Er findet: Sie sieht elend und mager aus. Aber darüber sprechen sie nicht. Eine halbe Stunde: Kinder. Arbeit. Material. Beziehungen. Seine Mutter, ihre Eltern, Verwandtschaft. Arbeit. Kinder. Liebster. Liebste.

Ein Uniformierter schreibt jedes Wort mit – oder tut so.

Die Steigerung der körperlichen Leistungsfähigkeit. Georg stellt fest: *Nach vorheriger intravenöser Gabe von 500 mg L-Ascorbinsäure konnte unter der Maske fast die Arbeitszeit erreicht werden, wie sie ohne Maske und ohne Vorbehandlung durchführbar war.* Er treibt die Untersuchungen voran, die ihn retten sollen, und zweifelt jeden Tag: Wirst du zu früh fertig, sagen sie danke, das war's dann? Robert antwortet: tak – tak, taktaktak – tak, tak – taktak, tak – taktaktaktaktak, taktak – tak, taktaktak – taktaktak, tak – taktaktaktak, das heißt: arbeite! Robert wird in eine andere Zelle verlegt.

Rechter Verteidiger

Wenn ich überlege, ob ich mich wirklich Tag und Nacht allein mit dem Richter R. und den Groscurths beschäftigt habe, fällt mir, außer Catherine, nur der Fußball ein. Gegen Ende des bleiernen Berliner Winters, bei den ersten Anzeichen des lässig und sehnsüchtig erwarteten Frühlings begann die neue Saison mit den *Rixdorfer Balltretern*. Wenigstens einmal in der Woche, wenigstens sonntags heraus aus Studien und Akten, zwei Stunden bolzen im Matsch, im Staub, auf Regenrasen.

Doch schon am ersten Spieltag nach der Winterpause wollte ich auf dem Fußballplatz weiterarbeiten. Es war März, das Urteil des Schwurgerichts in Sachen R. lag endlich vor. Dem Mörder Groscurths wurde bescheinigt, die gesetzlichen Bestimmungen eingehalten und die Todesurteile als Abschreckung gegen *die gefährliche Welle des Defaitismus* in der Bevölkerung zu Recht gesprochen zu haben. In der Presse kochte die Empörung noch einmal hoch, zwei Tage lang.

Zu dem bunten Haufen der Sonntagskicker, der Künstler, Dichter, Journalisten, Kabarettisten, Mediziner, Filmer gehörten auch zwei oder drei Juristen. Nach dem Spiel oder in der Pause wollte ich Otto oder Jochen fragen, ob sie die Richter kennen, die den Richter R. freigesprochen haben, ob es Revision geben werde und mit welchen Chancen.

Wir hatten Glück mit dem Wetter, es war trocken, und an diesem Sonntagnachmittag waren wir einundzwanzig Leute auf dem vernachlässigten Platz an der Stadtautobahn, also mussten zehn gegen elf antreten. Wie immer wählten zwei der stärksten Spieler abwechselnd ihre Mannschaften zusammen, Harun begann mit Uwe, Arno mit Neuss, dann wurden die andern einzeln aus dem Pulk gerufen. Wie Otto und Peter gehörte ich zu den am wenigsten begehrten Spielern, zum letzten Viertel der Schwachen, die zum Schluss beinah gnädig mehr verteilt als gewählt wurden. Wichtig für mein Geständnis ist nur, dass Otto und ich bei Arnos Mannschaft landeten.

Ich war nicht Stürmer, nicht Libero, nicht einmal Torwart. Ich war nicht schnell, vermied Kopfbälle, konnte schlecht dribbeln und keinen schweren Körper ins Getümmel werfen. So blieb nur die Verteidigung, und mein einziger Trost am unteren Ende der Rangordnung war, den Posten als rechter Verteidiger zu beanspruchen und einen noch schwächeren Mitspieler, dieses Mal Otto, auf die linke Seite zu schicken.

Wie jeden Sonntag war das wichtigste Ziel: mich nicht zu blamieren. Als schlechter Spieler ist man im Fußball allein, weil man mit jeder Bewegung der Füße vor dem Ball viel mehr falsch als richtig machen kann und jeder kleine Fehler sofort mit Vorteilen für den Gegner und mit Flüchen der Mitspieler bestraft wird. Wenn es gut lief, konnte ich als Defensivspieler glänzen, mutig und mit dem richtigen Instinkt die Läufe der gegnerischen Stürmer stören, ihnen den Weg zum Tor verbauen oder sie vom Ball trennen und die Pässe zu den Mitspielern nach vorn schlagen. Die Blicke gingen ins Mittelfeld und nach links, nach hinten zum Torwart und auf die Beine und Körperhaltungen der heranstürmenden Gegner, um möglichst früh zu ahnen, ob sie rechts oder links an mir vorbei oder vorher den Ball abgeben wollten. Wilde Sonntagskicker wie wir trugen keine Trikots, jeder hatte die Farben an, die ihm passten, das erschwerte die Abwehr, ich musste hellwach sein, wenn sich das Spiel in unsere Hälfte verlagerte.

Es spielt keine Rolle, wie viele Tore wir an diesem Nachmittag kassierten, gewiss schoss der wuchtige, schnelle Harun, mit dem Otto sich mehr zu messen hatte als ich, wieder seine drei oder vier Tore. Aber ich weiß noch, und deshalb erzähle ich das, dass ich während des Spiels den Richter R. nicht vergessen konnte. Wenn ich nach links schaute oder wenn ich den Ball in Ottos Richtung spielte, wurde ich, ob ich wollte oder nicht, an meine brennende Frage erinnert.

Es gab immer mal wieder ruhigere Minuten, in denen unsere Stürmer das andere Tor belagerten und wir beiden Verteidiger vorrückten. Doch wir standen zu weit auseinander, um ganze Sätze wechseln zu können, und es wäre selbst unter uns Dilettanten sträflich gewesen, wenn wir uns zu einem Schwatz in der Mitte getroffen hätten, statt den leeren Raum zu decken. In dem Gekicke und Gebolze und Geschrei erschien mir mein Vorsatz naiv. Schon im voraus spürte ich die Peinlichkeit des Versuchs, in der Pause oder nach dem Sieg oder der Niederlage, jedenfalls im falschesten Moment, verschwitzt, blessiert und erschöpft wie alle, die Rede auf den Richter R. zu bringen.

Nach einem ausnahmsweise gut gelungenen Steilpass, der mir ein kurzes «Schön!» von Arno eintrug, nach dem Lob, das mich von meiner Fixierung ablenkte, spielte ich lockerer auf. Dann das übliche Foul des flinken, dicken Neuss, der diesmal zum Glück nicht gegen mich stürmte. Er war der Angreifer, den ich am meisten fürchtete, weil er schnell verärgert war und dann seine Gegner rücksichtslos umrannte, festhielt oder in die Hacken trat. Jetzt war Christoph das Opfer, er lag am Boden drüben im anderen Strafraum, eins der üblen Fouls, die jeder Schiedsrichter gepfiffen hätte. Aber wir hatten keinen Schiedsrichter, und bei Fouls gab es, wenn die Mehrheit für einen Strafstoß nicht eindeutig war, heftige Wortgefechte. Wer am lautesten schrie, am kräftigsten gestikulierte, am entschiedensten sein eingebildetes Recht vertrat, setzte sich durch, auch darin war der zänkische und witzige Neuss ein Meister

Laut über den Platz seine Sprüche: «Ich hab das Recht nicht gebeugt, nur das Knie! Freispruch für R.! Freispruch für mich!» Wir lachten. Als der Strafstoß endlich ausgeführt war, blieb Neuss trotzdem Sieger: Er hatte alle Gefühle auf sich gezogen, Ablehnung seiner Härte, Bewunderung seiner Show.

In der Pause wurde über die Fouls gestritten, Christoph hatte noch Schmerzen. Ich hielt mich in Ottos Nähe, als wartete ich darauf, von ihm angesprochen zu werden, belästigte ihn aber nicht mit Fragen, weil ich hoffte, ihn hinterher beim Bier anzusprechen.

In der zweiten Halbzeit misslang mir vieles, es war wie immer, mir fehlten Technik, Tempo, Härte – aber ich schaffte es, den Richter R. zu vergessen, solange der Ball rollte. Als wir das Spiel verloren hatten, hielten Otto, Jochen und ich uns nicht lange mit Kommentaren oder Beschwerden auf und gingen zum Parkplatz. Die beiden redeten miteinander, ich sah keine Chance, mit meinen Fragen einzuhaken. Otto war der Erste, der die Schuhe gewechselt hatte und, aus dem Auto winkend, in Richtung Stadtautobahn verschwand. Auch an den folgenden Sonntagen wagte ich kein Fachgespräch mehr: Was ging die andern mein R. an!

In den Mühlen der geheimen Dienste

Frau Groscurth zählt nicht, wie viele Briefträger schon im Wartezimmer standen und eine Unterschrift wollten für einen blauen Brief der Gerichte oder Ämter mit Zustellungsurkunde und Rückschein. Inzwischen wohnt und praktiziert sie am

Kaiserdamm, Ecke Lietzensee, wirtschaftlich geht es besser und immer noch schlecht, die Wege nach Osten und zurück sind anstrengend, der kriegslüsterne Frieden in Berlin zerrt an den Nerven. Aber auch im neuen Wartezimmer steht der Briefträger, versucht zwischen den Patienten einen gesunden, überlegenen Eindruck zu machen und will die begehrte Unterschrift.

Sie hat sich abgewöhnt, die juristische Post während der Sprechstunden zu lesen. Ihre Wut auf Richter, Anwälte, Behörden sollen die Kranken nicht spüren, sie nimmt sich vor, gerade dann noch freundlicher und geduldiger zu sein.

Vorladung beim Vernehmungsrichter. Sie soll gegen das Freiheitsschutzgesetz verstoßen haben, die Generalstaatsanwaltschaft ermittelt. Sie weiß nicht, was gegen sie vorliegt. Auch nicht, was das Freiheitsschutzgesetz ist. Stechende Schmerzen im Magen wie bei der Verhaftung im September 1943. Sie ruft die Anwältin an. Dies Gesetz bestraft Leute, die andere in Gefahr gebracht haben, politisch verfolgt zu werden. Wenn der Generalstaatsanwalt am Hebel sitzt, wird es keine Bagatelle sein. Sie erinnert sich an nichts, beim besten Willen an nichts.

Fünf schlafdünne Nächte bis zur richterlichen Vernehmung, wir schreiben April 1956. Dann der Knüppel: Sie soll einen Dr. M., Arzt aus Ostberlin, den sie in Westberlin zufällig getroffen habe, wegen seiner kritischen Sätze über die Verhältnisse im sowjetischen Sektor bei den dortigen Stellen denunziert haben, sodass dieser, vom Staatssicherheitsdienst bedroht, in den Westen habe fliehen müssen.

Ja, da war eine Begegnung mit diesem M., aber wo, wann, wie, was waren die Einzelheiten?

Vor geraumer Zeit, gibt sie auf die Fragen des Richters zu Protokoll, *im Herbst 1955, anläßlich einer Führung durch die*

Spandauer Zitadelle, traf ich Herrn Dr. M., den ich jahrelang nicht gesehen hatte. Ich erkannte ihn nicht. Erst als er mich beim Herausgehen mit meinem Mädchennamen ansprach. Da, wie gesagt, die Führung zu Ende war, war diese Unterhaltung überaus kurz und beschränkte sich zunächst nur auf die gegenseitigen Fragen des Wohnsitzes. Hierbei äußerte Herr Dr. M. seinen Unmut darüber, daß er noch in Lichtenberg tätig sei. Im einzelnen kann ich mich an die Äußerung, die er tat, nicht genau erinnern. Ich erwiderte darauf in jedem Falle, ohne irgendwie schroff zu werden, in einer Form, die m. E. keinen Zweifel über meine politische Einstellung zuließ, zumal ich nicht die geringste Veranlassung sah, diese irgendwie zu verbergen. Ich legte auch dieser Begegnung kaum irgendwelche Bedeutung bei; sie kam mir erst aus folgender Veranlassung wieder in Erinnerung:

Im Rahmen meiner weltanschaulichen Einstellung bin ich um die Verbesserung der Situation der Ärzte in Ostberlin ständig bemüht und habe in diesem Zusammenhang auch mehr als eine Besprechung gehabt. Um gegenständlich zu machen, daß man sich viel mehr um die Ärzte bemühen müsse, mag es sein, daß ich als Illustration den Vorgang mit Dr. M. in einer dieser Besprechungen erwähnt habe, aber keineswegs um etwa gegen Herrn Dr. M. Stellung zu nehmen oder gar ihn zu schädigen, sondern umgekehrt, um die ärztlichen Dienststellen im Osten darauf hinzuweisen, daß sie den Ärzten gegenüber mehr Verständnis aufbringen müßten. Keineswegs erfolgte die Bemerkung, wie ich nochmals ausdrücklich darlegen möchte, in der Absicht, Herrn Dr. M. zu schädigen oder ihn gar, wie mir vorgehalten wurde, der Gefahr auszusetzen, aus politischen Gründen verfolgt zu werden. Ich wiederhole noch einmal, daß das Gegenteil der Fall war, und daß das auch so von meinen Gesprächspartnern verstanden wurde und verstanden werden mußte.

Diese Einlassung hält den Oberstaatsanwalt nicht davon ab, im August Anklage zu erheben. Wegen ihrer *starken politischen Aktivität im kommunistischen Sinne* gilt sie ohnehin als Kriminelle, die mit dem Groscurth-Ausschuss *politischen Rechtsbrechern Rechtsschutz angedeihen lasse.* Sie hätte die Äußerung des Dr. M., «solange die rote Bande regiert, ist für die Bevölkerung im Sowjetsektor nichts zu hoffen», in einer Besprechung der Gewerkschaft Gesundheit beim FDGB in Ostberlin wörtlich und mit Namen zitiert. Ihr sei bewusst gewesen, dass der 1. Sekretär der Gewerkschaft diese Äußerung an den SSD, den Staatssicherheitsdienst, weitergeben müsse. Sie hätte nicht gezögert, Dr. M. beim Namen zu nennen. Der SSD habe Dr. M. besucht, dann habe er die Warnung vor einer Verhaftung erhalten und in den Westen fliehen müssen.

Einen Vorwurf macht sie sich seit der Stunde der Vernehmung: den Namen Dr. M. überhaupt ausgesprochen zu haben. Wie konnte das passieren? Zu der Besprechung waren noch ihr Kollege vom Rundfunk, der ebenfalls in Charlottenburg wohnt, und ein Arzt aus Ostberlin geladen. Die Gewerkschaft wollte Rat, wie man die Ärzteflucht nach Westen bremsen könne. Nach einer beschönigenden Funktionärsrede des 1. Sekretärs wagte Frau Groscurth zu sagen, man müsse die Gründe der Unzufriedenheit sehen, da gebe es viel zu tun, und so weiter. Als Beweis für die Unzufriedenheit kam ihr jener Dr. M. in den Sinn.

Je mehr sie nachdenkt, desto deutlicher meint sie sich zu erinnern, dass sie den Namen zuerst gar nicht, dann auf Nachfrage eines Teilnehmers genannt hat. War das nicht dieser sonst stille 3. Sekretär? Kann das der sein, der jetzt als Zeuge D. mit einer Adresse in Hannover gegen sie aussagen soll? Trotzdem war es dumm, den Namen zu nennen, es wäre nicht nötig gewesen. An Folgen für Dr. M. hat sie in diesem Moment und bis zur Vernehmung nicht gedacht, an den SSD schon gar nicht. Aber jetzt droht Gefahr, echte Gefahr. Wer in die Mühlen der Staatsanwaltschaft und Geheimdienste gerät, mitten in den fünfziger Jahren im Hochspannungsfeld Berlin, hat nichts zu lachen. Es drohen mehrere Monate Gefängnis.

Sie berät sich mit dem erfahrenen Ostberliner Anwalt Kaul. Der wittert eine Geheimdienstintrige der Amerikaner. Woher sonst weiß der Oberstaatsanwalt, was auf jener Besprechung mit fünf Teilnehmern gesagt wurde? Wer ist jener Zeuge D., der über die Sitzung in der Abteilung Gesundheit bei der Gewerkschaft berichten soll? Ärzte werden häufig von westlichen Diensten aus dem Osten abgeworben, meistens mit Warnungen vor angeblichen Verhaftungen, warum nicht auch Dr. M.?

Diese Deutung schreckt Anneliese noch mehr. Sie möchte nicht in die Intrigen der Geheimdienste hineingezogen werden, das ist gefährlich, das ist die verdammte hohe Politik, damit will sie nichts zu tun haben. Sie fürchtet eine immer größere Strafe für ihre Dummheit. Aber sie hat keine andere Wahl. Und Kaul ist ein Optimist.

Bei der Verhandlung vor dem Landgericht Moabit im November kann Kaul durchsetzen, dass auch Dr. B., der ehemalige Chef des in den Westen geflohenen Dr. M., als Zeuge gehört wird. Selbst in den unerbittlichen Zeiten des Kalten Krieges funktioniert die Amtshilfe zwischen den Gerichten in beiden Hälften der Stadt. Dr. B., der im Ostsektor wohnt, muss dort von einem Ostberliner Richter vernommen werden, das Protokoll wird in den Westen geschickt, bevor das Landgericht das Verfahren fortsetzen kann. Die westlichen Zeitungen, die schon Blut geleckt hatten bei *Anneliese Plumpe alias Dr. Groscurth*, sind enttäuscht: *Prozeß gegen kommunistische Ärztin vertagt.*

Sie muss sich gleichzeitig an drei Fronten verteidigen. Für das Recht auf den Pass beim Verwaltungsgericht, das Recht auf Entschädigung beim Landgericht, wie harmlos scheint das gegen die drohende Gefängnisstrafe in Moabit? Wie viele Monate kostet ein Sonntagsausflug in die Zitadelle Spandau? Wie viel das Spielchen der Oberhydra der Geheimdienste?

Acht Monate muss sie warten bis zum Termin im Juni 1957, bis auch den Richtern der politischen Strafkammer der Fall nicht mehr eindeutig scheint. Zehn Stunden wird verhandelt, dann noch einmal drei Stunden. Der Zeuge D., zur Zeit der fraglichen Besprechung 3. Sekretär der Gewerkschaft Gesundheitswesen in Ostberlin, seit Januar 1956 im Westen, gibt zu, Frau Groscurth den Namen Dr. M. entlockt und die Details über die Besprechung und über Dr. M. an westliche Stellen weitergegeben zu haben. Dr. M. berichtet, von seinen Vorgesetzten in der Klinik in Berlin-Lichtenberg immer wieder beruhigt worden zu sein. Er ist unsicher, ob der Agent, der ihn besuchte, wirklich ein DDR-Agent war. Dr. M. muss, auf Nachfragen Kauls, die Umstände seiner Flucht aufdecken. Er sei von einem Mann, der ihn warnen wollte, in ein Lokal in Friedenau, also in den Westen bestellt worden. Dort habe er den Zeugen D. angetroffen und zwei Männer, die sich als Beamte des CIC auswiesen, der Organisation, die später unter der Abkürzung CIA firmierte. D. habe ihm erklärt, selbst geflüchtet zu sein. Die beiden andern hätten ihn gedrängt, ebenfalls zu fliehen und im Westen zu bleiben, weil er in schwerster Gefahr sei. Dr. M. beeidet diese Aussage. Dr. B. bezeugt, dass er in der gleichen Zeit wie Dr. M. angeblich vom SSD vor einer Verhaftung gewarnt wurde, nur weil er der Chef des verdächtigen Dr. M. sei. Er lebt aber immer noch auf freiem Fuß, in Ostberlin, anderthalb Jahre nach jenen Anrufen.

Die Frage des Gerichtsvorsitzenden: «Haben Sie erlebt, dass Ärzte, die sich politisch abfällig geäußert haben, festgenommen worden sind?», beantwortet der Zeuge D., nach langem Zögern, mit «Nein».

Nun können auch die Strafrichter in Moabit nicht mehr übersehen, dass der Zeuge D. offenbar im Auftrag der Amerikaner im Vorstand der Gewerkschaft Gesundheit des FDGB und, zumindest im Fall Dr. M., für die Abwerbung von Ärzten tätig war. Die Anklage, die sich allein auf die Aussagen dieses Zeugen und Agenten stützte, bricht zusammen. Ein Fiasko für den Generalstaatsanwalt, der sein Gesicht nicht verlieren möchte und trotzdem vier Monate Gefängnis ohne Bewährung für die Angeklagte beantragt.

Das Gericht spricht sie frei. Es sei ihr nicht nachzuweisen, dass sie mit der Preisgabe der Bemerkung eine politische Verfolgung des Dr. M. bezweckt hätte, zumal sie über zwei Monate lang nicht davon Gebrauch gemacht hätte.

Die Westberliner Presse verschweigt die Abwerbung durch den amerikanischen Geheimdienst, fasst sich kurz und mault: *Beweise reichten nicht. Politischer Prozeß gegen kommunistische Ärztin. SED-Anwalt provozierte.* Die Ostberliner Presse jubelt über die Fakten aus Moabit und die kostenlose Propagandahilfe: *USA-Regie versagte.*

Was für ein Glück, endlich einmal, ein einziges Mal Glück zu haben mit der Justiz! Der Staatsanwalt verzichtet auf Revision. «Das Urteil ist damit rechtskräftig», schreibt Kaul am 30.10.1957 an seine Mandantin, «und die Sache endgültig erledigt. Ich gratuliere Ihnen und mir, mir allerdings ein bisschen mehr.»

Happy together

Ein großzügiges Messingschild, graviert neben der Haustür des verklinkerten Eigenheims: Das geschwungene R. lehnte sich einladend dem Besucher entgegen, der sein aufgeregtes Gesicht im glänzend geputzten Messing verkleinert gespiegelt fand. Gleich nach dem ersten Klingeln, dem Doppelton einer fröhlichen Quinte, öffnete der Hausherr persönlich, reichte die Schwurhand, führte mich mit freundlichen Floskeln des Willkommens in sein Wohnzimmer und bot Kaffee an, der in einer Kanne mit Wärmemütze auf dem Tisch stand.

Mein Blick fiel zuerst, als hätte R. ihn gelenkt, auf eine Wand mit elegant gerahmten Urkunden, daneben einige Pokale auf dem Kaminsims. Ich wurde neugierig und zögerte, auf dem angebotenen Polstersessel Platz zu nehmen.

– Schauen Sie sich ruhig um, sagte er, der Kaffee wird so schnell nicht kalt.

Die Urkunden, das sah ich rasch, sind Urteile, die ersten Seiten der Urteile, nach dem üblichen Schema: Im Namen des Deutschen Volkes, In der Strafsache gegen, Namen der Angeklagten, hat der Volksgerichtshof, Namen der Richter, für Recht erkannt: Für immer ehrlos wird er, wird sie, werden sie mit dem Tode bestraft.

– Meine schönsten Urteile, sagte er, ich konnte natürlich nicht alle aufhängen.

Er kicherte, ehe ich verstand.

– Den Witz hab ich nicht für Sie erfunden, den mach ich immer.

Ich ging von einem Wandschmuck zum andern, versuchte mir Namen zu merken oder die Anklage: Hochverrat, Wehrkraftzersetzung, Hochverrat, Abhören von Feindsendern, Hochverrat, Hochverrat.

– Lesen Sie sich nicht fest, sagte er, es wiederholt sich ja doch, mehr oder weniger, die feinen Unterschiede liegen in der juristischen Bewertung, in den Formulierungen auf den folgenden Seiten. Ich zeige das allen meinen Besuchern und natürlich auch Ihnen, damit Sie sehen, ich habe nichts zu verbergen.

Ich trat zum Kamin, vier Pokale nebeneinander aufgereiht, der größte war gekrönt von einer zehn Zentimeter hohen versilberten Guillotine. R. beantwortete sogleich meinen staunenden Blick:

– Der Roland-Freisler-Pokal von 1944!

Daneben die gleiche Guillotine verkleinert und in Blech gefertigt mit der Gravur: Roland-Freisler-Pokal 1943, 2. Rang. Rechts davon auf einer kleinen Säule, versilbert, ein doppeltes Paragraphenzeichen und links ein bronziertes, mit Hakenkreuz verziertes Buch in der Größe einer Zigarettenschachtel, das Strafgesetzbuch.

– Kommen Sie, der Kaffee wird kalt.

Er lächelte neben mir auf seinem Wohnzimmersofa, er schob Milch und Zucker heran und bat, auch bei den Biskuitplätzchen zuzulangen. Das Gesicht entspannt, die markanten Züge ohne Falten der Bitterkeit.

– Sie merken schon, sagte er, auf den Roland-Freisler-Pokal bin ich besonders stolz. Der Präsident vergab ihn einmal im Jahr an seinen besten Beisitzer. Es war der letzte Pokal, den er überreichte, ich spüre noch heute seinen herzlichen, festen Händedruck.

Ich sah auf seine rechte Hand, die er mir eben an der Tür entgegengestreckt hatte.

– Es war natürlich auch ein sportlicher Preis, sagte er, ein

Wettbewerb, ein ziemlich harter, aber fairer Kampf unter Kollegen: Wer erreicht die meisten Todesurteile, und ich habe damals mit 197 Stück den Vogel abgeschossen, obwohl das für uns alle das ertragreichste Jahr war und ich mit dem 20.-Juli-Komplex nur am Rande beschäftigt gewesen bin.

Ich blickte durch die Terrassentür hinaus in den Garten auf ein Vogelhäuschen, von Meisen umflattert, und hatte für einen Augenblick den Impuls zu fliehen.

– Das andere, nun ja, kleine Verdienste hat jeder, der seine Pflicht gewissenhaft tut.

Der Kaffee war lauwarm, und jetzt erst fiel mir der kostbare Teppich auf, ein Perserteppich wahrscheinlich. Wieder ahnte der aufmerksame Gastgeber meine Gedanken.

– Sie wundern sich, dass ich nichts unter den Teppich kehre? Aber Sie glauben mir natürlich nicht ganz, Sie denken, na, irgendwas hat er doch, was er verschweigt. Nein, ich brauche wirklich nichts unter den Teppich zu schaufeln.

Er zog eine Ecke des Teppichs hoch, wendete sie bis zur Mitte hin, dann die anderen, und nach der vierten lachte er:

– Alles sauber, alles Überzeugung. Alles klar? Auch ein Volljurist darf einen Sinn für Humor haben, oder meinen Sie nicht?

Der letzte Schluck Kaffee war kalt, ich verzichtete auf eine zweite Tasse und ließ ein Biskuitplätzchen auf der Zunge zergehen.

Ganz deutlich hörte ich die Turtles mit *Happy together* vom Plattenspieler. Wie kamen die Turtles in dieses Haus?

– Ich weiß, was Sie fragen wollen. Sie sind doch Historiker, alle meine Besucher sind Historiker oder Journalisten. Meine Antwort ist ganz einfach. Ich bin immer ein Mann des klaren Worts gewesen. Ich muss mich nicht schämen, dass ich als Richter gedient habe. Wie Sie wissen, habe ich das Recht nicht gebeugt, also kann ich auch offen und frei darüber reden. Mein Prinzip heißt Offenheit, hundert Prozent. Das ist besser als zehn oder fünfzig oder neunzig Prozent Schuldgefühl, kombiniert mit dieser dummen Angst vor der Öffentlichkeit. Ein Cognac gefällig, ein Sherry?

Ich deutete auf den Cognac, schlug die Beine übereinander, und R. setzte das Interview fort.

– Wenn Sie wollen, gebe ich Ihnen gern mein Poesiealbum mit, sagte er, ging an die Biedermeierkommode neben der Terrassentür und holte einen Aktenordner, wog ihn, stemmte ihn in die Luft, legte ihn neben die Plätzchen auf den Tisch.

– Eine Kopie natürlich, Wortlaut meiner schönsten Urteile und die originellsten Begründungen. Bin ja durchaus ein Heißsporn gewesen damals und ein paar Jährchen jünger. Interessiert Sie das?

Ich nickte, und er blieb mit Eifer beim Thema.

– Die Kopierkosten sind natürlich erheblich, die kann ich Ihnen nicht schenken. 49 Mark muss ich dafür leider berechnen.

Ich nickte.

– Wenn Sie wollen, auch mit Widmung.

Ich nickte, holte den Schein aus dem Portemonnaie, er gab eine Mark zurück und schrieb sein schwungvolles R. auf die Titelseite.

– Die Widmung ist natürlich umsonst. Aber Scherz beiseite, Sie haben doch sicher gute Kontakte zur Presse. Wissen Sie, bei den Verhandlungen damals war die Presse leider ausgeschlossen, eigentlich gab es ja gar keine richtige Presse, ich habe da gewissermaßen einen Nachholbedarf. Ich bin sehr daran interessiert, mehr mit den Medien zusammenzuarbeiten, wie gesagt: mein Prinzip ist Offenheit. Vor allem das

Fernsehen, für das Fernsehen wäre ich doch ein gefundenes Fressen, meinen Sie nicht? Aber die trauen sich nicht, scheint mir. Vielleicht können Sie hier oder da ein gutes Wort für mich einlegen. Am liebsten wäre mir ein Gespräch mit Günter Gaus im ZDF.

Ich nickte und erhob mich.

– Keine Fragen mehr?, fragte er, ein wenig enttäuscht. Oder darf ich Sie noch in meinen Keller einladen? Meinen Hobbykeller?

Einen Moment war ich unentschlossen.

– Scherz beiseite, ich hab keine Leichen im Keller. Außerdem, die Zeiten haben sich geändert. Heute laufen die Hochverräter frei herum. Heute …

Und an der Tür:

– Hat mich gefreut. Auf Wiedersehen!

Was wäre der richtige Moment für den Schuss gewesen?, fragte ich mich, als ich erwacht war, eine Woche vor meinem Ortstermin in Schleswig. Hatte ich wirklich kein Wort gesagt?

Im Westen kenn ich meine Feinde

Zum Beispiel am Sophie-Charlotte-Platz, an einem beliebigen Werktag in den fünfziger Jahren, sagen wir Herbst 1957: Im Gedrängel der Menschen, die am frühen Nachmittag die Treppen aus dem Halbdunkel des U-Bahnhofs zur Suarezstraße hinaufsteigen, eine große, schlanke Frau, mit Brille, dunkel und grau gekleidet wie alle, man könnte sie für eine Grundschullehrerin halten. Dreimal in der Woche, zwischen eins und drei, sieht man sie hier, wie sie sich von der Treppe zum Bürgersteig des Kaiserdamms wendet, ähnlich blass und erschöpft wie die andern Leute. Außer einer vollen Einkaufstasche, billiges Kunstleder, und einem karierten Stoffbeutel, ebenfalls gefüllt, fällt nichts an ihr auf.

Anneliese Groscurth achtet darauf, die Taschen nicht zu voll zu laden. Sie schleppt Lebensmittel, das soll niemand merken. Noch weniger möchte sie Aufsehen erregen als eine, die mit ihrer Last nicht vom Kurfürstendamm, sondern weither aus dem russischen, dort so genannten demokratischen Sektor kommt, von der Arbeit in der Nalepastraße in Schöneweide, vom Einkaufen am Alexanderplatz und in der Karl-Marx-Allee. Das ist legal, das ist ihr weder im Osten noch im Westen verboten und fast ein Verbrechen, mit der knisternden Schande des Verrats behaftet. Sie muss nicht mehr fürchten, gelyncht zu werden, aber sie bleibt allergisch gegen scheele Blicke, Pöbeleien, Verdacht, Denunzierung, Verhöre, das hat sie zu oft erlebt. Sie will in Charlottenburg nicht mit Ostkonserven beobachtet werden, selbst Gläser mit Spreewälder Gurken sind hier tabu.

Seit 1953 läuft sie dreimal in der Woche mit vollen Taschen von der U-Bahn den Kaiserdamm hinauf, fünf Minuten bis zum Haus an der Ecke Lietzensee und hoch in den zweiten Stock. Viele Jahre nimmt ihr niemand die Last ab, Lebensmittel mit S-Bahn und U-Bahn durch die halbe Stadt und zwei verfeindete Staaten zu schleppen.

– Warum der Umstand?, fragte Catherine. Warum kaufte sie nicht gegenüber bei Bolle oder sonst wo?

– Von dem Geld, das die Praxis abwarf, konnte sie die Miete und Versicherungen bezahlen, Brötchen und Milch, aber nicht mehr.

– Eine praktische Ärztin?

– Eine Ärztin, die als Kommunistin verschrien ist und von der Presse bei jedem neuen Prozess als rote Propagandistin denunziert wird, bei der drängeln sich keine Privatpatienten. Und vergiss nicht, die Schulden bei den Anwälten.

– Aber als Kassenärztin musst du doch nicht verhungern?

– Ihr Problem ist, schnöde gesagt, ihre Aufrichtigkeit. Sie rechnet nur Leistungen ab, die sie für notwendig hält und hundertprozentig erbracht hat. Sie verachtet Ärzte, die beim Abrechnen kreativer sind als beim Therapieren. Aus Protest gegen die offene Geldschneiderei vieler Kollegen rechnet sie, stur, wie sie ist, lieber zu wenig ab. Hausbesuche, auch mitten in der Nacht, sind für sie so selbstverständlich, dass sie dafür keine Zulagen will. Als sie noch kein Auto hatte und nachts für die weiteren Strecken Taxen nehmen musste, waren die Taxikosten oft höher als die Einnahmen. Sie wirkt fast zu gut, aber so ist sie. Und wenn jemand sie ermuntern will, weniger restriktiv zu sein beim Abrechnen, wird sie wütend: Mit mir nicht! Ich bin keine Unternehmerin!

– Durfte man so einfach Lebensmittel von Ost nach West schaffen?

– So einfach nicht. In den frühen fünfziger Jahren hatten die Westberliner zu Tausenden die billigen Lebensmittel, durch den Umtauschkurs vier Ostmark gegen eine D-Mark noch mal verbilligt, aus den Ostläden mit diebischem Vergnügen wegge-kauft, Fleisch, Wurst, Käse, Konserven, Brot, Gebäck, Schnaps. Also waren die Läden leer und die Leute sauer. Dann wurde das verboten. Westberliner, die im Osten arbeiteten, bekamen eine Einkaufskarte. Da das Geld im Westen nichts wert war, das sie im Osten verdienten, waren sie auf die Einkäufe angewiesen und schleppten die Naturalien, an der Grenze kontrolliert, in den Westen. Es gab viele Grenzgänger, die im Westen lebten und im Osten arbeiteten, umgekehrt noch mehr. Sie waren drei Ärzte aus dem Westen, die eine Halbtagsstelle in der Poliklinik des Rundfunks hatten. Das Geld musste drüben ausgegeben werden. Ihr einziger Luxus waren maßgefertigte Kleider von einem Schneider Unter den Linden.

– Und die Ostberliner Polizei?

– Die achtete auf Leute mit auffälligem Handgepäck, Flüchtlinge.

– Und die Westberliner Polizei?

– Die haben fleißig registriert, wer regelmäßig über die Grenze ging und wer die Taschen voll hatte. Sie hatten was gegen Propagandaschriften, aber nichts gegen Schweinefleisch und Letscho aus Ungarn. Erst seit dem Mauerbau fällt Frau Groscurth richtig auf unter den wenigen Westbürgern, die, aus welchen Motiven auch immer, die Spaltung nicht mitmachen, verdächtige Sonderlinge.

– So hat sie ihr Schicksal getragen, buchstäblich?

– 1959 bekam sie von ihrer Mutter ein Auto geschenkt, einen DKW mit Halbautomatik, weil sie einen Horror vor dem Kuppeln und Schalten hatte. Mit einem Passierschein für die Invalidenstraße braucht sie sich nicht mehr mit den vollen Taschen in die Bahnen zu quetschen. Allmählich hat sie auch in Charlottenburg besser verdient und muss nicht mehr alles, was auf den Küchentisch kommt, aus dem Osten beschaffen. Es ist noch nicht lange her, als zum ersten Mal neue westliche Gerichte gekauft und wie eine Delikatesse zelebriert wurden: zum Beispiel eine Büchse Ravioli.

– Was ich immer noch nicht verstehe, Catherine ließ nicht locker, warum ist sie nicht einfach drüben geblieben? Ohne Prozesse, ohne Demütigungen, ohne die Schlepperei? Die hätten ihr doch eine gute Stelle verschafft?

– Sozialismus ist schön, aber ihn aufzubauen ist fürchterlich, hat einer ihrer Freunde gesagt, ein westlicher Arzt, der ebenfalls im Osten praktizierte.

– Also nie eine Kommunistin?

– Nicht mal eine bürgerliche Edelkommunistin. Nie Marx gelesen. Höchstens ein wenig Bloch, mit Ernst und vor allem Carola Bloch war sie gut befreundet seit gemeinsamen Ferien im Erzgebirge Anfang der Fünfziger. Eine Familienfreundschaft, man tauschte Bücher und Ansichten, sie hielt erst recht zu den Blochs, als die im Westen blieben.

– Also keine Versuchung, es sich in der DDR bequem zu machen?

– Sie liebt die Freiheit! Und Ravioli. Das *Prinzip Hoffnung*. Und das Auto mit Halbautomatik. Über das Thema Umzug wurde gesprochen, wenn Rolf oder Axel es wieder mit Lehrern zu tun hatten, die Spaß daran fanden, die Kinder einer Kommunistin zu schikanieren. Nein, sie hat das, soweit ich weiß, nie ernsthaft erwogen. Sie hatte die Intuition, schätze ich, sich den inneren Konflikten der DDR und dem Druck zu fragwürdiger Parteinahme besser nicht auszusetzen. Abgesehen von den Verwandten und Freunden im Westen, sie ist allmählich auch politikmüde, prozessmüde, kampfesmüde geworden. Sie ahnt, dass ihre Idee von Pazifismus auch in der DDR nicht viel gilt. Und jetzt kriegt sie mit, wie der Staat mit ihrem Freund Havemann umspringt. Gern zitiert sie den Spruch: Im Westen kenn ich meine Feinde. Und vergiss nicht ihre preußische Ader. Antifaschismus plus Antimilitarismus plus Hippokrates, das reicht als Programm.

– Aber warum kuriert sie heute immer noch die Leute, die Propaganda verbreiten?

– Nicht nur die. Als Ärztin hast du eine andere Moral. Sie

hätte das heute wahrscheinlich nicht mehr nötig. Es wird der Dank für die Rettung sein. Als es ihr am dreckigsten ging, hat man ihr die Stelle beim Sender in der Masurenallee beschafft. Als der Sender umzog in den Osten, blieb sie den Rettern treu. Als die Mauer gebaut wurde, erst recht. Die Schwachen, auch wenn es ein schwacher Staat ist, lässt man nicht im Stich. Und jetzt, wo Havemann sich vom hundertprozentigen Stalinisten zum hundertprozentigen Dissidenten gewandelt hat, bleibt sie bei ihrem Grundsatz: Das ist alles nicht gut, aber immerhin regiert in der DDR kein Kiesinger. Sie fährt wie immer Richtung Invalidenstraße und Nalepastraße: Patienten lässt man nicht im Stich.

Als wir solche halbklugen Gespräche führten, ahnten Catherine und ich nicht, dass Frau Groscurth in all den Jahren mehr Geld hätte haben können, wenn sie beteiligt worden wäre an den Einnahmen der Medikamente, die ihr Mann entwickelt oder verbessert hat. Zum Beispiel das Katalysin. Oder das Euphyllin, ein Medikament gegen akute Asthmaanfälle, das jeder Arzt kennt und das bis heute weit verbreitet ist, das der Pharmafabrikant Grüter erfunden und mit Groscurth verbessert hat. Wenigstens dieser Partner hätte die Witwe bedenken können, wenn es mit rechten Dingen zugegangen wäre. Aber was geht schon mit rechten Dingen zu.

Die Sache muss ein Ende haben

Anneliese Groscurth muss nicht ins Gefängnis, sie hat Glück gehabt. Weil sie während des Strafprozesses verdächtig war, Angeklagte, Agentin fast, hat das Landgericht die Klage für die Entschädigung nicht gerade mit Eile betrieben. Und beim Oberverwaltungsgericht liegt die Sache mit dem Reisepass. Obwohl die Ärztin dem OVG in schlichter Sprache erklärt hat, was Kriegshetzer, was Faschisten sind, lassen sich die Herren ein Jahr Zeit, bevor sie, *da der Sachverhalt noch weiterer Aufklärung bedarf,* eine Liste von zehn Fragen zum Groscurth-Ausschuss beantwortet haben wollen, binnen vier Wochen. Zum Beispiel wird gefordert, *die vollständigen Niederschriften sämtlicher Sitzungen des Präsidiums des Groscurth-Ausschusses einzureichen und die Unterlagen des Ausschusses über sämtliche Fälle vorzulegen, in denen er Einzelpersonen seiner Zielsetzung entsprechend Hilfe geleistet hat.*

Schikane, verjährter Kram, von dem Frau Groscurth nicht die geringste Ahnung hat. Da soll ausgehorcht, ausgeforscht, eingeschüchtert werden, nichts weiter.

Aber wie reagieren, bis zur Erschöpfung strapaziert von den anderen Prozessen? Antworten, dass sie die meisten Fragen zum Ausschuss gar nicht beantworten kann? Sich damit die nächste Giftladung einhandeln? Oder die Klage zurücknehmen, weil die anderen Verfahren wichtiger sind und an die Existenz gehen? Also aufgeben, weil sie völlig ermattet ist von den immer gleichen Argumenten? Weil auch hier wieder Hunderte von Mark an Kosten zu tragen sein werden? Also auf einen Pass verzichten? Auf Reisen in den Westen?

Nein, für drei Prozesse reicht die Kraft nicht. Die Anwältin weiß einen Ausweg. Sie nimmt die Klage nicht zurück, den

Triumph soll der Polizeipräsident nicht haben. Im Juni 1958, zweieinhalb Jahre nach der verweigerten Reise in die Schweiz, schreibt sie an das Oberverwaltungsgericht: Erst sollen die anderen Verfahren entschieden werden, in denen es grundsätzlich um die gleichen Streitpunkte geht, vorläufig soll das Verfahren ruhen.

Ruhe gibt es nicht. Im Dezember 1957 wogt der Streit um den Schaden an Leben und den Schaden an Freiheit schon ein Jahr, die Argumente erweitern und wiederholen sich.

Die Anwältin sieht nur eine Chance: Weg von den Kampfbegriffen des Kalten Krieges. Da kein Kopf der Hydra von dem Bild der besonders heimtückisch getarnten Kommunistin loskommt, erinnert die Anwältin daran, dass Frau Groscurth von den Erfahrungen in der Europäischen Union, vom Schicksal Georgs und ihres Vaters geprägt ist und nicht von einer Ideologie: *Die Klägerin ist keine Kampfnatur; sie ist im Grunde ein unpolitischer Mensch, jedenfalls in dem Sinne, daß ihr der politische Kampf mit seinen propagandistischen, häufig notwendig übertriebenen Ausdrucksmitteln nicht liegt. Sie ist Arzt aus Berufung und Neigung und geht völlig in diesem Beruf auf. Nach ihrer Entlassung aus den Diensten des Bezirksamtes Charlottenburg stand sie vor der Notwendigkeit, sich eine Praxis neu zu schaffen und davon ihre Kinder und sich zu ernähren. Jede öffentliche Unterstützung wurde ihr damals verweigert, und zwar auch für die Kinder. In dieser Situation fand sie auch nicht die Zeit, sich aktiv aus eigener Initiative und eigener Inspiration in politische Kämpfe einzuschalten. Andererseits aber hatte sie ein wachsames Ohr für die etwa 1951 deutlich hörbaren Signale, die stark auf eine Remilitarisierung hindeuteten.*

Die Anwältin weist auf das umstrittene Verbot der Volksbefragung hin, auf die unberechtigte Entlassung, auf die Nervosität in beiden Teilen Berlins in den vergangenen Jahren und auf die Einseitigkeit der Presse im Osten wie im Westen, die jeweils Partei für die eigene Seite nahm, die eigenen Skandale aber vertuschte. *Welcher Art auch immer die Voraussetzungen zu den Vorfällen vom 15. August 1951 waren, eines steht fest: Niemand kann das gut heißen, was damals geschehen ist.* Die Vorfälle mussten untersucht werden, zumal *die Westberliner Presse teils die Vorgänge tot schwieg, teils duldete, indem sie sie zumindest nicht anprangerte.* Anneliese Groscurth sei in dieser schweren Situation dem besten Freund ihres Mannes, Robert Havemann, gefolgt, weil der für sie eine menschliche Autorität darstelle.

Sie legen die Rede vor, die Frau Groscurth in Auschwitz vor Müttern, Witwen und Waisen von Ermordeten gehalten hat, dazu eine Ansprache beim Treffen der Nazi-Verfolgten 1952 und ihre Protest-Rede gegen das Arbeitsgerichtsurteil von 1951 – nirgends ein Angriff gegen die freiheitlich-demokratische Grundordnung, nirgends eine Verteidigung der Politik der *DDR. Ihre Stellung «zwischen den Fronten» mag ungewöhnlich sein. Jedenfalls ist ihre Haltung klar: gegen Faschismus und Krieg, in Erfüllung des Vermächtnisses des Opferganges ihres Mannes – nicht aber gegen die freiheitliche demokratische Grundordnung.*

Während das Landgericht diese Argumente prüft oder zu prüfen vorgibt, hat Anneliese keine Bange: So gut und klar, so sachlich, ausführlich und leidenschaftlich war noch keiner der vielen Schriftsätze begründet, nun kann sie niemand mehr als böse Kommunistin an den Pranger stellen.

Da schlägt die Hydra des Entschädigungsamts mit einer neuen, alten Giftladung zu: Nazi-Frau! NS-Frauenschaft! Lügnerin!

Sie wird krank, sie kann nicht mehr, drei Prozesse hat sie

hinter sich, zwei sind ihr aufgezwungen, werden verschleppt und aufgebläht, sie hat alles hundertmal erklärt und soll es noch hundertmal erklären, aber vor dem Landgericht als Nazi verleumdet werden, das reißt ihr die Knie weg, lässt sie taumeln und bringt das Herz aus dem Takt. Den ganzen Herbst 1957, den halben Winter hat sie gegen die Grippeepidemie gekämpft, Tag und Nacht, in West und Ost, erst die Patienten, dann die Prozesse, eine Parole, die ihre tüchtige Anwältin oft aufgeregt hat. Nun wirft die schwerste Grippe auch sie ins Bett, den ganzen Januar, die Praxis liegt still, ein Vertreter muss kommen. Sie kämpft um ihr Leben, fiebert sich durch das Gestrüpp der tausend Gemeinheiten der Urteile und Schriftsätze, durch den Krieg der Unterstellungen, fiebert sich in die Nächte des Telefonterrors zurück, in die Tage der Beschimpfung ihrer Mitarbeiter und Patienten. Sie fiebert weiter in die Vergangenheit hinab, an die sie nie mehr denken wollte, die Einzelabteile der Wartebänke vor den Gestapo-Verhören im Keller der Prinz-Albrecht-Straße, das Schweigen bei den Verhören, die Nächte bei Bombenalarm im obersten Stock des Polizeigefängnisses, als alle Gefangenen in den Schutzkeller durften, nur sie nicht, sie fiebert vor dem Volksgerichtshof, Freislers Stimme, den Flugblättern. Nein, nicht noch einmal den Stichschmerz der Flugblätter. Aber Robert ist der Einzige, der ihr heute helfen kann, Robert muss sie retten.

Endlich ist der Freund zu erreichen. Er gibt eine eidesstattliche Erklärung ab, warum die Mitgliedschaft im NS-Frauenbund zur Tarnung nötig war. Er stellt die Tätigkeit der Gruppe dar, spricht von den Juden, die in Groscurths Wohnung versteckt waren, Robert rühmt, ein wenig übertrieben, Annelieses vielfältige Hilfe beim Verstecken und Versorgen, beim Geldbeschaffen, beim Passfälschen, beim Ausstellen falscher Atteste, beim Weitergeben von Informationen, Robert schildert die Lebensgefahren, in die auch sie sich für die Ziele der Gruppe begeben hat, Robert begründet ausführlich, warum die Gruppe sie in die NS-Frauenschaft drängen musste. Er ist bereit, als Zeuge aufzutreten.

Sie denkt, das ist die Rettung, aber die Anwältin fordert mehr: Haben Juden überlebt? Namen? Wer hat die Pässe gefälscht? Wer Lebensmittel gegeben? Tot sind die Zeugen, niemand hat die Tätigkeit und das Netz der Gruppe erforscht, nur eine Handvoll Menschen kennt die Europäische Union. Widerwillig ergänzt sie Roberts Darstellung mit Details und beschreibt die dramatische Lage, in der Groscurth sich nach der Aufforderung von Heß, in die Partei einzutreten, befunden hat. Jede erinnerte Einzelheit tut weh.

Und was antwortet der Hausjurist vom Entschädigungsamt in seinem Schriftsatz? Er spricht von *angeblichen Widerstands-handlungen* und behauptet: *Die kurze Haft* habe sich nicht gegen sie *als Gegner des Nationalsozialismus* gerichtet. *Die kurze Haft* sei der Beweis, dass sie nicht verfolgt worden sei. Nach der Logik: Weil ihr nicht der Kopf abgehackt wurde, muss sie eine Nazi gewesen sein!

Eine solche Logik kann sich ein Anwalt der Gegenseite leisten, hofft sie, doch kein Richter am Landgericht. Die Richter endlich, was tun sie, was denken sie? Sie lehnen sich zurück, monatelang, studieren die Urteile der Arbeitsgerichte, des Ver-waltungsgerichts, fragen beim Oberverwaltungsgericht nach der hingeschleppten Pass-Sache, Monate, in denen sie weiter auf die dringend benötigte Entschädigung wartet.

Endlich soll am 6. 10. 1959 entschieden werden. Schon nach drei Minuten, *weil die Sache jetzt endlich mal ein Ende nehmen muß*, will sich das Gericht zur Beratung zurückziehen.

Die Anwältin protestiert, bei keinem der Termine habe man über die Sache verhandelt und die Klägerin sei ausdrücklich zur Vernehmung geladen worden. Die vorsitzende Hydra bleibt kühl, in den Schriftsätzen sei alles ausgeführt und werde von der Kammer mit der nötigen Gründlichkeit gewürdigt werden. Ab mit euch, nach Hause! Und in zwei Stunden ist das Urteil gebacken: Die Klage wird abgewiesen.

Die Herren Richter wollen sich beim Widerstand gegen den Nationalsozialismus besser auskennen als Robert und Anneliese und alle Experten: Es sei *nicht ersichtlich, wie eine Mitgliedschaft der Ehefrau eines Widerstandskämpfers in der NS-Frauenschaft den Kampf ihres Ehemannes tarnen soll.* Drei Seiten lang spekuliert die Hydra herum und hält ihr vor: *Die Klägerin hat jedoch keine Tatsachen vorgetragen, die den Schluß erlauben, daß sie selbst den Nationalsozialismus unter Einsatz von Freiheit, Leib oder Leben bekämpft hat.* Außerdem wird sie in sieben Zeilen wieder zur Kommunistin und Bekämpferin der freiheitlich-demokratischen Grundordnung degradiert, wie üblich *Im Namen des Volkes.*

Ein Rentner mit Dackel in Schleswig

Als ich in den Aktenordnern bis zu diesem Urteil vorgedrungen war, fiel der gut gemeinte Vorsatz, der Gewalt zu entsagen, von einer Minute auf die andere zusammen. Wenn Berliner Richter nach zehn, nach zwanzig Jahren Demokratie immer noch nicht unterscheiden können, wer Nazi war und wer nicht, wenn sie den Mörder freisprechen und sein Opfer verurteilen, dann muss einer den Unterschied klarmachen auf möglichst spektakuläre Weise. Dann muss mit dem Finger auf den wahren Täter gezeigt werden, und wenn der Finger eine Pistole ist. So schossen die Mordpläne wieder hervor. Soll ich nur aus Angst vor der möglichen Kritik der Groscurths oder aus Angst vor der Presse, die mich vielleicht als Trittbrettfahrer verlacht, auf die Tat, auf diese Klarstellung verzichten?

Catherine war schon in London, als ich mit solchen Überlegungen nach Schleswig fuhr, wir hatten keinen Kompromiss gefunden. Ich erteilte mir den alten Auftrag neu: das Opfer jetzt zu observieren und dann die Pläne zu präzisieren. Mit seltener Sturheit wollte ich mir beweisen, dass ich nicht wie ein typischer Intellektueller das Handeln aufschiebe und vor den konkreten Schritten zur Tat mich drücke.

Ich erinnere mich an ein billiges Hotel in der Nähe des Bahnhofs, aus irgendeinem lächerlichen Grund habe ich noch den Zimmerpreis im Kopf, fünfundzwanzig Mark. Ein Blick ins Telefonbuch genügte, da stand die gesuchte Adresse. In der Abenddämmerung schlenderte ich, als Spaziergänger getarnt, durch das Villenviertel, wo angeblich viele Juristen wohnten. R.s Haus war bald gefunden, im Vorbeigehen registrierte ich: halbhohe Hecke, Rosen im Vorgarten, geräumiger Bau der Jahrhundertwende, Reetdach, hinter drei Fenstern Licht.

Die Kalkulation war einfach: Ein Richter im Ruhestand hat seine festen Gewohnheiten. Wenn Catherine dabei gewesen wäre, hätte ich gewettet – und gewonnen: Der frühstückt um halb acht und geht eine halbe Stunde später spazieren, der isst um halb eins Mittag und macht danach seine zweite Runde, der kriegt sein Abendessen um sieben und erledigt davor oder danach vielleicht noch einen Abendgang.

Gegen halb acht am Morgen war ich auf dem Posten, im

Auto vor einer Zahnarztpraxis sitzend, in der Lokalzeitung blätternd, gut hundert Meter von R.s Haus entfernt. Heute könnte man das nicht mehr machen, in einem Villenviertel im Auto hocken, mit Berliner Kennzeichen, mehrmals in zwei Tagen. Man wäre sofort observiert und verdächtigt von Anwohnern und der Polizei. In den unschuldigen Zeiten vor den Terrorjahren, noch dazu in ländlicher Gegend und vor einer Zahnarztpraxis, war von den Nachbarn nicht viel zu fürchten.

Um fünf vor acht trat der kleine Mann, den ich von Pressefotos kannte, mit grauem Mantel und grauem Hut auf den Bürgersteig, einen Langhaardackel an der Leine, schaute kurz nach rechts in meine Richtung und wandte sich dann nach links. Ich folgte ihm nicht, wollte nicht auffallen. Den Vormittag verbrachte ich bei den Schleswiger Attraktionen, Moorleichen und Wikingern. Mittags, wieder im Villenviertel, parkte ich das Auto in einer entfernteren Straße und spielte den Spaziergänger.

Um halb zwei vor seiner Gartenpforte lief R. mir fast in die Arme, zwei, drei Meter war die Distanz, links die Frau, rechts der Dackel, ich ging festen Schritts weiter. Ein kränkliches, verschrecktes Gesicht. Abends, ich hatte inzwischen die Schlei und noch einmal die Wikinger besichtigt, begann er seine Runde um halb sieben, nur vom Dackel begleitet. Auch bei der Kontrolle am nächsten Tag lief alles wie erwartet, R. blieb bei seinem Plan: acht, halb zwei, halb sieben, und bog jedes Mal nach links ab. Ich passte gut auf, nicht von ihm entdeckt zu werden.

Ob ich kein Mitleid gespürt habe mit dem Mann, frag ich mich heute. So weit ging das Gefühl nicht, denn sein Gesicht wirkte wie ein Geständnis, das Gesicht widersprach genau dem, was er vor den Gerichten zu seiner Entlastung vorgetragen hatte, das Gesicht bewies, dass er sich als Rechtsbrecher fühlte. Ja, ein alter Mann, wozu der Aufwand, wozu ihn noch mit einem Mord aufwerten? Der Gedanke stellte sich öfter ein, gerade in den Warteminuten beim Observieren. Doch ich strengte mich an, in R. nicht den ängstlichen Rentner zu sehen, sondern den Funktionsträger, den Naziverbrecher, den zweihundertfünfzig-fachen Mordkomplizen. Den Groscurth-Henker, der seit dem Krieg 270 000 DM Ruhestandsbezüge erhalten hatte, bis er im schönen Schleswig wieder ins Richteramt gehoben wurde, wo besonders viele ehemalige Nazis dem Rechtsstaat dienten. Wo ein Ankläger des Volksgerichtshofs, der das Gnadengesuch für Groscurth abgelehnt hatte, zum Ersten Staatsanwalt beim Oberlandesgericht aufsteigen durfte. Wo die Schleswiger Juristenfreunde 200 000 DM Kaution aufbrachten, damit R. während seines Verfahrens nicht in einer Zelle einsitzen musste. Das Sündenregister war so gigantisch, dass das Menschlein dahinter dünn, verhärmt, würdelos schien, ein Suppenkasper des Rechts. Neben ihm, auch das hätte ich dem psychologischen Gutachter zugegeben, wollte ich mich wie ein kleiner Widerstandskämpfer fühlen, ein Partisan, der an die Gesichter und den gesundheitlichen Zustand seiner Feinde keine Gedanken zu verschwenden hat. Ein Schreckschuss in der Stadt der Moorleichen!

Gewiss, ich hätte R. lieber vor dem Kammergericht in Berlin niedergestreckt oder in irgendeinem dekorativen Justizpalast. In der Stille eines Villenviertels, morgens gegen acht oder abends gegen halb sieben, das wirkte ziemlich einfallslos, aber ich konnte mir den Tatort ja nicht aussuchen, schon gar nicht eine politisch-symbolisch passende Kulisse, wie Filmleute sie bevorzugt hätten. Der Plan war einfach: mit der Waffe im Auto heranfahren, im richtigen Moment aussteigen, drei Schüsse, alles eine Frage der Pünktlichkeit.

Das klingt sehr abgeklärt, aber mit dieser suggestiven Sachlichkeit hielt ich die Skrupel in Schach. Der Mord, zu dem ich mich vom RIAS-Sprecher und den Fehlurteilen der Justiz befohlen glaubte, der Mord, den ich schon verworfen und nun wieder in Angriff genommen hatte, sollte in jeder Einzelheit kühl und rational vorbereitet und ausgeführt werden.

Schon auf der Rückfahrt, im gleichmäßigen Lärm des luftgekühlten Fiat-Motors auf der Autobahn, dachte ich nur an die Vorteile. Während die anderen Wagen mich überholten, berauschte ich mich an Beifall und Belohnungen. Ich musste nur die harte Strecke von fünf, sechs Jahren Gefängnis überstehen, vielleicht eine gute Gelegenheit, die *Teuflische Komödie* zu schreiben. Und überhaupt, dachte ich, vor Marienborn im Grenzstau stehend, du bist der Bundeswehr entwischt, hast dir die anderthalb Jahre bei den Soldaten erspart, das holst du jetzt nach, deine Tat ist ein Dienst für die Demokratie, fünf, sechs Jahre.

Kriegswichtig

Mir geht es gut, schreibt der Arzt im Februar aus der Todeszelle nach Wehrda an die Schwiegermutter Else Plumpe, die mit seiner Schwester Luise die Söhne versorgt, *unsere Lebensführung hier ist ja außerordentlich regelmäßig, was allein schon zum Wohlbefinden beitragen sollte. Ich schlafe gut, fast 12 Std. tägl., Alarme stören uns nicht. Tagsüber schreibe ich wissenschaftliche Arbeiten und lese, teils Medizin, teils Bücher allgem. Inhalts, die ich mir wöchentlich aus der Bibliothek bestellen kann. So wird der Verlust*

der Freiheit auch erträglich; daß die Ungewißheit manchmal drü-
ckend ist, wirst Du wohl verstehen.

Abwechslung gibt es im März und April, da wird er gefesselt nach Berlin gekarrt und als Zeuge vor den Volksgerichtshof geschoben. Die andern drei Todeskandidaten werden in
andern Autos transportiert, getrennt, keine Gelegenheit für
einen Blick, ein Winken, ein Wort. Vor den Hakenkreuzfah-
nen sieht Georg den nervösen Hatschek wieder und versucht
ihn zu entlasten. Der hat alles gestanden, das merkt er sofort,
ein Nervenbündel. Es war ein Fehler, nach dem ersten Eindruck nicht streng genug gewesen zu sein, nicht härter nein
gesagt zu haben: Lasst die Finger von Hatschek! Er sieht die
Ärztin Romanowa und den guten Zadkiewicz wieder, die
Verbindungsleute zu den russischen Zwangsarbeitern. Die
Gestapo scheint nicht zu wissen, dass die Männer der E. U.
sie manchmal vor Razzien warnen konnten. Er sieht den kleinen Richter wieder, der sich abmüht, so scharf wie Freisler zu
brüllen. Je mehr sie keifen, desto näher ihr Ende.

Der Scharfrichter Röttger gräbt seinen Garten um, Georg
arbeitet am Thema Eisenbehandlung und Progynon.

Der Pharma-Fabrikant Grüter, für den Groscurth seit zehn
Jahren arbeitet und mit dem er das Euphyllin weiterentwickelt
hat, kämpft Tag für Tag um die Aufschiebung der Vollstreckung.
Er spricht mit den Reichsanwälten beim Volksgerichtshof und
den Oberstaatsanwälten im Justizministerium und preist den
hervorragenden Forscher, der dank seiner Beherrschung der Physio-
logie, Chemie und Physik ganz neuartige Probleme zu stellen und
zu lösen versteht. Elf kriegswichtige Projekte könne er in Angriff
nehmen oder habe sie bereits in Arbeit, zur besseren Behand-
lung von Anämie, Flecktyphus, Pneumonie, Kohlendioxyd-
vergiftung und Kreislaufstörungen. Groscurth werde weitere

Aufklärung über den Erfrierungstod, Streckungsmittel für Coffein, blutbildende Eisenpräparate liefern können. Er forsche an einem Verfahren, mit einfachen Mitteln an einem Blutstropfen die Wirkung und den Vergiftungsgrad von Kampfgasen festzustellen.

Grüter erreicht, dass er seinen Partner besuchen darf.

Der Führer aber will Leichen sehen, der Führer will harte Beamte hinter sich wissen. Seine Komplizen handeln, denn der Führer hat bald Geburtstag und will beschenkt werden. Nach den Daumen der Herren Altmeyer, Dr. Barnickel, Cramer, Dr. Franzki, Jaager, Theyssen, Wellmann entscheidet der Reichsminister der Justiz Dr. Thierack. Die Daumen über Havemann dürfen noch ein wenig hin und her gedreht werden, er bekommt sechs Wochen Frist. Seine Pharmakologenfreunde haben einen Draht bis zum Oberstarzt im Heereswaffenamt, ja bis zu Generalfeldmarschall Keitel, und Generäle darf man in diesen harten Zeiten nicht verärgern.

Der Führer will Köpfe rollen sehen, sein Geburtstag steht an, also ordnet Thierack am 18. April 1944 *mit Ermächtigung des Führers die Vollstreckung des Urteils* gegen Groscurth, Rentsch und Richter an. Die Beamten sind erleichtert, die Akten mit den lästigen Gnadengesuchen kommen bald in die Ablage.

Am 21. April ersucht das Justizministerium den Oberreichsanwalt beim Volksgerichtshof, *mit größter Beschleunigung das Weitere zu veranlassen. Die Vornahme der Hinrichtungen ist dem Scharfrichter Röttger zu übertragen. Bei der Überlassung der Leichname an ein Institut gemäß Ziff. 39 der Rundverfügung vom 19. Februar 1939 ist das Anatomische Institut der Universität in Berlin zu berücksichtigen. Von einer Bekanntmachung in der Presse und durch Anschlag bitte ich abzusehen.*

Am 21. April wird Georg Groscurth von der Einzelzelle in

die Tbc-Baracke verlegt, um dort wissenschaftliche Versuche durchzuführen.

Am 27. April setzt der Oberreichsanwalt beim VGH Tag und Uhrzeit der Hinrichtung fest, 8. Mai, ab 15 Uhr. Dem Verurteilten ist der Termin ab 13 Uhr 30 zu eröffnen. Staatsanwalt Kurth wird zum Leiter der Vollstreckung bestellt. Hinrichtungen finden in Brandenburg immer montags statt.

Am 28. April plädiert Anwalt Hendler für die Kriegswichtigkeit der von Grüter genannten Arbeiten.

Am 28. April erläutert der Fabrikant Grüter den zuständigen Behörden drei weitere kriegswichtige Projekte: die Gasmaskenstudie, eine Arbeit zur Blutgerinnung und ein neues Verfahren zur Messung von roten Blutkörperchen.

Am 29. April lässt Anwalt Hendler die Untersuchung *Die Steigerung der körperlichen Leistungsfähigkeit bei der Arbeit unter der Gasmaske* mit der Maschine abschreiben und schickt ein Exemplar an den Oberreichsanwalt.

Am 1. Mai schreibt Grüter den Behörden, auch der Direktor des Kaiser-Wilhelm-Instituts für Medizinische Forschung und Präsident der Chemischen Gesellschaft, Professor Kuhn, halte Groscurths Arbeiten für sehr kriegswichtig und werde dies in Kürze in mehreren Gutachten begründen.

Am 2. Mai erhält der Scharfrichter Röttger den Auftrag, die Verurteilten mit dem Fallbeil hinzurichten.

Am 2. Mai spricht Grüter mit Professor Lang von der Militärärztlichen Akademie, der die Kriegswichtigkeit von Groscurths Arbeiten bestätigt, und fährt sofort in das Justizministerium, um die Ministerialbeamten zu informieren.

Am 2. Mai ersucht das Ministerium den VGH, vor der Vollstreckung die nochmalige Weisung des Justizministers abzuwarten.

Am 3. Mai werden den Groscurth, Rentsch und Richter zugeteilten Pflichtanwälten die Vollstreckungsbescheide und Einlasskarten zur Teilnahme an der Hinrichtung zugestellt. Strengste Geheimhaltung und dunkler Anzug sind Pflicht.

Am 3. Mai trifft die Untersuchung *Die Steigerung der körperlichen Leistungsfähigkeit ...* beim Oberreichsanwalt ein.

Am 3. Mai wird der Fall Groscurth mit der Eingabe Grüters und den neuen Expertenmeinungen noch einmal dem Reichsminister der Justiz vorgetragen. Der entscheidet: Nein, die Arbeiten seien *nicht von so kriegswichtiger Bedeutung*.

Am 4. Mai bittet der Oberreichsanwalt das Ministerium um Weisung, ob die Eingabe Grüters die bereits angeordnete Vollstreckung aufschiebe.

Am 5. Mai antwortet das Ministerium mit seiner Entscheidung vom 3. Mai: Nein, *nicht kriegswichtig*.

Am 7. Mai teilt Grüter den Behörden mit, dass der Generalarzt Prof. Muntsch ebenfalls die höchste Kriegswichtigkeit der Groscurth'schen Arbeiten betont habe und in Kürze ein Gutachten einsenden werde.

Ungezählte Bomben fallen in diesen Nächten auf Berlin, aber des Tags finden die Boten ihren Weg durch die Trümmer zwischen dem Ministerium in der Wilhelmstraße und dem Volksgerichtshof in der Bellevuestraße und dem Zuchthaus Brandenburg-Görden.

Nicht so feig wie Stauffenberg

Im Zoo dachte ich über das Töten nach.

Ende April, der Frühling rief zu neuen Taten, das Grün drängte in den Knospen, ich saß in der Bibliothek und wollte ein hochrationaler Mordbube werden. Über Groscurth hatte ich Kenntnisse gesammelt, über Havemann, aber ich wusste wenig über Herbert Richter und Paul Rentsch, hatte noch nicht mit den Witwen gesprochen. Ich müsste mich mehr um den Architekten und Lichttechniker Richter kümmern, der einst die Beleuchtung für den Zoo entworfen hatte, dann mit der Inszenierung von Görings Weihnachtsfeiern beauftragt war, im Krieg die Bombenschäden zu schätzen hatte und von Görings Referenten vielleicht ebenso Geheimnisse erfahren hat wie Groscurth von den Heß-Brüdern, Keppler und den Gauleitern.

Es war ungerecht, ihn und Rentsch nicht näher zu würdigen, aber was sollte ich mir noch alles aufladen? Der Freispruch für R. lag vor, da war nichts mehr zu analysieren, wozu gibt es Juristen? Ich durfte die Forschungen über die Gruppe nicht zu weit treiben, wozu gibt es Historiker? Ein Buch war fällig, eine Tat war zu tun, wozu gibt es mich?

Die Blicke flogen nach draußen, der Zoo war nicht weit. Ich ließ die Bücher, packte die Notizen, lief zum Bahnhof, über den Vorplatz und kaufte eine Eintrittskarte. Hin und wieder hatten sich die Männer der Europäischen Union im Zoo zu konspirativen Treffs mit ihren Helfern verabredet, und ich suchte die Plätze, wo sie sich gemustert, geprüft und gesprochen haben könnten. Eine Dummheit, das war klar, denn der Zoo war im Krieg zerstört worden, kein Kamelstall, kein Tigergehege, keine Vogelvoliere erhalten geblieben, keine von Herbert Richter platzierte Laterne. Nicht einmal die alten Bäume standen da, die Wege waren neu gepflastert, Zäune, Gräben, Bänke, Beschilderungen, alles nicht der Zoo von damals.

Ich schlenderte die Wege entlang, an Zebras und Gnus vorbei, zu Okapis, Straußen und Ameisenbären, doch die Phantasie reichte nicht, mir Havemann oder Groscurth oder Richter auf einer Bank oder im Gedränge bei der Fütterung der Eisbären vorzustellen. Als mir ein Mann mit Hornbrille begegnete, der Paul Rentsch ähnelte, spiegelte ich mir vor, wie der Dentist vor dem Giraffenhaus einen gefälschten Pass von dem pensionierten Polizisten entgegennimmt.

Es dauerte eine Weile, bis ich auf den Selbstbetrug verzichtete, auch an diesem Ort recherchieren zu müssen, und den schönen Widerspruch auskostete: draußen, hinter dem Zoozaun die Rhetorik der Revolution, Knüppel, Phrasen, Steine, die täglichen, von der Presse aufgeblähten, mit Superlativen gefeierten Störungen und Ausschreitungen. Und hier, mitten in der Stadt, zwischen Bäumen und Gehegen das Idyll der tausend Tiere, ein einziges Äsen, Fressen, Kauen, Schreiten, Dösen, Glotzen, Schlafen, eine betörende Friedlichkeit hinter den Käfiggittern.

Im Affenhaus alles wie erwartet, Schimpansen ärgerten, foppten und scheuchten sich, Zuschauer lachten. Es tat gut, mal wieder einen Haufen glücklicher Gesichter zu sehen. Ein alter Schimpanse erinnerte mich an den geduckten, alten Richter R. Könnte ich einen Affen töten? Ich bildete mir ein, mit R. sei es leichter.

Die Frage tauchte immer wieder auf, ob ich es schaffen würde, ihn umzubringen. Ich setzte mich auf eine Bank und sah den Sprüngen der Affen zu. Das Töten blieb tabu, die Ausnahme musste sein. Gollwitzer hatte nach der Steineschlacht am Tegeler Weg gesagt: Nur für Faschisten ist Gewalt kein Problem, ein Sozialist muss sich über die Funktion von Gewalt immer Rechenschaft ablegen, jede Gewalt gegen Personen ist inhuman. Also legte ich mir Rechenschaft ab, stimmte Gollwitzer bei und redete mir ein: Du willst ja nur Vergeltung üben, ein Urteil vollstrecken und nicht den Sozialismus voranbringen, sondern den Faschismus begraben. Auch Judith durfte Holofernes umbringen.

Um die Angst vor der eigenen Tat nicht aufkommen zu lassen, dachte ich mir das Töten einfach. Wenn es so weit ist, dann wirst du, kurz bevor das Groscurth-Buch fertig ist, mit 500 Mark in der Tasche in den *Blauen Stern* am Stuttgarter Platz gehen, eine Pistole und Munition kaufen, vorher wirst du dich über solche Geschäfte kundig gemacht haben. Dann losfahren, in der Lüneburger Heide kurz üben und weiter nach Schleswig, dem Mörder auflauern und ihn am besten aus dem Auto heraus erschießen. Ein Schuss wird schon treffen.

Die Skrupel, die mich nicht nur im Affenhaus anfielen, lernte ich allmählich zu besänftigen. Du musst nicht auf Kopf oder Herz zielen, sagte ich mir. Wenn du ihn nur verletzt, ist das keine Katastrophe, du musst ihn ja nicht töten, ein gelungener Mordversuch ist ebenso des Schweißes der Edlen wert. Weniger Angst vor später Reue, vor künftigen Selbstanklagen als Mörder, mildere Strafe vor Gericht. Sei auf beides, sei auf alles eingestellt, plane nicht zu viel.

Das einzige Problem war der Transport der Pistole auf den Transitwegen durch die DDR. Die strengsten Grenzer der Welt mit der penetranten Frage: Waffen, Munition, Funkgeräte? Sie durften jederzeit das Auto durchsuchen, das Gepäck kontrollieren, das war nicht die Regel, kam aber häufig vor. Ich überlegte, die Pistole in einem Koffer mit Büchern zu verstecken, obwohl gerade Bücher anrüchig waren, sie hatten mich mehrmals mit dem Durchschnüffeln eines Buchkoffers aufgehalten. Vielleicht wäre ein Sack voll schmutziger Wäsche besser, die Pistole zwischen den Socken. Oder in einem Mantel am Körper. Das würde sich finden. Ein bisschen Kribbeln, dachte ich kühn, gehört dazu, grüßte die Elefanten und schritt zum Ausgang.

Eins wollte ich auf keinen Fall: so feige sein wie Stauffenberg. Einen Mord als notwendig erkannt, viel zu spät, aber immerhin, Minuten vor der totalen Niederlage, um noch zu retten, was längst nicht mehr zu retten war, viel zu spät, aber mutig, gewiss, dann alles perfekt geplant, die richtige Gelegenheit genutzt, die Aktentasche mit dem Sprengstoff neben den Chef aller Mörderbanden gestellt – und endlich, statt sich zu opfern für die Rettung von Millionen und sicherzugehen bis zuletzt, tritt er den Rückzug an und rettet sich, für ein paar Stunden. Nein, so verbohrt war ich nicht, mich mit Stauffenberg zu vergleichen und den Richter R. mit seinem obersten Chef, ich meinte nur, dass Stauffenberg seinen großen Mut mit noch größerer Feigheit verraten hat. Für eine solche Tat muss man Opfer bringen, darf sich selbst nicht schonen, sonst ist sie nichts wert.

In jenen Wochen speicherte ich den Gedanken: der perfekte Mord? Wenn der Täter mit gutem Gewissen zu seinem Mord steht.

Revision wird nicht zugelassen

Es muss noch Richter geben in Berlin. Augustin, Engelhardt, Galschke, Grossklaks vom Arbeitsgericht, Küster, Schilling, Schmidt vom Landesarbeitsgericht, Berthold vom Amtsgericht, Biedermann, Clauß, Klamroth, Preuß, Schäfer vom Verwaltungsgericht, Peters, Plümke, v. Stein, Zweigert vom Oberverwaltungsgericht, Pakuscher, Riechers, Waldeck, Zühlsdorf vom Landgericht, 21 Richter von sechs Gerichten haben in neun Jahren gegen Frau Dr. Groscurth entschieden. Nur die Herren von der Strafkammer des Landgerichts haben sich von Fakten und nicht von Vorurteilen leiten lassen. Es gibt also Richter in Berlin.

Sie kann es nicht auf sich sitzen lassen, als Nazi diffamiert zu werden. Auch nicht, als Kommunistin und Bekämpferin der freiheitlich-demokratischen Grundordnung, nur weil sie ein paar Sätze gegen Nazis und Kriege gesagt hat. Schon gar nicht, dass Georg und sein Widerstand verleumdet werden.

Also Berufung beim Kammergericht. Das liegt drei Häuser weiter am Witzlebenplatz. Anneliese stellt sich vor, wie es wäre, einfach in das Gericht zu gehen und die zuständigen Herren einzuladen auf eine Parkbank am Lietzensee und alles in Ruhe zu besprechen. Die Juristen freundlich aufklären über Nazizeit, Widerstand, konspiratives Verhalten. Über die vielen kleinen Tätigkeiten, Botengänge, Geldbeschaffung, Atteste, Verstecke. Den Richtern vorschlagen, nach Havemann andere Überlebende der Europäischen Union wie Frau Rentsch und Frau Grüger und das einzige jüdische Ehepaar, das unter den Geretteten noch mit Namen auszumachen ist, als Zeugen zu laden Aber die Richter wollen nicht auf Parkbänken sitzen, sie müssen Schriftsätze lesen, sich immer neue Schriftsätze einverleiben.

Abends auf dem Weg zu Patienten in der Lietzenseegegend in diesem Winter schaut sie hoch zu den Fenstern des riesigen, grauen Gebäudes. Hinter diesen Fenstern, mit Blick auf den See, kann keine Hydra wohnen. Es wird gut gehen, neun Jahre hatte die Hydra ihren Spaß, diesmal geht es gut. Sie glaubt sich gerettet: Bald wird sie ihr Geld haben, werden die Söhne aus der Sippenhaft entlassen und Geld für das Studium kriegen, wird Georg rehabilitiert sein, bald wird sie mit ihrer Anwältin feiern und Schriftsätze wie Urteile ein für alle Mal vergessen.

Das Kammergericht arbeitet schnell, Termin 9. März 1960. Es möchte keinen Prozess um die Europäische Union führen, es glaubt Frau Groscurth sogar den aktiven Widerstand und die Tarnung mit der NS-Frauenschaft. Die Hydra bescheinigt ihr großzügig, dass sie *den von ihr behaupteten Beitrag zur Bekämpfung des Nationalsozialismus geleistet hat. Bei dieser Betrachtung kann auch nicht verneint werden, daß eine nationalsozialistische Verfolgung der Klägerin vorgelegen hat.* Die Hydra gibt sich freundlich, sie rügt nicht einmal den bescheidenen Einsatz gegen die Wiederbewaffnung. Aber den giftigen Atemhauch hat verdient, wer sich *damit nur gegen die Bundesrepublik gewandt hat, obwohl in der Ostzone Deutschlands ebenfalls eine Wiederbewaffnung stattgefunden hat. Aus dieser Tatsache läßt sich immerhin schon und zumindest die negative Einstellung der Klägerin gegen die freiheitliche demokratische Grundordnung der Bundesrepublik entnehmen.*

Weil Frau Groscurth sich für ein Ziel eingesetzt habe, das auch die SED vertritt, hat sie nach Ansicht der Hydra bereits die Grundordnung gefährdet. Mündige Bürger, die im Sinn der Demokratie handeln könnten, kennen die Hydraköpfe des Kammergerichts nicht. Eine Ärztin, die es versäumt hat, im April 1951 die Wiederbewaffnung der Ostzone zu kritisieren, kann im Westen im Frühjahr 1960 keine Entschädigung für den Schaden an Leben und Schaden an Freiheit aus der Nazizeit erwarten.

Punkt. Revision wird nicht zugelassen.

Trotzdem wagt der Anwalt, der sie vor dem Gefängnis bewahrt hat, Kaul in Ostberlin, ein Mann der SED und doch ein respektierter Jurist, eine Revisionsbeschwerde beim Bundesgerichtshof. Die wird im Dezember 1960 zurückgewiesen. Die fünf Richter in Karlsruhe entscheiden nicht anders als die 24 Richter der Vorinstanzen.

Verfassungsbeschwerde beim Bundesverfassungsgericht, März 1961, ein letzter Versuch Kauls, die Denkfehler der 29 Vorderrichter zu korrigieren. Er wählt das Pathos: *Frieden statt Krieg, Völkerfreundschaft statt Völkerhass, Gleichberechtigung statt Herrenmenschen- und angebliches Untermenschentum zu erstreben – dies bedeutet keineswegs notwendig eine Identifizierung mit sämtlichen politischen Zielen des Sozialismus, wie die große Zahl und die sehr verschiedene Einstellung von Menschen zeigt, die mit vielen humanistischen Auffassungen des Sozialismus übereinstimmen, ohne Sozialisten zu sein. Hierauf beruht es, daß die Beschwerdeführerin nicht Mitglied einer sozialistischen Partei geworden ist. Diese Überzeugung öffentlich zu vertreten, gleich wo, in welchem Gremium, in welcher Versammlung, ist ihr unantastbares Recht, wie es das Grundgesetz normiert. Ihr bei Strafe von Benachteiligungen aller Art zu verbieten, ihre Überzeugung auszusprechen, bedeutet einen elementaren Angriff und Eingriff in ihre Menschenwürde.*

Erwartet Anneliese, erwartet noch jemand, dass sich damit etwas zu ihren Gunsten wendet? Das Argument der Menschenwürde? Der Meinungsfreiheit? Vor dem höchsten Gericht? Im Jahr des Baus der Mauer in Berlin? Na bitte.

Überraschung aus Hampstead

Und Catherine, natürlich schwärmte sie von London, von Hugo, von den Boutiquen und den höflichen Leuten, von der Subway und den Beatclubs, nur das *freak out* gebe es nicht mehr. Zum Glück brachte sie mehr als einen Koffer voll Klischees mit, eine neue *liveliness of mind*, einen Begriff, den ihr Hugo geschenkt hatte und den sie wie einen unsichtbaren Orden trug. Nach den Strapazen der anderthalbtägigen Reise, im Zug nach Harwich, im Schiff über den Kanal bei Windstärke 6, im Zug von der holländischen Küste durch zwei deutsche Länder bis Berlin, war sie mir schon am Bahnhof Zoo auffällig munter erschienen. Meine skeptischen Blicke wurden eindeutig beantwortet. Nein, lachte sie, ich hatte nichts und habe nichts mit Hugo!

Der Engel aus London habe sich auch in seiner Stadt als perfekter Gentleman und diskreter Begleiter erwiesen, nicht nur das Zimmer bei einer Freundin besorgt, auch die abendlichen Streifzüge, Treffen mit Freunden, indisches Essen, Gespräche über Mexiko und die Dritte Welt, alles anregend, begeisternd. Zwei Trips hatte sie mitgemacht, die reichten für die Klarheit: Das Zeug zieht mich eher runter, dieser knallbunte Taumel ist nichts für eine Schwarzweißfotografin.

– Nur Yoko Ono hab ich nicht getroffen, sagte sie, aber sie war ja mit Lennon im Hilton-Bett in Amsterdam bei ihrem komischen Love-in, ich hätt sie gern gefragt, ob sie sich noch an dich erinnert.

– Eifersüchtig?

– Und wie! Und du auf John Lennon?

– Und wie!

Catherine wirkte, als hätte sie entschieden, nicht nachtragend zu sein. Das muss auf eine vertrackte Weise, die mir erst später zu grübeln gab, mit dem in London bestärkten Entschluss zu tun gehabt haben, in Mexiko in den Slums und bei den Indios zu fotografieren. Ende August, so war es geplant, wollte sie mit ihrer Freundin Astrid fliegen und fünf Wochen im Land herumreisen und Hugos Tipps folgen.

Neue Theorien über das Fotografieren schwirrten ihr durch den Kopf, die heute plakativ wirken, damals jedoch als neu, differenziert, emanzipatorisch galten: Man müsse sich entscheiden, ob man das Leben zeigen wolle oder den Tod. Sie hatte eine Ausstellung von Vietnamfotos gesehen, brutal und genau, abgeschlagene Köpfe, erschossene Leiber, die vielen Hundertstel Sekunden des Sterbens.

– Wenn du sie siehst, vier Soldaten, Gesichter wie auch sonst in Fotoalben, die auf den Auslöser warten. Die müssen ja alle mal was gehört haben von ihrer wunderbaren Verfassung, der Bill of Rights, und machen ihr Cheese-Gesicht, und zwei von ihnen halten Köpfe an den Haaren, die an zwei Leichen, die weiter vorne liegen, fehlen. Enorme Fotos, sagte sie, mit aufklärender, vielleicht kathartischer Wirkung, aber ich ziehe daraus die Lehre: Krieg und Tod, Männersache, nichts für mich.

Auch Berlin komme ihr vor wie Krieg, jeder gegen jeden, nichts weiter. Sie wolle, sagte sie etwa, das Leben zeigen, aber nicht das satte Leben. In Mexiko werde sie von vorn anfangen und das nach Veränderung gierende Leben suchen, aus dem Blick der Frau.

Die Überraschung, und deshalb gehört Catherines Londonreise in mein Geständnis, war das Buch, das sie mir mitbrachte. Ich hatte ihr ein Antiquariat in Hampstead empfohlen, in dem zwei Emigranten aus Wien die besten Bücher günstig anboten, auch Kunst- und Fotobücher.

– Hier, ich hab was für dich, sagte sie, *Der Schattenmann*, ich dachte erst, es hat mit Licht, mit Fotografie zu tun, sonst hätt ich nicht danach gegriffen. Hab ein bisschen geblättert, ein Tagebuch aus dem Krieg, wollte es schon weglegen, und was seh ich da, hier.

Sie schlug eine Seite auf und zeigte auf eine Zeile des harten, grauen Papiers: Großcurth, Havemann, Richter, Rentsch. Groscurth war, wie so oft, falsch geschrieben.

– Und auf der nächsten Seite steht, wie sie hingerichtet wurden, grauenvoll.

Außer in Weisenborns *Der lautlose Aufstand* hatte ich die vier Namen noch nie zusammen in einem Buch gesehen. Und nie gehört von dieser Frau Andreas-Friedrich, das Buch war 1947 erschienen, offenbar völlig vergessen. Wieso kannte diese Frau die Europäische Union, was wusste sie? Ich las zwei Seiten über die Hinrichtungen im Zuchthaus Brandenburg, ich blieb lange Zeit sprachlos.

Seitdem beklagte sich Catherine nie mehr über meine Groscurth-Arbeit. Ich unterstützte ihre Mexiko-Pläne, und so begannen unsere schönsten, letzten Monate.

Der 8. Mai

Heute ist Montag, der 8. Mai, schreibt Georg auf einen Zettel. *Ist es der letzte Tag? Die Ereignisse, die darauf hindeuten, haben sich gehäuft. Am Montag kam eine eilige Anfrage vom Ministerium, was ich hier arbeite und was davon kriegswichtig. Warum war diese Anfrage so überstürzt? Wollte mich noch jemand kurz vor der Ent-*

scheidung retten? Am Mittwoch war der Oberlehrer hier und sagte, daß er für uns schwarz sehe. Seit Februar ist niemand begnadigt. Es sind auch Leute hingerichtet worden, die kriegswichtige Arbeiten während der Haft gemacht haben ... Es scheint, daß ein ganz scharfer Wind im Ministerium weht. Es wäre durchaus denkbar, daß Havemann doch gesondert behandelt würde. Frau Richter war da und sehr zuversichtlich, die Arbeiten ihres Mannes sind anerkannt worden. Sie hätte sofort und besonders leicht Sprecherlaubnis bekommen. Warum so leicht? Wußte der Beamte, daß es die letzte war? Am Freitag war Anneliese da, sie wollte nochmals eine genaue Aufzeichnung meiner Arbeitspläne für den Reichsforschungsrat, der die Dringlichkeit bestätigen sollte. Also haben alle eingereichten Sachen dem Ministerium nicht genügt! Nachdem man die Begnadigung nicht ausgesprochen hat, will man uns nun auch nicht länger am Leben lassen. Anneliese sah während eines Augenblicks mal so todtraurig aus, daß ich erschrak. Erschrecken ist vielleicht zu viel gesagt, ich erschrecke ja nicht mehr ... Gestern am Sonntag wurde ich in der Sache Schuhmann richterlich vernommen. Warum so eilig, sogar am Sonntag, bei dem sonst so lahmen Justizbetrieb? (Schuhmann, der doch ganz unschuldig ist, sitzt schon seit Januar in Haft.) Heute Nachmittag werde ich ja Bescheid wissen.

Gegen halb zwei kommt der Vollstreckungsleiter, Staatsanwalt Kurth vom Volksgerichtshof, in Begleitung des Anstaltsarztes Dr. Müller in die Zelle und teilt mit, dass der Reichsminister der Justiz von dem Gnadenrecht keinen Gebrauch gemacht habe und das Urteil heute, 8. Mai, gegen 15 Uhr vollstreckt werde. *Der Verurteilte verhielt sich während der Verkündung ruhig und gefaßt*, steht auf dem vorgedruckten Protokoll, das Kurth später mit Datumstempel und Unterschrift versehen wird, nachdem er den Namen des Verurteilten und die Uhrzeiten eingetragen hat.

Ein Beamter fesselt die Hände. Es muss verhindert werden, dass der Todeskandidat im letzten Moment sich etwas antut. Trotz der Fesseln dürfe er Briefe schreiben. Ob er geistlichen Beistand wünsche? Statt des vertrauten Anstaltspfarrers ist der Superintendent des Kirchenkreises Brandenburg zur Stelle. Der Scharfrichter Röttger inspiziert die Guillotine, die im Garagenschuppen des Zuchthauses aufgebaut ist. Ein letztes Gespräch, Georg lässt seiner Frau ausrichten, dass sie *so stark und gefaßt* sein werde, *wie er selbst stark und gefaßt seinen letzten Gang* gehe. Das Beil ist scharf, das Seil straff. Ein Beamter hängt ein schwarzes Tuch über das Fenstergitter der Garage.

Ich sterbe einig mit den Menschen, schreibt er seiner Mutter, *und meinem Gott. Für alle Liebe Dank, tausend Dank. Ich will schreiben bis zum Schluß. Helft Anneliese und den Kindern. Mein Schicksal, das 12 Jahre über mir drohte, erfüllt sich. Deshalb sterbe ich ganz ruhig ... Es sterben viele noch, bis alles zu Ende. Ich möchte euch alle trösten.*

Vollstreckungsleiter Kurth und Anstaltsarzt Dr. Müller machen die Runde bei den für diesen Montag bestimmten Verurteilten und erholen sich bis 15 Uhr bei Gesprächen und Kaffee mit dem Zuchthausdirektor in dessen Büro. Der strenge Blick des Führers von der Wand. Ein Schnaps in Ehren.

Liebe gute treue Anneliese. Nun ist es also so weit. In einer halben Stunde wird das Urteil vollstreckt. Ich bin ganz gefaßt, weil ich ja immer damit gerechnet habe. (Entschuldige die schlechte Schrift, ich schreibe mit Fesseln.) Könnte ich Dir nur das danken, könnte ich nur alle Liebe sagen, die ich immer für Dich empfunden habe. Auch während all der schweren Tage meiner Haft hast Du mir soviel an Güte und unendlicher Liebe gegeben, soviel menschliche Größe habe ich bei Dir empfunden. Bleibe so fest, wie Du immer warst. Du weißt ja, daß es kein Zufall war, son-

dern mein Schicksal. Ich habe nichts zu bereuen, nur den großen Schmerz, den einzigen, um den ich während der ganzen Zeit so getrauert habe, daß Du nun so alleine leben mußt. Ich kann Dir natürlich diesbezüglich für Deine Zukunft nicht raten, wenn sich Gelegenheit gibt, kannst Du vielleicht noch mal heiraten. Aber verstehe mich recht, so was Dir in Deinem Schmerz zu sagen, das kommt ja nur, weil alles so drängt. Die Kinder werden auch ohne mich aufwachsen, alle die mich lieben, werden auch helfen. Deswegen sterbe ich ganz ruhig.

Sie rappeln schon mit den Schlüsseln! Grüße alle, die mir nahe standen, Grügers, Piete, die Fränze, Annelieschen, Frl. Adam, Martha, Krautwald, Lauer, den Chef, Meyer, Brumund, Frau Last, Schwester Eva, Luise und die anderen. Auch Eva Pl. und die Leute. Auch Frl. Dr. Meyer sage, daß ich oft ihrer gedacht. Danke Hendler, Grüter und allen, die mir helfen wollten. Auch Frau Hilspach, Pfarrer Barth.

Laß Dich umarmen. Denke daran, daß wir für eine bessere Zukunft sterben, für ein Leben ohne Menschenhaß. Ich habe die Menschen sehr geliebt und hätte sicher noch viel Gutes getan. Es hat nicht sollen sein. Ein Testament, daß ich alles Dir vermacht habe, habe ich bei meinen Papieren. Mein Rö.-Apparat ist bei Kölling und Nöhring. Frau Schumann bekommt noch 600,–

Noch 5 Minuten!

Jetzt kann ich also nicht mehr an die anderen der Familie schreiben. Dein lieber guter Vater und die Mammi, möge es ihnen immer gut gehen. Meine liebe gute treue Mutter, mach Dir keinen Kummer, ich sterbe stolz und ungebrochen. Du hattest einen guten Sohn. Wilhelm und Käte Groscurth in U-haun u. Hasel, Luise, Jacob, alle Wehrdaer, Paschkes, die immer so lieb zu mir waren alle umarme ich.

Ich küsse Dich, ich wünsche Dir ein Leben voll Freude mit

den Kindern. Du wirst ihnen alles so erzählen, daß sie sich ihres Vaters nicht zu schämen brauchen. Gleich ists Schluß. Gute Du mit dem edlen lieben Herzen, Du wirst es richtig tragen. Verzage nie. Denke wie ich immer alles gemacht hätte. Ich umarme Dich und alle Lieben. Dein Georg.

Um 15 Uhr kommen zwei Beamte, nehmen die Fesseln ab und befehlen: Ausziehen, Unterhose anlassen! Dann fesseln sie die Hände auf dem Rücken und führen ihn durch einen verborgenen Gang in den Hof vor den Garagenschuppen. Nach und nach werden zehn andere Männer in den Hof gebracht, alle nackt bis auf die kurze Unterhose. Stumme Blicke zwischen Georg, Paul und Herbert. Die Verurteilten stehen in einer Reihe und frieren. Die Fesseln werden abgenommen. Der Scharfrichter Röttger wartet mit seinen drei Gehilfen in der Garage. Die Pflichtanwälte sind nicht erschienen.

Im Abstand von zwei Minuten werden die Verurteilten in die Garage geschickt. Der Staatsanwalt hält sich an die Ordnung des Alphabets, er fragt: Sind Sie der …? Er liest, nach dem Nicken des Verurteilten, den zentralen Satz aus dem Urteil: … mit dem Tode bestraft. Dann: Herr Scharfrichter, walten Sie Ihres Amtes! Hinter einem schwarzen Vorhang muss der Verurteilte die Unterhose ausziehen, gefaltet auf einen Stapel legen und nackt vor die Guillotine treten. Die Gehilfen packen ihn, legen ihn auf das Brett, schnallen ihn fest. Der Scharfrichter zieht an der Leine. Das Beil fällt. Ein dumpfer Schlag. Der Arzt stellt den Tod fest. Die Gehilfen spritzen die Guillotine sauber. Der Nächste ist bereits aufgerufen, zieht die Hose aus, legt sie gefaltet auf die anderen und wird zum Fallbeil gelenkt.

Hinterher unterschreibt der Staatsanwalt die vorgedruckten Protokolle, die in Abschrift per Einschreiben an den Reichsminister der Justiz und die Anwälte geschickt werden: *Nach*

Feststellung der Personengleichheit des Vorgeführten mit dem Ver-
urteilten beauftragte der Vollstreckungsleiter den Scharfrichter mit
der Vollstreckung. Der Verurteilte, der ruhig und gefaßt war, ließ
sich ohne Widerstreben auf das Fallbeilgerät legen, worauf der
Scharfrichter die Enthauptung mit dem Fallbeil ausführte und
sodann meldete, daß das Urteil vollstreckt sei.

Die Vollstreckung dauerte von der Vorführung bis zur Vollzugs-
meldung – Sekunden. Für die Zahl ist eine Lücke gelassen, die
der Staatsanwalt ausfüllt: 9.

Schmährede auf Berlin hinab

Die Weltmeister im Morden waren auch Weltmeister im Recy-
cling. Selbst im Zuchthaus, vor dem Fallbeil, sollte Spinnstoff
nicht verschwendet und mit Blut bespritzt werden. So schlecht
ging es dem Nazistaat, dass er auf keinen Fetzen Unterhose verzichten konnte. Das Ritual der montäglichen Hinrichtungen
hat ein Häftling beobachtet aus einer Zelle nah der Todesga-
rage, der Grafiker Oscar Fischer. Er hatte für die E. U. Papiere
gefälscht und den Stempel für die Flugblätter gefertigt, konnte
aber in den Verhören monatelang alles leugnen. Er wurde entlassen, kehrte in seinen Verlag zurück und offenbarte sich der
Kollegin Ruth Andreas-Friedrich, die seinen Bericht im *Schattenmann* überliefert hat, den ich Catherines London-Reise verdanke.

Die Summe der Scheußlichkeiten bei der Vernichtung
Georg Groscurths und seiner Freunde entrüstete mich wie
einen pubertierenden Jungen, der zum ersten Mal die Schlech-

tigkeit der Welt entdeckt. Die Empörung übertraf noch den Zorn über die Kette der Urteile gegen Anneliese Groscurth und reichte tiefer als die anhaltende Wut über die Begründung des Freispruchs für R.

Anfang Mai jährte sich die Hinrichtung zum fünfundzwanzigsten Mal, und ich erinnere mich, wie dieser banale Zusammenhang, so lang die Zeit, so kurz die Zeit, neue Bitterkeit und neue Wellen der Empörung in mir hochkochen ließ. Wenn der Hass in friedliche Menschen fährt, erschrecken sie selbst am meisten, denn sie wollen nichts zu tun haben mit solchen destruktiven Kräften. Deshalb wollte ich nicht auffällig werden und wagte mich in jenen Tagen weder zu Frau Groscurth noch zu Axel oder Catherine.

Da ich nicht wie ein Kranker lautlos in mich hineinwüten wollte, setzte ich mich ins Auto und fuhr, ich weiß nicht warum, zum Teufelsberg. Ich eilte, keuchte hinauf, wollte über dem grauen Dreckdunst stehen, brauchte den frischsten Wind und den freisten Blick, um nicht zu ersticken. Über den Wipfeln des weiten Grunewalds versuchte ich mich zu beruhigen und mir den Atem der Natur zu eigen zu machen. Trotzdem blieb der Hass im Kopf, ich konnte ihn nicht wegschlucken, die Eruptionen nicht stoppen. In den Gehirnbahnen tobte, es ist heute peinlich, ja komisch, eine kindische Feindseligkeit gegen die Kiefern, den abgezirkelten Wald, den Seelenberuhigungswald, den Strammstehwald, den preußisch korrekten Soldatenwald und so weiter. Wieder der Gedanke: Warum hat man die alten Nazis, die noch lange nicht alt waren, die staatlich geprüften Barbaren, die Liebhaber des Fallbeils, die Achtel- und Viertel- und Drittel-Henker, die Heerscharen der Mordkomplizen nicht zur Bewährung in den Forstdienst abgestellt, in die mittlere Postlaufbahn oder in die Stellwerke der

Bahn statt in Ämter, Ministerien und Gerichte, warum eigentlich nicht?

Als ich mich zur Dachlandschaft der Stadt hin drehte, holte ich zu einer Schmährede aus, wie ich sie sonst nur in wilden Träumen der Abrechnung abließ: Verfluchte Stadt der Sklaven da unten, Sklaven der Kaiser, der Hitlers, der Russen und selbst der Amis, ihr freiwilligen Anpasser, ihr Leisetreter, ihr Angsthasen, was duckt ihr euch unter den Dächern! Und ihr, ja ihr Paragraphenschinder, Raubritter der Gesetze, Rechtsverdreher, Justizschwindler und Frevler, ihr seid die schlimmsten Sklaven, ihr schafft es sogar, von Generation zu Generation immer noch tückischer, raffinierter und gemeiner zu werden, obwohl euch heute keiner mehr zwingt, nur das Faustrecht eurer Standesehre. In schlechtem Deutsch richtet ihr, richtet ihr Deutschland zugrunde mit den Wiederholungen eurer niedrigen Beweggründe, mit euren niederträchtigen Vorurteilen, und wenn ihr nur einen bequemen und geräumigen Paragraphen findet, unterwerft ihr euch freiwillig dieser Macht. Kennt ihr das Bild, das irgendwo in Nürnberg oder München hängt, vom Richter, den der König Kambyses wegen seiner Bestechlichkeit häuten und die Haut auf den Richterstuhl spannen ließ, bevor er den Sohn zum Nachfolger bestimmte? Habt ihr nie auf den Häuten eurer bestochenen Väter gesessen? Habt ihr euch nie von euren Vorurteilen bestochen gefühlt? Seid ihr nie auf die Idee gekommen, dass man auch mit Paragraphen foltern kann? Und dass ihr bestochen seid von euch selbst, von eurer heilen Beamtenhaut? Was habt ihr gelernt aus der Geschichte, was von der Dienstzeit unter einer Verbrecherbande, was habt ihr gelernt von den Toten, von den Bomben? Nichts habt ihr gelernt, nicht einmal die Lehren nehmt ihr an, die diese Stadt euch gelehrt

hat, die hier in Trümmern unter meinen Füßen liegt, in fünfzehn Jahren mit Hunderten von Lastwagen jeden Tag wurde
der Berg geschaffen und wird heute noch höher, jeden Tag
wächst der Gipfel da drüben mit all dem Schrott und Schutt
des Krieges, der euch erschüttern müsste und den Hochmut
nehmen, aber nein, ihr bleibt schwarz und dumm auf euren
Richterbänken. Nicht einmal der Wiederaufbau der Stadt
hat euch belehrt – wenn jetzt ein Vulkan ausbräche und aus
dem Spree-Athen ein Spree-Pompeji machte, was könntet
ihr vorzeigen in tausend Jahren, was bliebe an den Wänden
außer Blümchentapeten, röhrenden Hirschen und dem grin-
senden Heintje, was habt ihr von der Demokratie, wenn ihr
nichts daraus macht, was habt ihr von der Freiheit, wenn ihr
sie nicht nutzt, was habt ihr vom Recht, wenn ihr es würgt?
Berlin ist so krank unter seinem Panzer des *Mir kann kee-
ner!*, ist blind mit seinem *Berlin ist helle*, eingemauert in die
Parole *Berlin bleibt Berlin*, töricht gespalten, Berlin im Dunst,
im Dunst der Vergangenheiten, im Nebel, im Nifelheim, im
Nirwana, wo die freie Presse keine freie Presse ist, im Kar-
toffelland, wo der Kommunismus, der Sex ohne Trauschein
und das Verbot, die Kartoffeln mit dem Messer zu schneiden,
die einzigen Erregungen liefern und Sepp Maiers Paraden,
Beckenbauers Flanken und Müllers Tore direkt ins irdische
Paradies führen, und damit alles friedlich bleibt unter den
Dächern, unter allen Antennen, singt Heintje sein *Mama, du
sollst doch nicht um deinen Jungen weinen*, aber es wird euch
nichts nützen, ihr werdet weinen, wir Jungen werden einiges
anders machen, werden alles anders machen, und ihr werdet,
ihr sollt über eure Jungen weinen, und es wird nicht anders
gehen …

In diesem Stil, laut oder halblaut, mit Pausen, verfluchte ich die Juristenbande, verfluchte die Stadt, das ganze Land gleich mit, und zum Glück hörte niemand, wie ich mich lächerlich machte.

Ein Alibi von Axel Springer

Meine Wut, das verstehe ich heute, und der unbeholfen pauschale Hass waren Ausdruck wachsender Skrupel. Mit der rohen Gewalt ihres Freispruchs für R. hatten die Richter des Schwurgerichts mich zum Mörder und Rächer bestimmt. Aus reiner Willkür, denn sie hätten auch ganz anders entscheiden können, wie ich inzwischen wusste. Im Jahr 1956 hatte Anneliese Groscurth, um ihre Sache der Entschädigung voranzutreiben, die Aufhebung des Urteils des Volksgerichtshofs gegen Georg beantragt. Und die 11. Strafkammer des Landgerichts stellte kurz und bündig fest: *Daß die Verurteilung allein aus politischen Gründen erfolgt ist, ergibt sich ohne weiteres aus der Art des Delikts.* So wurde das Todesurteil aufgehoben. Mein einziger Sieg, sagte sie.

Es wäre so einfach gewesen: Freisler und R. haben ihre Urteile aus politischen Gründen gefällt, *ohne weiteres.* Warum fielen die Richter des Schwurgerichts im Dezember 1968 meilenweit hinter die Richter des Landgerichts von 1956 zurück? Versteh einer die Juristen.

Aber warum zwangen sie mich zum Mord, verurteilten mich zu meiner Tat? Ich war nicht sehr begabt für Hass, und deshalb war ich so wütend auf diese Leute, die mir den Hass aufzwangen. Die mich, noch verrückter, zum Märtyrer beförderten, eine Rolle, der ich mit zunehmendem Unbehagen entgegensah. Wenn die Richter wenigstens ihren Freispruch juristisch solide begründet hätten und nicht mit der Rechtfertigung der alten Verbrecher, hätten sie mich vielleicht von meiner Tat abbringen können. Es wäre die letzte Chance gewesen. Nun konnte ich nicht mehr zurück, und das muss ich ihnen, ohne es zu ahnen, besonders übel genommen haben.

Mai, Juni, Juli, in diesen Wochen schrieb ich nieder, was ich im Winter in Erfahrung gebracht hatte. Meinem Wunsch, das Buch im späten Herbst herauszubringen, folgte der Verleger nicht. Er wollte das Manuskript erst im November haben und im März publizieren. Der Mord zum Buch, das Buch zum Mord so lange aufschieben? Ich hatte alles so schnell wie möglich erledigen wollen. Die Verzögerung ärgerte mich, sie schwächte die Entschlusskraft.

Im Frühsommer nahmen die Träume zu, in denen ich Verbündete suchte. In ausladenden Phantasien strengte ich mich an, von irgendwelchen Autoritäten den Segen für meine Tat einzuholen. Ich erinnere mich an lange Gespräche mit Außenminister Brandt, mit dem Theologen Gollwitzer, mit dem Verleger Springer. Natürlich lenkte ich die Träume so, dass die Herren von meiner Sache überzeugt wurden und mir recht gaben. Am freundlichsten klopfte mir, als Freund Israels, Axel Springer auf die Schulter, und ich erwachte mit dem glückseligen Gefühl: *Bild* wird mich verteidigen.

In dieser wirren Phase kam ich auf die Idee gelegentlicher Arztbesuche – aus taktischen Gründen. Die Kalkulation war einfach: Wenn ich dem Gericht beweisen kann, vor der Tat bei Medizinern Hilfe gesucht zu haben, den Mordbefehl des Nachrichtensprechers abzuschütteln, dann gibt das Pluspunkte, mildernde Umstände.

Aber zu welchem Arzt? Nicht zu dem, der mich kennt und auf seiner Karteikarte als durchgeknallt taxieren müsste. Auch nicht zu den Fachleuten in der Psychiatrie, die würden mich nicht so schnell aus ihren Fängen lassen, mit Medikamenten vollstopfen und in die Galerie ihrer hübschen Fälle aufnehmen. Und wen sie entlassen, der bleibt weiter ein Psychopatient, nicht ganz zurechnungsfähig, verdächtig, ein Mensch ohne Selbstkontrolle, und das mir!

Ich trug schließlich einem Neurologen aus Steglitz mein Leiden vor: Eine Stimme aus dem Radio habe mir befohlen, mich mit dem Naziverbrecher R. zu beschäftigen. Vom Mordbefehl sagte ich nichts. Der Arzt nickte, fragte: Seit wann? Wie oft?, und verschrieb mir Haldol. Nach R. fragte er nicht einmal.

Der Hauruck-Therapie traute ich nicht, der Beipackzettel drohte mit Nebenwirkungen: Benommenheit, Konzentrationsschwäche, Muskelverkrampfungen und Zittern. Nein, lahmlegen, krank machen lass ich mich nicht, dann lieber die gute böse Tat begehen! Das Medikament sollte gegen Wahnvorstellungen bei Psychosen helfen. Nein, eine Psychose lass ich mir von Ärzten nicht andrehen! Und seit wann ist es ein Wahn, alte Nazis zu bekämpfen?

Das Zeug warf ich weg und hatte mein Alibi.

Drei Witwen im Halbschatten schwärmen von Humphrey Bogart

Ein Foto aus dem Gedächtnis-Album: drei Frauen in geblümten Sommerkleidern vor einer Laube mitten in einer der vorschriftsmäßigen Berliner Kleingartenanlagen. Apfelbäume, Kirschbäume rechts und links neben Maschendrahtzaun, im Hintergrund Stachelbeersträucher, Beete, Gartengerät. Vor der dunkelgrün gestrichenen Laube ein gedeckter Tisch und Stühle im Halbschatten, davor eine Rasenfläche, nicht viel länger und breiter als ein großes Berliner Wohnzimmer. Zwei Hunde wuseln herum, ein brauner Dackel, ein schwarzer Terrier, wenn ich das richtig erinnere. Die drei Frauen um die sechzig trinken Kaffee, essen Obstkuchen, Sahne. Die Farben ihrer Kleider beißen sich. Anneliese und ihre Freundinnen Hilde und Kläre, bester Stimmung an einem warmen Julisonntag 69.

Als Axel und ich hinzukommen, sprechen sie vom Reisen, ich höre Bali, ich höre Marokko, ich höre Genfer See. Sie lieben Kuchen, Sahne, Kaffee, sie füllen uns die Teller, sie füttern die Hunde, sie machen Pläne, sie wünschen sich ein Haus in der Schweiz.

Hilde hat fünfzehn Jahre lang in endlosen Nachtstunden die Schriftsätze für Anneliese gefertigt, Beweismaterial zusammengesucht und sich tausendmal über die Prozessmüdigkeit und Unordnung ihrer überlasteten Mandantin aufgeregt, jetzt sind sie befreundet. Kläre hatte als Taxifahrerin einen Juden versteckt und nach dem Krieg geheiratet, der seit fünf Jahren tot ist, niemand hat Anneliese so zum Durchhalten ermuntert wie die beiden. Hilde und Kläre sind aufeinander eifersüchtig, Hilde in vornehmer, Kläre in berlinischer Art, beide möchten

Annelieses beste Freundin sein, ein Sticheln hier, ein Spötteln da, es ist ein Spiel, das alle durchschauen und das die Stimmung nicht trübt. Hilde will nach Casablanca, Kläre nach Finnland reisen.

Anneliese hat inzwischen einen Pass. Erst 1963, als man für viele europäische Länder keinen Reisepass mehr brauchte, ließ sich der Polizeipräsident erweichen. Da sie in den letzten Jahren politisch nicht in Erscheinung getreten sei, wolle er einem Vergleich nicht im Weg stehen – falls sie die Gerichtskosten trage. Wieder eine Erpressung, diesmal mit den Kosten. Eine Prestigesache, denn die Polizei macht nie etwas falsch, ist niemals schuld. Der Rechtsstreit wurde für erledigt erklärt, sie bekam den Pass und die Rechnungen.

Jetzt darf sie mitspielen bei der Partie Casablanca gegen Finnland. Sie plädiert für Marokko, das sei billiger. Kläre ist gegen die Hitze. Aber im Dezember doch nicht! Das Spiel geht weiter. Momente des Glücks.

Mit meinen Fragen im Kopf fühle ich mich wie der Störenfried. Zum Glück habe ich meine Sonntagslektüre, den *Tagesspiegel*, im Auto gelassen. Diese Zeitung dürfe der Mutter nicht unter die Augen kommen, hat Axel gesagt, wenn sie die nur sehe, koche die Verbitterung über 1951 wieder hoch. Nur wegen der alten Verleumdung lese sie bis heute lieber die *Welt*.

Ich sehe Anneliese Groscurth zwischen ihren Freundinnen, entspannt wie nie, in einem gelben Kleid, eine schöne, schlagfertige Sechzigerin, freundlich nach allen Seiten, die heitere Schiedsrichterin zwischen Finnland und Marokko. Wann wird sie befreit sein von dem Gefühl, für den kurzen Widerstand gegen die Nazis lebenslänglich bestraft zu werden? Inzwischen muss sie wenigstens nicht mehr allein kämpfen, jetzt erstreiten Rolf und Axel das Recht auf Entschädigung.

Über Marokko und Casablanca kommt das Gespräch, unvermeidlich, auf den berühmten Film. Drei Witwen schwärmen von Humphrey Bogart, von seinen Augen, seinem lässigen Gang, seiner Ironie, seinen Hüten. Einträchtig bewundern sie den Mann, wie sie als Backfische vielleicht Willy Fritsch bewundert haben. Alle drei Frauen gebeutelt von den deutschen Dramen, jede hätte in Hollywood ihren eigenen Film anbieten können. Wie viel hätte Kläre Bloch zu erzählen gehabt, den Krimi mit dem erst fremden, dann geliebten Mann in der Einzimmerwohnung und mit den Listen und Lügen gegen den Blockwart, gewiss wartet sie auf neugierige junge Leute, die nach ihrer Story fragen. Wie viel die Anwältin, hungrig auf Anerkennung ihrer unterbezahlten Geduld beim Ausbalancieren der Formulierungen gegen das kalte Kriegsdeutsch der Justiz. Doch am Kaffeetisch an diesem Sommersonntag scheint alles, was mit Nazis oder mit Gerichten zu tun hat, wie tabu, wie weggesperrt, als hätten die Freundinnen vereinbart: sonntags nie. An diesem Nachmittag wage ich nichts zu fragen, nichts zu erbitten, nur ein drittes Stück Kirschkuchen.

Den Kalten Krieg beenden

Was ich nicht wusste: Genau in den Monaten, als ich den Groscurth-Geschichten nachspürte, ließ Anneliese einen letzten Versuch wagen, ihre eigene und die Würde ihres Mannes wiederherzustellen und ihre Rente und die Entschädigung zu erstreiten. Seit 1960, seit dem Urteil des Kammergerichts, waren neun Jahre vergangen, in denen die Gesellschaft kritischer mit den Nazis geworden war, den Widerstand zu respektieren begann und abweichende Meinungen leichter ertrug.

Der Anwalt Kaul hatte ihr geraten, von einem Anwaltsbüro in Essen ein Gutachten über das Kammergerichtsurteil und die Justizskandale der fünfziger Jahre fertigen zu lassen. Warum in Essen? Nein, nicht weil sie dort geboren wurde. In Essen, war die Überlegung, gab es eine Sozietät, in der Gustav Heinemann gearbeitet hatte, seit 1966 Bundesjustizminister. Die Rechtsmittel waren erschöpft, eine Klage konnte nicht mehr eingereicht werden. Aber das Gutachten aus Essen begleitete eine Eingabe an das Entschädigungsamt in Berlin und das Sozialministerium in Bonn. Die Eingabe wurde, auch eine taktische Überlegung, von einem bekannten Berliner Anwalt verfasst.

Das geschah in der Zeit, als ich mit Frau Groscurth sprach und ihre Akten studieren durfte. Sie hat mir kein Wort von dem neuen Vorstoß gesagt, warum sollte sie auch? Vielleicht wollte sie, von der Kette der Enttäuschungen gebeutelt, weder bei sich noch andern die geringsten Hoffnungen wecken. Im März 1969, erinnere ich, war sie überrascht (Freude wäre zu viel, die war ihr bei allen politischen Fragen vergangen), als Heinemann, auf dessen Haltung gegen die Wiederbewaffnung sie sich oft berufen hatte, zum Bundespräsidenten gewählt wurde: der erste anständige Mann in diesem Amt.

Anneliese wird das Gutachten an jenem Julisonntag gekannt haben. Sie wird sich verstanden, ja geehrt gefühlt haben von solchen Argumenten: Nie hätten ihre Handlungen und Äußerungen eine parteipolitische Gebundenheit ausgedrückt, nie seien sie gegen die Berliner Verfassung gerichtet gewesen. Ihre Stellungnahme gegen die Wiederbewaffnung sei emotional und spontan gewesen, aus Abscheu gegen Krieg und Gewalt – nicht mit dem Ziel, Politik zu machen. Wer sich für ein Ziel einsetze, das auch die SED vertritt, bekämpfe damit nicht automatisch die freiheitliche Grundordnung, das sei der größte Irrtum des Kammergerichts. Presse und Behörden im Westen hätten jahrelang die Absicht gehabt und nahezu erreicht, die wirtschaftliche Existenz der Ärztin durch Rufmord zu zerstören, so hatte sie keine andere Wahl, als im Groscurth-Ausschuss eine Art Halt zu suchen.

Dies wurde, neben den weiteren Befunden aus früheren Schriftsätzen, in moderatem Ton, doch entschieden liberal vorgetragen. Wie tröstlich muss ihr der scheußliche Bandwurmsatz vorgekommen sein, in dem die Eingabe gipfelte:

Alle diese Ziele zu vertreten, gilt heute als durchaus ehrenwert. Ich bitte daher, da aus heutiger Sicht ein Aufrechterhalten des Vorwurfs, gegen die FDGO verstoßen zu haben, nicht mehr aufrecht zu erhalten ist, und da Frau Groscurth vielmehr konsequent als mündige Bürgerin im Sinne der Demokratie gehandelt und dabei politische Ansichten vertreten hat, wie sie vereinzelt bereits damals (etwa im Falle der Wiederbewaffnung vom amtierenden Bundespräsidenten Heinemann), erst recht aber heute von vielen Bürgern und Politikern vertreten werden, ihrem Antrag auf Wiedergutmachung nach dem BWGöD zu entsprechen, nicht zuletzt, da dies durchaus geeignet wäre, den kalten Krieg auch in der Verwaltung und Rechtsprechung endlich zu beenden, wessen Ausdruck die gegen die Mandantin ergangenen Urteile in geradezu beispielhafter Weise sind.

Im Meer der Ruhe

Die ganze Nacht am Fernseher, so verrückt waren wir nur einmal, beim Spektakel des ersten Raumflugs zum Mond. Wir machten ein Fest daraus in Catherines winziger Bude, rückten den Bildschirm Richtung Bett, tranken Rotwein und ließen uns, im Bett liegend, von den Moderatoren die Phasen und Risiken der Landung erklären. Es war ja kein Kinderspiel am Modellbaukasten, wie es einem heute vorkommt, da sind die mal eben auf dem Mond gelandet, weil das irgendwie fällig war im Jahr 69. Nein, das größte Abenteuer aller Zeiten, so wurde es dargeboten, mit tausend Gefahren, alles konnte schieflaufen, und wir live dabei. Inszeniert wie ein gewaltiges Sportereignis, da mussten auch wir, trotz Napalm und geköpften Vietnamesen, zuschauen und bangen und hoffen. Es ging auf Leben und Tod, irgendein Sensor oder die Klimaanlage konnten versagen, Druck abfallen, Kopplungen nicht hinhauen, die Technik ist nie perfekt, sogar der Astronaut kann Fehler machen. Angstlust oder Bewunderung, wir fieberten mit.

Eine erotische Spannung, würde ich heute sagen, ging von den Bildschirmen aus, wir sahen der öffentlichen Entjungferung unseres geliebten Trabanten zu. Das Zünden der Landeraketen, die Bremsung und das Steuern des *Eagle*, die Suche nach einem guten Landeplatz, weil der geplante zu uneben ist, das Risiko der ersten Berührung mit der Mondoberfläche, die Gefahren beim Aufsetzen, weil bei einem möglichen Einsinken oder einer Schieflage die Astronauten mit ihrer Landefähre nie wieder hochkommen, der Sauerstoff ist knapp, und dann landen sie doch ziemlich sicher im unberührten Staub im Meer der Ruhe – es wundert mich nicht, dass wir in dieser Nacht mehrfach aufeinander zusteuerten. Es lief ja alles sehr langsam ab da oben, mit viel Warterei, Verzögerungen, Pausen. Auch am frühen Morgen, als die beiden Amis über den Mondsand hüpften, siegte die Lust noch über die Müdigkeit.

Nachdem wir den Vormittag geschlafen hatten, entschieden wir, nicht zu arbeiten und den warmen Sommertag für uns und die Männer auf dem Mond zu reservieren, die am Abend wieder an das Raumschiff andocken und zur Rückkehr auf die Erde starten sollten.

Catherine schlug vor, in den Norden der Stadt vorzustoßen, Humboldts besuchen. Ein ungewöhnlicher Ausflug, wir fuhren nach Tegel hinaus, am französischen Flugplatz vorbei, liefen an den Dampferanlegestellen entlang, kauften ein Kilo Pfirsiche und schlenderten zum Humboldt-Schloss. Zehn Pfennig Eintritt, bald lagen wir in der hintersten Ecke des Parks im Gras, wieder müde, und erholten uns von den Strapazen der Mondlandung.

In diesen Wochen hatte Catherine sich gründlich auf ihre Reise vorbereitet. Alle Tage damit beschäftigt, den Groscurth-Stoff zu bändigen und gleichzeitig meine Rolle als fleißiger Student zu spielen, hatte ich nicht viel von Mexiko wissen wollen. Alles war geklärt, alles war in Ordnung, und abgesehen von unseren nächtlichen Treffen ging jeder seiner Wege. Ich hatte kein gutes Gefühl dabei und nicht gelernt, auf die tieferen Gefühle zu hören. Ich merkte nur, dass da etwas auseinanderdriftete, und hatte keine Worte, keinen Mut, darüber zu sprechen, wie in Angst vor einer größeren Krise.

Diese Nacht hatte uns, dank der Anziehungskraft des Mondes und der heroischen hüpfenden Amis, wieder zu einem verliebten Paar gemacht. Gleichzeitig war sie eine Abschiedsnacht, und deshalb gehört, was ich hier berichte, in mein

Geständnis. Einige Tage später sollte Catherine nach Franken zu ihren Eltern abfahren, dann Mitte August von Frankfurt nach Mexico City fliegen.

Catherine begann von den Reisen Humboldts zu erzählen, von der jahrelangen Expedition durch Südamerika und Mexiko, wie er alles, Gesteine und Pflanzen, Gebirge und Seen erforscht und beschrieben hatte auf Französisch. Das imponierte ihr, das wollte sie, viel bescheidener, mit der Kamera auch versuchen: ein Land erforschen. Und mir imponierte, wie gründlich sie sich vorbereitet hatte, wie gebildet sie sprach, während ich Ahnungsloser noch nicht mal wusste, ob Alexander oder Wilhelm durch Amerika gezogen war. Sie klärte mich auf, wir waren, ermattet von der Nacht und der Hitze des Nachmittags und mit einem Kilo Pfirsiche, glücklich.

In diesem Glück fing ich an, sie um ihre Freiheit zu beneiden, um die lockere Entschiedenheit, einen neuen Aufbruch zu wagen und eine neue Welt zu erobern. Vielleicht waren auch die Mondfahrer da oben schuld, mich erfasste jedenfalls, im Gras am Tegeler See liegend, eine diffuse Sehnsucht, die ausgetretenen Pfade zu verlassen und meine Schritte auf unbekannten Boden zu lenken. Ein banaler Nachahmungstrieb vielleicht, zum ersten Mal stieg der Wunsch in mir auf, Catherine nach Mexiko zu begleiten. Dafür war es zu spät, sie hatte mit Astrid alles geregelt, Visum und Flugticket waren so schnell nicht zu beschaffen, außerdem hätte ich die Verzögerung meiner Vorhaben nicht leicht verschmerzt, vor allem hatte ich kein Geld. Ich sagte lieber nichts, ich hätte mir nur ihren Zorn zugezogen.

Mit dem Aufflackern dieser Sehnsucht spürte ich wieder die Wellen der tieferen Zweifel. Die Pläne mit R. kamen mir altmodisch, eng, rückwärts gewandt vor, und das waren sie ja auch. Rache an einem Nazirentner nehmen, das hatte wirklich nichts von Catherines oder Neil Armstrongs Kühnheit. Die Opfer der Nazis und der Justiz der fünfziger Jahre rehabilitieren, schön und gut, aber das war doch sehr deutsch, starr, schwarzweiß gedacht. Wieder formte sich der Ansatz des Gedankens, der zum schärfsten Urteil wurde, das ich in schwachen Momenten gegen mich fällte: Das machst du ja alles nur, weil du moralisch besser sein willst als die andern! Und auch noch Profit schlagen aus der Moral!

Von alldem sagte ich kein Wort. Ich nahm mir nur vor, das Groscurth-Buch schneller als geplant fertig zu haben, bis Catherines Rückkehr Ende September. Gleichzeitig fürchtete ich mich vor dem Abschluss dieser Arbeit, weil dann der Ernst beginnen müsste, die Tat, die ich von mir verlangte. Ich litt, meistens nur für Minuten, unter der berühmten Angst vor der eigenen Courage. Oder vor der Verlegenheit, im Fall des Erfolgs der Doppelstrategie von Wort und Tat der Held, der Märtyrer zu sein, festgelegt auf eine öffentliche Rolle, auf den Podien der Universitäten und Akademien, vor Kameras und Mikrofonen, und zuerst ein Anti-Nazi-Star im Knast – gerade jetzt, wo Catherine und die Astronauten mich ins Weite lockten.

Auf dem Rückweg kamen wir am Humboldt'schen Familiengrab vorbei und lasen die Namen: von Humboldt, von Bülow, von Heinz.

– Was für ein Abstieg, sagte ich.

– Wer weiß, wie unsere Nachfahren absteigen werden, meinte sie.

Eine irritierende Bemerkung, die nicht in die Zeit und nicht in mein Denksystem passte. Dachte sie daran, mit mir Kinder zu haben?

Auch dieser Punkt blieb im Schweigen stecken. Wir liefen

zum Auto, um die Fortsetzung auf dem Mond nicht zu verpassen. Gegen sieben sollte die Landefähre starten und an das Raumschiff andocken. Schafft es der Adler, vom Mond abzuheben, wird die Rückkehr zur Erde gelingen?

In vierhunderttausend Kilometer entferntem Staub ging das Drama um Leben, Tod und Technik weiter. Unser Drama dagegen, wir erkannten es nicht einmal aus Millimeternähe.

Eine Woche später, am Bahnhof Zoo, im Fenster des Interzonenzugs, sah ich Catherine zum letzten Mal. Und, wie ich mir bis heute einbilden will, zum ersten Mal mit Tränen auf den Wangen.

Immer noch ist kein Schuss gefallen

Das Ende meiner Beichte ist schnell erzählt: Es muss im August gewesen sein, als ich irgendwo las, R. befinde sich in einer Herzklinik im Allgäu. In dem Artikel wurden Zweifel angedeutet, ob das eben angelaufene Revisionsverfahren gegen einen Herzpatienten überhaupt durchgezogen und abgeschlossen werden könne.

Meine monatelangen Anstrengungen, den Mörder des Vaters des Freundes möglichst effektvoll zur Strecke zu bringen, sollten sinnlos gewesen sein? Ich war empört: Nein, R. durfte mir nicht entwischen, sich nicht wie ein Feigling aus meinem Schussfeld entfernen. Im Schwung des schlau erdachten Doppelprojekts gebremst, bat ich den Sensenmann, mir den Vortritt zu lassen, weil das besser und nützlicher für die Gesellschaft sei als das übliche banale Ende.

Alberne Grübeleien im Konjunktiv, die schnell abgelöst wurden von einer stillen Erleichterung, den Mord vielleicht doch nicht ausführen zu müssen. Nicht die Skrupel vor dem Schießen oder vor der Ermordung eines Nazirentners ließen mich einhalten – sondern die Schüsse auf einen Herzpatienten. Schäbig wäre das, kein Zeichen souveränen Muts, kein befreiender politischer Akt.

Erst jetzt gestand ich mir ein, wie tief ich schon in Zweifeln verstrickt war. Mit den sorgfältigen Vorbereitungen hatte ich mich so weit konditioniert, dass ich mit der Rolle als Mörder, als der edle Böse völlig einverstanden war oder mir diese Eintracht einbildete. Nun atmete ich in hin und her schwankenden Gefühlen erleichtert auf, wegen des schwachen Herzens von R. mir die Auftritte auf der Bühne der Moral vielleicht doch sparen zu können.

Es folgte der schreckliche Monat September, ein einziger Albtraum, der mit einer schrillen Postkarte und einem begeisterten Brief von Catherine aus Mexiko begann. Sie schwärmte von Jacarandas, den Bäumen mit blauen Blüten, von schlafenden Schuhputzern, Feuerschluckern an den Kreuzungen, von den alten Gesichtern der jungen Leute, vom Urwaldklang der Pfeifen der Polizisten, von Staus und Fahrradrikschas. Sie hatte Mexikaner mit Pistolen erwartet, aber immer noch sei kein Schuss gefallen, den Popocatepetl habe sie bislang nicht fotografiert, und für die Fußball-Bundesliga schlug sie die Regel der Azteken vor: Die Sieger der Ballspiele werden den Göttern geopfert.

Nur wenige Tage nachdem ich ihren Brief gelesen hatte, von ihrem heiteren Enthusiasmus angesteckt, es war der 5. September, nachts gegen eins, rief Astrid aus Mexiko an. Catherine im Krankenhaus, schwer verletzt, sie seien unterwegs gewesen zum Indiomarkt in Tepotzlan, drei Jungens, halbe Kinder, hätten ihr die Kamera geraubt, sie sei ihnen nachgelaufen, an der nächsten Ecke hätten die ein Messer gezogen, ein Stich in den Bauch. Drei Stunden später rief Astrid wieder an, Catherine war tot.

Meine Gefühle für die Geliebte, die Tränen gehören nicht in dies Geständnis, auch nicht die Zeremonien des Abschieds, die ihre Familie in Marktredwitz organisierte. Ich habe nur von den Folgen zu berichten. In den Zuckungen der Trauer und im Taumel der Vorwürfe, Catherine allein gelassen zu haben in Mexiko, mochte ich von allem, was mit Mord und Töten und Sterben zu tun hatte, nichts mehr hören, nichts schreiben. Ich fühlte mich auf diffuse Weise mitschuldig, weil ich seit dem Nikolaustag den Gedanken an Mord freien Lauf gelassen hatte.

Kurz nach der Rückkehr von Catherines Beerdigung aus dem Fichtelgebirge hörte ich wie gewohnt die Abendnachrichten, es war der 18. September. Mit seinem warmen, verführerischen Bass meldete der Sprecher des RIAS: Wie erst heute bekannt wurde, ist der frühere Richter am Volksgerichtshof, R., am 15. September in einer Klinik im Allgäu einem Herzinfarkt erlegen. Damit, fügte er feierlich hinzu, als verneige er sich vor dem Schiedsrichter Tod, sei der Freispruch des Schwurgerichts Berlin rechtskräftig.

Ich wechselte den Sender und habe über die ganze Geschichte ungefähr dreißig Jahre lang kein Wort verloren.

Ein halbwegs glückliches Finale

Im September 1969 endete mein Jahr als Mörder. Nach dem Mord an Catherine und dem Tod R.s ließ ich das Thema von einem Tag auf den andern fallen. Nichts brachte mich mehr an das Groscurth-Buch zurück, auch nicht die Sympathie für Georg und seinen Widerstand und für Anneliese und ihren Widerstand.

Aber die Geschichten rumorten weiter, wie seit den Kindertagen: Jetzt sah ich nicht nur den abgehackten Kopf, jetzt sah ich den Scharfrichter Röttger und seine Chefs, die Schlangenköpfe der Berliner Hydra, Havemann in verschiedenen Rollen, Frau Groscurth, wie sie Wehrdaer Wurst schneidet, von Freisler spricht oder von Humphrey Bogart schwärmt – Hunderte solcher Bilder drängten zur Darstellung.

«Ich stellte mich abseits von ihnen» – erst dieser Satz aus dem Tagebuch meiner Mutter ließ mich wieder anfangen: Das Abseits sollte vergolten, die ungeschriebene Geschichte eines Mörders erzählt, das Geständnis gewagt werden.

Die Verspätung hat viele Vorteile. Die Prozesse der Anneliese Groscurth ließen sich damals noch nicht vollständig rekonstruieren. Neu entdeckte Akten, neue Forschungen erleichtern die Beschreibung Georg Groscurths und seiner Gruppe Widerstand. Diese Akten sind von der DDR-«Staatssicherheit» jahrelang durchforscht worden mit dem Ziel, kompromittierende Details über Robert Havemann zu finden – vergeblich. Der Widerstandskämpfer Havemann hat sich stets anständig verhalten und hatte 1944, als es um die Verschiebung der Hinrichtung ging, als Chemiker mehr Glück.

Und die Ärztin mit dem weiten Herzen? Nach der Eingabe von 1968, die zwischen drei prominenten Kanzleien, Kaul in

Ostberlin, Heinemann jr. in Essen, Scheid in Westberlin, abgestimmt wurde, hat sie bis ins Jahr 1972 warten müssen. Die Ämter prüften, berieten, zögerten und boten endlich einen Vergleich an: Entschädigung werde sie nicht erhalten, aber die Witwenrente und die Söhne die Waisenrente, gemäß den Bestimmungen. Rückwirkend jedoch nicht ab 1951, wie das Gesetz es vorschriebe, sondern ab 1960.

Sie stimmte zu. Über die Riesensumme, die halbe Million, die sie dem Staat schenkte, der sie länger als zehn Jahre malträtiert hatte, mochte sie nicht nachdenken. Sie hatte genug. Es waren ihr noch vierundzwanzig Jahre ohne Verfolgung gegönnt. Mit einer Ausstellung im Krankenhaus Moabit über den Widerstand, über Georg und die E. U. begann die Rehabilitierung ihres Mannes. Sie hat noch erlebt, wie in Berlin-Buch eine Straße nach ihm benannt und in Unterhaun, seinem Geburtsort, ein Gedenkstein errichtet wurde.

Übrigens, einer der drei Rechtsanwälte, der Westberliner, der mit seiner Eingabe der Frau Groscurth ein halbwegs glückliches Finale beschert hat, ist ein höchst erfolgreicher Vertreter seines Fachs gewesen. Er hatte zuvor, auch für diese Pointe kann ich nichts, den Richter R. verteidigt und den Freispruch erwirkt, der an jenem fernen Nikolaustag verkündet wurde.

Was ich Jan Groscurth und Peter Groscurth verdanke, kann dieser Roman nur andeuten. Ursula Bongaerts, Eberhard Delius, Hella Döring, Simone Hannemann, Robert Havemann, Utz Havemann, Harold Hurwitz, Helmut Kindler, Christine Labonté-Roset, Christian Pross, Friedhelm Röder, Margarete Schewe, Florian Schmaltz und Werner Theuer (Robert-Havemann-Archiv) haben geholfen, eine Fülle von Einzelheiten beizutragen.

F. C. D.

Editorische Notiz

Die Erstausgabe erschien 2004 im Rowohlt Berlin Verlag; als Taschenbuch kam der Roman 2006 erstmals heraus.

Übersetzungen ins Arabische (2007), Italienische (2008), Chinesische (2008), Türkische (2009) sowie – in Vorbereitung – ins Schwedische und Spanische.

Die Verlegenheit vor den Guten

Georg und Anneliese Groscurth, Robert Havemann, Paul Rentsch und Herbert Richter wurden 2006 von Yad Vashem in die Liste der «Gerechten unter den Völkern» aufgenommen. Bei der Gedenkfeier in der Botschaft Israels sprach Friedrich Christian Delius:

«Es gab keine Helden in der ‹Europäischen Union› und ihrem Umkreis, keine heroischen Einzelfiguren, keine großartigen Kämpfer des Widerstands. Es war eine Gruppe von anständigen Leuten, die sich aufeinander verlassen konnten, eine eher lockere Gruppe mit politischem Verstand, guten Nerven und Instinkt, die zu ihrem Mut auch noch Glück hatte – aber das leider nur bis zum Sommer 1943.

In Georg Groscurths Abschiedsbrief an seine Frau, geschrieben am Tag seiner Hinrichtung am 8. Mai 1944, steht gegen Ende die Zeile ‹Denke daran, daß wir für eine bessere Zukunft sterben, für ein Leben ohne Menschenhaß›. Ein schlichter Satz, und doch ein Schlüsselsatz von zeitloser Gültigkeit. Menschenhass, in diesem Wort steckt das Aktive und das Passive, das Hass-Subjekt und das Hass-Objekt. Warum wählt einer, fünf Minuten vor dem Gang zum Fallbeil, dieses Wort? Nicht, weil er an eine diffuse Nächstenliebe glaubte. Nicht, weil er dem Alle-Menschen-werden-Brüder-Idealismus verfallen gewesen wäre. Es war vielmehr das deutlichste politische Wort in diesem

Moment, das radikalste, das heißt bis an die Wurzeln gehende Widerstandswort. (…) Und wir heute, in ganz anderen politischen Zeiten, spüren sehr deutlich, welch radikales politisches Programm da vor 62 Jahren in der Zelle von Brandenburg formuliert wurde, und stehen verlegen vor dem Anspruch dieser Utopie: ‹Ein Leben ohne Menschenhaß.›»

Rezensionen

«Es ist das Verdienst von Delius, an die Ursprünge der Bundesrepublik zu erinnern und damit auch die Achtundsechziger-Generation in ihrem Gerechtigkeitsdrang und ihrer Wut gegen die Verdrängung des nationalsozialistischen Erbes ein wenig zu rehabilitieren. Er zeigt aber auch die absurde Ideologisierung der Studenten, ihre Kleingruppenfraktionierung und ihren Wahrheitswahn, ihre Militanz und ihren gnadenlosen Gruppenzwang.» *(Jörg Magenau, Frankfurter Allgemeine Zeitung)*

«Geschichte und Geschichten der dreißiger, vierziger, fünfziger und sechziger Jahre verbindet Delius zu einer kunstvoll verschachtelten, aber nie unübersichtlichen Romankonstruktion. Das Ganze perspektiviert durch einen heutigen und distanzierten Blick auf die Zeit der Revolte. Die ‹Plattitüden der endsechziger Jahre› gehören ‹zum Glück nicht in mein Geständnis›, heißt es voller Überdruss an einer Stelle. ‹Wir führten die üblichen politischen und ästhetischen Debatten› – offenbar fehlt die Lust, auch nur ein Wort mehr darüber zu verlieren. Aber auch wenn sich der Roman der Rhetorik von 1968 ganz enthält, beschäftigt er sich doch unausgesetzt mit dem entscheidenden Motiv der Bewegung. Denn das Jahr 1968 war das Jahr des verletzten Gerechtigkeitssinnes: Napalm in Vietnam und Panzer in Prag; Martin Luther King und Robert

Kennedy ermordet, Dutschke vom Fahrrad geschossen.» *(Wolfgang Schneider, Neue Zürcher Zeitung)*

«Delius zeichnet dieses moralisch verschattete Tableau jener Jahre nach – ohne den selbstgerechten Ton der Nachgeborenen. Die Mordgelüste seines Helden weichen peu à peu der Einsicht, dass derlei Selbstjustiz selbst nur Frucht der gleichen Ruchlosigkeit wäre, die er bekämpfen wollte. Es bleibt ein Traum von Rache.

Über die Jahre hinweg hat Delius seinen eigenen literarischen Ton entwickelt – er lebt auch aus der Kraft seiner intellektuellen Skepsis angesichts seiner früher zweifellos radikaleren Überzeugungen. Wenn es denn einen ideologiekritischen und ästhetischen Nenner seiner Bücher gibt, der auch diesen spannenden Roman durchdringt, so ist es seine Abneigung gegen Gewalt, gegen die Vorstellung, Recht oder gar Gerechtigkeit ließen sich mit einem Faustschlag auf den Tisch oder gar mit Terror durchsetzen.» *(Michael Naumann, Die Zeit)*

Friedrich Christian Delius

geboren 1943 in Rom, in Hessen aufgewachsen, lebt heute in Berlin. Mit seinen zeitkritischen Romanen und Erzählungen, aber auch als Lyriker wurde Delius zu einem der wichtigsten deutschen Gegenwartsautoren. Seine Bücher wurden in 18 Sprachen übersetzt. Bereits vielfach ausgezeichnet, erhielt Delius zuletzt den Fontane-Preis, den Joseph-Breitbach-Preis sowie den Georg-Büchner-Preis 2011.

Im Februar 2013, aus Anlass des 70. Geburtstags des Autors, hat der Rowohlt Verlag eine Werkausgabe in Einzelbänden begonnen.

www.fcdelius.de